JEANE WESTIN

Zauber der Sehnsucht

Roman

Aus dem Amerikanischen
von Nadine Mutz

WILHELM HEYNE VERLAG
MÜNCHEN

Die Originalausgabe LADY ANNE'S DANGEROUS MAN
erschien 2006 bei Signet Eclipse, New York

Umwelthinweis:
Dieses Buch wurde auf chlor- und säurefreiem Papier gedruckt.

Vollständige deutsche Erstausgabe 08/2007

Printed in Germany 2007
Umschlagillustration: © Daeni, Pino via Agentur Schlück GmbH
Umschlaggestaltung: Nele Schütz Design, München
Satz: IBV Satz- und Datentechnik GmbH, Berlin
Druck und Bindung: GGP Media GmbH, Pößneck

ISBN: 978-3-453-81162-1
www.heyne.de

Erstes Kapitel

Flucht vor dem König

Lady Anne Gascoigne schritt in der Marmorhalle vor den Gemächern der Königin unruhig auf und ab, Edwards eilige Botschaft fest an die Brust gedrückt. Sie wünschte sich von ganzem Herzen, diese Nacht würde nicht wieder nur ein harmloses Rendezvous werden, sondern die Nacht der Nächte, in der sie und Edward sich ein für alle Mal im Ehebett vereinten. Wie um alles in der Welt sollte sie es noch drei weitere Tage aushalten, bis sie endlich nicht mehr Jungfrau und somit vor ihrem König sicher war?

Bei der Vorstellung, wie Edwards starke Arme sich um ihren nackten Körper schlangen, schmerzte es sie vor Verlangen, und ein wollüstiger Schauer überlief sie. Ihre Hochzeitsnacht würde den endlosen Wochen der Vorfreude und Edwards taktischem Verhalten, sie durch einen schnellen Kuss hier und eine flüchtige Berührung dort in einen Zustand höchster Erregung zu versetzen, für immer ein Ende bereiten. Das Warten würde endlich vorbei sein. Sie würde der Liebe ihres Lebens den allerkostbarsten Schatz verehren, ihre Jungfräulichkeit, die, einmal verloren, nie wieder zu erlangen war, wenigstens nicht unter diesem Himmel.

Sie lauschte dem Rascheln ihres besten Unterrocks aus scharlachroter Seide, dessen vordere Bahn mit einer Borte aus Gold und Silber besetzt war und die, wie sie hoffte, Edwards Aufmerksamkeit erregen würde. Sie spitzte die Ohren, vernahm aber weder Schritte noch sonst einen Laut, der auf die Ankunft des Earl hätte schließen lassen. Ohne es zu wollen, zerknüllte sie die Nachricht, die sie in der Hand hielt. »Gott Allmächtiger«, sagte sie und verfluchte die Uhr, die im Turm gegenüber der Galerie schlug. Dieses Warten war unerträglich.

In der letzten Zeit war überhaupt nichts leicht gewesen. Es war im Gegenteil äußerst anstrengend gewesen, an der Seite eines so gut aussehenden und hartnäckigen Werbers wie Edward Ashley Carter, Earl von Waverby, ihre Jungfräulichkeit zu bewahren, erst recht in diesen modernen Zeiten, im Jahre 1665, wo Unschuld und Reinheit nicht mehr hoch im Kurs standen, und ganz besonders am Hof von König Charles II. Doch am Sterbebett ihrer Mutter hatte sie ein Keuschheitsgelübde abgelegt, und sie war entschlossen, es zu halten, wenngleich es für ein dreiundzwanzigjähriges Mädchen kaum eine schwierigere Aufgabe gab.

Anne blieb an einem der großen Fenster stehen, durch das die rötlichen Strahlen der untergehenden Sonne schräg einfielen. Von hier aus hatte sie einen Blick auf die Royal Horse Guards Parade zwischen Themse und Whitehall Palast und die prunkvoll gekleideten Höflinge, die dort in der Abendsonne herumschlenderten. Sie hielt nach Edwards großer, schlanker Gestalt oder seiner eleganten, anmutigen Verbeugung Ausschau, die in ganz England ihresgleichen suchte.

Wo war er?

Es schlug Viertel nach sechs. Sie strich das zerknitterte Papier glatt und überprüfte noch einmal die Uhrzeit. Fünf Uhr stand in dem Brief, klar und deutlich wie zuvor. Würde er am Ende gar nicht kommen? Hatten ihn die Geschehnisse der letzten Nacht verunsichert? Verärgert? Nein, gewiss nicht. Er wollte sie heute Abend sehen, um ihr einmal mehr seine Liebe zu beteuern. Süßer, süßer Edward.

Sie hatte das starke Bedürfnis gehabt, jemandem von den jüngsten Annäherungsversuchen des Königs zu erzählen, die mit jedem Tag kühner wurden. Und an wen hätte sie sich wenden sollen, wenn nicht an ihren Verlobten? Der König war mächtig, sie aber hatte nichts, was sie ihm entgegensetzen konnte, außer ihren jungfräulichen Bedenken.

Edwards Reaktion auf die eklatanten Zudringlichkeiten des Königs hatte ihr geschmeichelt. Er hatte ihr seinen Schutz und, binnen weniger Tage, seine Liebe angeboten. Anfangs hatte er versucht, sie zu beschwichtigen, ihr erklärt, das Werben des Königs sei lediglich eine Form, seine Anerkennung zu zeigen, und sie solle nur stolz darauf sein.

Anne hätte nichts lieber getan, als Edward Glauben zu schenken. Gestern jedoch war ihr der König in eine Gartenlaube gefolgt und hatte versucht, ihr weit mehr als seine Anerkennung zu zeigen. Er hatte an den Bändern seiner Kniehosen gefummelt, und nur das Auftauchen der Königin und ihrer Damen hatte Anne vor der schlimmsten aller Demütigungen bewahrt, obwohl das königliche Gefolge so getan hatte, als bemerke es nichts von alledem.

Anne war am Abend immer noch so beschämt gewesen, dass sie sich schließlich vom Tanz zurückziehen musste. Edward war ihr gefolgt und, nachdem sie ihm alles erzählt hatte, plötzlich vor ihr niedergekniet, um ihr seinen ehelichen Schutz zu geloben, und wenn er damit seine Verbannung vom Hof riskiere.

Der Gedanke an sein anfängliches Zögern ließ sie dennoch nicht los, obwohl sie sich aus tiefstem Herzen dafür schämte, dass sie seine Treue und Ergebenheit in Zweifel zog.

Vielleicht hätte sie lieber mit den anderen Hofdamen den Gottesdienst in der Queen's Chapel besuchen sollen. Ja, zweifellos würde sie in diesen Minuten besser daran tun, in der Kapelle zu knien und dem Herrn für ihr Glück zu danken. Lord Waverby war nicht nur der bestaussehende Mann am Hofe, sondern außerdem Mitglied des englischen Oberhauses, und ihm hatte ihr Vater die jüngste Beförderung zum Hochrichter zu verdanken. Doch in Wirklichkeit waren es weder Edwards Macht noch die feinen Gesichtszüge, die sie liebte. Sie liebte diesen Mann, weil er in ihr das Verlangen weckte, endlich eine richtige Frau zu werden, seine Frau.

Sie stieß einen tiefen Seufzer aus. Es war einfach nicht möglich, dass er schon wieder spielte. Erst letzte Woche hatte er beim Basset weitere tausend Pfund an Lady Castlemaine verloren, ein Spiel, bei dem sie schamlos betrog. Doch Edwards Schwächen waren ohne Zweifel unbedeutend. Und über die Gerüchte von seinen gelegentlichen Besuchen bei gewissen Damen der Stadt sollte sie sich nicht allzu viele Gedanken machen. Dass sie sich überhaupt welche machte, zeigte nur, wie hart sie noch an sich würde arbeiten müssen, um eine moderne Frau zu werden, eine, die sich mit der Tatsache abfand, dass ein Gentleman selbst nach der Hochzeit noch seinen gewohnten Zerstreuungen nachging.

Anne drehte Edwards Smaragdring an ihrem Finger und zog ihn ab, um die wunderbare Erregung zu genießen, die sie empfand, wenn sie den Ring wieder auf ihren Finger zurückschob.

»Bei Gottes Eingeweiden! Wo bist du?«

Ihre Worte schallten über den leeren, marmornen Korridor und schreckten ein paar Tauben auf, die auf dem Fenstersims saßen. Es war nicht ihre Absicht gewesen, laut zu fluchen, erst recht nicht wie ein Kutscher, denn von einem solchen hatte sie diesen ungehörigen Satz als kleines Mädchen einmal aufgeschnappt. Doch obwohl sie mittlerweile eine erwachsene Frau war, machte es ihr immer noch Spaß, sich wie ein ungezogenes Kind zu benehmen.

Wie als Antwort auf ihr Fluchen drangen vom anderen Ende der Halle gedämpfte Stimmen herüber.

Anne erstarrte. Sie traute ihren Ohren nicht. Es war Edwards Stimme, ja, aber er war nicht allein. Das kratzende Geräusch kleiner Hundepfoten auf dem Marmorboden kündigte die Spaniels an, die dem König überall hin folgten.

Anne lief eilig zur Tür, die zu den Gemächern der Königin führte, und betete, dass ihr noch genügend Zeit bleiben möge, unbemerkt hineinzuschlüpfen. Glücklicherweise hatte das gesamte Wachpersonal die Königin in die Kapelle begleitet. Als sie sich noch einmal umblickte, sah sie

Edwards Brief auf dem Boden liegen, doch sie hatte nicht mehr genug Zeit, ihn aufzuheben. Drinnen rannte sie zum Kleiderschrank der äußersten Kammer, sprang hinein und versteckte sich hinter den schweren Brokatgewändern der Königin. Sie musste sich eine Hand vor die Nase halten, um den aufdringlichen Geruch der Dutzend Französischen Parfums zu mildern. Zu Annes Entsetzen löste sich die Verriegelung der Schranktür, als die Tür zum Gemach aufgestoßen wurde und schwere Absätze über den Marmorboden klapperten.

Anne kniff die Augen zusammen, atmete flach und versuchte, ihren Schmerz zu unterdrücken. Warum brachte Edward den König zu ihrer Verabredung mit? Hatte er ihr trotz allem nicht geglaubt?

»Ihr enttäuscht mich sehr, Lord Waverby«, verkündete die leidenschaftslose Stimme des Königs über das Kläffen seiner Köter hinweg. »Ihr verspracht mir einen Kuss dieses kleinen Prachtstücks.«

»Ihr werdet ihn bekommen, Eure Majestät, und nicht nur das. Hier ist mein Brief, den sie wohl in der Eile verloren hat. Man wird sie wegen einer dringlichen Angelegenheit gerufen haben.«

»Wollt Ihr etwa sagen, dringlicher, als auf Euch zu warten?«

Anne hörte, wie die Schritte näher kamen und die Hunde in allen Ecken zu schnüffeln und zu scharren begannen.

Edward lachte. »Ich versichere Euch, Majestät, dass Lady Anne hoffnungslos in mich vernarrt ist. Sie wird alles tun, was ich von ihr verlange, das heißt, was immer Ihr zu Eurem Vergnügen wünscht, Sir.«

Anne war wie gelähmt, ihr Schmerz mischte sich jetzt mit Angst und so vielen anderen unsäglichen Gefühlen. Ihr schwindelte. Oh, falsches Herz! Edward hatte sie betrogen, oder schlimmer noch, er hatte ein Komplott geschmiedet, um mit dem größten Lüstling des Königreichs Verrat an ihrer Weiblichkeit zu üben.

Einer der Hunde krallte sich soeben in ein Gewand unmittelbar zu ihren Füßen. Sie biss sich auf die Unterlippe, um nicht laut aufzuschreien.

»Aus!«, rief der König. »Fubbs, du kleines Miststück! Was wird die Königin sagen, wenn du ihre Kleider zerreißt!«

Plötzlich tauchte zwischen den Falten der parfümierten Gewänder, hinter denen sie sich versteckt hatte, die beringte Hand des Königs auf, fuchtelnd und fummelnd, und hätte um ein Haar ihr Bein berührt. Seine Stimme hatte einen gereizten Ton. »Das beispiellose Benehmen dieser Lady verbietet es ihr gewiss, sich meinem Hoheitsrecht zu widersetzen, nicht wahr? Oder ist sie eine von diesen heimlichen Puritanerinnen, die es fertig bringt, einem geplagten Monarchen seinen Trost zu verweigern?«

Anne hielt den Atem an und presste sich an die Rückwand des Kleiderschranks, während ihr der schwere, würzige Geruch eines Gewands in die Nase stach. Ihr Mund fühlte sich so trocken an wie altes Stroh.

Edward lachte leise. »Anne wird nach unserer Hochzeit um einiges williger sein, Sir, wenn sie erst von ihrer lästigen Jungfräulichkeit befreit ist.«

Eine Schrecksekunde lang streifte die Hand des Königs Annes eigenes Gewand. Er hielt inne und liebkoste den Satin zwischen seinen Fingern. Dann zog sich die Hand zurück, die Schranktür schnappte zu und der König antwortete verärgert: »Das versprecht Ihr mir jetzt schon lange, Mylord.«

»Ich gebe Euch mein Ehrenwort, Majestät.«

»In der Tat, Lady Annes unverschämte Reize quälen mich ganz unnötigerweise.«

Anne konnte sich die dunklen Augen des Königs genau vorstellen, wie sie sein Gegenüber abschätzig musterten, mit herabhängenden Augenlidern und belustigter Miene, was nicht unbedingt bedeutete, dass der König gute Laune hatte. Sie sah auch Edwards elegante Verbeugung und wie er dabei die Hand auf sein Herz legte. Falsche, falsche Liebe!

Charles II lachte. »Welchen Fisch gedenkt mein lieber Earl zu fangen, wenn er dafür seine eigene Frau an den Angelhaken hängt?«

»Das ist ganz einfach zu erklären, Sir. Meiner Majestät ergeben zu dienen macht mich zum glücklichsten Menschen des ganzen Königreichs.« Anne bebte vor Wut über Edwards berechnende Absicht.

Die Türen der Kammern wurden wieder geöffnet und die Stimmen der beiden Männer sowie das Tippeln der Hunde verlagerten sich auf den Korridor. »Ihr seid ein großartiger Lügner, Mylord«, sagte der König wieder mit belustigter Stimme, »und wenn Eure zukünftige Countess mich endlich glücklich macht, werdet Ihr mitnichten ein schlechterer sein.«

Anne wartete noch einige Minuten, bis auch das letzte grausame Wort am anderen Ende der glänzenden Marmorhalle verklungen und das Getrappel der Hunde verstummt war. Vorsichtig kroch sie aus ihrem Versteck, vor Angst und Trauer am ganzen Leibe zitternd und mit der schrecklichen Gewissheit, dass die Verzweiflung, die sie in diesem Augenblick beherrschte, auf dem Grunde ihres Herzens bis in alle Ewigkeit fortdauern würde.

Nie mehr würde sie einem Mann ihre Liebe schenken. Niemals würde sie sich ihrer Ehre berauben lassen, von niemandem. Ihre Jungfräulichkeit, die nur ihr, ihr ganz allein gehörte, wollte sie eher mit ins Grab nehmen, bevor irgendein Schurke sie haben sollte. Ihre Lippen bewegten sich kaum, doch die Worte durchdrangen mit einer unglaublichen Heftigkeit und Schärfe ihren Körper und erfüllten jeden Winkel: *»Ich schwöre, dass kein Mann mir jemals nehmen wird, was mir vom heutigen Tag an kostbarer sein soll als das Leben selbst.«*

Anne wischte sich eine Träne von der Wange, die drohte, über die Wölbung ihres verbitterten Mundes zu laufen.

Niemals konnte Edward sie wirklich geliebt haben. All die zärtlichen Worte, die sanften Liebkosungen, seine Zunge, die so liebevoll ihre Ohrmuschel erforscht hatte, alles war nur Lüge gewesen, eine einzige große Lüge. Das sichere Wissen um diese Tatsache verbrannte auch den letzten Rest Verlangen in ihr zu einem kleinen Häufchen Asche.

Draußen in der Halle erschallten die majestätischen Schritte eines Wächters, und Anne sah sich verzweifelt im Raum um. Was konnte sie tun? Wer würde ihr helfen? Von Königin Catherine war nicht viel zu erwarten. Sie würde ihr den Rat geben, ihrem Anverlobten zu gehorchen, und nichts Schlechtes vom König wissen wollen, nicht einmal das, was sie mit eigenen Augen gesehen hatte. Wie auch hätte eine unfruchtbare portugiesische Frau sonst an einem fremden Hof überleben können?

Und Edward, das wusste Anne jetzt so sicher wie alles andere, würde ihre Tugendhaftigkeit in gewinnsüchtiger Absicht missbrauchen, und sei es für ein Taschentuch aus französischer Spitze. Plötzlich war alles sonnenklar. Er hatte schon lange auf einen Flecken königlichen Landes im Kolonialgebiet von Virginia spekuliert und von Tabakplantagen geträumt, um seine Besitzungen in Oxfordshire, die unter Cromwell verwüstet worden waren, wiederaufzubauen. Und doch konnte sie einen so unglaublichen Betrug kaum fassen. Wie konnte der Mann, den sie liebte, ihre Ehre und seine eigene so mir nichts, dir nichts gegen ein Land eintauschen, in dem es nichts als Wald und einen Haufen Wilde gab? Und was würde geschehen, wenn sie erst ihre Tugend an den König verloren hatte? In wie vielen Betten würde sie noch für Edwards Erfolge die Dirne sein müssen?

Diese und andere Gedanken, zu schrecklich, um sie in Worte zu fassen, erfüllten sie mit so großem Entsetzen, dass sie nur noch einen Ausweg sah: Sie musste aus dem königlichen Palast fliehen. Sie musste in Ruhe über alles nachdenken, sich überlegen, wie sie diesen Rohlingen, dem hinterlistigen Earl und dem lüsternen König, entkommen konnte. Sie ließ Edwards Ring dort, wo sie stand, zu Boden fallen, warf sich einen Umhang mit Kapuze über ihr Hofgewand aus blauer Seide und rannte durch Seitengänge und Hintertreppen hinunter, an der schattigen Außenmauer entlang bis zu einem kleinen, unbedeutenden Nebentor des Whitehall Palastes.

»Halt! Wer da?«, rief der Wachtposten.

»Tretet zur Seite«, befahl sie mit der tiefen, herrischen Stimme der Countess von Castlemaine, der Mätresse des Königs.

»Mylady«, sagte er und hob eine Laterne an ihr Gesicht. »Wo ist Ihr Gefolge?«

Anne stieß den Arm mit der Laterne fort. »Der König wird es erfahren, wenn Ihr mich aufhaltet. Lasst mich durch, es geht um Leben oder Tod.« Und das war noch nicht einmal gelogen.

Der Wächter stand sprachlos da, an seinem herabhängenden Arm baumelte die Laterne.

Sie klatschte energisch in die Hände. »Eine Sänfte, aber schnell, wenn Ihr Euren Kopf nicht aufgespießt auf dem Tower sehen wollt.«

Er murmelte etwas in sich hinein, gehorchte aber. Sie wusste, dass er auf der Stelle zu seinem Hauptmann gehen würde und das Gezeter am Hof nicht mehr lange auf sich warten ließ. Sie würden schnell herausfinden, dass es Lady Anne Gascoigne war, die den Hof verlassen hatte. Und eine Dame des Hofes verließ den Palast nicht ohne die Erlaubnis ihres Königs.

Als sie schließlich in der Sänfte saß, jagte sie ihre Träger in die dunklen, engen Gassen jenseits von St. James Park. Ein Fackelträger eilte voraus, um ihnen den Weg zu beleuchten und die Strauchdiebe fernzuhalten.

»Einen Penny für jeden«, rief sie den Trägern zu, »wenn Ihr Euch um Himmels willen etwas beeilt.«

Als sie das Gerichtsgebäude erreichten, wo sich die Amtszimmer ihres Vaters befanden, schmerzte ihr Nacken. Sie hatte sich in einem fort umgedreht, um sich zu vergewissern, dass keine berittenen Männer hinter ihnen her waren, eine Gefahr, mit der sie jede Sekunde gerechnet hatte.

Titus, der Diener ihres Vaters, hatte das Getrappel im Hof und das wiederholte »Aus dem Weg!«, gehört und erwartete sie an der Tür.

»Bezahl sie in Silber, Titus«, rief Anne, während sie an ihm vorbeistürmte. Sie raffte ihr Gewand zusammen und rannte auf ihren hochhackigen roten Schuhen durch ein Labyrinth aus Zimmern und Kammern und platzte unangemeldet und ohne anzuklopfen in die Bibliothek ihres Vaters, während ihr Tränen der Wut und Enttäuschung über die Wangen liefen.

Sir Samuel Gascoigne trug noch den Talar und die Perücke des königlichen Richters, doch aus seinem Gesicht sprachen jetzt Neugier und Besorgnis zugleich. »Ja, was macht denn mein kleines Mädchen —« Weiter kam er nicht, denn Anne warf sich in seine Arme, schluchzend und wimmernd und alles Mögliche stammelnd, wirr und ohne jeden Zusammenhang.

Er hielt sie im Arm, versuchte sie zu beruhigen und strich dabei die rotbraunen Locken glatt, die sie modegerecht zu beiden Seiten der Stirn trug. »Ruhig, mein Kind. Jetzt setz dich erst einmal ans Feuer.« Er rückte einen Stuhl heran, schenkte ihr ein Glas Madeira ein und setzte es an ihre Lippen. »Also, was ist los mit Edward? Ihr habt euch gestritten, nicht wahr? Du musst deinem Vater alles erzählen, und ich werde mit diesem Burschen streng ins Gericht gehen.«

Der starke, bernsteinfarbene Wein brannte Anne in der Kehle, doch die wohlige Wärme, die sich in ihr ausbreitete, half ihr, sich zu sammeln und ihrem Vater die ganze Geschichte von Anfang an zu erzählen. Mit erstickter Stimme berichtete sie ihm alles, bis ins kleinste Detail. Sie erzählte ihm, wie der König sie im Garten überfallen hatte und Lord Waverby, als sie ihn ins Vertrauen zog, feierlich geschworen hatte, sie zu beschützen.

Der Richter hörte zu und sagte nichts. Von Zeit zu Zeit ballte er die Fäuste und öffnete sie wieder. Erst als sie ihm von der Unterredung erzählte, die sie im Kleiderschrank mitgehört hatte, besonders von Edwards Plänen, sie zur Sittenlosigkeit mit dem König zu zwingen, sprang er auf, zog den Talar aus und griff nach seinem Schwert, das über dem Kaminsims hing. Zu Annes Entsetzen hielt er das Schwert wie ein Kruzifix vor sich. »Verflucht will ich sein, wenn er dich anrührt! Ich werde diesen gottlosen Schweinehund töten, und wenn ich dafür an den Galgen muss«, zischte er durch die zusammengebissenen Zähne. Dann beugte er sich vor und küsste sein Schwert, um den Schwur zu besiegeln.

Erschrocken packte sie ihren Vater am Arm. »Vater, das ist Verrat!«

»Ich spreche nicht vom König. Der ist ein Lustmolch aus dem Hause Stuart mit mehr unehelichen Kindern als ein Hund Flöhe hat, und dennoch ist er mein gesalbter Herrscher, dem ich alles geben würde außer meiner Tochter. Waverby aber, der Schuft, verdient für seine Hinterlist nichts anderes als den Tod.« Sir Samuel erbleichte. »Verdammt! Ich habe ihm die Mitgift bereits überschrieben, und das bedeutet alle unsere Ländereien in Essex.«

»Vater, ich mache mir nichts aus Ländereien.«

»Aber du wirst keine Mitgift mehr haben. Wie könnte ich dich jemals gut verheiraten?«

»Vater, du kannst, *darfst* Edward nicht herausfordern. Er ist ein begnadeter Fechter. Ich habe gesehen, wie er Männer im Spiel mühelos entwaffnet hat.«

»Hältst du meine Ehre für so gering, dass du allen Ernstes glaubst, ich würde deinen Ruf und dein Glück nicht verteidigen?«

»Bitte, Vater«, flehte sie ihn an, und klammerte sich mit beiden Händen an den Arm, der das Schwert hielt. »Es gibt niemanden, der dich mehr ehrt als ich, aber ich will dich nicht tot oder am Tower hängen sehen. Denk doch, Vater, wenn nicht an dein eigenes Leben, dann an das meine.

Wenn du nicht mehr bist, wird ihnen nichts und niemand mehr im Wege stehen und sie werden mit mir machen, was sie wollen.«

Er streichelte ihr besänftigend die Schulter. »Du sprichst wahr, meine Tochter, und dennoch hat Waverby eine Strafe so bitter nötig wie ein kleines Kind die Brust.« Dann ließ er sich auf einen Stuhl fallen und vergrub das Gesicht in den Händen.

»Es ist alles meine Schuld. Mein Stolz und mein Ehrgeiz haben dich Edward in die Hände getrieben, und an mir ist es auch, dich aus seinen Fängen zu befreien, koste es, was es wolle.«

»Gib nicht dir die Schuld für alles, Vater«, sagte Anne ruhig. »Ich habe Edward geliebt, das muss ich zu meiner Schande gestehen. Niemals mehr werde ich mir einbilden, einen Mann zu kennen.« Ihr Körper wurde mit einem Mal hart und kalt wie ein Eisblock. »Und ich schwöre, ich werde mich in meinem ganzen Leben nie wieder verlieben.«

»Still! Du bist erst dreiundzwanzig, Anne, und –« Sie schüttelte energisch den Kopf und wollte etwas entgegnen, da hob ihr Vater streng den Finger. »Warte, Tochter, ich muss nachdenken.«

Minuten vergingen, in denen er reglos dasaß, während Anne sich im Raum umsah. Ihr Blick fiel auf das Bildnis ihrer Mutter Prudence, einer Puritanerin, die vor drei Jahren an Pocken gestorben war und ihren Lieben nun vom Kaminsims aus zulächelte. Das Porträt, die Wärme des Feuers und der Geruch der in Leder gebundenen Bücher hatten den sonst so beruhigenden Zauber verloren. Annes Atem ging flach und schnell, und in ihrem Kopf spürte sie einen leichten Schwindel.

Schließlich begann Sir Samuel zu sprechen: »Ich werde deinen Onkel, den Bischof von Ely, aufsuchen müssen. Nur er kann das Aufgebot aufheben. Danach werden wir uns gemeinsam bei Lady Castlemaine Gehör verschaffen und mit ihr über den Fall sprechen. Sie hat den König unter der Fuchtel, und hübsche Rivalinnen sind ihr ein Dorn im Auge, sofern sie nicht leicht zu kontrollieren sind, und Kontrolle, liebe Tochter, ist bei dir in der Tat kein leichtes Unterfangen.

In der Zwischenzeit musst du dich verstecken. Aber wo? Edward wird jeden einzelnen Stein in diesem Königreich umdrehen, um dich zu finden und in seine Haft zu nehmen. Das verlangen sein Stolz ebenso wie seine heimtückischen Absichten.«

Anne wickelte sich noch fester in ihren Mantel, obwohl ihr jetzt gar nicht mehr kalt war. Wo in England könnte sie sich verstecken, um vor den Ansprüchen dieser beiden Männer sicher zu sein? Sie merkte nicht, dass sie laut sprach, bis sie sich sagen hörte: »Lieber will ich von eigener Hand sterben, als meine Tugend in Edwards oder des Königs Hände zu geben.«

»Meine Tochter, nie wieder darfst du so etwas sagen, nicht zu deinem armen Vater.« Er eilte zu ihr und nahm sie fest in seine schützenden Arme; und da sah sie zum ersten Mal die tiefen Sorgenfalten zwischen seinen Augen.

»Habe ich alles falsch gemacht, Anne?«, grübelte er in gequältem Ton. »Habe ich dich für deinen Platz in dieser Welt untauglich gemacht? Du hattest den Geist eines Buben, und es war mir ein Vergnügen, ihn zu fördern. Doch was nützt dir jetzt dein Griechisch und Latein, deine Philosophie und Poesie? Dein Onkel, der Bischof von Ely, war der Meinung, zu viel Bildung würde deinen Geist unruhig machen. Und jetzt wird er sagen, das sei das Ergebnis.«

»Vater, sechs Stunden am Tag die Nadel zu schwingen hätte meinen Geist zu Asche verbrannt. Du hast keinen Fehler gemacht; das Studium, das du mir geboten hast, kann mir niemand mehr nehmen.«

Er nickte, dann saß er lange Zeit nur da und schwieg. Selbst wenn sie es gewollt hätte, wäre es ihr nicht gelungen, diesen erhabenen Geist zu ergründen, der entschlossen war, ein Problem zu lösen.

Schließlich sagte er: »Ich glaube ich weiß, was zu tun ist. Du musst jetzt tapfer sein, Anne, denn mein Plan ist verrückt, aber nur so gibt es noch Hoffnung auf Erfolg.«

»Welcher Plan?«

»Anne, wir müssen sofort von hier verschwinden, zu deiner eigenen Sicherheit.« Er gab Titus ein Zeichen, die Kutsche vorzufahren. »Die nächsten Wochen werden deinen Mut auf die Probe stellen, doch alles wird gut, das verspreche ich dir, bei meiner Ehre!«

Ihre Stimme hatte einen sonderbaren Klang, und sein Herz krampfte sich zusammen, als sie sagte: »Ja, Vater, so oder so, alles wird gut.«

Zweites Kapitel

Ein Straßenräuber wird gehenkt, oder der unzüchtige Vers

Es war kein schlechter Tag für einen Mann, um gehenkt zu werden, wenn er denn gehenkt werden musste. John Gilbert drehte seinen Hals in der Schlinge vorsichtig hin und her, dann warf er den Kopf in den Nacken und lachte herzhaft. Die letzten Minuten seines Lebens gedachte er mit erfreulichen Gedanken zu verbringen. Da gab es zum Beispiel dieses reizende Miststück Nell Gwyn, deren vermummtes Gesicht in unmittelbarer Nähe des Galgens aus ihrer Kutsche lugte, ein paar Locken hatten sich aus ihrer Verhüllung befreit und glitzerten golden in der Sonne. Er fing ihren Blick auf und zwinkerte ihr schelmisch zu, ein verwegenes Grinsen spielte um seine Lippen.

Oh, wie sehr die Frauen ihre Wüstlinge liebten, sogar hier, am unfreundlichen Tyburn, ihr schüchterner Protest war nur ein Beweis mehr. Eine richtige Frau, die sich zwischen einem Straßenräuber und einem Gentleman entscheiden musste, würde immer den Räuber wählen, um dann unter größter Anstrengung den Ursprung ihrer Leidenschaft zu reformieren. Frauen, Gott segne sie, hatten einem gewissen John Gilbert das Leben schwer gemacht.

Er war schon immer versessen auf ihre duftende Fleischlichkeit gewesen, und noch versessener, wieder davon loszukommen. Seine Lippen formten sich zu einem wehmütigen Lächeln, denn er würde diesen Satz wohl nie mehr in lustiger Gesellschaft zum Besten geben.

Er blickte zur glühenden Sonne empor und spürte ein wohlig warmes Kribbeln auf seiner Kopfhaut. »Ho, mein Junge«, rief er in Richtung des Pferdes, das vor den Schinderkarren gespannt war und nervös hin und her tänzelte, um die Fliegen zu vertreiben »wirst du wohl stehen bleiben und mich nicht um meine letzte Minute auf diesem guten grünen Englischen Boden betrügen.«

Der Henker wandte sich ihm zu. »Obwohl Ihr ein Straßenräuber seid und das Schlimmste verdient habt, Gentleman Johnny Gilbert, kann ich es für Euch auch schneller machen. Diese glänzenden schwarzen spanischen Stiefel da an Euren Füßen, wenn Ihr sie mir jetzt schon gebt, muss ich es später, wenn Ihr am Galgen baumelt, nicht auf die Würfel ankommen lassen.«

Der vom Biergenuss säuerliche Atem des Scharfrichters drang in die feine Nase des Verurteilten, der sich jäh von ihm abwandte. »Ich werde gut beschuht vor den Herrn treten, Henkersmann. Diese Stiefel sind zu gut für Euresgleichen.«

»Zu gut, sagt Ihr? Und was ist mit Euch, Bastard, Sohn des Duke of Lakeland und eines Milchmädchens?«

Die Muskeln des Verurteilten schwollen an und drohten die Fesseln zu sprengen, aus seinen Augen sprühte Zorn, und der Henker wich erschrocken zurück.

»Ich gedenke nicht zu sterben, solange mir ein so schmähliches Totengedicht in den Ohren klingt, Dreckskerl.«

»Ihr werdet sterben, wie ich es Euch sage«, verkündete der Scharfrichter, der wieder Mut fasste und einen Schritt auf ihn zutat. Grausam drehte er den Knoten der Schlinge so, dass er seitlich an John Gilberts Hals lag. »So, mein kleiner Möchtegernlord, damit ist Euch ein fröhlicher Tanz sicher. Na, ein junger, starker Kerl wie Ihr könnte sogar meinen Rekord brechen und es länger als neun Minuten machen.«

Stolze Worte zischten zwischen den Zähnen des Straßenräubers hervor, ungewöhnlich weißen Zähnen, dank seines Vorrats an Zahntüchern von edelster Qualität, die er einem holländischen Kaufmann gestohlen hatte, der so unvorsichtig gewesen war, ihm auf der Hauptverkehrsstraße über den Weg zu laufen. »Dann seht mich tanzen und staunt,

Henkersmann. Die Damen sagen, ich füge mich schnell in den Takt jeglicher Musik.«

Ein Aufseher trat vor den zweirädrigen Schinderkarren. »Hört nun den Vollstreckungsbefehl des Königs«, rief er in die Menge. »John Gilbert, alias Gentleman Johnny, hat auf den Straßen dieses Königreichs treue Untertanen ihres Besitzes beraubt, zu ihrem Schaden und in Auflehnung gegen unsere königliche Hoheit. Die Strafe lautet Tod durch den Strang in Tyburn am heutigen dreizehnten Mai, im Jahre des Herrn sechzehnhundertundfünfundsechzig, und im fünften Herrschaftsjahr Unserer Majestät. Unterzeichnet vom königlichen Richter, Sir Samuel Gascoigne.«

John richtete sich auf und straffte seinen Rücken. Niemand würde ihn an diesem Tage straucheln sehen. Er spürte, wie sein Hemd aus feinster flämischer Baumwollspitze auf die Seite gezogen wurde, um es, so vermutete er, vor dem unvermeidlichen Schaumaustritt zu schützen.

Den Frauen in der Menge, die auf den Beginn ihrer täglichen Unterhaltung warteten, stockte der Atem beim Anblick dieser entblößten Männerbrust und sie bedeckten züchtig die Augen. Außer eine. Die vermummte Lady in der goldenen Kutsche sah unverwandt zu ihm herüber und musterte ihn verwegen.

Höhnisch rief sie dem Verurteilten zu: »Ist es wahr, mein hübscher kleiner Dummkopf, dass Ihr den königlichen Richtern in diesen sieben Jahren nicht nur entkommen seid, sondern sie auch noch an der Nase herumgeführt habt?«

Gott segne dich, Nell, dachte er. Das war immerhin ein Totengedicht, mit dem er sterben konnte. Er verneigte sich so gut er konnte, wobei sich die Schlinge um seinen Hals zwangsläufig enger zog. »Wie Ihr mit eigenen Augen seht, mein Herz, muss es wohl wahr sein.«

Sie neigte ihren goldgelockten Kopf. »Eure Art ist zweifellos bezaubernd, Sir. Ihr habt das Gesicht eines Engels, aber den Körper eines Teufels.«

Er verneigte sich abermals, auch wenn er damit die

Schlinge noch fester zurrte. Anstand musste sein, sogar an einem so unsäglichen Ort wie diesem.

»Und ist es ferner wahr«, fuhr sie mit einer Stimme fort, die die Menschenmenge mühelos übertönte, »dass man Euch nur vor Gericht bekommen hat, weil Ihr im Drury Lane eine Rolle in Nell Gwyns letztem Stück gespielt habt, namentlich *Die zügellose Dame, oder das wiedergewonnene Prachtstück*?«

Wieder verneigte er sich und antwortete gedehnt: »Vielleicht war es dumm von mir, aber es war eine großartige Rolle mit einer großartigen Schauspielerin.«

Die Augen der Lady funkelten. »Dann bist du also jener Straßenräuber, über den die Schankmädchen den obszönen Vers gedichtet haben«, und in einem komischen Cockney, das einst ihr eigenes gewesen war, als sie im Parkett des Theatre Royal noch Orangen verkauft hatte, fing sie an zu trällern:

»*Was er auch anfasst, der Johnny, der kann's,*
Wie mit dem Schwert, so mit dem Schwanz?«

Die Menge johlte und stimmte einen Sprechchor an: »Gentleman Johnny – Gentleman Johnny!«

Der Straßenräuber starrte die Lady an, und ein Lächeln spielte um seine Lippen, als er zu einer Rede anhob, die von Drury Lane bis Westminster bald in aller Munde sein würde: »Ihr macht mir keine Ehre, Madame. Ich bin *doppelt* so schlimm, wie Ihr mich beschreibt. Und wäret Ihr so freundlich, mich von diesem armseligen Strick zu befreien«, er rieb sich die Nase, »dann würde ich Euch ein Vergnügen bereiten, das so köstlich ist, dass es einer Königin gebührte.«

Abermals ging ein Tosen durch die Menge, die sich nun geschlossen der vermummten Lady zuwandte, um sich ihre Antwort nicht entgehen zu lassen.

»Glücklich formuliert, Herr Straßenräuber. Möge der Hölle bestes Gemach für Euch reserviert sein.«

Mürrisch mischte sich jetzt der Henker ein. »Genug jetzt. Wir sind hier nicht im Theatre Royal. Das ist eine Sache des Königs, und zwar eine ernste.«

Er hob die Peitsche über das Hinterteil des Pferdes. Die Menge verstummte und starrte unverwandt auf den Straßenräuber, der sein stolzes Kinn emporreckte.

John Gilbert heftete seinen Blick auf die Lady, die ihr Gesicht jetzt nicht mehr verhüllt trug, um ihre Tränen zu zeigen.

Jemand in der Menge brüllte: »Nell Gwyn, sie ist es selbst!«

»Keine Tränen, Nellie«, rief John Gilbert ihr zu. »Mein Blick wird auf deinen Lippen ruhen, wenn ich sterbe.« Er beugte sich nach vorne, als wollte er ein letztes Mal ihr süßes Fleisch kosten.

Die Trommeln wirbelten. Die Peitsche des Henkers zitterte in der Luft, dann herrschte in Tyburn vollkommene Stille, sogar die Vögel hörten auf zu singen. Die Peitsche bewegte sich auf die Flanke des Pferdes zu.

»Halt!« Der Schrei kam aus einer Kutsche, die soeben jenseits der Menge zum Stehen kam. Ein Richter in Robe sprang heraus und eilte auf den Galgen zu. »Dieser Mann wird seinen Schöpfer nicht heute treffen«, verkündete der Richter.

John, der sich ganz dem Studium von Nells Lippen hingegeben hatte, Lippen, die ihn sogar in diesen letzten Augenblicken seines Lebens noch erregten, tat einen tiefen Atemzug, den er sich nicht mehr erhofft hatte.

Der Henker entgegnete: »Dieser Mann ist zum Tode verurteilt, Sir Samuel.« Ein leichtes Stottern in seiner Stimme verriet seine Enttäuschung. »Wo ist die Begnadigung des Königs?«

Der Richter reichte ihm ein Pergament, dessen Siegel an einem scharlachroten Band hing. »Der Gefangene ist nicht begnadigt, ich persönlich werde ihn in Gewahrsam halten. Er hat versprochen, uns zu dem Ort zu führen, wo er seine Beute versteckt hat. Haltet uns nicht auf! Hier steht mein

Name, sowohl auf dem Vollstreckungsbefehl als auch auf dem Aufschub der Hinrichtung.« Die Stimme des Richters gewann an Schärfe. »Nun setzt ihn in meine Kutsche, aber lasst ihn gefesselt. Beeilt Euch!«

Ein paar Zuschauer applaudierten, andere waren verärgert, weil man sie um ihren Spaß gebracht hatte.

Sir Samuel warf dem Henker eine Goldmünze hin, die ihm offenbar Beine machte.

Das Gewicht der Schlinge lastete nicht länger auf John. Mit einem harten Griff wurde er in die richterliche Kutsche gestoßen, die sich unverzüglich in Bewegung setzte und durch die Zugkraft von vier schnellen Pferden davonjagte. Er lehnte sich aus dem Fenster, um Nell Gwyn in einer umständlichen Verrenkung noch einen ungeschickten Handkuss zuzuwerfen. Er hatte ihren süßen Schmollmund zu einem Liebesspiel verführt und sie dann um den Höhepunkt betrogen. Vielleicht würde er es eines Tages wiedergutmachen, und mehr als das.

Der Richter bemerkte die Geste mit einem Stirnrunzeln. »Ihr tätet besser daran, Gott zu danken als dieser Frau«, sagte er. »Ihr seid wahrhaftig ein kaltblütiger Schurke, Sir.«

Die Sonne verschwand hinter den Wolken und ein frühabendlicher Schauer setzte ein, als die Kutsche über die staubige Straße rumpelte.

Der Straßenräuber verzog das Gesicht zu einem Grinsen. »Glücklicherweise kaltblütiger, Sir, als der Ort, an den Ihr gedachtet mich zu schicken«, erwiderte John, ohne jeden Anflug von Dankbarkeit in seiner Stimme. Doch sein Blut strömte heiß durch seine Adern, als er den Geruch nasser grüner Erde einsog, der durch das offene Fenster hereindrang. »Verdammt will ich sein, Sir Samuel, sollte ich mich in meinem Leben noch einmal über den guten englischen Regen beklagen.« Er versuchte den Mantel anzulegen, den ihm der Richter zugeworfen hatte, gab aber schließlich auf. »Wärt Ihr vielleicht so freundlich, mich von diesen Ketten zu befreien?«

»Nicht, solange wir unser Ziel nicht erreicht haben. Seid Ihr doch nur zu vertraut damit, Kutschen bei voller Fahrt zu besteigen und wieder zu verlassen.«

Der Gefangene musterte den Richter neugierig. »Einen Tag verurteilt Ihr mich und am nächsten lasst Ihr mich frei. Kann sich Euer richterlicher Geist nicht entscheiden?«

»Ich werde keine Fragen beantworten, bis ich es für nötig halte, und Eure Dreistigkeit wird mich nicht provozieren«, erwiderte der Richter und starrte unverwandt aus dem Fenster der Kutsche, die jetzt parallel zur Themse fuhr. Meile für Meile hatte er Johns aufdringlicher Fragerei standgehalten, bis dieser schließlich verstummt war. Jetzt lehnte der Straßenräuber gegen den mit edlen Stoffen bezogenen Sitz und dachte über die nächstbeste Fluchtmöglichkeit nach. Wenn der Richter tatsächlich glaubte, irgendwelche verborgenen Schätze von ihm erzwingen zu können, musste er Sir Samuel leider enttäuschen. John Gilbert hatte seine letzte Pfundmünze Nell gegeben, damit sie sich ein neues Kostüm kaufen konnte.

Just bei Einbruch der Dunkelheit fuhren sie die Auffahrt eines kleinen reetgedeckten Fachwerkbaus hinauf, eines Gasthauses nahe der Oxford Road.

Der Richter holte einen Schlüssel aus seiner Westentasche. »Habe ich Euer Wort, Sir, dass Ihr Euch nicht aus dem Staub macht?«

»Würdet Ihr dem Wort eines Straßenräubers denn trauen?«

Der Richter schloss die Ketten an Johns Handgelenken auf, dann kniete er umständlich nieder und machte sich an den Fußfesseln zu schaffen. John musste lächeln, als er auf den grauen Kopf des alten Mannes herabblickte. »Ihr seid ohne Zweifel ein überragender Richter, Sir Samuel, aber ein erbärmlicher Kerkermeister. Ich könnte Euch in dieser Position mit Leichtigkeit überwältigen.«

Der alte Mann richtete sich auf, als er sein Werk zu Ende gebracht hatte. »Ihr könntet, aber damit wäre Eure Neugier ungestillt. Ihr seid Schauspieler genug um den Höhepunkt dieses Dramas nicht missen zu wollen.«

John rieb seine Handgelenke, wo die Ketten schmerzhafte rote Druckstellen hinterlassen hatten. »Ihr kennt mich zu gut, Sir Samuel.« Und diesmal scherzte er nicht, denn es stimmte. Der Straßenräuber fühlte sich reichlich unwohl ob dieser Erkenntnis, und dennoch musste er über sich selbst schmunzeln.

Die beiden in Mäntel gehüllten Männer durchquerten den öffentlichen Vorraum des Gasthauses, stiegen die schmalen Treppen hinauf und betraten eine kleine Stube mit angrenzendem Schlafgemach. Auf einem Tisch beim Feuer erwartete sie warme Aalpastete, etwas Käse und Brot und eine Flasche Wein.

John hatte geglaubt, nie wieder etwas zu essen, und allein die Erinnerung an diesen Gedanken bewirkte, dass er sich wie ausgehungert fühlte. Er aß, während ihm der Richter von seiner Tochter erzählte. Die Geschichte war erstaunlich, so erstaunlich, dass John sie ihm sofort glaubte. Zwar hatte ihn dieser Richter zum Tode verurteilt, doch war dies das geringste Strafmaß, das das Gesetz erlaubte. Er hätte auch in Ketten am Galgen hängen können, bis ihm das Fleisch von den Knochen fiel, oder man hätte ihn vierteilen lassen.

John hatte keinen Grund, dem Richter nicht zu vertrauen, dafür vertraute Sir Samuel seiner Tochter offensichtlich zu sehr. Wenn nur die Hälfte von dem stimmte, was er vom Hof gehörte hatte, war es unwahrscheinlich, dass das Mädchen so unschuldig war, wie er kundtat. Schließlich aber wollte jeder Vater an die Unschuld seiner Tochter glauben, bis ihr schwellender Bauch keinen Platz für Zweifel mehr ließ.

Als Sir Samuel geendet hatte, nahm der Straßenräuber einen guten Schluck aus seinem Krug, ließ den Wein über die Zunge rollen, und wandte sich dann dem Richter zu. »Hab ich richtig gehört, Sir Samuel: Ihr wollt, dass *ich* Eure keusche und zweifellos fromme Tochter vor den Gelüsten des Königs beschütze, sowie vor dem Mann, dem sie gesetzlich versprochen ist, nämlich keinem Geringeren als Lord Waverby, Angehöriger des Hochadels, Günstling des Hofes und begnadeter Fechter.«

Der Richter rutschte unruhig auf seinem Stuhl hin und her. »Aus dieser Warte betrachtet, ja.«

John Gilberts Augen funkelten ungläubig. »Diese Dinge sind für mich nicht von Bedeutung, eines aber wohl: Ihr beabsichtigt Lady Anne Cascoigne in meine Hände zu geben, Sir, einem Bastard und Schwerverbrecher.«

»Ich richte einen Mann nicht nach seinem Stand.«

»Wenn das so ist, Sir, würden Euch die meisten Eures Standes für unmoralisch halten.« Zum zweiten Mal an diesem Tag warf John den Kopf in den Nacken und lachte herzhaft. Der Richter machte Anstalten sich zu erheben, die Hand an seinem Schwert, doch der Straßenräuber hob beschwichtigend die Hände und versuchte, sein Gelächter zu kontrollieren. »Sir, selbst wenn Ihr meine ehrlose Herkunft unberücksichtigt lasst, reicht mein Ruf aus –«

Der Richter schnaubte. »Glaubt Ihr, dass ich einen Mann nicht über sein Äußeres hinaus beurteilen kann? Ich habe mit Eurem Vater in Oxford studiert, und ich weiß, dass der Apfel nicht weit vom Stamme fällt. Ferner ist mir bekannt, dass Ihr niemals hinterrücks und nur in ehrenhaftem Kampfe getötet habt, keine Bedürftigen bestohlen –«

»Dafür umso mehr Richter«, gestand John.

»Und«, fuhr Sir Samuel fort, entschlossen, seine Rede zu Ende zu führen, »wenn Euch die Schanklieder gerecht werden, habt Ihr niemals eine Frau ohne Ihr Einverständnis genommen.«

John war nun nicht mehr belustigt. »Gerne bekenne ich mich in allen Anklagepunkten schuldig. Doch muss ich Euch darauf hinweisen, dass es auf dieser Insel von ehrenhaften Männern nur so wimmelt. Warum ich?«

»Ihr seid ein Mann, der nichts mehr zu verlieren hat.«

John rieb sich reumütig seinen Hals. »Darüber lässt sich streiten. Wenn ein Mann erst einmal seinen Kopf gerettet hat, schätzt er ihn umso mehr.«

»Und ferner«, ließ sich der Richter nicht beirren, »kann ich das Leben meiner Familie und Freunde nicht aufs Spiel setzen. Lord Waverby ist ohne jeden Zweifel ein ruchloser Schuft.«

Der Straßenräuber wandte sich ab, um seine Füße am Kamingitter zu wärmen.

»Und gewiss«, setzte Sir Samuel seine Rede fort, »gibt es einen Grund für meine Wahl, der noch offenkundiger ist. Ihr seid den besten Männern des Königs jahrelang erfolgreich entkommen. Man sagt, Ihr habt ein Versteck in Whittlewood Forest, das nicht einmal die besten Jagdhunde aufzuspüren vermögen. Ich möchte, dass Ihr meine Tochter, Lady Anne, an diesen Ort bringt und so lange dort versteckt, bis ich ihre Verlobung annulliert habe, und bis der König Gefallen an einer anderen, willigeren Hofdame gefunden hat, um sie zu seiner Dirne zu machen.«

John spießte ein letztes Stück Cheddar auf und steckte es in den Mund, die Blicke aus seinen erstaunten, schwarzen Augen fest auf das Feuer geheftet, denn er wagte nicht in das flehende Gesicht des verzweifelten Vaters zu blicken. »Sir, meine Männer sind schlecht erzogen und mein Lager ist ungemütlich. Es ist gewiss nicht der richtige Ort für eine Lady von zarter Unschuld, insbesondere einer Unschuld, die sie um einen so hohen Preis zu beschützen gedenkt.« Er beugte sich nach vorn und stützte das Kinn auf seine Hände, und der Schein des Feuers umspielte die scharfen Züge seines nachdenklichen Gesichts. »Nennt mir einen Grund, warum ich das tun sollte. Wenn ich ein zweites Mal gefasst werde, wird der König auf einen gepflegten und sauberen Tod durch den Strang verzichten und mich den Hunden zum Fraß vorwerfen. Ein recht unordentliches Geschäft, wie ich gehört habe.«

»Lieber ein aufgeschobener, unordentlicher als ein Tod,

der für morgen festgesetzt ist«, drohte der Richter. »Meine Männer haben das Gasthaus umstellt.«

John lachte und wandte sich jetzt wieder dem Richter zu. »Gedenkt Ihr einen Man zu erschrecken, der um ein Haar dem Tod entkommen ist? Die Erinnerung an den Strick könnte meinen Beinen Flügel verleihen, wenn ein wahrhaftiger Mann selbige nicht ohnedem besitzt. Nein, Sir Samuel, so leicht werdet Ihr Eure Sache nicht bekommen. Ich fordere eine Begnadigung, oder zumindest ein Exil, eine Überfahrt zu den Kolonien – Jamaika, denke ich. Man sagt, es weht dort zu jeder Jahreszeit eine schwache Brise, die das Bier kühlt und die Frauen erhitzt, und ein Mann kann dortzulande sein Mahl von den Bäumen nehmen.«

»Alles, was ich Euch bieten kann, ist ein paar Wochen länger zu leben.«

John hieb sein Messer in den Tisch und ließ es im Holz stecken. »Dann nehmt Eure Tochter und seid verdammt, Sir!«

»Ihr seid es, der verdammt ist!«

John zuckte mit den Schultern und lehnte sich auf seinem Stuhl zurück, ohne jeden Anflug von Besorgnis in seinem Gesicht oder Gebaren.

Der Richter starrte ihn an und biss die Zähne zusammen. »Ich glaube wohl, Ihr seid ein Mann, der eher gewillt ist, sein Leben zu lassen, als auf etwas zu verzichten, das er sich in den Kopf gesetzt hat. Umso mehr bin ich davon überzeugt, dass Ihr ein Mann seid, dem ich vertrauen kann.«

John war sich dessen alles andere als sicher. Ein derartiges Vertrauen war ihm unbehaglich. »Dann haben wir also eine Abmachung, Sir Samuel?«

»Wenn es Euch gelingt, sollt Ihr Eure Freiheit haben. Wenn Ihr scheitert, wird es Euch den Kragen kosten. Versteckt Lady Anne, haltet sie von allen Übeln fern, und ich werde alles dafür tun, was in meiner Macht steht, um das Strafmaß herabzusetzen und Euch Exil zu gewähren. Heute in vierzehn Tagen werde ich Euch wieder hier treffen. Das sollte mir genug Zeit geben, um zu tun, was zu tun ist.«

Der Richter holte ein sauberes Hemd und ein Schwert hervor, das an einem breiten Bandelier hing. John, der das Gewicht des Stahls an seiner Hüfte seit seiner Inhaftierung im Newgate Gefängnis schmerzlich vermisst hatte, zögerte keine Sekunde, sich die Waffe mit einem einzigen, schnellen Griff anzulegen.

»Und nun, Sir Samuel, wann werde ich die Ehre haben, diesen Inbegriff der Tugendhaftigkeit, dieses prüdeste unter allen Mädchen zu treffen? Ich muss gestehen, dass ich es kaum erwarten kann.« Dabei machte er eine spöttische Verbeugung.

»Ihr werdet mich treffen, sobald Ihr Euer anstößiges Verhalten gebessert habt.«

John richtete sich reflexartig auf, als er diese unverkennbar raue Frauenstimme vernahm. Eine verhüllte Gestalt trat leise aus dem benachbarten Raum in den flackernden Schein des Feuers; eine Frau von solch bezaubernder, durchscheinender Schönheit und grün schimmernden Augen, dass John Gilbert auf Anhieb verstand, warum der König ungeachtet ihrer vielgerühmten Frigidität so hartnäckig war.

Sir Samuel umarmte seine Tochter. »Hab keine Angst, Anne. In wenigen Wochen, vielleicht sogar Tagen, werde ich zurück sein. Ich werde unverzüglich deinen Onkel, den Bischof, aufsuchen. Er wird uns helfen. Doch nun geh mit Master Gilbert. Es ist alles vorbereitet. Er weiß, was zu tun ist.«

»Aber, Vater …« Sir Samuel strich ihr mit einem Finger sanft über die Wange, dass sie verstummte. Sie blickte zu John hinüber, der sich abermals tief verneigte, noch übertriebener als beim ersten Mal, um seine Bestürzung zu verbergen.

Er hatte mit einer energischen Verfechterin ihrer Tugend gerechnet, deren Gesicht bereits die harten Züge der

Prüderie angenommen hatte, und was er jetzt vor sich sah, war ein Gesicht, das ihm die Sinne verwirrte. Herrliche rotbraune Locken lugten unter der Kapuze ihres samtenen Reisemantels hervor und umrahmten ihr Gesicht wie einen Heiligenschein. John holte tief Luft und erinnerte sich an die Verszeile eines Gedichts von John Donne, in dem die Liebe ›einen kleinen Raum zur Welt sich macht‹.

Doch binnen Sekunden hatte er sich wieder im Griff. Oh, eines Mannes Fleisch war stets im Krieg mit seiner Vernunft. Ein Holzscheit löste sich im Kamin, und Funken sprühten und tanzten an der Feuerstelle.

Die junge Frau machte einen Schritt auf ihren Vater zu. »Ich zweifle nicht, dass Master Gilbert weiß, was er zu tun hat, Vater, doch weiß er auch, was er *nicht* zu tun hat?«, sagte sie mit einer Stimme, die so leicht war wie die Luft, die ein Mann zum Atmen braucht.

Zurückgezogen unter der Haube ihres Mantels bot Lady Anne Gascoigne einen Anblick, der so gar nicht ihren Gefühlen entsprach. Sie konnte nicht glauben, dass dieser Mann, den sie da vor sich sah, mit seinen geschmeidigen, ansehnlichen Gesichtszügen, seinem makellosen, schmalen Schnauzbart und dem langen, dunkelgelockten Haar, ein Erscheinungsbild also, das über sein barbarisches Geschäft hinwegtäuschte, derselbe war, über den die Schankmädchen und Hofdamen obszöne Lieder sangen, den sie Gentleman Johnny nannten und der überdies der Liebhaber der berühmten Schauspielerin Nell Gwyn war. Anne spürte, wie ihr das Blut in die Wangen schoss, als sie an die Lieder dachte, die sie unabsichtlich mitgehört hatte und die größtenteils seine Männlichkeit rühmten, und griff nach dem Elfenbeinschaft ihres kleinen hübschen italienischen Dolches, das sie an ihrer Taille trug, wobei sie den Mantel beiseite schob, um den Blick darauf freizugeben.

»Sir, ich werde nicht zögern, von diesem Stahl Gebrauch zu machen, solltet Ihr die Dreistigkeit besitzen, mich als Beweis für Eure Männlichkeit zu missbrauchen.«

Annes gespielt tapfere Rede drohte sie beinahe zu ersticken.

Er legte den Kopf leicht schräg, und mit ernster Miene sagte er: »Ich würde nichts tun, Mylady, das Eurer eindrucksvollen Sittlichkeit den geringsten Schaden zufügt, insbesondere als mich eine Vielzahl Eurer Gespielinnen durchaus mit ihrem Eifer beehren und unter meiner zärtlichen Obhut zu voller Blüte gelangen.«

Mit einer übertrieben höfischen Geste legte er eine Hand auf sein Schwert und streckte ein sehniges, wohlgeformtes Bein aus. »Hiermit schwöre ich bei allem, was ich besitze, dass Eure Unschuld Euch gehören soll, so lange Ihr es wünscht.«

Sein abschätzender Blick und der unverhohlene Sarkasmus in seinen Worten wollten sie jedoch nicht gänzlich überzeugen, so dass sie ihre Hand auf dem Heft ihres Dolches ruhen ließ. In der Tat, hätte sie ihre Hand fortgenommen, so hätte ihr Zittern womöglich noch Aufschluss über ihre wahre Gemütsverfassung gegeben. Schreckliche Angst überkam sie, an der Schwelle eines waghalsigen Abenteuers, vor dem Sprung in einen unbekannten Abgrund mit einem fremden und gefährlichen Mann. Doch um nichts in der Welt durfte sie ihre Gefühle preisgeben, zumindest nicht gegenüber ihrem Vater, der sich so viele Sorgen machte, und gewiss nicht gegenüber diesem Straßenräuber, der sich, davon war sie überzeugt, jegliches Anzeichen von weiblicher Schwäche unmittelbar zunutze machen würde.

Als sie wenige Minuten später vor dem Gasthaus standen, gab der Richter seiner Tochter einen Kuss auf die Wange und half ihr in den Sattel. Einen Augenblick lang, der ihr wie eine Ewigkeit vorkam, klammerte sie sich an der vertrauten Hand ihres Vaters fest, und an der Sicherheit, die ihr diese immer gewesen war. Er sah besorgt zu ihr hoch, doch sie zwang sich zu einem Lächeln und richtete sich im Sattel auf.

Mit einem Bein im Steigbügel, hob John die Hand zum

Gruß. »Ich bewundere Euch, Sir, auch wenn dies ein sonderbarer Tausch ist. Es schmerzt mich sehr, Euch sagen zu müssen, dass Ihr keine Chance gegen den König und seinen Zuhälter habt. Es gibt genug Leute, die sich über Eure Beteiligung an meinem Entkommen wundern werden, und gewiss nicht im Stillen.«

»Das lasst meine Sorge sein.«

»Wie Ihr wollt, Sir.« John sprang hinter Anne in den Sattel, nahm die Zügel und trieb das Pferd zum Galopp an.

Schon war sie von seinen Armen und Schenkeln fest umschlossen und spürte seinen warmen, feuchten Atem in ihrem Nacken.

Hinter ihr im Sattel wunderte sich John über seine plötzliche Erregung und führte sie auf das kürzlich wiedergewonnene Gefühl zurück, am Leben zu sein, und zu einem gewissen Grad vielleicht auch auf die halbe Flasche Wein, die er zum Dinner eingenommen hatte. Gewiss war es nicht diese strenggläubige Maid, die vor ihrem König geflohen war, um ihren weiblichen Schatz zu retten, einen Schatz, der in diesem Königreich minütlich verloren ging und den er selbst nicht wenigen willigen Mädchen geraubt hatte. Doch konnte diese Anne Gascoigne, die steif wie ein Stock in seinen Armen saß, frei von Leidenschaft sein? Nein, wenn er etwas von dieser Angelegenheit verstand, und das tat er, dann würde sie einen gewaltigen Sturz erleben. Darauf würde er sein Leben geben.

Diese Erkenntnis warf jedoch eine weitere Frage auf. Konnte dieser Schatz, den sie so sorgfältig hütete, es wert sein, die Chance auf ein neues Leben in den Kolonien zu riskieren?

Er schüttelte sich, als wollte er den Gedanken auf diese Weise loswerden, und bog auf einen schmalen Waldweg ab. Wenn diese Frau ihn auf die Idee bringen konnte, seinen heiligen Schwur zu brechen, und auf andere verrückte Gedanken, war sie gefährlich. Er musste seine fünf Sinne beisammen halten. Überdies hatte Sir Samuel wahr gesprochen. John Gilbert hatte in seinem Leben nichts zu verlieren, weil er bereits mit nichts auf die Welt gekommen war, er hatte keine Eltern, kein Erbe und keinen Namen, und er tat gut daran, das nicht zu vergessen.

Anne spürte, wie er im Sattel nach vorn rutschte, und versuchte, von ihm abzurücken, doch seine muskulösen Oberschenkel hielten sie wie in einem Schraubstock fest, und für einen kurzen Augenblick fragte sie sich, ob er nicht fester und hartnäckiger war als jener, vor dem sie am Hofe geflohen war.

Zurück im oberen Zimmer des Gasthauses, nahm Sir Samuel sein gereinigtes Schwert aus dem Feuer und hieb es in das Fleisch seines linken Armes. Schaudernd umwickelte er den blutigen Körperteil mit einem sauberen Taschentuch. Nun sollten die Schiedsmänner des Königs bestreiten, dass John Gilbert sich seinen Weg in die Freiheit erkämpft hatte, ehe er ihm sein Versteck offenbarte.

Drittes Kapitel

Das Lager im Wald

Irgendwie fühlte es sich gut an. Erschöpft von zwei Tagen voller Angst und einer durchrittenen Nacht, lehnte sich Anne schläfrig gegen John Gilberts Brust. Sie hätte niemals geglaubt, dass eine so unnachgiebige, stählerne Härte einen so wunderbaren Trost zu spenden vermochte. Noch hätte sie jemals für möglich gehalten, dass ihr dieser Mann, den sie verachten sollte ... den sie verachtete ... allein durch seine körperliche Nähe eine so eigenartige Kraft verleihen, ja, sie zu ihrem eigenen Zwecke stärken konnte.

Nichts, was sie in ihrem ganzen Leben am Hof gelernt hatte, diente ihr jetzt dazu, einen Mann wie John Gilbert zu verstehen, einen Mann, dem es offensichtlich an jeglichem Einfühlungsvermögen und Verständnis mangelte, der aber – und das war das Ungewöhnlichste von allem – einen schier unbeugsamen Mut bewies, ohne ein Schwert zu schwingen oder viele Worte zu verlieren. Ihr Vater musste es gesehen und darauf vertraut haben, sonst hätte er sie niemals in die Obhut des Straßenräubers gegeben.

Der Whittlewood Forest wurde jetzt immer dichter, und Anne Gascoigne schaute nach oben, um zu bemerken, wie sich das grüne Blätterdach über ihrem Kopf langsam schloss, dicht genug, um das erste Tageslicht zu verdecken, das allmählich durch die Äste hereinfiel.

»Sitz aufrecht«, sagte John mit unerwartet tiefer und rauer Stimme. Er räusperte sich und fuhr in seinem üblichen respektlosen Tonfall fort: »Tut mir leid, Lady, aber jeder in meiner Bande, auch eine Frau, hat das gleiche Gewicht zu tragen.«

Sie setzte sich augenblicklich auf und verharrte in aufrechter Haltung, jeden einzelnen ihrer Gelübde sicher an seinem Platz. »Ich hege nicht den geringsten Zweifel darüber, Master Gilbert, was Ihr von einer Frau verlangt.«

John bedauerte den Verlust ihrer weichen, runden Schultern an seiner Brust, doch konnte er es sich nicht verkneifen, ihre freche Bemerkung aufzugreifen. »Dann wird es Euch auch nicht überraschen, wenn ich Euch nun die Augen verbinde, für den Fall, dass ein Sinneswandel Euch eines Tages dazu verleitet, einem König zuliebe mein geheimes Versteck zu verraten.«

Wenn sie imstande gewesen wäre, sich von seinem eisernen Griff zu befreien, hätte sie ihm einen ordentlichen Schlag mit ihrem Fächer verpasst – wenn sie einen Fächer gehabt hätte. Sie würde wohl eine Zeit brauchen, bis sie die Gewohnheiten des Hofes aus ihrem Gedächtnis verbannt hatte.

Am Ufer eines kleinen, mit Adlerfarn gesäumten Baches zügelte er das erschöpfte Pferd und band Anne sein fein gewebtes Taschentuch aus französischer Spitze um Augen und Nase. Sie spürte, wie sich seine Hände tief in ihr Haar gruben, als er den Knoten festzog.

Mit einem Mal stieg ihr ein herber, männlicher Duft in die Nase, der Geruch nach Haut, ein Gemisch aus Sonne und Wind, Pferd und einem guten Tropfen Rotwein.

Er trieb das Pferd vorwärts und hinein in den Strom; eine Zeit lang vernahm sie das Platschen der Hufe im Wasser und wusste, dass sie am Uferrand entlangritten.

»Kein Wunder, dass Euch die Hunde nicht gefunden haben«, sagte sie, um seine übertriebene Geheimnistuerei über den Haufen zu werfen.

»Wenn ich muss, werde ich Euch auch noch die Ohren zustopfen«, erwiderte er unbeirrt.

Sie nahm ihn beim Wort, aber sie hörte nicht auf zu lauschen und ihre Augen anzustrengen, um durch das Taschentuch hindurch etwas zu erkennen, bis sich ihre Augen schließlich daran gewöhnt hatten. Sie musste sich an alles erinnern, um ihn später damit zu necken, was für eine armselige Augenbinde sein feines Taschentuch doch war.

John Gilbert ritt die vertraute Strecke zu seinem Lager und wunderte sich, warum die Wachtposten nicht auf ihren Plätzen hoch oben in den Bäumen waren. Der Wald war insgesamt viel zu still, so als hätten sich Beute wie Jäger in beiderseitigem Einvernehmen noch einmal schlafen gelegt. Es würde nicht lange dauern, das wusste er. Sobald Sir Samuel seine Flucht gemeldet hatte, würde der Grafschaftsvogt jede einzelne Straße in und um Whittlewood überwachen lassen. Er lächelte in sich hinein. Glücklicherweise kannte der Grafschaftsvogt nicht jeden Ausgang. Er spornte das Pferd an, verließ den Strom und machte vor einem gewaltigen Dornengestrüpp halt.

Anne spürte, wie er vom Pferd absaß; durch den plötzlichen Verlust seines Gewichts gegen ihren Körper wäre sie beinahe hintenüber gefallen. Sie hatte gar nicht bemerkt, wie sehr sie sich auf seine stützende Kraft verlassen hatte, und beschloss sich nie wieder so gehen zu lassen, denn jegliche Abhängigkeit von einem Gauner wie Gentleman Johnny konnte gefährlich sein.

Doch John Gilbert schien sie gar nicht zu beachten. Stattdessen untersuchte er das Gestrüpp, das sie für ein gigantisches Wildgehege hielt, den sicheren Zufluchtsort für trächtige Rehe und Jungtiere. Er griff in das Gestrüpp hinein und ertastete einen großen schwarzen Eisenring, an dem er mit beiden Händen zog. Ein riesiges Tor schob sich über eine Metallschiene langsam und quietschend auf.

»Beugt Euch jetzt vor und haltet Euch an der Mähne fest«, befahl er.

»Ich werde keinen Schritt tun, bevor Ihr mir nicht diese unhöfliche Binde abnehmt.«

Doch noch bevor sie ihren Satz zu Ende bringen konnte, wurde sie von einer kräftigen Hand nach unten auf den Pferdehals gedrückt und dort gehalten, während er das

Pferd durch den Eingang des gewaltigen Gestrüpps manövrierte. Hinter ihnen schloss sich das Tor mit einem lauten Quietschen und die Binde vor ihren Augen war mit einem Mal verschwunden. Sie musste blinzeln, als sie in das gelbe Licht der Laterne blickte. Sie befanden sich in einer Erdhöhle, soweit sie das ausmachen konnte, in einem Hügel, der sich hinter der Attrappe aus Dornensträuchern befand. Der Raum war oben und an den Seiten mit Holzbalken gestützt und so hoch, dass ein Pferd mitsamt Reiter mühelos darin Platz hatte.

Sie konnte die Bewunderung in ihrer Stimme nicht verbergen. »Wenn das Euer Werk ist, Herr Baumeister, seid Ihr gescheiter, als ich dachte. Eure Fähigkeiten hätten Euch bestimmt einen ehrlichen Lohn eingebracht, hättet Ihr sie nur einem Lord angeboten.«

John schritt auf die helle Öffnung zu, die sich ein paar Meter weiter im Inneren der Höhle befand, und zog das Pferd an den Zügeln hinter sich her. »Wie kommt es eigentlich, Mylady, dass Euer Geschlecht stets darum bemüht ist, etwas zu verbessern, was keiner Verbesserung bedarf? Wenn Ihr etwas bewundert, dann bewundert es als das, was es ist, und nicht weil vermeintliche Kenner es mit ihrem Siegel versehen könnten.«

Seine Rede verletzte sie zutiefst. Sie hatte es als aufrichtiges Kompliment gemeint, und er wies sie zurecht, als wäre sie ein dummer kleiner Junge. Wie konnte er es wagen? Was sie jetzt sagte, war dem Hochmut einer Lady Castlemaine durchaus ebenbürtig. »Ich glaube nicht, dass ich es nötig habe, mich von einem geckenhaften Straßenräuber in guten Manieren unterrichten zu lassen.«

»Mylady, Ihr habt Unterricht in nahezu allen Bereichen nötig.«

Wütend stieß sie hervor: »Ich gedenke nicht, ihn bei Euch zu nehmen, Sir.«

Im Weitergehen und ohne sie anzusehen, verneigte er sich, und schon die Tiefe seiner Verbeugung war eine unerhörte Beleidigung. »Ebenso wenig gedenke ich mein Talent an eine Lady Eures Standes zu verschwenden, die offenbar glaubt, reines Blut sei eine Rechtfertigung für ein so niederträchtiges Gemüt und schlechtes Betragen. Ich werde Euch verstecken, wie ich es Eurem Vater versprochen habe, und für Eure Sicherheit sorgen, aber ich werde keine Freude an Eurer Gesellschaft haben, nein, nicht eine Sekunde, wenn diese letzte Nacht ein Omen sein sollte.« Er verbeugte sich erneut, und diesmal war sein Hohn nicht mehr zu übersehen.

Anne biss die Zähne zusammen und ließ sich zu keiner Antwort herab. Er hatte sie grob behandelt und unverschämt gesprochen. Wehe, wenn sie noch eine Lady vom Hof gewesen wäre, dann wäre er für sein Verhalten schon doppelt ins Newgate Gefängnis gewandert. Sie hatte noch nie einen Bürgerlichen getroffen, der sich so wenig darum scherte, mit wem er sprach. Und wie er dastand! Aufrechter und unbeugsamer als Edward.

Die Erinnerungen, die dieser Name in ihr weckte, ließ sie vor Zorn und Enttäuschung rot werden. Sie konnte jetzt, mit dem nötigen Abstand, keine Entschuldigung für sein Verhalten mehr finden. Dieser Straßenräuber hatte wenigstens noch seine rüpelhafte Ehre, auch wenn sie es ihm niemals offen zugestanden hätte.

Sie verließen den Tunnel auf der anderen Seite und gelangten in ein kleines grünes Tal, umgrenzt von steilen, bewaldeten Berghängen, so dicht bewachsen, dass es für einen Mann fast unmöglich war hindurchzugehen. Als sich Annes Augen an die grelle Morgensonne gewöhnt hatten, sah sie vor sich zu ihrem großen Erstaunen ein winziges Dorf, das ganz den Anschein eines idyllischen Cotswold-Dörfchens hatte, mit reetgedeckten Hütten, Kaminen aus Flechtwerk, aus denen gemächlich der Rauch aufstieg, einem grünen Anger, auf dem ein paar Milchkühe grasten, unmittelbar neben einem hübschen kleinen Rasenstück.

»Johnny!«, brüllte ein riesenhafter, graubärtiger Mann

von der diesseitig gelegenen Schmiede herüber und kam so schnell es seine Körperfülle und sein Wanst zuließen auf sie zugerannt.

»Joseph«, rief John, der vom Pferd absaß, um kurz darauf in den Armen des größeren Mannes nahezu zerquetscht zu werden.

»Wir glaubten dich schon tot, gehenkt, gestern Nachmittag in Tyburn, Johnny, mein Junge.«

»Das ist eine lange Geschichte, Joseph, und ich bin mir nicht sicher, ob du sie glauben würdest.«

»Wie dem auch sei. Lass dich mal anschauen.« Mit seinen riesigen Händen klopfte der Schmied Johns Schultern und Arme ab, als wollte er sichergehen, dass er auch wirklich ganz war. »Wenn wir noch unsere alte Religion hätten, würde ich jetzt in der Kirche Kerzen anzünden und den Priester für einen Dankgottesdienst bezahlen. Bei Gottes Wunden, und ob ich das täte!« Dann wandte er seine vor Rührung glänzenden Augen der Frau auf dem Pferd zu. »Da sieh mal einer an. Ich hätte eigentlich wissen müssen, dass du von deiner Hinrichtung eine schöne Maid mitbringst.«

John nahm Anne bei der Hüfte und hob sie vom Pferd, und er ließ sie auch dann noch nicht los, als sie bereits mit beiden Beinen auf dem Boden stand. »Joseph, das ist Sir Samuel Gascoignes Tochter Anne, Hofdame Ihrer Majestät Königin Catharine. Sie wird eine Zeit bei uns bleiben.«

Anne konnte kaum stehen. Ihre Glieder waren steif vom nächtlichen Ritt und der Anstrengung, die es sie gekostet hatte, jegliche Berührung mit John Gilberts Körper zu vermeiden.

»Ach, eine Lady, ja? Was du nicht sagst!«, meinte Joseph, ohne Verbeugung, wie es der Anstand verlangt hätte, dafür mit einem beziehungsvollen Augenzwinkern.

»Es ist wahr, Joseph«, erwiderte John ungeduldig. »Lady Anne wird meine Hütte beziehen, und ich werde mich bei dir in der Schmiede einquartieren.«

Joseph hob zwei buschige Augenbrauen. »Wie du meinst, Johnny, auch wenn ich fürchte, dass dich der Henkersmann ein bisschen durcheinandergebracht hat, wenn du eine so liebreizende junge Dame alleine schlafen lässt.«

»Ihr könnt mich jetzt loslassen, Master Gilbert«, sagte Anne kühl und befreite sich aus seinem Griff. Sie hielt sich lieber an dem Pferd fest, als von einem Straßenräuber gehalten zu werden.

Joseph lachte. »Master Gilbert, wie? So sieht das also aus.«

John lachte nicht. Sein Ton glich eher dem eines Kommandeurs. »Warum sind die Wachtposten nicht draußen?«

»Ah, Johnny, du kennst doch die Männer. Sie sind allesamt nach London geritten, um dich aus der Schlinge des Königs zu retten oder wenigstens deine Leiche zu holen, um dir ein angemessenes christliches Begräbnis unter Freunden zu gewähren.«

»Dann schick die Mädchen auf die Posten, Joseph, und wenn unsere Männer zurückkommen, werden sie ihren Anteil für den nächsten Monat ihren Frauen geben«, sagte John grimmig. »Der oberste Grundsatz, den hier jeder unterschreibt, lautet, dass keiner mit irgendwelchen tollkühnen Rettungsaktionen die anderen in Gefahr bringt. Ich wusste worauf ich mich einließ, als ich meine Rolle am Theatre Royal annahm.«

Joseph errötete. »Ich konnte sie nicht davon abhalten, Johnny, du bist der Einzige, auf den sie hören.«

»Verdammt will ich sein, wenn sie es nicht tun«, verkündete John. »Und jetzt muss ich mich ausruhen. Ich habe in Newgate zwei Nächte nicht geschlafen. So ein Todesurteil raubt einem Mann sein natürliches Bedürfnis nach Schlaf.« Er lächelte müde, machte vor Anne noch eine seiner überschwänglichen Verneigungen und ging in Richtung der Schmiede davon. »Kümmere dich um sie, Joseph.«

Anne ließ sich gegen das Pferd sinken, zu erschöpft für weitere Beleidigungen, und Beleidigungen hatte man ihr bereits zur Genüge dargeboten, ehe sie auch nur einen Fuß in dieses geheime Dorf hatte setzen können.

Joseph sah John Gilbert verdutzt nach und runzelte die Stirn. »Ich habe unseren Johnny noch nie so schlecht gelaunt gesehen.« Er warf Anne einen misstrauischen Blick zu.

»Bringt mich zu meinem Quartier, Joseph«, sagte sie, und ihr Verhalten ließ keinen Zweifel darüber aufkommen, dass sie es gewohnt war, Befehle zu erteilen.

Wortlos marschierte er in Richtung des Angers davon. Sie stolperte mit müden und vom langen Ritt halb tauben Beinen hinterher, an einem Grüppchen tuschelnder Frauen vorbei, die auf der Wiese Kühe molken, und das rhythmische Spritzen des Milchstrahls in den Eimern fügte sich in den Takt ihrer Schritte.

Vor einer neu gedeckten Hütte mit Fensterscheiben aus Bleiglas machte Joseph halt. In einem Kübel neben der eisenbeschlagenen Bohlentür blühten frische Nelken. Joseph tat einen Schritt zur Seite und bedeutete ihr einzutreten. »Habt Dank«, sagte sie und trat über die Schwelle. »Ich wünsche nicht gestört zu werden, insbesondere nicht von Master John Gilbert.«

Joseph musste lächeln, und als er sich vorbeugte, um die Tür zu schließen, wobei er mit seiner kräftigen Gestalt den gesamten Türrahmen ausfüllte und die einfallende Morgensonne gänzlich verdeckte. »Alle, die ihn kennen, nennen ihn Johnny, Mylady«, sagte er.

»Das werde ich *niemals* tun«, gab Anne zurück.

»Niemals ist ein langer Aufenthalt in Whittlewood Forest, Lady Anne«, scherzte er.

»Er wird nicht länger sein als unbedingt nötig.«

Joseph schloss vorsichtig die Tür, doch Anne hörte ihn noch kichern, als er davonging. Sollte er doch denken, was er wollte; sie war zu müde, um seine Unwissenheit zu bekämpfen. Noch im Gehen zog sie ihre hochhackigen roten Schuhe aus. War es möglich, dass erst zwei Tage vergangen waren, seit sie über den Marmorboden in Whitehall geschritten waren? Nun lagen sie neben dem Bett in einer armseligen Waldhütte, abgestoßen und zerschrammt vom Steigbügel und den Dornen. Einen Moment lang huschten schmerzliche Bilder durch ihren Kopf, Bilder des Königs, Edwards und ihres Vaters, dann sank sie auf die Matratze nieder. Sie befühlte das weiche, saubere Betttuch aus feinstem Leinen und schnupperte den zarten Duft von Rosenblättern und Veilchen und Lavendel auf dem Kopfkissen, wunderte sich noch kurz über den Mann, der so schlief, und fiel dann in einen tiefen, erschöpften Schlaf.

Es war bereits Abend, als Anne erwachte. Sie hatte fast eine Nacht und einen ganzen Tag geschlafen, und einen Augenblick lang wusste sie nicht, wo sie war. Sie streckte sich und gähnte.

»Mylady?«, kam es aus dem Dunkeln.

Anne setzte sich auf und presste das Laken gegen ihre Brust. Sie war splitterfasernackt. »Mein Kleid, meine Strümpfe!«

»Die waren ganz zerrissen«, sagte die Frauenstimme. Die Frau zündete eine Kerze an und stellte sie auf einen kleinen Tisch. »Ich bin Beth, Mylady. Ich habe Eure Kleider genommen und Euch dafür diese hier gebracht. Er hat sie für Euch schicken lassen, Ihr möchtet Euch ankleiden und ihm bei Tisch Gesellschaft leisten.« Die Frau legte ein Satinkleid über das Bett, roséfarben und mit einem gewaltigen Ausschnitt.

Anne hatte keinen Zweifel darüber, wer »er« war, und mitnichten hatte sie die Absicht, auf Abruf für ihn bereit zu stehen. »Richte Master Gilbert aus, dass ich gedenke, mein Mahl alleine in meinen Räumlichkeiten einzunehmen.«

Die Frau trat in den Schein der Kerze. Sie war sehr hübsch, auf eine bäuerlich kräftige, rotwangige Art. »Ich glaube nicht, dass ihm das gefallen wird«, sagte sie in einem sanften Ton.

»Er ist nicht derjenige, dem hier irgendetwas zu gefallen

hat, Beth«, erwiderte Anne, entschlossen die natürliche Autorität einzuführen, die ihrer Stellung entsprach, bevor sie noch weiter ins Wanken geriet.

Sichtlich erschrocken deutete die Frau einen Knicks an und verließ den Raum. Anne streckte sich erneut, sie war immer noch verspannt, aber weniger als am Vortag. Nur zufällig berührte sie den Stoff des Kleides, das zu ihren Füßen lag, und stellte fest, dass es aus feinstem Satin war und ganz offenkundig nach der jüngsten Mode. Gestohlen, ohne Zweifel, oder erworben für eine Verbrecherhure in Drury Lane, oder beides. Jedenfalls würde sie es nicht tragen. Sie hatte nicht das Bedürfnis, jemals wieder einen Mann mit ihren Reizen zu quälen. Diese Zeiten waren endgültig vorbei.

Die Bohlentür öffnete sich wieder und Beth kam herein. »Er sagt, Mylady«, sie stockte kurz, »Ihr sollt Euch ankleiden und kommen, um Brot zu brechen, sonst wird er Euch fesseln und nackt zu Tisch tragen.«

Anne glaubte Belustigung in ihrer Stimme zu vernehmen und bemühte sich umso mehr, entschlossen zu klingen. »Eine Gascoigne reagiert nicht auf die leeren Drohungen eines Galgenvogels.«

Beths Belustigung war jetzt gänzlich verschwunden. »Keine leeren Drohungen, Lady Anne. Was er sagt, meint er ernst, wie schon so viele zu ihrem großen Bedauern erfahren haben. Ich denke, es ist besser, wenn Ihr gehorcht, Mylady, sonst wird es Ärger geben. Die Männer sind zurück und bringen ernste Nachrichten aus London. Black Ben ist ebenfalls hier.«

»Black Ben?«

»Ein Bösewicht, Lady Anne. Es wird ihm gar nicht gefallen, wenn er mitbekommt, dass Ihr John Gilbert nicht gehorcht. Ben hat doppelt so viele Männer wie wir und nur halb so viele Skrupel. Bitte, Mylady, wenn ich ohne Euch zurückkehre –«

Anne fiel ihr triumphierend ins Wort. »John Gilbert würde dich schlagen, nicht wahr?«

Beth sah sie bestürzt an. »O nein, das nicht, aber ich kann ihn nicht enttäuschen. Nicht nach allem, was er für mich getan hat.«

Die junge Frau, beinahe noch ein Mädchen, war offenkundig in den Straßenräuber verliebt, das verriet der Ausdruck auf ihrem Mondgesicht. Anne konnte sich sehr gut vorstellen, was er für sie getan hatte; oder besser gesagt, sie versuchte es sich nicht allzu gut vorzustellen. »Dann schnell! Bringt mir Badewasser und einen Kamm. Und frische Strümpfe.«

»Alles bereits hier, Lady Anne. Dann kann ich ihm also sagen, dass Ihr kommt?«

»Niemand soll denken, eine Gascoigne sei zu feige, sich einer Horde Räuber zu stellen.«

Es war dunkle Nacht, als Anne mit ihrer Laterne aus der Hütte trat und dem Gejohle und Gelächter folgend den Rasen überquerte. Um eine lange auf Böcken errichtete und von silbernen Kandelabern erhellte Tafel saßen einige Dutzend Männer und Frauen, gekleidet in farbenfrohen und entsetzlich kombinierten, prunkvollen Gewändern, wie sie es außerhalb der Galerie des Londoner Theaters noch nie gesehen hatte.

John Gilbert, der mit seinem von Natur aus dunklen, kräftigen und gelockten Haar jeden Perückenmacher beschämt hätte, kam ihr entgegen und nahm ihre Hand, um sie zur Tafel zu geleiten. Sie wollte ihm ihre Hand wieder entziehen, doch sein Griff war so fest wie der eines Schraubstocks. »Zu Eurem eigenen Wohl, Lady Anne, Ihr müsst jetzt genau tun, was ich Euch sage.«

Er erlaubte sich einen kurzen, allzu flüchtigen Blick, um ihr Erscheinungsbild in sich aufzusaugen, das rot glänzende Haar, das sie gelockt zu beiden Seiten der Stirn trug, das Mieder, das ihm zwei perfekte Rundungen aus weißem, bebendem Fleisch wie eine köstliche Süßspeise aus Sahnecreme darbot. In seinem ganzen Leben hatte er keine Frau von so strahlender Schönheit gesehen. Dieser ungebetene

Gedanke ärgerte ihn, und er führte sie in festem Griff über die Rasenfläche, noch ehe sie die Beschwerde vorbringen konnte, die sich selbst jetzt auf ihren Lippen formte. Am Tisch hieß er sie an seiner Seite Platz nehmen.

Im Angesicht dieser fremden Gesellschaft versuchte Anne sich zu fassen. Hinter ihr im Dunkel stand Joseph. Ihr gegenüber lümmelte ein anderer, die Hand an einem großen Krug.

»Ben, darf ich dir Lady Anne Gascoigne vorstellen«, sagte John Gilbert. »Mylady, Master Ben Skirret, Black Ben, wie ihn die Männer des Grafschaftsvogts nennen.«

Der Mann, dem sie da gegenübersaß, war ein unrasierter Gauner mit einer blonden, schlecht sitzenden und miserabel gelockten französischen Perücke auf dem Kopf und einem schmuddeligen blauen, mit stumpfen Medaillen besetzten Satinmantel. Eine betrunkene, burleske Kopie eines Höflings. Aber es war kein Kasper, der jetzt von seinem Krug aufblickte und sie ansah. Die unsägliche Härte in seinen kleinen pechschwarzen Augen ließ sie zusammenzucken, und das übermäßig breite Grinsen machte sein Gesicht nur noch unmenschlicher.

»Das ist also die verlorene Palast-Jungfer, über die sich ganz London das Maul zerreißt.«

»Nicht verloren, Sir, sondern gefunden, wie Ihr mit eigenen Augen sehen könnt«, entgegnete Anne mit gespielter Gelassenheit, und Black Bens lautes Gelächter ließ einen kalten Schauer über ihren Rücken laufen.

»Eine spitze Zunge, Gentleman Johnny, in der Tat. Kein Wunder, dass Lord Waverby eine Belohnung in Höhe von hundert Pfund auf sie ausgesetzt hat. Bei Weitem nicht genug, würde ich sagen.«

Nachdem John ihren Zinnteller gefüllt hatte, saß sie recht schweigsam da, wissend, dass Bens trüber Blick auf ihr ruhte, und gab ein reges Interesse für den Salat, die Früchte und das ordentliche Stück Kaninchenfleisch vor, das sie gezwungenermaßen mit dem Messer aß. Sie griff nach dem Krug und nahm einen so großen Schluck Wein, dass ihr augenblicklich ganz schwindelig wurde. Hungrig oder nicht, sie musste etwas essen, wenn sie einen klaren Kopf behalten wollte, und das sollte sie.

Black Ben füllte seinen Krug wieder, und mit einem anzüglichen Grinsen goss er auch ihr noch einen guten Schluck ein. »Ihr dürft Euch glücklich schätzen, Mylady. Eure Tugendhaftigkeit hat Euch möglicherweise noch viel mehr bewahrt als nur die Jungfräulichkeit. In London wütet die Pest.«

Ein junger Mann am Ende der Tafel erhob sich. »Das ist wahr, Johnny. Überall, wo wir hinkamen, sprach man von der Pest. Die Zahl der Toten verdoppelt sich täglich und man bestattet sie in Sammelgräbern.«

John Gilbert lehnte sich zurück und schwang ein Bein über die Armlehne, doch in Wirklichkeit war er alles andere als entspannt; Anne sah es ihm an, dass er in ständiger Alarmbereitschaft war, die Hand nie weit von seinem Schwert entfernt.

»Hier sind wir sicher, Männer«, verkündete John. »Die Luft ist rein. Keine Krankheiten wie in London. Und wenn, dann räuchern wir unser Dorf mit Tabakrauch aus.«

Black Ben lächelte spöttisch. »Ich habe meine Quecksilberdosis in Mrs Fourcards Syphilisbädern in Leather Lane eingenommen, da saß ein Toter mit der Tabakpfeife im Mundwinkel.«

John beugte sich zu Anne und steckte ihr ein Stückchen Brot mit Honig in den Mund, und ihre Augen blitzten missbilligend auf. Wie konnte er es wagen, ihr gegenüber ein so vertrautes Verhalten an den Tag zu legen? Sie wollte ihm gerade ihre Meinung sagen, als ihr Knöchel unsanft seine Schuhspitze zu spüren bekam. Sie unterdrückte ihren Schmerz und beschloss, jetzt lieber nichts zu sagen. Sie würde sich die Worte jedoch für später aufheben.

Black Ben prustete vor Lachen. »So hat sie ihren Galan am Ende doch noch gefunden, hab ich recht? Du bist zu beneiden, dass du so ein Prachtstück bist, John.« Der Mann hob seinen Krug und prostete ihnen zu.

John Gilbert grinste Ben an, zwinkerte beziehungsvoll und steckte ein weiteres Stückchen Brot in Annes Mund. Er würde ihr den süßen Mund schon stopfen, und wenn das der einzige Weg war, sie zum Schweigen zu bringen. Für Black Ben war sie kein Spiel, aber das wusste sie natürlich nicht. Sie kannte nur die Konversation am Hof, wo versteckte Anspielungen die heimliche Sprache der Liebe waren, nicht eine Einladung zur Vergewaltigung. Die einzige Möglichkeit, sie vor ihm zu beschützen, war, sie als seine Eroberung auszugeben. Kein Räuber würde den Kodex brechen und eines anderen Frau nehmen oder ihren Aufenthaltsort für Gold verraten, und der Spaß, dass John Gilbert die jungfräuliche Tochter eines königlichen Richters in seinem Bett hatte, würde Ben so lange unterhalten, bis er wieder damit beschäftigt war, auf den Hauptstraßen des Königreichs Kehlen zu durchtrennen.

John machte seinen Männern keine Vorwürfe, dass sie Ben und seine Bande mit nach Whittlewood gebracht hatten. Joseph hatte ihm erzählt, wie es dazu gekommen war. Betrunken und hurend in den Bordellen rund um Drury Lane waren sie zahlenmäßig hoffnungslos unterlegen und völlig überrumpelt gewesen, als sie auf Black Ben und seine Männer trafen. Jeglicher Widerstand hätte den sofortigen Tod bedeutet, oder zumindest hätten sie die Wache auf sich aufmerksam und einen sofortigen Abgang nach Tyburn gemacht.

Liebliche Klänge störten jetzt die geladene Atmosphäre, und John war erleichtert, Beth mit ihrer Laute zu sehen. Sie würde die lärmende Meute besänftigen. Willige Hände hoben sie hoch auf den Tisch, wo sie den Männern ein paar muntere Volksweisen spielte, die die meisten in der Runde kannten und laut mitsangen. Dann ging sie zu sanfteren Liedern über und sang von Liebe und Verlust. Für einen Moment war John amüsiert über die unverhohlenen Tränen, die über Bens Wangen liefen, aber nur für einen Moment.

Einer von Bens betrunkenen Männern, der in Beths Nähe saß, packte das Mädchen inmitten ihres Gesangs und zog sie auf seinen Schoß. Unter lautem Gebrüll stürzte sich Ben auf ihn, und ehe der Mann überhaupt Hand an sein Schwert legen konnte, war er bereits aufgespießt und krümmte sich am Boden in einem grausamen Todeskampf. John hörte Anne über das Gemurmel seiner eigenen Männer hinweg nach Luft schnappen, als Ben seinen blutigen Stahl am Wams des sterbenden Mannes abwischte.

Joseph flüsterte in das fassungslose Schweigen, das der Bluttat folgte: »Soll ich das Zeichen zum Kampf geben, Johnny?«

»Nein«, antwortete er, und Anne war über seine Feigheit erstaunt. Misstrauisch stand er da, die Hand an seinem Schwert, seine Stimme so belustigt, als gebe er den Text von Mr Wycherleys neuester Komödie zum Besten. »Du verbrauchst deine Männer recht leichtfertig, Ben, wenn es viel Wein und Gesang gibt, aber keine guten Fechter weit und breit.«

Black Ben saß wieder auf seinem Platz und füllte seinen Krug. Dabei blickte er gerissen über den Rand hinweg zu Anne. Diese saß reglos auf ihrem Stuhl, so starr wie das Holz unter ihr. John hatte sein typisches Grinsen aufgesetzt, das seine haifischartigen Zähne zeigte. »Nanu! Vor mir braucht Ihr doch keine Angst zu haben, Eure Ladyschaft. Mir scheint, von Eurem Gentleman Johnny habt Ihr bei Weitem mehr zu fürchten.« Ben blickte zu John Gilbert. »Und du hast nicht vor, sie dir einmal richtig herzunehmen, oder zweimal, bevor du sie ihrem Vater zurückgibst?«

John ergriff Annes Knie unter dem Tisch, als er sich zu Ben hinüberbeugte und wie ein Bauernjunge anzüglich grinste. »Also, Ben, du kennst mich doch. Würde ich jemals eine Jungfrau hinter dem Rücken ihres Vaters nehmen?«

Alle in Hörweite grölten: »Jawohl!«

John nahm ihre Hand, und indem er sich hinunterbeugte, um sie zu küssen, flüsterte er Anne zu: »Du musst mich jetzt anlächeln.«

Anne hegte den starken Verdacht, dass die beiden Banditen dieses Theater vorher abgesprochen hatten, aber vorsichtshalber verzichtete sie darauf, diese Theorie auf ihren Wahrheitsgehalt zu überprüfen. Also ahmte sie ein vernarrtes, wenn auch etwas zu breites Lächeln nach.

Black Ben rülpste, ohne Anne auch nur einen Moment aus den Augen zu lassen. »Die Pest bringt uns noch viel mehr als nur Huren. Für manche bedeutet sie den Tod, Freund John, für uns einen klingelnden Geldbeutel. Was meinst du? Sollen wir uns zusammentun? Die Straßen Londons werden bald überfüllt sein mit Transportkutschen, die bis oben hin voll mit Reichtümern und allem möglichen Tand sind, um sie vor der Pest zu retten. Ehrensache für uns, sie ein bisschen leichter auf die Reise zu schicken.«

Er lachte, und seine Männer lachten mit, und John Gilbert sah, dass sich auch die meisten seiner Männer von diesem Vorschlag begeistert zeigten. »Ich werde eine Nacht darüber schlafen, Ben.«

Black Ben erhob sich. »Dann lassen wir dich jetzt mal in Ruhe deiner vergnüglichen Arbeit nachgehen.«

Betrunken wie er war, machte er eine übertriebene höfische Verbeugung vor Anne, und mit einem anzüglichen Grinsen in Johns Richtung torkelte er davon, mit seinen Männern im Schlepptau, die ihren toten Kameraden zu ihren Zelten brachten, die sie auf dem Anger aufgeschlagen hatten.

»Kommt, Mylady«, sagte John, und mit einem eisernen Griff packte er sie am Arm und führte sie auf direktem Weg in ihre Hütte.

Drinnen merkte sie, dass sie vor Wut und Angst zitterte. »Wie könnt Ihr es wagen, mich einer so blutrünstigen Gesellschaft auszusetzen, Sir, und diesem ruchlosen Schuft anzudeuten, dass ich Eure Geliebte bin. Das verhöhnt alles, wofür ich stehe.«

Er legte sein Wams ab und hängte es an einen Haken, nahm sich aber die Zeit, ihr ein müdes Lächeln zu schenken. »Verdammt, ich habe genug von Eurer Unwissenheit!« Das Lächeln auf seinem Gesicht erlosch. »Könnt Ihr Euch denn nicht denken, dass Ihr, wenn ich diese Hütte heute Nacht verlasse, einen anderen in Eurem Bett haben werdet, einen, der nicht geschworen hat, Euch und Euren kostbaren Schatz zu beschützen?«

Der Sarkasmus in seinen Worten machte sie nur noch wütender. »*Das* nennt Ihr beschützen, Sir? Ich bin Zeugin eines Meuchelmords und muss die Rolle einer Räuberhure spielen, vor einer Bande, die Ihr zu feige seid zu bekämpfen, und nun wollt Ihr auch noch in meiner Hütte übernachten.«

Er verbeugte sich, und sie wurde halb wahnsinnig, als sie ein Lächeln auf seinen Lippen aufblitzen sah. »Mein Hütte, Mylady, und dämpft Eure Stimme oder Ben wird glauben, wir hätten einen Streit, und die Gelegenheit beim Schopf packen. Im Gegensatz zu mir kennt dieser Mann keine Skrupel.«

Ihr Atem ging schnell, und ihr Kopf dröhnte, fieberhaft auf der Suche nach einem Ausweg. »Wollt Ihr mir hiermit sagen, John Gilbert« – sie fauchte ihn an, hatte aber ihre Stimme gedämpft –, »dass Ihr Euer eigenes Lager nicht unter Kontrolle habt? Ruft Eure Männer, Sir, und lasst diesen Black Ben hinauswerfen.«

Er strich nachdenklich seinen ohnehin makellosen Schnauzbart glatt. »Für eine vornehm erzogene Dame schickt Ihr anständige Männer recht leichtfertig in den Tod. Das könnte ich nicht. Außerdem bin ich hier kein Gebieter. Meine Männer sind freie Männer, und unseren Grundsätzen entsprechend haben sie ein Recht auf Mitbestimmung.« Sie wollte etwas entgegnen, aber er ließ sie nicht zu Wort kommen. »Morgen werden sie darüber abstimmen, ob sie sich Ben und seiner Bande anschließen, denn er verspricht ihnen Abenteuer und Gold. Und ich werde sie anführen und dafür sorgen, dass sie nicht um ihr Gold oder ihr Leben betrogen werden.«

»Ich glaube Euch nicht.«

Er zuckte mit den Schultern. »Es tut nichts zur Sache, Mylady, ob Ihr es tut oder nicht. Ich werde mich jetzt umdrehen, während Ihr Euch entkleidet und unter Eure Decke kriecht.«

»Das werde ich niemals tun.«

Er wandte ihr seinen breiten Rücken zu, der ihr wie eine gewaltige Barriere erschien, die sie unter gar keinen Umständen imstande war zu stürmen. Bei Gottes Eingeweiden! Sie biss sich auf die Zunge, aber sie konnte sich nicht beherrschen. John Gilbert war so empörend, dass ihr Wörter in den Sinn kamen, die keine Lady auf der Welt, außer vielleicht eine der Straße, jemals in den Mund nehmen würde. Nachdem sie sich mehrmals davon überzeugt hatte, dass er nicht die Absicht hatte, sich vorzeitig umzudrehen, knöpfte sie rasch das Mieder auf und warf das Kleid über eine Truhe. Dann schlüpfte sie geschmeidig wie eine Katze unter ihre Decke.

Ein heißer Schauer kroch ihr den Rücken hinauf, als sie sah, wie er die Bänder an Hemd und Ärmeln löste, seine edlen schwarzen Stiefel auszog und sich auf einen Stuhl vor dem Kaminfeuer setzte. Die Scheite glühten in der Dunkelheit. Er legte sein Bandelier und das Schwert über seine Knie, lehnte sich zurück und schloss die Augen, ohne sie noch einmal anzusehen. Doch so leicht ließ sie sich nicht täuschen. Das war alles eine große Farce, Schauspielerei, und er hielt sie offenbar für so naiv, das nicht zu durchschauen. Vorsichtig tastete sie nach ihrem italienischen Dolch, den sie unter dem Kopfkissen versteckt hatte. Von nun an würde sie ihn immer bei sich tragen, und wenn es nötig war, auch Gebrauch von ihm machen.

Aber er rührte sich nicht und sagte auch nichts, was sie nur noch misstrauischer machte. Mit Sicherheit wartete er, bis sie eingeschlafen war, um dann über sie herzufallen und seinen Spaß mit ihr zu treiben, obwohl er, wenn sie ehrlich war, nie irgendwelche Andeutungen in dieser Richtung gemacht, ja, ihr nicht einmal geschmeichelt hatte. Ganz im Gegenteil hatte sie den Eindruck, dass er sie lieber losgeworden wäre. Doch sie entschied sich gegen diese Theorie. John Gilbert war ein Gauner, der die unmöglichsten Tricks auf Lager hatte.

Ein kehliger Gesang drang an ihr Ohr; er kam von draußen und näherte sich der Tür. Noch ehe sie sich sammeln oder nach ihrem Dolch greifen oder Luft holen konnte, um zu schreien, war John Gilbert mit einem einzigen Satz in ihrem Bett gelandet und verschloss ihr den Mund mit seinen Lippen.

Viertes Kapitel

Jedes Bett ist eine Bühne

Die Tür flog auf und krachte mit einer Wucht in die ledernen Angeln, dass die Fensterscheiben wackelten. Ben schritt auf das Bett zu und beugte sein vom Wein rotes Gesicht vor, die Perücke saß ihm schief auf dem Kopf, die eng stehenden Augen blitzten rege.

»Ich muss mich bei dir entschuldigen, John«, sagte er mit dröhnender Stimme. »Ich bezweifelte, dass du der Mann bist, der diese eisige Dirn in sein Bett holt.«

John Gilbert löste seinen Mund von Annes Lippen und grinste. »Wie du siehst, Ben, unterschätzt du meine Fähigkeiten, ihr Feuer zu entfachen.«

»Also ist sie doch eine kleine Hure?«

Anne schnappte nach Luft und wand sich unter John, der sich jetzt wieder mit seinem ganzen Gewicht auf sie legte und küsste. Dann fuhr er sich genüsslich mit der Zunge über die Lippen. »Vielleicht bald, Ben, aber ich bezweifle, dass ihre Begabung für einen Mann wie dich jemals ausreichen wird.«

Black Ben war offenbar noch nicht überzeugt, denn er versuchte die Decke zu lüpfen.

»Na, na, Ben!«, meinte John gelassen und mit einem Lächeln auf den Lippen. »Ich muss mich schon sehr wundern, dass ein tapferer Held der königlichen Straßen einen Räuberkumpanen stört, der kurz davor ist, seine Leidenschaft zu vergießen.«

»Ein Kuss von dem Luder und ich verschwinde. Einen einzigen Kuss wirst du dem alten Ben doch abtreten, John Gilbert.«

»Nur, wenn es der Lady recht ist.«

Anne traute ihren Ohren nicht. John Gilbert war nicht nur auf ihr und küsste sie ohne die kleinste Anstrengung einer Vortäuschung, er würde noch nicht einmal ihre Ehre gegen diesen Schuft verteidigen. Sie war so wütend, dass ihre Arme kraftlos und träge dalagen, zu jeder Art von Verteidigung unfähig. Doch als Black Bens dunkles Gesicht vor ihr auftauchte, siegte der Abscheu über ihre Ohnmacht, und mit einer einzigen schnellen Bewegung führte sie die Spitze ihrer Klinge an Bens Kehle.

Unter lautem Gebrüll fuhr er zurück und zog sein Schwert.

John sprach mit tiefer, aber deutlicher Stimme. »Ben, überleg es dir gut, ehe du deine Wut an diesem Dummkopf auslässt. Immerhin ist sie die Tochter eines Richters, und sie steht unter meinem Schutz. Ich wäre gezwungen, dich zu töten, und sollte ich sterben, würde dich der Grafschaftsvogt zur Strecke bringen, ganz gleich wie viel du ihm zur Bestechung anbietest. Die gesamte englische Justiz würde nach deinem Blut lechzen.«

Ben zögerte einen Augenblick, dann steckte er das Schwert zurück in sein Leder. »Da magst du recht haben, schlauer John, aber einer Sache sei dir gewiss: Ich werde diese Nacht und dieses Luder nicht so schnell vergessen.« Er schenkte ihr ein letztes anzügliches Grinsen und stapfte zur Tür hinaus, die er mit spöttischer Sanftheit hinter sich schloss.

»Seid Ihr verrückt? Geht von mir herunter, Sir«, fauchte sie John an.

»Mit Vergnügen«, flüsterte er und rollte auf die Seite, einen Finger auf seinen Lippen. »Still. Ben lauert draußen vor der Hütte.«

Sie schauderte, aber nicht nur beim Gedanken an ihr knappes Entkommen. Die Erinnerung an John Gilberts Körper war so aufwühlend, dass ihre Reaktion auf seinen Verrat eine zusätzliche Bitterkeit anhaftete. »Ihr hättet diesem entsetzlichen Mann also erlaubt mich zu küssen.«

»Besser ein Kuss als ein Dutzend toter Männer, noch dazu, wenn einer davon ich gewesen wäre. Wer würde sich dann um Euch und Euer hitziges Gemüt kümmern, Lady?«

Die Verachtung, die sie für ihn empfand, war noch größer, wenn er recht hatte. »Ihr seid bei Gott kein Kavalier, Sir.«

»Ihr werdet doch jetzt nicht weinen, Mylady?«, flüsterte er und betrachtete sie mit einem Stirnrunzeln.

»Diese Freude werde ich Euch nicht machen«, erwiderte sie und schluckte die Tränen hinunter.

»Das ist gut«, sagte er, »denn ich bin gezwungen, Euch um einen weiteren Ausbruch Eurer Empörung zu bitten, Mylady.«

»Ich werde alles tun, wenn Ihr nur mein Bett verlasst, Sir.«

»Das würde ich liebend gerne tun, aber jetzt geht es nicht. Ihr müsst mir helfen, Ben davon zu überzeugen, dass Ihr wirklich meine Frau seid, in jeglicher Hinsicht.«

»Ihr geht zu weit, Sir!«

»Nur eine Vortäuschung, nichts weiter, eine, die mir genauso wenig Freude bereitet wie Euch.« Das sagte er, aber in Wirklichkeit hatte ihn die kühle Überheblichkeit dieser Lady bereits sonderbar berührt.

»Welche Vortäuschung?«, schnaubte sie.

»Ich verfüge über eine gewisse Begabung auf der Bühne, Mylady. Nell Gwyn persönlich hat mich unterrichtet, und ich werde Euch unterrichten.«

Diesem Angeber von einem Schuft schien das Ganze auch noch Spaß zu machen. Sie zeigte ihm ihren Dolch, und seine Augen weiteten sich in gespieltem Entsetzen. Welch Dreistigkeit! Dann vernahm sie Bens Schritte vor dem Fenster und widerstand dem plötzlichen Drang, sich an John Gilbert zu klammern. »Sagt mir, was ich tun soll«, flüsterte sie.

»Schauspielern, bluffen, einen Höhepunkt vortäuschen, Mylady, wie es manche Eurer Gespielinnen tun, wenn auch keine, die ich geliebt habe, dessen könnt Ihr Euch sicher sein.«

»Eure schurkische Biografie interessiert mich nicht, Sir, ich wünsche klare Anweisungen, wie ich diesem Theater ein Ende machen kann.«

Er streckte seinen Arm nach ihr aus. »Dann dreht euch zu mir.«

Sie stach ihm mit ihrem Dolch in die Hand, und er fuhr zurück und leckte den Blutstropfen fort.

»Rührt mich nicht an«, sagte sie, »nicht ein Mal.«

Er hob beschwichtigend die Hände und verzog seinen Mund zu einem äußerst gewinnenden Lächeln. »Ihr stellt sogar mein größtes Geschick auf die Probe, Anne.«

»Für Euch immer noch Lady Anne.«

Er lächelte. »Müssen wir die Regeln des Anstands auch im Bett befolgen?«

»Gerade im Bett, Sir.«

»Dann fangen wir an.«

»Und wie?«

»Ich möchte Euch stöhnen hören, als trieben Euch Eure wunderbarsten Fantasien zu den Höhen wahrer Lust.«

Es erschien ihr zwar äußerst albern, doch die Erinnerung an Black Bens feuchte rote Lippen in unmittelbarer Nähe der ihrigen und das beständige Geräusch seiner Schritte ermunterten sie zu einem Versuch. Doch ihre Kehle war wie zugeschnürt.

John rückte etwas näher an sie heran, ohne sie jedoch zu berühren. »Das, Lady Anne, war das Quieken eines Eichhörnchens.«

»Vergesst nicht, dass Ihr mich Dummkopf genannt habt, macht Ihr es besser, Sir«, zischte sie zornig. Er sah sie so geringschätzig an, dass sie ihn am liebsten erwürgt hätte.

»Das ist Stöhnen«, sagte er und begann sich rhythmisch zu bewegen, so dass die Matratze unter ihnen zu quietschen begann und das Holz ächzte. Er stöhnte, zuerst leise, dann mit wachsender Intensität, bis sie ihren Blick am liebsten von seinem Gesicht abgewandt hätte, aber sie konnte nicht. Sein Stöhnen stieg und fiel, es hatte den Puls eines Herzens, ein kühnes, begieriges Feuer, das sie zu entflammen drohte, anstatt sie zu beschützen, wie er vorgab. Als das Stöhnen seinen Höhepunkt erreicht hatte, verschärfte er den Schwung seiner rhythmischen Bewegungen und ließ die Matratze noch stärker quietschen und das Holz noch lauter ächzen.

Offensichtlich hatte sie bei Tisch zu viel getrunken, dass sich ihr Blut derart erhitzte. Ihre Mutter hatte immer gesagt, dass die Unzucht auf dem Grunde eines Weinglases lag.

»Nun«, sagte er und stützte sich mit einem Ellbogen frech auf ihrem Kissen ab, »meinst du, du schaffst das?«

»Natürlich.« Ihr Stolz war stärker als jeder Zweifel. Sie würde ihm ihre hervorragenden schauspielerischen Qualitäten schon beweisen, Qualitäten, von denen seine Geliebte Nell Gwyn nicht einmal zu träumen wagte, und der Gedanke, diese berühmte Schauspielerin zu überbieten, nahm von ihr Besitz und verlieh ihrer Stimme einen samtenen Ton.

Anne begann ihr Stöhnen mit einem sanften Murmeln, das bald anwuchs, aber langsam, sehr langsam. Tatsächlich genoss sie die Veränderung auf seinem Gesicht, als sie ihre Kunst verfeinerte, und sie gedachte ihren Blick nicht abzuwenden, bis sie ihn gelehrt hatte, ihre Fähigkeiten nicht zu verachten. Ihr Stöhnen enthielt alle kühnen Wünsche und das Verlangen, das sie verspürt hätte, wäre dies ihre Hochzeitsnacht gewesen, und hätte der Mann, den sie einmal so geliebt hatte, sich nicht als ein treuloser Schuft erwiesen. Ihr Stöhnen begann zu beben, als es sich aufschwang, um sich in einem langen, glückseligen Seufzer zu ergehen, und sie sah, wie der sonst so beherrschte Blick des Straßenräubers im Angesicht ihrer gespielten Leidenschaft Feuer fing. Sie hörte nicht auf, bis sie sicher war, dass das Feuer diesen einen unteren Teil seines Körpers erreicht hatte, der in diesem Leben niemals in sie eindringen würde.

Schwer atmend und ermattet von ihrer eigenen Hitze flüsterte sie: »Nun, Master Gilbert, wo ist Euer Applaus?«

Ihre Worte rissen ihn aus seiner gebannten Aufmerksamkeit, die ganz ihr gegolten hatte. Er stöhnte, ein echtes, begieriges Stöhnen, das er nicht zügeln konnte, ebenso wenig wie sein steifes Gemächt, das jetzt nur noch ein Ziel hatte. Verdammt, oh, verdammt, er war verloren! Er streckte seine Hand nach ihr aus, erinnerte sich an sein Versprechen und hielt inne, bebend, keuchend, und seine Finger fuhren ihre Konturen nach, ihre Augen, ihre Nase und ihre Lippen, ihre Ohren, ihren Hals und ihren wogenden Busen. Er hörte sie leise stöhnen, nicht das stolze Stöhnen einer Frau, die ihre Macht über einen Mann entdeckt hat, sondern ein hilfloses, wahrhaftiges wie sein eigenes; dann vernahm er seine eigene, heisere Stimme, die ihr antwortete, und dann wieder ihre, bis alle Schauspielerei zwischen ihnen verschwunden und die Hütte erfüllt war von echter Leidenschaft. Er wusste, dass jede richtige Frau so tief empfinden musste wie er.

Anne glaubte, wenn der Straßenräuber sie nicht augenblicklich berührte, würde sie ihre Unschuld an die Flamme verlieren, die an ihrer Schwelle loderte.

Und als sie in der Dunkelheit seine Stimme vernahm, so nah bei ihr, war sie sonderbar und zärtlich gerührt von ihrer fremden Heiserkeit. »Komm leb mit mir und sei meine Liebste –«

Sie antwortete mit dem nächsten Vers des Dichters. »Und an allen Freuden werden wir kosten –«

War es möglich! Diese Frau kannte Christopher Marlowe. Hatten ihre Reize gar kein Ende? »Ich würde lieber im Duell mit Black Ben sterben als glauben, dass solch süße frauliche Leidenschaft im Scherz gemeint ist«, sagte er.

Sie war verwirrt. »Aber Sir, den *Scherz* habt Ihr Euch doch ausgedacht.«

»Dann seid Ihr sein Tyrann geworden, Anne«, sagte er und beugte sich noch die wenigen Zentimeter zu ihr hinab, die ihn von ihrem Gesicht trennten.

»Lady Anne«, verbesserte sie ihn und kämpfte gegen das unsichtbare Band an, das sie zu seinem perfekt geschnittenen Gesicht hinzog. Oh, dieser ausgekochte Charmeur! Ohne Zweifel hatte er gewusst, dass Vortäuschung oft in echte Leidenschaft umschlug.

Obwohl sie sich der Gefahr einer möglichen Enttäuschung bewusst war, schloss sie die Augen und reckte ihren Mund zu seinen Lippen empor. Der italienische Dolch lag vergessen neben ihr.

John konnte sich gerade noch und unter Aufwand einer übermenschlichen Anstrengung beherrschen und den Schwur halten, den er gegenüber Sir Samuel geleistet hatte. Denn wenn er diese Frau wirklich geküsst hätte, mit allem Geschick, dessen er fähig war, hätte er sie nicht mehr schützen können. Dann hätte ihn nichts mehr von ihren Armen und Beinen getrennt, und von diesen Brüsten, die sich zu ihm aufbäumten und verzweifelt nach einer Zunge schrieen, die mit ihnen spielte. Er glitt aus dem Bett und die kühle Nachtluft mäßigte seine Sinne.

»Schlaft jetzt«, sagte er schroff.

»Ich hasse Euch, John Gilbert«, sagte sie mit vor Scham und Verlangen erstickter Stimme.

Er verfluchte sich, als er zum Fenster ging, um sicherzustellen, dass Black Ben seines Spiels überdrüssig geworden war und ins Bett oder zu einer Hure gegangen war. Als er nichts sah, sank er auf den Stuhl vor dem Kaminfeuer. Um ein Haar hätte er zugelassen, dass diese verhängnisvolle Frau ihm das Einzige geraubt hätte, was ihm seine Lakeland-Familie gelassen hatte: seine Ehre. Die Ehre eines Bastards zwar, aber das Einzige, was er von einem jahrhundertealten Erbe besaß. Sir Samuel Gascoigne würde seine Tochter binnen vierzehn Tagen wiederhaben, keusch und ungeliebt, und damit war die Sache erledigt.

Lange nachdem sie eingeschlafen war, dachte er noch an die warme Briese und die zärtlichen Frauen auf Jamaika. Er saß die ganze Nacht wach.

Als Anne am nächsten Morgen erwachte, war John Gilbert fort, und sie war froh darüber. Wäre er da gewesen, hätte er mit ihr gesprochen, sie auch nur zufällig berührt, sie wäre wie eine erschreckte Stute davongelaufen. Doch als ihr nun das Blut in die Wangen schoss, wusste sie wieder, dass sie weit davon entfernt gewesen war davonzulaufen, als er letzte Nacht in ihrem Bett gelegen hatte. Sie war auf sein empörendes Spiel eingegangen wie irgendein Londoner Flittchen, das auf dem Strand ihr Gewerbe betreibt. Nur die Erinnerung an Black Bens Gesicht, die auch an diesem Morgen noch recht lebhaft war, überzeugte sie, dass sie keinem von John Gilberts Tricks zum Opfer gefallen war. Nicht, dass sie ihm einen solchen nicht zugetraut hätte.

Sie trat zur Truhe, um das roséfarbene Kleid anzulegen, doch es war fort. An seinem Platz lag jetzt ein graues Kleid, ein Gemisch aus Leinen und Wolle, schlicht und unauffällig, überaus angemessen für einen Ausflug aufs Land. Dieser Mann dachte wirklich an alles.

Die Tür ging auf und Beth kam mit einer Schüssel voll Wasser herein. »Guten Morgen, Mylady.«

Anne lächelte sie an. »Bitte, Beth, würdest du anklopfen, bevor du ein Schlafgemach betrittst.«

Die junge Frau errötete. »Das wusste ich nicht. Zu Hause hatten wir nur einen Raum für uns alle zusammen.«

»Dann wusstest du das natürlich nicht«, sagte Anne und bereute ihre schnelle Zunge. »Und wo bitte ist deine Familie jetzt?«

Beth sah sie voll schmerzlicher Dankbarkeit an, und Anne fühlte sich sogleich ein bisschen schuldig, weil das Dienstmädchen ihre Höflichkeit offenbar für aufrichtiges Interesse hielt.

»Sie sind alle weg, Mylady, zu den Zinnminen nach Cornwall. Ich war zu jung, der Vermittler wollte mich nicht, also bin ich schließlich hierher gekommen.«

»Ich verstehe«, sagte Anne und fragte sich, was dem hübschen Milchmädchen wohl in der Zeit zwischen der Abreise ihrer Eltern und ihrer Aufnahme im Räuberlager widerfahren war. Nichts Gutes, fürchtete sie. »Hab Dank für das Kleid.« Anne glättete seine groben Falten.

»Er sagte —« Beth hielt inne. Sie sah Anne mit großen Augen an und musste schlucken.

»Er sagte, was? Nur zu, Beth, ich beiße nicht.«

»Er sagte«, fuhr Beth stockend fort, »dass Ihr uns helfen werdet – beim Melken.« Sie wich zurück zur Tür.

Anne war sprachlos. »Beim Melken? Von Kühen?« Und dann lachte sie, oder besser gesagt, sie prustete vor Lachen. Mit ihrer Vorführung letzte Nacht war John Gilbert offenbar noch nicht zufrieden, jetzt hatte er sich eine neue Herausforderung für sie ausgedacht, eine Aufgabe, für die er sie vollkommen unfähig hielt. Offensichtlich wollte er ihre Willenskraft auf die Probe stellen. Sie lächelte, erfreut über diese Aussicht. Der Straßenräuber hatte eine hohe Meinung von sich, wenn er glaubte eine Frau zu überbieten, die einem König und einem Earl entkommen war, und das alles an einem Tag. »Fahr fort, Beth. Ich wollte schon immer ein Milchmädchen sein, für einen schönen Teint. Bekanntlich sind sie ja gegen die Pocken gefeit.«

»Wir bekommen die Kuhpocken, Lady Anne, und dann sind wir wohl vor den anderen geschützt.«

Anne stieg rasch in ihre Kleider. »Vielleicht sollte man verordnen lassen, dass alle Damen von Rang einen Sommer mit Melken verbringen.«

Beth hielt ihr die Tür auf. »Ich habe noch nie eine Lady wie Euch getroffen«, sagte sie schüchtern.

Anne rauschte an ihr vorbei. »Und John Gilbert ebenso wenig, wie er zu seinem äußersten Verdruss feststellen wird … oder sollte ich lieber sagen, zu seinem *eutersten*«, fügte sie hinzu, und zum ersten Mal seit Tagen lachte sie fröhlich und hakte sich impulsiv bei Beth ein.

Beth war offenkundig entsetzt, aber Anne blieb fest eingehakt an ihrer Seite. »Was für ein schöner Morgen«, sagte sie, und sie meinte es auch so. Der Tau glitzerte in der wärmenden Sonne. Er durchnässte ihre Strümpfe. Und die Strahlen der Sonne jagten die Wolken durch die Bäume auf den Berghängen, die das versteckte Dorf umgaben. Sie atmete tief ein und hob ihre Nase, um den Geruch des Holzfeuers und des Brotes einzusaugen.

Als sie den Anger erreichten, waren die Kühe bereits gemolken. Die beiden anderen Frauen nickten ihr zu und taten so, als wäre es für sie gar nichts Neues, mit einer Hofdame zusammenzuarbeiten.

»Was muss ich als Erstes tun?«, fragte Anne neugierig und schob sich die Ärmel hoch, dann raffte sie ihre Röcke und steckte sie unter das Oberteil ihres Kleides, wie sie es bei den anderen Frauen gesehen hatte, auch wenn sie dabei den Blick auf ihre Knöchel freigab.

»Wir nehmen die vollen Eimer und gießen die Milch in die Bottiche«, sagte Beth und leerte ihren in eine große, flache Holzschale. »Der Rahm sammelt sich an der Oberfläche, Mylady, und wir schöpfen ihn zum Buttern ab.«

Anne betrachtete das große hölzerne Butterfass. Es schien ihr recht leicht zu bedienen. Der Mann, der glaubte, sie sei dieser einfachen Arbeit nicht gewachsen, hätte einmal sehen müssen, wie sie einer schluchzenden Königin beim Ankleiden half oder sechs verschiedene französische Tänze an nur einem einzigen Nachmittag lernte und nebenbei noch den Händen des Tanzlehrers auswich.

Als sie den Rahm vollständig abgeschöpft und in das Butterfass gefüllt hatten, bestand Anne vergnügt darauf, das Buttern zu übernehmen. Zuerst kostete es sie keine große Anstrengung, den Stampfer zu heben und zu senken, und sie stellte Beth und den beiden anderen dutzende Fragen; sie war über das Leben dieser Frauen genauso erstaunt wie die Frauen über das ihre. Das Auf und Ab des Stampfers war geradezu wohltuend, denn die Betätigung gab ihr ein Gefühl für ihre Körperkraft, eine Kraft, die sie noch sehr gut würde gebrauchen können, bis diese ernste Angelegenheit überstanden war.

Eine laute Glocke ertönte. »Was ist das?«, fragte Anne.

»Wir müssen gehen, Mylady, zur Abstimmung. Heute wird entschieden, ob wir Black Ben und seine Männer auf dem nächsten Ritt begleiten. Werdet Ihr für einige Zeit alleine zurechtkommen?«

»Gewiss«, antwortete Anne. »Weshalb müsst *ihr* dorthin?«

»In dieser Bande, Mylady«, sagte Beth bedeutungsvoll, »stimmen die Frauen gemeinsam mit den Männern ab. Unser Johnny sagt, wir teilen alles untereinander auf und wir treffen alle Entscheidungen gemeinsam, denn wenn wir verhaftet werden, müssen wir alle an den Galgen, die Frauen genauso wie die Männer.« Dann lief sie in Richtung Schmiede davon und gesellte sich zu den anderen.

Anne bediente den Stampfer eine ganze Weile, und sie konnte fühlen, wie sich die Flüssigkeit durch die Kraft ihrer Hände allmählich veränderte, schwerer wurde. Frauen, die zur Wahl gingen? So etwas hatte sie noch nie gehört. Nicht einmal Cromwell hatte an eine solche Freiheit gedacht. Der König würde es für einen guten Scherz halten und einen witzigen Reim daraus machen. Doch dieser erstaunliche Gedanke setzte sich in ihrem Kopf fest und würde sie nicht wieder loslassen. Wie kam John Gilbert auf derart sonderbare Methoden?

Die Sonne stand bereits hoch am Himmel und der Stampfer bewegte sich nur noch langsam. Arme und Schultern wurden ihr schwer und schmerzten. Sie lugte durch die Luftlöcher im Butterfass und sah auf der Oberfläche vereinzelte Butterklumpen treiben. Sie würde nie wieder Butter essen können, ohne an die vielen namenlosen Mägde zu denken, die sie gestampft hatten.

Wollten die anderen gar nicht mehr wiederkommen? Sie war über die Maßen erschöpft, als Beth und die beiden Frauen schließlich zurückkehrten.

»Seht, Mylady, jetzt haben wir Butter«, sagte Beth und zeigte ihr, wie sie die Ränder des Butterfasses abschaben musste, um auch die letzten Klumpen Butter einzusammeln, und wie sie gesalzen und in kleine Fässchen gepresst wurde. Danach saßen sie im Gras und aßen frisch gebackenen Haferkuchen mit süßer Butter und Blütenhonig. Und Anne dachte bei sich, dass sie noch nie zuvor in ihrem Leben so köstlich gefrühstückt hatte.

Als sie sich satt gegessen hatte, streckte sie sich auf dem weichen Grün aus, mehr als bereit für ein Schläfchen, als ihr ein breiter Schatten die Sonne nahm. Sie öffnete die Augen, schirmte sie mit einer Hand ab und sah John Gilbert, der auf sie herabblickte.

John hatte sie noch nie so hübsch gesehen. Ihr ganzes Satin und ihr damenhaftes Gehabe hatte sein Blut nicht so in Wallung versetzt wie dieses rotbäckige Mädchen auf dem grünen Gras unter ihm, einzelne Strähnen ihres rostroten Haares klebten feucht an ihrer Stirn, die meergrünen Augen blitzten voller Trotz, ihre rosigen Lippen glänzten von der Butter und ein Krümel des Haferkuchens schmiegte sich in einen Winkel ihres Mundes, wo er darauf wartete, von einem glücklichen Mann fortgeleckt zu werden.

Beth bot ihm ein mit Butter bestrichenes Stück Kuchen an. Er nahm es, lächelte ihr zu und schob es genüsslich in den Mund. »Du hast gute Arbeit geleistet mit unserem neuen Milchmädchen, Beth. Ich denke, du solltest sie in jeglichen Künsten einer Bauernmagd unterrichten, und wenn wir sie in zwei Wochen nach London zurückschicken, wird sie genug Fähigkeiten haben, um sich ihr eigenes Leben zu verdienen. Stell dir nur vor, meine gute Beth, wenn der Palast seine Butter selber machen könnte, dann müsste der König von den einfachen Leuten nicht so hohe Steuern verlangen.«

Lachend beugte er sich vor und küsste Beth auf die heftig errötete Wange, dann drehte er sich auf dem Absatz um und ging in großen Schritten in Richtung Schmiede davon.

Anne setzte sich auf und sah nur noch seinen Rücken, breit und aufrecht in einem Hemd, das vorne – daran erinnerte sich gut – bis zum Nabel offen war. Und doch verspürte sie den Drang, ihm einen vollen Milchkübel nachzuwerfen. War das Dankbarkeit? Sie hatte seit den frühen Morgenstunden über dem Butterfass geschuftet, und er tat so, als wäre das gar nichts.

Sie spürte Beths Hand auf ihrer Schulter. »Er scherzt nur, Mylady.«

»Ich schenke diesem Mann keine Beachtung. Von einem diebischen Straßenräuber kann man wohl kein echtes Feingefühl verlangen.« Sie rieb sich die schmerzende Schulter.

»Ihr seid sicher sehr müde, Lady Anne«, sagte Beth, und ihre Stimme war voller Sympathie. »Ich werde den Abwasch machen, während Ihr Euch etwas ausruht.«

Anne rappelte sich mühsam hoch, entsetzt über ihre ungewöhnliche Steifheit, aber ihr Stolz war größer. »Solange ihr arbeitet, werde ich auch arbeiten.«

Sie hatte schon bald guten Grund, sowohl ihren Stolz als auch ihr Versprechen zu bereuen. Gemeinsam mit Beth sammelte sie die Holzeimer und Bottiche ein. Die beiden anderen Frauen nahmen das Butterfass in ihre Mitte, und gemeinsam machten sie sich auf den Weg zu einem Bach im dichten Wald.

An einer grünen Lichtung ergoss sich der Bach in ein großes Becken. An einem kleinen Wasserfall, der auf einen glatten, ausgehöhlten Felsen fiel und den Frauen als natürliche Waschschüssel diente, machten sie halt. Beth zeigte Anne, wie man die Milchkübel mit Pferdehaar schrubbte. Schweineborsten eigneten sich nicht, erklärte sie ihr, weil sie zu hart seien und das weiche Holz mit der Zeit aufrieben.

Als sie mit dem Abwasch fertig waren, fühlte sich das Wasser an Annes Füßen so kühl und erfrischend an, dass sie sich nach einem ausgiebigen Bad sehnte. »Beth, lass uns baden. Keiner wird uns sehen.«

Beth und die beiden anderen Frauen schüttelten heftig den Kopf. »Nein, Mylady«, sagte Beth, »das könnte unsere

Körpersäfte aus dem Gleichgewicht bringen, und mit der Pest im Land – «

Anne lachte. »Die Pest, hol die Pest! Dann werde ich eben alleine baden, wenn ihr mit den Kübeln ohne mich zurechtkommt.« Sie streifte ihr Kleid ab, hängte es über einen Ast und watete in die Mitte des Baches, wo die rasche Strömung an ihrer Leibwäsche zerrte.

Sie schloss die Augen, ließ ihre Arme seitlich auf dem Wasser treiben und paddelte ein klein wenig, um sich aufrecht zu halten. Es war himmlisch! Zum ersten Mal seit Tagen fühlte sie sich richtig sauber und gesund. Für ein paar Minuten würde sie ihrem geplagten Körper und Geist eine Pause gönnen. Sie würde vergessen, dass sie dafür büßte, den falschen Mann geliebt zu haben, sie würde vergessen, dass sich ihr gesalbter König als lüsterner Schuft erwiesen hatte, und sie würde ihre Sorgen vergessen, die sie sich um ihren Vater machte, der in diesen Augenblicken seinen Einfluss am Hof bemühte, um den König zu beschwichtigen und sie aus ihrer Verlobung zu lösen. Nur für ein paar Minuten würde sie all das vergessen. Sogar der kleinste Hase in Whittlewood Forest brauchte eine gelegentliche Auszeit von der Schinderei des Überlebens.

John sah Beth und die beiden Frauen vom Bach zurückkehren, und für einen kurzen Moment ergriff ihn ein panischer Schrecken. Wo war Anne? Ben war losgezogen, um die Hauptverkehrsstraße zwischen Oxford und London auszukundschaften und seinen jährlichen Tribut an den Sheriff zu zahlen, aber vielleicht war er noch einmal umgekehrt. Doch siehe da, die gute Beth lächelte, also konnte nichts Schlimmes vorgefallen sein.

Dennoch ging er schnellen Schrittes zum Bach, wo er sich hinter den Bäumen versteckte, damit Lady Anne ihn nicht bemerkte.

Sie stand in der Mitte des Stromes, umgeben von unzähligen, in der Sonne glitzernden Strudeln, die um ihre Brüste wirbelten, an ihrer Spitzenbekleidung zerrten; ihre lieblich geschwungenen Arme hielt sie hoch über ihrem Kopf, wie eine Wassernymphe, die sich den Göttern darbot. Er starrte sie gebannt an, völlig hypnotisiert von dem Bild, das sich ihm bot, eine Erscheinung von solchem Liebreiz, wie er sie nie zuvor gesehen hatte.

Gerade an diesem Morgen hatte er beschlossen, sich von ihr so fern wie möglich zu halten. Und doch hatte er den ganzen Tag immer wieder einen Vorwand gefunden, um sie zu sehen.

»Verdammt«, hauchte er. Er hatte sich auf seine Selbstbeherrschung immer einiges zugute gehalten, und da war er nun und musste all seine Willenskraft aufbringen, um nicht zu ihr ins Wasser zu springen und ihren nassen Körper in seine Arme zu schließen, seine Lippen auf ihre Brüste zu senken und sich aus ihnen neues Leben zu saugen, um all das zu ersetzen, was er verloren hatte, seit er sie zum ersten Mal gesehen hatte, die gewohnte Gewissheit über seine Absichten, die ihn mit jedem Tag mehr verließ, obwohl er erbittert versuchte sich darauf zu besinnen, dass sie lediglich ein Mittel war, seinem Henker zu entkommen.

Und dennoch stand er da und starrte sie begierig an wie ein liebeskranker Jüngling sein erstes Mädchen, als sie aus dem Bach watete und die klatschnasse Leibwäsche sich an ihr rosiges Fleisch schmiegte. Doch er war nicht dieser Junge, noch war sie dieses Mädchen. Er war ein Bastard, aus guter Familie zwar, aber dennoch nichts für eine Dame des Hofes wie Lady Anne Gascoigne, die verlobt war mit einem Earl, einem Schuft, das wohl, aber ohne das verderbliche Band eines Bastards auf seinem Wappen. Und das würde für eine Lady wie Anne Gascoigne entscheidend sein.

Ein berühmter Dichter hatte einmal gesagt, kein Wahnsinn sei größer als der eines Mannes, der eine Frau liebt, die er nicht haben kann. Glücklicherweise war ihm dieser Wahnsinn nicht bekannt, und er war fest entschlossen, ihn niemals kennenzulernen. Er lächelte ob der Erinnerung, die seiner Zuversicht recht gab. Das hoffnungslose Verlangen, das manche Männer, ob jung oder alt, dazu trieb, sich zum Gespött zu machen oder wie ein Hanswurst zu benehmen, war nichts für John Gilbert. Das würde ihm nicht passieren. Niemals, und er hatte in dieser Hinsicht auch nicht das Geringste zu befürchten, wenn er das Verhalten dieser Lady bedachte. Obgleich Lady Anne die Anmut eines Engels besaß, hatte sie die Zunge einer Harpyie. Ja, sogar die Art und Weise wie sie seinen Namen aussprach, war einem kreischenden Vogel nicht unähnlich. Wenn der Zeitpunkt gekommen war, würde es ihn ein müdes Wimpernzucken kosten, diese Lady und ihre verfluchte Keuschheit wieder los zu sein.

Als er zornigen Schrittes durch den Wald zurückstapfte, machte er einen solchen Lärm, dass Anne glaubte, ein Bär habe ihre Spur gewittert, worauf sie ihre Röcke raffte und in entgegengesetzter Richtung davonrannte, bis sie den Bär nicht mehr hörte.

Fünftes Kapitel

Eine Milchmagd En Garde!

Der nächste Tag war wie der erste, und der übernächste auch. Anne stand bei Tagesanbruch auf, half Beth beim Melken und Buttern, fütterte und tränkte die Tiere und gab ihnen frische Streu, aß ihr Abendbrot so weit von John entfernt, wie es der Tisch zuließ, und fiel bei Sonnenuntergang erschöpft ins Bett.

Er sprach kein Wort mit ihr, und sie war froh darüber. Aus der Ferne konnte sie in oft sehen, wie er zu ihr herüberschaute, doch sein wenig schmeichelhafter Witz, ganz zu schweigen von seinen unwillkommenen Aufmerksamkeiten blieben ihr glücklicherweise erspart. Dennoch begann ihr Herz wild zu klopfen, wenn sie an seine heftigen, fordernden Küsse in ihrem Bett dachte.

Einmal ging sie in Richtung Schmiede, wo er mit Joseph stand und sich unterhielt, und er kam ihr ein paar Schritte entgegen, wohl um mit ihr zu plaudern. Doch im letzten Moment machte sie kehrt, so als hätte sie etwas Wichtiges vergessen. Mit Genugtuung sah sie den verdutzten Ausdruck auf seinem Gesicht. Wenigstens einmal hatte sie ihm einen Dämpfer aufsetzen können.

Sie versagte sich jeglichen Anflug von Schuldgefühlen angesichts des kleinen Streichs, den sie ihm gespielt hatte. Hatte er nicht ihren Mund genommen – zweimal –, bis sie förmlich hatte spüren können, wie ihr das Herz aus dem Leibe gerissen wurde? Und dann, immer noch nicht zufrieden, hatte er weiter mit ihren Gefühlen gespielt, was kein wahrer Gentleman jemals tun würde.

Sie war bereits eine Woche dort, als sie zum ersten Mal die Zeit und Energie hatte, sich in der Hütte etwas näher umzusehen. Eine Rastlosigkeit nagte an ihr, und sie befriedigte sie mit einer gründlichen Untersuchung ihrer Umgebung. Für einen Mann war der eine Raum sehr sauber und ordentlich, insbesondere für einen, der über keinen Kammerdiener verfügte, wenngleich einige Frauen im Dorf offenbar willige Sklavinnen und um sein Wohl sehr besorgt waren. Bei diesem Gedanken verzog sie missbilligend den Mund.

Am Fußende des Bettes fand sie eine Truhe mit feinen weißen Hemden, Kniehosen aus Satin, passenden Mänteln und Taschentüchern aus Batist und edelster Spitze. Hielt sich der Gauner etwa für einen Lord?

»Herein«, antwortete sie auf das Klopfen an der Tür, als ihre Hand an einen harten Gegenstand stieß. Der untere Teil der Truhe war mit Büchern gefüllt. Sie hielt gerade eines in der Hand, als Beth eintrat. Anne wollte es wieder zurücklegen.

»Johnny hat nichts dagegen, wenn Ihr in seinen Büchern lest, Mylady«, sagte Beth ernst. »Er hat einmal versucht mir Buchstaben beizubringen, aber ich bin nicht sehr begabt darin.«

Anne entdeckte eine King James Bibel, Mr. Milton´s *Paradise Lost*, Shakespeares Stücke im Quartformat, Stücke, die längst als steif und altmodisch galten, außer man hatte sie für das moderne Publikum umgeschrieben, eine Lateingrammatik, mit der sie selbst einmal gelernt hatte. Auf dem Deckblatt der Grammatik stand geschrieben: *John Gilbert, Stipendiat. Für hervorragende Leistungen. Wm. Pennyman, Master, Baliol, Oxford, 1658.*

»Er war in Oxford?«, stieß Anne hervor und traute ihren Augen kaum. »Wer hätte so etwas gedacht«, murmelte sie zu sich selbst, »dass ein bekannter Dieb, der mit Schurken wie einen Black Ben verkehrt, die Bildung eines Gentlemans hat?«

»Er *ist* ein Gentleman, Lady Anne«, erwiderte Beth, und ihre Stimme überschlug sich fast vor Überzeugung und

Loyalität. »Der edelste und redlichste Gentleman, der je gelebt hat.«

Anne konnte Beth ihren Zweifel nicht ins Gesicht sagen, doch sie musste ihn gespürt haben.

»Es ist wahr, Mylady, ich muss es wissen.« Beth ließ sich neben Anne auf die Knie sinken und strich die Kleidung glatt, die säuberlich gefaltet in der Truhe lag, und ihre Finger verharrten einen Augenblick lang liebevoll auf dem feinen Material.

Anne berührte ihren Arm. »Du liebst ihn wirklich, nicht wahr?«

Beth schüttelte vehement den Kopf, und die Röte, die ihr ins Gesicht stieg, sagte alles. »Johnny ist nicht für eine wie mich.« Sie blickte Anne ins Gesicht, und ihre hellblauen Augen glitzerten feucht. »Er braucht eine feine Lady. Ich bin glücklich, wenn ich ihm dienen kann.«

Anne war von der selbstlosen Leidenschaft des Milchmädchens gerührt, und sie konnte ihre Neugier nicht verbergen, die, wie ihr plötzlich bewusst wurde, gar nicht neu war. Sie hatte zuvor nur noch keinen Namen für das Gefühl gefunden. »Erzähl mir von ihm.«

Beths Gesicht flammte erneut auf, doch dann sammelte sie sich. »Er fand mich in einem Bordell in London und brachte mich hierher. Ihr versteht nicht, Mylady.«

Anne erhob sich und ging zum Fenster, das offen stand und mit farbenprächtigen Veilchen und Bartnelken geschmückt war. Ihre Hand zitterte leicht, als sie eine Blüte abrupfte und in Beths Kragen steckte. »Ich verstehe sehr wohl. Er hat dich zu seinem Vergnügen hier eingestellt. Und dafür bist du ihm dankbar?«

»Nein, Mylady, so ist das nicht. Niemand liegt hier bei mir, wenn ich es nicht will. Das sind seine Regeln.«

Anne drehte sich nicht zu ihr um. »Gewiss, Master Gilbert selbst ...« Sie ließ diesen Satz unvollendet, aber es war klar, was sie damit sagen wollte.

Beth schwieg, und Anne wandte sich nun doch um, um

zu sehen, ob Beth sie verstanden hatte. Sie hatte, ganz offensichtlich. Verschwunden war die Röte. Traurigkeit lag jetzt in ihrem Gesicht und in ihrer Stimme. »Nein, Mylady. Er will nicht bei mir liegen. Er sagt, er liebt mich wie eine Schwester, aber das dürfen wir nicht tun. Ich bin hell, und seine Familie ist … dunkel.« Das letzte Wort betonte sie.

Plötzlich wollte Anne nichts mehr weiter hören. Das war nicht die Geschichte, die sie erwartet hatte, und sie wusste auch nicht, was sie damit anfangen sollte. Mehr noch, sie wollte es gar nicht wissen. Sie hatte in ihrem Urteil nicht falsch gelegen. John Gilbert war ein notorischer Weiberheld, dessen Geliebte zu seiner Hinrichtung gekommen war, wo sie beide schamlose, schmutzige Scherze gemacht hatten. Seine Männer hatten diese Geschichte, als sie aus London zurückgekehrt waren, unendliche Male erzählt, und sie hatte die Nase gründlich voll davon. Und jetzt wollte Beth sie glauben machen, dass dieser Mann Huren rettete und ihnen Schutz und eine vernünftige Arbeit als Milchmädchen bot. Auch wenn Beth sie für wahr hielt, die Geschichte war zu absurd, als dass Anne sie hätte glauben können.

»Beth, du warst sehr freundlich zu mir, und ich möchte auch dir eine gute Freundin sein. In manchen Dingen bin ich mehr eine Frau von Welt als du, und ich möchte dir raten, nimm dich in Acht. Männer, auch die, die du für Gentlemen hältst, sind zu schwerer Täuschung fähig.«

Beth sah sie fasziniert an. »Seid ihr so sehr getäuscht worden, Mylady?«

»Ja, Beth, grausam und unverzeihlich, von einem Mann, den ich über alle anderen Männer geehrt und geliebt habe. Ohne Rücksicht auf meine allerzärtlichsten Gefühle hätte er seinen und meinen Schwur zu seiner Bereicherung verraten. Ich werde mein Vertrauen nie wieder in einen anderen Mann setzen als in meinen Vater.«

Beth blickte auf, und ihre Redlichkeit und Liebe waren so deutlich in ihr Gesicht geschrieben, dass ein jeder sie darin hätte lesen können. »John Gilbert könnt Ihr vertrauen,

Lady Anne. Er weiß, wie es ist, verraten zu werden. Bastard oder nicht, der Duke, sein Vater, liebte ihn und ließ ihm dreihundert jährlich, und Burwell Hall und den Wildpark dazu. Aber seine Halbbrüder änderten das Testament und betrogen ihn um sein rechtmäßiges Erbe. Und als er ihnen damit drohte, sie vor Gericht zu bringen, beschuldigten sie ihn, den Wappenring gestohlen zu haben, den der Duke ihnen geschenkt hat. Ihm blieb nichts anderes übrig, als nach Oxford zu fliehen oder zu sterben, und, wie Ihr seht, ein Herr der Straße zu werden.«

Die ganze Geschichte war aus ihr herausgesprudelt, während sie dort vor der Truhe kniete und John Gilberts Kleider mit ihren von der Arbeit geröteten Händen glatt strich. Dann stand sie abrupt auf, sichtlich beschämt über ihre lange Rede. »Beinahe hätte ich vergessen, Mylady, warum ich zu Euch kam. Er sagt, Ihr sollt am Fechten der Frauen teilnehmen, auf dem Rasen.«

Anne war über diesen neuerlichen Beweis von John Gilberts sonderbarer Einstellung zu Frauen erstaunt. »Hält er uns für griechische Amazonen?«

»Ich kenne diese Amazonen nicht, Mylady, aber er möchte, dass sich die Frauen in diesem Lager selbst verteidigen können, wenn die Männer fort sind.« Sie öffnete die Tür, und auf ihrem Weg nach draußen fügte sie hinzu: »Und er sagt, Ihr sollt ein Paar seiner Kniehosen anlegen.«

Zuerst machte er aus Anne Gascoigne eine Milchmagd und jetzt auch noch eine Kriegerin. Er war wirklich unerträglich! Wenngleich es in London auch Frauen gab, Frauen von niedrigem Stand und Schauspielerinnen, die sich in Epsom mit Männern duellierten, konnte Anne sich nicht vorstellen, so etwas jemals zu tun. Als Kind hatte sie ihrem Vater und später Edward stundenlang bei ihren Fechtübungen zugesehen, aber sie hatte niemals selbst ein Rapier in ihrer Hand gehalten, außer im Scherz. Natürlich würde sie es strikt ablehnen, sich derart ordinär zu benehmen.

Anne setzte sich in den Stuhl neben dem Kamin, die

Arme auf der Brust verschränkt, und wartete auf das Geräusch von John Gilberts Schritten, die sich der Hütte nähern würden, um sie zu holen, dessen war sie sich sicher. Als Anführer einer Räuberbande konnte er es sich nicht leisten, ihren Ungehorsam einfach zu dulden. Sie wartete eine Zeit lang. Als er nicht kam, spürte sie eine ohnmächtige Enttäuschung in sich aufsteigen. Zur Hölle mit ihm! Er war zu gerissen. Wenn sie nicht mit den anderen Frauen erschien, würde er sie für zimperlich halten, und das war noch unerträglicher als die Genugtuung, die sie ihm schenken würde, wenn sie auf dem Rasen auftauchte. Verdammt! Verdammt! Verdammt!

Sie riss den Deckel der Truhe auf, die sie zuvor untersucht hatte, durchwühlte die Kleidung und entschied sich für seine besten Kniehosen aus Satin, ein gestreiftes flämisches Leinenhemd und seidene Strümpfe. Umso besser, wenn sie sie dreckig machte. Diese Absicht würde ihr ein ruhiges Gewissen verleihen.

Anne war bereits auf halbem Weg, als sie erstaunt bemerkte, dass sie die Strecke in der Hälfte der Zeit zurücklegte, doppelt so schnell, wie sie es mit ihren Röcken je vermocht hätte. Ihre Beine, obwohl in Hosen und Strümpfen eingeschlossen, ließen sie so frei und weit ausschreiten, wie sie nur wollte. Sie war nie auf den Gedanken gekommen, dass ihr Kleid und ihre Leibwäsche, ganz zu schweigen von dem Korsett, sie stets dazu gezwungen hatten kleine Schritte zu machen und folglich – vielleicht – zu der Überzeugung, nur wenig zu erreichen. Mit großen Schritten ging sie auf den Rasen zu, wissend, dass seine Blicke ihr folgten.

Als sie ihn fast erreicht hatte, verneigte er sich tief und salutierte mit seinem Schwert. »Ihr bestätigt mich in meinem Vorurteil, Lady Anne. Ich habe immer gewusst, dass es den Beinen einer Frau viel mehr gebührt sich zu zeigen, als denen eines Mannes.«

Sie ahmte seine Verbeugung mit einer zusätzlichen überschwänglichen Handbewegung nach. »Wenn Ihr gedachtet, mich mit Euren Worten zu beschämen, Sir, muss ich Euch leider enttäuschen. Ich finde Eure Hosen recht hübsch an mir.«

Der Ausdruck auf seinem Gesicht war unverändert, als er mit seinem Schwert zu einem zweiten Gruß ausholte, doch sie sah seine dunklen Augen aufblitzen, und sie hätte schwören können, dass seine Fingerknöchel weiß waren, als er das Schwert umdrehte und ihr das Heft hinreichte. »Möchtet Ihr den anderen erst zusehen?«

»Nein, Sir, ich weiß wohl, was ich zu tun habe.«

Ungefähr ein Dutzend Frauen in Kniehosen standen in einer Reihe auf der Wiese, umringt von einem Haufen lärmender Männer, die sich in die Seite stießen, sich schubsten und vor Lachen kaum mehr halten konnten. Ein scharfes Wort John Gilberts brachte sie zum Schweigen.

Er verbeugte sich vor seinen Schülerinnen. »Meine Damen, nehmt eure Haltung ein und folgt mir durch den Angriff, wie ich es euch gelehrt habe«, kommandierte er.

Mit ernster Miene taten sie, wie er geheißen hatte. Anne staunte. Diese gesetzlosen Mädchen alberten und kicherten nicht herum, stattdessen lag eine feierliche Entschlossenheit in ihren Gesichtern.

John wählte eine andere Klinge, prüfte das Heft und ging in Positur. »*En garde*! Stoß! Parade! Riposte! Jetzt schneller, und geschmeidiger. *En garde,* Stoß, Parade, Riposte. Nein, nicht so, Lady Anne.«

Sie hinkte hoffnungslos hinterher. Ihrem Vater oder Edward beim Training zuzusehen war eine Sache, ein Schwert zu stoßen, das einige Pfund schwer auf ihrem ausgestreckten Arm lastete, und dabei ihren Körper in einer Positur zu halten, die keine Frau jemals in der Öffentlichkeit zur Schau stellen sollte, auch nicht in Kniehosen, eine ganz andere.

John Gilbert stellte sich hinter sie und nahm ihren Arm, der das Schwert hielt. Mit seiner anderen Hand hielt er ihren freien Arm so in der Luft, dass er einen anmutigen Bogen beschrieb. »Ihr seid zu steif«, sagte er und schüttelte ihre Arme. »Sorgt dafür, dass Euer Körper beweglich bleibt, Mylady, das wird Euch in vielerlei Hinsicht nützlich sein – insbesondere in der Fechtkunst.«

Sie versteifte sich noch mehr. Sein gesamter Körper war gegen ihren Rücken gepresst, sein rechtes Bein hatte er in tiefer Haltung an das ihre gelegt, so dass seine Männlichkeit gegen ihren Oberschenkel drückte. Das war sogar für einen Banditen zu verwegen! »Ich hege keinen Zweifel daran, dass Ihr Euch mit beweglichen Körpern auskennt, Sir«, schnaubte sie wütend. »Ist das eine Eurer anzüglichen Zeilen, die Ihr zur Mistress des Theatre Royal sprecht?«

Sie rechnete mit seiner Bestürzung, doch als sie zu ihm hochsah, grinste er nur.

»Nein, Mylady, Nellie einen geschmeidigen Gebrauch ihres Körpers zu lehren würde bedeuten, das Offenkundige zu bearbeiten.«

Er dankte Gott für seinen Scharfsinn, denn in der Tat war er erregt. Doch er würde sich jetzt nicht von ihr entfernen. Er würde der Anziehungskraft, die diese Frau auf ihn ausübte, nicht erliegen. Sie war die Buße für sein Leben, das er Sir Samuel zurückzahlen musste, und er würde es ihm zurückzahlen, bis alle Schulden beglichen waren – und wenn ihn der Preis dafür in den Wahnsinn trieb. Dem köstlichen Schmerz nach zu urteilen, den er in diesem Augenblick empfand, würde er das wahrscheinlich auch tun, und noch viel mehr.

Das kurze Aufflackern einer Eifersucht, das er in ihren Augen glaubte gesehen zu haben, als er Nell Gwyns Namen erwähnte, war nur eine kleine Entschädigung für diesen Schmerz. Er hielt Anne noch fester, um seine Verwirrung zu verbergen.

Sie versuchte sich aus seinem Griff zu befreien. »Ich kann nicht atmen, Sir, wenn Ihr mich so fest haltet.«

Er lockerte seinen Griff nur geringfügig und flüsterte in ihr Haar: »Es gäbe keinen Grund Euch so zu halten, wenn Ihr Euch locker und frei bewegen würdet. Gesteht Eurem

Körper die Freiheit zu, nach der er verlangt. Es ist nicht so schwierig, wie Ihr denkt. Stellt Euch vor, Ihr würdet auf dem Ball des Königs tanzen, nur dass dies ein Tanz auf Leben oder Tod ist, Lady Anne, ein Tanz, der Euch das Leben retten kann.« Er schnalzte mit der Zunge. »Es macht mich traurig zu sehen, dass die geringsten Frauen auf diesem Rasen in der Kunst der Höflinge begabter sind als Ihr, die Ihr dazu geboren seid.« Seine allzu ernste Stimme bekam jetzt einen spöttischen Unterton. »Könnte es vielleicht sein, dass der Unterschied zwischen den einfachen Leuten und dem Adel geringer ist, als man gemeinhin in Whitehall annimmt?«

Sie wand sich in seinem eisernen Griff. »Das ist Verrat, Sir, wenn nicht gar Blasphemie. Es ist nicht Eure Aufgabe, mich in den Pflichten meines Standes zu unterrichten.«

»Es ist mir eine Ehre, Euch in allen Dingen zu unterrichten, Lady Anne, obgleich ich schon bessere Schüler hatte.« Er brachte ihre Arme in Position. »*En garde*. Jetzt Stoß.« Er streckte ihren Arm entlang seines eigenen nach vorne aus.

Sie konnte spüren, wie sich seine enormen Muskeln entlang ihrer kleinen bewegten und ihrem Stoß Kraft verliehen.

»Linkes Bein ganz durchstrecken«, sagte er. Er bückte sich und streckte es; und sie war sich sicher, dass seine starken Finger durch die seidenen Strümpfe hindurch Druckstellen auf ihrer Wade hinterlassen würden. Ihr Herz klopfte wie wild. Es war die ungewohnte Anstrengung, da war sie sich sicher.

Schließlich ließ er sie los, trat ihr gegenüber und nahm seinerseits die Angriffstellung ein. »Jetzt, aus der Stoßposition, hebt Ihr die Klinge so, zum Kopfhieb. Aber Ihr müsst sehr schnell sein, denn ich werde parieren – so – und zum Gegenangriff übergehen mit der Riposte.«

Die Klinge flog ihr in hohem Bogen aus der Hand und landete in einiger Entfernung auf der Wiese, wo sie zitternd in der Erde stecken blieb.

»Hussa!«, kam es von seinen Männern herüber.

In diesem Augenblick hasste sie ihn und seine miserablen Anweisungen, die er sich mit Sicherheit ausgedacht hatte, nur um sie noch weiter zu erniedrigen und zum Gespött seiner Leute zu machen.

Seine Schwertspitze tanzte um ihre Kehle. »Ihr seid mir ausgeliefert, Mylady.«

Sie stand vollkommen gelassen und furchtlos da. »Dann stoßt zu, Sir. Wenn Ihr es nicht tut, werde ich von morgens bis abends trainieren müssen, und ich warne Euch, beim nächsten Mal werde ich mich um einiges geschickter anstellen.«

Er konnte ein anerkennendes Blitzen in seinen Augen nur mit Mühe verbergen, als er die Klinge aufhob und sie ihr zurückgab. »Ihr habt einen Kampfgeist in Euch, Mylady, der mich bei einer Dame Eures Standes ziemlich erstaunt. Vielleicht könntet Ihr mich in dieser Beziehung unterrichten.«

Er salutierte vor ihr mit seinem Schwert, dann führte er sie zuerst langsam, und in der Folge ein wenig schneller durch die Übung.

Sie strengte sich an, auch wenn ihr die Arme immer schwerer wurden und ihre Wadenmuskeln schmerzten, und sie wusste, dieser Straßenräuber hatte eine sonderbare Intelligenz. Obwohl er ein notorischer Weiberheld war, hatte er eine besondere Achtung vor dem Mut und den Fähigkeiten einer Frau, die ihr nie zuvor, auch nicht bei den philosophischsten aller Männer, begegnet war. Im Hause ihres Vaters sowie am Hof hatte sie lange Gespräche mit Mr Pepys und Mr Dryden geführt, aber keiner von ihnen hatte das Thema auf so bemerkenswerte Weise durchdacht wie dieser Straßenräuber.

Anne wurde sich plötzlich darüber bewusst, dass sie, wann immer sie nach etwas Gutem in John Gilbert suchte, es auch fand. Und dann erinnerte sie sich an seine Küsse, zwei an der Zahl, und ihr wurde ganz heiß bei diesem Gedanken, trotz der heraufziehenden Wolken, die einen nachmittäglichen Schauer ankündigten.

Nachdem er sie ein paar Mal umkreist hatte, beschloss er sie unvorbereitet zu treffen. Er stieß, und sie parierte.

»Gut gemacht!«, rief er, und sie war ungewöhnlich erfreut über sein Lob.

Sie bemerkte, dass sein Hemd offen stand, und sah sein feines dunkel gelocktes Brusthaar, das unter dem roten Halstuch hervorlugte. Sie fröstelte, als die ersten Regentropfen fielen. Das Letzte, was sie auf dieser Welt wollte, war John Gilbert auf die gleiche verfluchte Weise zu begehren, wie sie Edward begehrt hatte. Dieses Kapitel ihres Lebens war für sie abgeschlossen. Ihre Liebe und ihre Hoffnung waren in jenem Moment im Gemach der Königin gestorben, als ihre Leidenschaft über alles Verzeihen und Vergessen hinaus betrogen worden war. Sobald ihr Onkel, der Bischof von Ely, den König besänftigt und das Aufgebot mit Lord Waverby aufgehoben hatte, würde sie sich auf das Gut ihres Vaters in Essex zurückziehen und ein tüchtiges Leben führen. Sie würde die Milchwirtschaft reorganisieren und ein Modell für die ganze Grafschaft entwerfen, und wer weiß, vielleicht würden sie die Milchmädchen einmal in die Geheimnisse der Fechtkunst einführen. Bei diesem Gedanken musste sie lächeln. Was für ein exzentrisches altes Weib sie einmal sein würde!

Mittlerweile hatte es richtig angefangen zu regnen, und dennoch machte John Gilbert keine Anstalten, mit dem Fechttraining aufzuhören. Anne bemerkte, wie sich Beth und die anderen Frauen vergnügt durch das aufgeweichte Gras kämpften, vor und zurück vor den Augen der Männer, und das Klirren der Klingen verlieh ihrer sichtlichen Begeisterung noch einen zusätzlichen Reiz.

»Seid ihr erschöpft, Lady Anne?«

»Seid ihr's?«, forderte sie ihn heraus und stieß zu.

Er parierte und schüttelte den Kopf, amüsiert und erfreut. »In einem Kampf hätte ich lieber Euch hinter mir, Anne, als so manchen Mann.«

Sie ignorierte seinen Mangel an Förmlichkeit. »Vielen

Dank, Sir«, sagte sie und salutierte mit ihrem Schwert. Er erwiderte ihren Gruß, und dann standen sie sich noch eine ganze Weile gegenüber und hielten ihren Blicken stand, und der Regen prasselte auf ihre Gesichter.

Das war ein nettes Kompliment gewesen. Oh, mehr als nett; eine galante und freundschaftliche Bemerkung. Sie forschte nach etwas Bösem, Unheilvollem in seinem Gesicht, konzentrierte sich auf seine Augen, dunkel wie ein Weiher im Wald, unter geraden schwarzen Brauen, und sie fand nichts. So wahr sie dort stand, dieses Gesicht barg keine Heuchelei, keinen Betrug. Es war offen und ehrlich, kein bisschen verstellt. Sie war fast imstande zu glauben, dass er nicht aus freier Entscheidung ein Straßenräuber war, so wie Beth es ihr erzählt hatte, und dass er von den Seinen ebenso schmerzlich betrogen worden war wie sie.

Er lächelte jetzt, blinzelte gegen den Regen, und sein Blick war eher der eines gewissenhaften Oxford-Studenten als der eines Straßenräubers. Wenn er so war, fiel es ihr schwer, sich an alle seine schlechten Eigenschaften zu erinnern, oder – wenn sie sich erinnerte – sie ihm nicht zu verzeihen.

Sie lächelte zurück, und dann lachten sie beide, sie lachten über alles und nichts, und darüber mussten sie noch mehr lachen.

Zwei Reiter tauchten plötzlich aus dem geheimen Tunnel auf, einer mit verbundenen Augen, der andere ein Wachtposten, der ihn führte. Sie ritten im Galopp auf die Gruppe zu. Der Fremde riss sich die Binde von den Augen, saß ab und rannte, vom Regen durchnässt, zu John Gilbert.

»Mein Master sagt, wenn Ihr weiterhin seinen Schutz genießen wollt, müsst Ihr sofort nach Burwell Hall kommen.«

»Aber«, platzte Anne heraus, »das war doch dein Anwesen.«

John sah sie erstaunt an. »Das sollte es einmal sein, damals, jetzt nicht mehr.« Dann wandte er sich wieder zu dem Boten und nickte. »Richte deinem Master aus, dass ich nicht kommen kann.«

»Lord Waverby gebietet es. Noch heute Nacht. Und er will die tausend Pfund Tribut.«

»Gut. Sag ihm, ich werde um Mitternacht bei ihm sein.«

John Gilbert sah Anne Gascoigne nicht an. Er konnte den Hass nicht ertragen, den er auf ihrem Gesicht sehen würde, das wusste er.

Anne taumelte zurück, ihrem verzweifelten Drang folgend, sich von diesem ungeheuerlichen Verrat zu entfernen. Und dann begann sie zu laufen.

Sechstes Kapitel

Stunden des Zweifels

Auf der Schwelle der Hütte holte er sie ein, packte sie und zog sie nach drinnen. »Anne, bei Gottes Wunden, es ist nicht so, wie du denkst!«

»Lasst mich los, Sir!«, fauchte sie. Ihre Stimme war hart vor Fassungslosigkeit und noch mehr: dem unerträglichen Gefühl, dass sie kurz davor gewesen war, für diesen Mann den Narren zu spielen. Wenn sie ihren eigenen Gefühlen nicht mehr trauen konnte, war sie tatsächlich verloren in dieser Welt.

Seine Hände glitten von ihren Schultern, und er trat ein paar Schritte zurück, zutiefst erschüttert angesichts dessen, was er in ihren Augen sah. Darin lagen Verletzung und Schmerz. Er wusste, dass es ihm fast gelungen war, sie zumindest als Freundin zu gewinnen, und jetzt sah er vor sich nur mehr einen unerbittlichen Feind.

Er nahm sich zusammen. »Mylady, Ihr wollt mir jetzt vielleicht nicht zuhören, aber Ihr werdet es tun, bevor ich gehe.«

»Sprecht also, Sir«, sagte sie, und er verwünschte den verächtlichen Klang, der in ihrer Stimme war. »Ich habe keinen Zweifel daran, dass ein Schwerverbrecher jede Sünde entschuldigen kann, aber Ihr müsst mir gnädigerweise das Recht einräumen, Euch dafür zu verdammen.«

Zorn stieg in ihm hoch. Wie konnte diese Adlige ihn nur mit einer solchen Leidenschaft verachten. Hielt sie ihn etwa für diesen erlauchten Wüstling Waverby, oder diesen Dummkopf von einem König in Whitehall?

Er wusste, dass ihr Herz verschlossen war, doch bei Gott, ihre Ohren würde sie nicht vor ihm verschließen. Mit zwei großen Schritten war er bei ihr und fasste sie an den Schultern, schüttelte sie. »Mit welcher moralischen Befugnis verdammt Ihr mich ohne Anhörung? Gebt Acht, Mylady, dass Ihr Lord Waverby nicht gestattet, Euch durch seinen Verrat so kalt zu machen, wie er es ist.«

»Ihr seid der Richtige, um einen anderen Mann einen Verräter zu nennen.« Ihre Stimme hatte einen ironischen Unterton, und er bedauerte das Gesagte. Ironie bei einer Frau bedeutete den endgültigen Verlust ihrer Unschuld.

Verschwunden war das Mädchen, das so viel geschmeidiger geworden war, als es die Klingen mit ihm gekreuzt hatte. Jetzt war sie wieder steif und unbeugsam in seinen Händen.

»Sir, Ihr tut mir weh!«

Er mäßigte den Druck seiner Finger, hielt sie aber weiter fest, damit sie sich nicht abwenden konnte, wie sie es am liebsten getan hätte, das wusste er. Und er musste sie zwingen, ihm ins Gesicht zu sehen, wenn sie ihm jemals glauben sollte. »Ich werde Euch dies jetzt ein einziges Mal erzählen, und Ihr könnt damit machen, was Ihr wollt.« Sein Ton war ernst, aber nicht hochmütig. Er war kein Mann, der sich gern reden hörte. »Ich habe weder Euch noch Euren Vater über meine Beziehung zu Lord Waverby angelogen. Ihr habt mich nie gefragt, und es geht um ein Geschäft, das mit Euch nichts zu tun hat.« Er fuhr schnell fort, ehe sie ihm widersprechen konnte. »Seit sieben Jahren zahle ich Lord Waverby einen jährlichen Tribut von eintausend Pfund. Im Gegenzug sorgt er dafür, dass der Grafschaftsvogt schön bei seinem Gefängnis in Oxford bleibt oder die falschen Straßen überwacht. Black Ben zahlt seinen Schutz dem Grafschaftsvogt, aber ich zog es vor, mit Waverby zu handeln. Es macht mir Spaß, den Mann noch mehr zu kompromittieren, der meinen Brüdern Burwell Hall gestohlen hat, beim Kartenspiel.«

Anne lachte bitter. »Eure Brüder müssen äußerst miserable Spieler sein, Master Gilbert. Edward verlor fast jede

Nacht in Whitehall große Summen an Mylady Castlemaine.«

»Ich bezweifle, dass Waverby es wagen würde, die Mätresse des Königs zu betrügen.«

»Da Ihr also vorhabt, meinen Vater zu betrügen und mich an Waverby auszuliefern, darf ich fragen, wie viel ich Euch wert bin? Was ist Euer Preis?« In ihrer Stimme lag keine Angst. Sie war hart, so hart wie ihre Hoffnung auf Rache sie nur machen konnte.

»Ist es das, was Ihr glaubt?«

»Versteckt Euch nicht hinter dem Deckmantel einer falschen Unschuld, Sir. Das schadet nur Eurem Ruf. Und sagt mir, was sollte ich anderes glauben? Ihr seid ein Landpirat erster Ordnung, und Lösegeld ist wohl Euer tägliches Geschäft. Mein Vater hat sich in Euch schwer getäuscht.«

Er sah ihr tief in die grünen Augen, so alt und hart wie Smaragd in Bernstein; und doch bargen sie für ihn immer noch die Erinnerung an die schmachtenden Blicke, die sein Blut nur kurze Zeit zuvor so in Wallung gebracht hatten. »Und Ihr, Mylady, habt *Ihr* Euch getäuscht, als wir zusammen gelacht haben, vorhin auf der Wiese?« Für einen Moment glaubte er einen Anflug von Verwirrung auf ihrem Gesicht zu erkennen, doch er war so schnell wieder verschwunden, dass er ihn doch für eine Täuschung hielt.

Dann sprach sie, wohlüberlegt und unerbittlich, und begrub auch die letzte Hoffnung auf Verständnis. »Nein, Master Gilbert, ich habe mich nicht getäuscht; ich hatte vom ersten Augenblick an recht. Ihr seid ein vollendeter Schurke, Sir, und weil das so ist, kann ich durchaus mit Euch verhandeln. Was immer Edward Euch bietet, mein Vater bietet mehr.«

»Euer Vater hat mir mein Leben angeboten, und ein recht gefälliges noch dazu. Ich werde mit dem nächsten günstigen Wind nach Jamaika segeln. Was könnte er mehr bieten?«

»Ihr spielt mit Worten, Sir. Denkt daran, was ich Euch

gesagt habe, wenn Ihr das Geschäft mit Waverby macht, ist es in jedem Fall ein schlechtes.«

Er beugte sich zu ihr vor, bis sein Mund nur noch wenige Zentimeter von ihrem entfernt war, seine Stimme bebte vor Intensität und Verwirrung. »Habe ich Euch irgendetwas angetan, Anne, Euch etwas gestohlen, seit Ihr hier angekommen seid? Nicht wenige keusche Mädchen sind ihres Gewerbes überdrüssig. Und doch habe ich mich von Euch ferngehalten, wenngleich jeder andere Mann Euch in jener ersten Nacht in Eurem Bett genommen hätte. Sagt mir also, warum sollte ich jetzt lügen?«

Sie wandte ihren Mund von seinem ab. »Auch der Teufel kennt seine teuflischen Gründe.«

Er spürte, wie er die Kontrolle über sich verlor, wie sie von ihm fortgespült wurde, als wäre er ein reißender Strom, den die Flut beherrscht. »Zum Teufel noch mal, Ihr seid ein unmögliches Weib! Ihr benutzt die Worte wie Knüttel. Da Ihr mich für einen Schurken haltet, werde ich die Rolle spielen, und zwar mit einer Meisterschaft, die Ihr nicht so bald vergessen werdet.«

Er zog sie so schnell an sich, dass sie durch den plötzlichen Aufprall auf seinen Körper fast das Gleichgewicht verloren hätte. Seine Küsse verschlangen ihren Mund, ihre Kehle. Und dann, mit der unverschämtesten aller Verbeugungen, wobei sein Federhut über den Fußboden fegte, ließ er sie zitternd und nach Luft ringend stehen und warf die Tür krachend hinter sich ins Schloss.

Anne wusste nicht, wie lange sie dort stand und auf die Tür starrte, bebend, mit allen heftigen Gefühlen, die sie kannte, und manchen, die sie nicht kannte, die sie aber auch nicht wünschte zu benennen. Doch eines wusste sie. Sie musste vor diesem Mann fliehen. Er war mehr, als ihr Fleisch und Blut und gesunder Menschenverstand ertragen konnte.

In wilder Verzweiflung sah sie sich um. Doch wie konnte sie fliehen? Wachen umringten das Lager. Nur Beth konnte sie sicher an ihnen vorbeischleusen, aber die arme, irregeleitete Beth würde John Gilbert niemals hintergehen. Und was, wenn sie die Straßen außerhalb von Whittlewood Forest erreichte? Welcher arme Bauer oder irische Kesselflicker könnte dem Vermögen widerstehen, das Edward in der Zwischenzeit vermutlich als Belohnung für ihre Auslieferung ausgesetzt hatte.

Es dauerte Stunden, bis sie endlich einschlief, ohne Abendessen und erschöpft wie nach langer Krankheit. Reiter kamen an ihre Hütte, und Pechkieferfackeln schienen kurz durch das Fenster herein. Einmal glaubte sie das Echo von Black Bens Stimme zu vernehmen, aber sie war sich nicht sicher, und schließlich wurden ihre Lider zu schwer, um sie offen zu halten.

In ihrem Traum kämpfte sie sich durch die Finsternis eines langen Tunnels, das Schwert in der Hand, immer weiter und weiter, ohne jemals das ferne, flackernde Licht zu erreichen.

»Wacht auf«, sagte Beth und zog an ihrer Decke. »Rasch, Mylady. Es bleibt nicht viel Zeit.«

Anne tauchte aus den Tiefen ihres Schlafes auf. »Was ist los?«

»Ihr werdet uns verlassen, Mylady. Er schickt Euch diese Verkleidung.«

»Aber wohin …?«

»Bitte, Lady Anne, Black Ben ist zurück, und Johnny möchte Euch nicht alleine zurücklassen.«

Er würde sie nach Burwell Hall bringen, sie wusste es. Der Zeitpunkt war schneller gekommen, als sie erwartet hatte. Offenbar hatte John Gilbert ein gutes Geschäft mit Edward gemacht.

Zögernd reichte Beth ihr Kniehosen und Hemd, Mantel und Stiefel. »Mylady, mein eigenes Fechtkostüm.«

»Aber, Beth, warum diese Verkleidung? Edward erwartet eine Hofdame.«

Beth schüttelte den Kopf. »Ich weiß nichts, Mylady, nur,

dass Ihr gehen müsst, solange Ben schläft. Er würde Euch für sich haben wollen.« Sie schauderte. »Beeilt Euch!«

Der Regen hatte aufgehört, und der Mond hing tief am Nachthimmel und warf ein unheimliches Licht auf das schlafende Lager. Die beiden Frauen liefen über den Anger an der Schmiede vorbei, deren Feuerstellen mit Asche bedeckt waren, und zu den beiden Männern, die jenseitig auf sie warteten. John Gilbert saß bereits im Sattel; nicht der schwerste Mantel konnte seine stolze, stattliche Erscheinung verbergen. Sein großer, rotbrauner Hengst namens Sir Pegasus tänzelte unruhig und stampfte mit den Hufen in Erwartung des baldigen Aufbruchs.

»Gib ihr eine Perücke aus der Truhe, Joseph. Diese rote Mähne wäre ein Leuchtfeuer unter uns.«

Beth ergriff Annes Hand und küsste sie. »Lebt wohl, Mylady.«

»Leb wohl, gute Beth«, sagte Anne und küsste sie auf die Wange.

Die Perücke auf dem Kopf, saß sie auf und beruhigte ihr Pferd, als John neben ihr auftauchte. Er reichte ihr ein Bandelier und ein Schwert. »Betet zu Gott, dass Ihr Euer neu erworbenes Geschick nicht noch in dieser Nacht beweisen müsst.«

Sie warf den Kopf in den Nacken. »Plündern wir hilflose Reisende, Sir, oder begnügt Ihr Euch damit, mich auf direktem Weg zum Höchstbietenden zu bringen?«

Sie konnte sein Gesicht nicht erkennen, aber die Wut in seiner bebenden Stimme war nicht zu überhören. »Ich werde tun, was mir beliebt, und wie es mir beliebt, Lady Anne. Ich habe alle Macht über Euch.«

Er spornte sein Pferd an, und sie ritten in den geheimen Tunnel. Wenige Minuten später hatten sie den Durchgang passiert und gelangten in den Wald, und von dort ritten sie den Strom entlang und weiter über den Pfad zur Oxford Road.

Sie dachte kurz daran auszureißen, doch die Vorsicht gebot ihr, ein derart lächerliches Manöver lieber gleich zu unterlassen, denn die Männer würden sie einholen, bevor sie überhaupt ein Stückchen weit gekommen war. Sir Peg, wie John Gilbert sein Pferd liebevoll nannte, konnte ihre Stute mit links überholen, ohne auch nur einen Tropfen Schweiß zu verlieren. Am Ende lief es also darauf hinaus: Edward, John Gilbert und Black Ben, allesamt ehrlose Männer, waren darauf aus, sich an ihrem Körper zu bereichern. Von den Dreien war Edward wenigstens als Edelmann geboren und würde ihrem Appell an die Vernunft gehorchen, wenn er auch nur ein kleines bisschen Respekt für ihren Vater übrig hatte. Es war paradox, dass eben jener Mann, dessen Pläne sie dazu gebracht hatten zu fliehen, letzten Endes derjenige sein würde, der sie vor dem Schlimmsten bewahrte.

Obwohl sie nur wenig geschlafen hatte, war sie hellwach. Der herrliche Waldgeruch und das nasse Grün, das im trüben Mondlicht schimmerte, reizten ihre Sinne. In jeder anderen Nacht wäre dies ein Abenteuer gewesen, ein Ritt, an den sie sich gerne zurückerinnert hätte, an den erdigen Geruch, an die Licht und Schattenmuster des großen Mannes auf seinem gewaltigen Ross vor ihr. Unter den gegebenen Umständen würde ihr diese Nacht jedoch als die Nacht im Gedächtnis bleiben, in der sich John Gilbert als der größte Schurke erwies, der je unter dieser Sonne geboren wurde.

»Halt!«, rief John, als sie sich der Stelle näherten, wo der Waldweg auf die Oxford Road traf.

Anne zügelte ihre Stute und kam zwischen John und Joseph zum Stehen.

»Ich kann eine hören«, sagte Joseph und lauschte in die Nacht, wobei er eine Hand trichterförmig um sein Ohr legte. »Eine einsame Kutsche, keine Vorreiter.«

John lächelte. »Dann werden wir gleich noch ein bisschen arbeiten, wenn es uns nicht zu lange aufhält.«

Sie warteten, im dichten Geäst gut versteckt.

Anne war außer sich. »Sir, Ihr könnt mich nicht zwingen, einem grausamen Verbrechen beizuwohnen.«

Er zuckte mit den Schultern und reichte ihr eine schwarze Maske für Augen und Nase. »Verdeckt Euer Gesicht oder Ihr werdet es auf einem Handzettel sehen, ehe Ihr nach London zurückkehrt. Ihr wärt nicht die erste Eures Geschlechts, die auf der Straße arbeitet und dafür sterben muss.«

John und Joseph hatten gerade ihre Masken angelegt, als sich eine kleine Kutsche langsam der Kreuzung näherte, offenbar im Zweifel über den Weg.

John spornte sein Pferd an, ritt auf die Kutsche zu, Annes Stute auf den Fersen, und richtete seine Pistole auf den Kutscher. »Halt! Übergebt mir Eure Waffen. Seid kein Narr – ich habe einen Mann hinter mir im Gebüsch.« Aus dem Wald war Josephs Stimme zu vernehmen.

Johns Stimme war laut und streng, seine Worte ließen keine Diskussion zu. Der Kutscher gehorchte unterwürfig.

»Aufmachen!«, befahl John und klopfte mit seinem Fuß gegen die Kutschentür.

Ein hübscher blonder Kopf erschien im Fenster, die Augen kokett unter einer roten seidengefütterten Haube. »Sir, Eure Maske sagt mir, dass Ihr ein Gentleman der Straße seid. Mein Leben ist in Eurer Gewalt.«

»Nein, Madame«, erwiderte John und verneigte sich von seinem Sattel herab, als wäre er auf einem Sonntagmorgenritt durch den St.James Park unterwegs. »Nicht Euer Leben will ich, sondern Euer Gold.«

»In diesem Fall, Sir, wird Euch dies nächtliche Werk nicht viel einbringen. Mein Ehemann ist ganz plötzlich verstorben, und ich habe keine zwei Pence, die ich in meinen Geldbeutel stecken könnte.«

John lächelte und verneigte sich erneut. »Kommen wir nicht alle mit nichts auf die Welt und verlassen sie auch mit nichts? Wir werden Euren leeren Geldbeutel beide überleben, Madame.«

Da vernahm er ein tiefes Husten aus dem Inneren der Kutsche und war augenblicklich hellwach. »Zur Seite,

Madame, damit ich sehen kann, wen Ihr da bei Euch habt. Zeigt Euch, und Hände hoch!«, befahl John.

Ein Kopf mit Perücke tauchte aus dem hinteren Teil der Kutsche auf.

John sah den Mann unverwandt an, ein Lächeln spielte um seine Lippen. »Euer Name, Sir.«

»Sir Richard Mourton, Bruder dieser Lady und ein enger Freund des Vogtes dieser Grafschaft.«

»Es ist mir eine Ehre, Sir, für gute Unterhaltung zu sorgen, wenn Ihr das nächste Mal mit Eurem Freund, dem Vogt sprecht. In der Zwischenzeit, gebt Euer Geld her!«

»Haltet Ihr mich für so verrückt, diese Straße mit Gold zu bereisen?«, kam die unfreundliche Antwort.

John beugte sich aus dem Sattel und stieß seine Pistole in des Mannes grünsamtenes Wams, das mit edelster Gold- und Silberspitze verziert war. »Euer Geld, Sir, oder der Vogt hat einen Freund zu beklagen.«

Wie von Zauberhand wurde ihm ein dicker Geldbeutel gereicht, aber nicht ohne große Töne. »Ich warne Euch, Dieb, ich werde Euch hängen sehen für Euer nächtliches Werk.«

John wog den schweren Geldsack in seiner Hand. »Dann werde ich in der Tat recht gut bezahlt sterben.«

Joseph lenkte sein Pferd an Annes Seite und sagte zu John: »Diese Frau hat einen Ehering mit einem edlen Stein.«

Die Frau zog ihre Hand rasch vom Fenster zurück. »Junge«, wandte sie sich mit leidenschaftlicher Verzweiflung an Anne, »denk nur an deine arme Mutter. Du würdest doch einer Witwe nicht ihr kostbarstes Gut wegnehmen.«

Anne hatte die ganze Farce mit großem Erstaunen verfolgt und brachte nur eine gestammelte Verneinung hervor.

John griff ein. »Dieser Junge ist von zartem Gemüt und, wie ich fürchte, nicht für diesen Beruf gemacht. Aber er spricht für mich. Ich stehle keine Eheringe.« Er beruhigte Sir Pegasus. »Madame, wie weit reist Ihr heute Nacht?«

»Bis zum nächsten Morgen«, antwortete sie. »Und von dort zum Pfarrhaus meines Bruders.«

»Dann werden wir Euch eskortieren müssen.« Er lachte herzhaft. »Hier sind wahrhaftig schlimmere Gauner unterwegs als dieser Junge hier.«

»Warum habt Ihr der Frau den Ring nicht abgenommen?«, fragte Anne, als sie hinter der Kutsche her ritten. »Möglicherweise hat sie gelogen.«

John gab keine Antwort, und für die nächsten Meilen war Anne dazu verdammt, mit einem verwirrten Geist zu ringen, der sich einmal in diese und einmal in jene Richtung wandte.

Bald nachdem sie die Kutsche verlassen hatten, machten sie in einigem Abstand halt vor einem dreistöckigen Gasthaus, auf dessen Vorderseite die Köpfe zweier Keiler abgebildet waren. John wartete einige Minuten und beobachtete das Haus.

Joseph schlackerte mit den Armen und wickelte sich fester in seinen Mantel. »Für Mitte Juni ist es kälter als 'ne Hexentitte. Ich könnte einen Krug Ale gut gebrauchen.« Er wollte sein Pferd antreiben, doch John hielt ihn an den Zügeln fest. »Was ist los, Johnny? Es ist doch alles ruhig.«

»Eben das ist los. Es ist zu ruhig. Sieh selbst, Joseph. Zwei große Wagen, recht weit gereiste, wie ihr Zustand vermuten lässt, im Hof abgestellt, und doch hört man keine Flöten und Tamburine spielen.« Er schnupperte. »Und gekocht wird auch nicht. Wartet hier, und Joseph, zwei wachsame Augen auf Lady Anne.«

John trieb sein Pferd an und ritt langsam die Auffahrt zum Hof hinauf, die Hand an seinem Schwert. Der Mond war hinter den Wolken, als er die Tür des Gasthauses erreichte. Er saß ab, gerade als der Mond sich wieder zeigte und die Vorderseite des Gebäudes beleuchtete, und so schnell er konnte, sprang John Gilbert zurück in den Sattel und jagte sein Pferd hinaus auf die Straße und hinein in den Wald.

»Was ist los, Johnny?«, fragte Joseph.

»Die Pest! Das rote Kreuz ist an der Tür. Gott sei ihnen gnädig.«

»Was sollen wir dann mit dem Mädchen machen, wenn wir sie dort nicht sicher unterbringen können?«

Anne hatte zugehört. »Warum sollte ich denn in dem Gasthaus bleiben?«

John blickte sie an, er sah besorgt aus. »Ist es vielleicht möglich, dass Ihr mir Unrecht getan habt?«

Und dann begriff sie, was seine Absichten sein mussten. »Oh, ich verstehe. Ihr wollt mich so lange versteckt halten, bis Ihr einen höheren Preis ausgehandelt habt. Oder habt Ihr vielleicht Angst, ich könnte Edward verzeihen und aus freien Stücken zu ihm zurückkehren?«

John sah sie an, und seine Augen funkelten wild. »Wie Ihr sagt! Einem Earl kann alles verziehen werden. Einem Bastard nichts.«

Er spornte sein Pferd zum Galopp an, und sie und Joseph mussten zusehen, dass sie ihn wieder einholten.

Sie nahmen die Oxford Road in westlicher Richtung, wandten sich dann nach Norden Richtung Burwell Village und erreichten kurz vor Mitternacht die lange Straße, die durch den Wildpark nach Burwell Hall führte.

Joseph sah nach rechts, dann nach links. »Weißt du den Weg, Johnny?«

»Ja. Ich habe als Junge da gewohnt. Ich könnte dir den Weg zur Bücherei mit geschlossen Augen zeigen.«

Die Leidenschaft, die sich hinter diesen Worten verbarg, versetzte Anne einen Stich. Dieser Mann mochte der übelste Weiberheld in ganz England sein, aber er liebte sein verlorenes Gut wie ein Sohn seine tote Mutter. Der Teil von Beths Geschichte war also wahr. Sie schaute John Gilbert an, sein vom Mondlicht erhelltes Gesicht, und mit einem Mal verspürte sie so etwas wie Verständnis. Dieser Mann war schon verletzt auf die Welt gekommen, hatte den Schmerz bereits als Säugling in der Wiege des Bastards gespürt; und sein ganzes bisheriges Leben hatte ihm das Schicksal, keinen Namen und kein Land zu besitzen, keinen Frieden gelassen.

Vor Bestürzung über ihre eigenen Gedanken riss sie an den Zügeln. Wie konnte sie Mitleid für einen Straßenräuber empfinden? Der Mond musste sie verwirrt haben, oder die mitternächtliche Geisterstunde. Sie musste die Zügel kürzer fassen, nicht zulassen, dass ihre Gedanken vom Weg abkamen und sie von ihrem Ziel entfernten.

Sie ritten durch einen Torbogen in den Vorhof und entlang des Gutshauses, und Anne konnte sehen, dass es ein Juwel von einem kleinen Landhaus war, erbaut zur Zeit König Harrys, mit anmutig geschwungenen gotischen Fenstern und Schornsteinen aus roten Ziegeln. Es war ganz und gar unmöglich, an einem solchen Anwesen keine Freude zu haben.

Anne brachte ihr Pferd zum Stehen. »Sollte Eure Absicht tatsächlich ehrenhaft sein, Master Gilbert, so lasst mich hier.«

Er lachte. »Damit Ihr in die dunkle Nacht entflieht, sobald ich außer Sichtweite bin?«

»Dann lasst Joseph bei mir.«

»Nein, Mylady, ich werde eines Freundes Schwert an meiner Seite brauchen.« Er nahm ihre Zügel und führte sie am Haus entlang, bis sie an einer Reihe von Sträuchern haltmachten, gegenüber von ein paar kerzenbeleuchteten Fenstern. Anne konnte einen großen Raum erkennen, in dem hohe Bücherregale standen, und sie hatte keine Schwierigkeiten, Edwards große, schlanke Gestalt auszumachen, in Begleitung eines blau-silbern livrierten Dieners.

Sie hatte sich gefragt, was sie wohl empfinden würde, wenn sie Edward wiedersah. Sie hatte sich gefragt, ob sich noch Glut in der Asche ihrer Liebe befand, ein Funke, der ihre einst so zärtlichen Gefühlen für diesen Mann noch einmal entfachen konnte. Sie starrte durch die Fenster ins Innere des Raumes und sah, wie Edward sich vorbeugte, um an einer Kerze seine Tabakpfeife zu entzünden; sie sah die langen, spitzen Finger, erinnerte sich an seine sinnlichen Lippen, doch die Asche der Liebe blieb kalt und tot.

Einen winzigen Augenblick dachte sie daran, sich John Gilbert auf Gnade und Ungnade zu ergeben, ihn anzuflehen, er möge sie nicht an Edward ausliefern, ihm ihre Jungfräulichkeit zu versprechen, aber noch im gleichen Moment wusste sie, dass sie ihrer Keuschheit niemals würde abschwören können. Man würde sie ihr grausam rauben müssen; nie würde sie sie freiwillig einem Mann hingeben, am allerwenigsten einem Räuber, der sich selbst abgeschworen hatte. Sie hatte ihre schwachen Momente mit diesem Schwindler gehabt, aber sie würde niemals zulassen, dass sie sich wiederholten, nicht in diesem Leben.

John Gilbert nahm seinen breitkrempigen Hut ab. »Setzt das auf«, befahl er ihr, »und lasst Euer Gesicht unten. Ihr werdet hier warten und keinen Ton von Euch geben.«

Sie sah ihn an, und ihre Worte waren so eisig wie treulose Liebe und Verrat sie hatten werden lassen. »Warum zieht Ihr diese Farce in die Länge, Sir? Führt die Ware vor, setzt den Preis fest und die Sache hat sich erledigt, Ihr Frauenhändler!«

Johns Gesicht zuckte. »Joseph, wenn sie noch einen Mucks von sich gibt, dann knebele sie!«

Die drei saßen ab und führten ihre Pferde zu den Fenstern der Bibliothek.

Joseph und Anne blieben vor den Fenstern stehen. John Gilbert reichte Joseph seine Zügel. »Halte Ausschau nach seinen Männern, Joseph. Täuschung ist sein liebstes Spiel. Vielleicht bildet er sich ein, meinen Tribut zu bekommen, und mich gleich dazu.« John überquerte den Rasen und trat durch ein offenes Fenster. »Guten Abend, Mylord«, sagte John und verneigte sich, aber nicht annähernd so weit, wie es der Anstand verlangte.

Edward wirbelte herum, und Anne konnte sehen, dass er in seidene Kniehosen und ein eng anliegendes seidenes

Hemd gekleidet war, darüber trug er eine lange purpurrote Samtrobe. »Auf mein Wort, John, Ihr seid so leise wie eine Katze.«

»Eine Katze, die eintausend Pfund trägt«, sagte John und warf eine Satteltasche auf den Tisch. »Zählt es, Mylord. Ihr könnt einem Straßenräuber nicht einfach vertrauen.« Er grinste, und sein Gebaren drückte in jeder Hinsicht Respektlosigkeit aus.

Edward lachte und legte seine Pfeife beiseite. »Was für einen Narr haben wir denn da? Selbstverständlich traue ich Euch, wie meinem eigenen König.« Er warf den Kopf in den Nacken, und mit einem genüsslichen Grinsen befahl er seinem Diener: »Den Wein.«

Edward reichte John ein volles Glas Wein und hob sein eigenes. »Ach, siehe da!« Er spähte durch die Fenster. »Ihr habt Männer mitgebracht, die da draußen herumschleichen. Ich hätte sie lieber hier drin, wo ich sie sehen kann.«

»Es sind nur mein Schmied und ein Stallbursche, der sich um die Pferde kümmert.«

»Mein Diener wird sich um Eure Pferde kümmern.« Er schickte seinen Diener hinaus. »In der Tat, Herr Straßenräuber, ich traue Euch wie meinem König, nämlich überhaupt nicht. Seit Seine Majestät mich vom Hof verbannt hat, weil ich ein Versprechen nicht einlösen konnte, würde ich weder Euch und Euren Männern noch meinem König den Rücken kehren.« Er lächelte über seinen eigenen Witz.

John war in höchster Sorge. Annes Verkleidung war zwar gut, doch würde sie ihren einstigen Verlobten täuschen können? »Lasst den Burschen draußen, Mylord, und …«

Waverby ging zur Tür, und in schroffem Ton sagte er: »Herein, ihr zwei. Ich bin hier der Hausherr.«

Joseph ging die wenigen Schritte zum Bibliotheksfenster, und Anne, den Hut ins Gesicht gezogen, folgte ihm.

»Halt!«, befahl Edward, als Anne im Abstand von einer Armlänge an ihm vorbeiging, und das Herz schlug ihr bis zum Halse. Was John Gilbert auch immer mit ihr vorhatte,

Anne hoffte jetzt inständig, dass Edward nichts damit zu tun hatte. Vielleicht beabsichtigte er, sie beim König gegen Gnade einzutauschen!

Edward fasste sie mit zwei Fingern am Kinn, hob es an und betrachtete ihr Gesicht, doch in seinen Augen konnte sie sehen, dass er diesen rotwangigen, bartlosen Bauernjungen mit schmutzigem Gesicht und geröteten Augen nicht als die Hofdame wiedererkannte, der er Gedichte geschrieben und die er gelobt hatte zu lieben und zu heiraten.

»Ein hübscher Junge für einen Bauernburschen.« Lord Waverby zwinkerte John Gilbert zu. »Habt Ihr schon den neuesten Reim aus den Drury-Lane-Bordellen gehört?« Er rezitierte einige Zeilen über eine Hure, die einen Mann sitzen lassen hatte, dann schenkte er zuerst John und danach Anne ein anzügliches Grinsen und fügte hinzu: *»Ich tobe und ich zürne, und ich stürze in Rage, und krieg ich keine Dirne, macht es mir mein Page!«*

Der Straßenräuber war jetzt an Annes Seite und legte beschützend den Arm um sie. Waverbys Augen wurden noch größer.

»Wie ich sehe ist dieser gewöhnliche Junge sogar einem John Gilbert genehm.« Sein Gelächter klang noch in Annes Ohren nach, als John sie zu Joseph hinüberschob, der außerhalb des Feuerscheins stand.

»Dieser Lebensart bin ich abgeneigt, Mylord, sowohl der Hure als auch dem griechischen Jungen«, entgegnete John mit unverhohlener Verachtung. »Und die Mädchen, die ich liebe, laufen mir auch nicht davon.«

Waverby hatte zwei weitere Gläser Wein eingeschenkt, und nun stellte er die Karaffe überaus bedächtig wieder auf den Tisch. Für einen solchen Affront hatte er schon edlere Männer herausgefordert und erledigt.

John kochte vor Wut, doch Anne zuliebe hielt er seine Zunge im Zaum. Er schob den Wein beiseite und sagte: »Wenn Ihr Euer Geld zählen würdet, könnten wir dieses Geschäft schnell abwickeln, Lord Waverby.«

»So nicht«, erwiderte Edward, und Anne erkannte echte Bosheit in seinem Blick, als er John ansah. Sie wusste, dass er diese Beleidigung so lange nicht vergessen würde, bis er sie mit Blut gestillt hatte.

Edward nippte an seinem Wein, den Stiel des glitzernden Glases energisch zwischen den Fingern drehend. »John Gilbert, ich habe da noch etwas, dass Euch interessieren dürfte, sehr sogar.«

John verneigte sich. »Ich bin ganz Ohr, Mylord.« Er hielt inne und lächelte spöttisch. »Wenn ich auch nicht viel Zeit habe. Das gestiegene Verkehrsaufkommen zwischen London und Oxford riecht nach Arbeit.«

Edward nickte, ließ sich aber nicht davon abhalten, fortzufahren. »Wie dem auch sei, hört zu. Ich bin auf der Suche nach Lady Anne Gascoigne, meiner Verlobten, die vor einigen Tagen spurlos aus Whitehall verschwunden ist. Ich habe ihren Vater, Sir Samuel, im Verdacht, aber ich kann es nicht beweisen. Sie ist weder auf ihrem Gut in Essex noch in der Londoner Wohnung ihres Vaters. Ich habe beide Unterkünfte rund um die Uhr überwachen lassen und eine großzügige Belohnung ausgesetzt. Und ich habe guten Grund zur Annahme, dass sie sich in Oxfordshire aufhält, auch wenn der Grafschaftsvogt nichts über ihren Verbleib in Erfahrung bringen kann.«

John ließ sich nichts anmerken, als ihr Name fiel, doch Anne konnte die Besorgnis in seinen Augen lesen. »Ich bedaure Eure Unannehmlichkeiten, Mylord Waverby, doch was hat Euer trauriges Missgeschick bei dieser Lady mit meiner Wenigkeit zu tun?«

»Ganz London weiß Bescheid, wie Ihr Sir Samuel entkommen seid, wie Ihr seine Kutsche beschlagnahmt, ihn am Arm verletzt und am Straßenrand abgesetzt habt. Ein kühnes Unterfangen, Sir, wenn Ihr erlaubt, und zwar eines, dass Euch zu meinem Mann macht.«

Anne strengte ihre Ohren an, als sie den Namen ihres Vaters vernahm, und schauderte, als sie von seiner Verletzung hörte. Das hatte er also die ganze Zeit gemeint, wenn er davon sprach, Johns Flucht zu vertuschen. Die Tapferkeit ihres Vaters erfüllte sie mit großem Stolz.

John zuckte mit den Schultern. »Mylord, Sir Samuel war meiner Kraft nicht gewachsen. Ich hoffe er erholt sich bald, denn ich wollte diesem Gentleman nichts Böses.«

Auf Edwards Lippen flackerte ein Lächeln auf, seine Augen aber blieben hart. Mit seinen langen, eleganten Fingern glättete er die Silberspitze an seinem Ärmelaufschlag. »Diese eine Wunde macht dem werten Richter keine Sorge mehr, Master Gilbert. Vorletzte Nacht aber wurde er in einer Gasse nahe Covent Garden von zwei Schurken überfallen und erschlagen.«

Siebtes Kapitel

Der Racheschwur

Joseph umklammerte Annes Schulter mit eisernem Griff. Hätte er es nicht getan, wäre sie wohl schreiend zusammengebrochen, aber die körperliche Empfindung drang zu ihr durch und ihre Verzweiflung machte für einen kurzen Moment dem Schmerz Platz. »Reiß dich zusammen, Mädchen!«, flüsterte Joseph ihr ins Ohr.

Aber sie konnte sich kaum auf den Beinen halten. Ihre Knie gaben nach, ihre ganze Körperkraft zerfloss, als wären es ihre unvergossenen Tränen. Schließlich hielt sie sich nur noch aufrecht, weil Joseph sie am Kragen ihres Umhangs packte.

Auf der anderen Seite des Raumes dankte John Gott im Himmel dafür, dass Anne nicht in Tränen ausbrach, auch wenn sie alles Recht dieser Welt dazu gehabt hätte. Er zwang sich, sie nicht anzusehen, sich stattdessen tief vor seinem heimtückisch lächelnden Gegenüber zu verbeugen, dessen Blut er in diesem Augenblick am Liebsten vergossen hätte. Dann ergriff er sein Weinglas, trat von Joseph und Anne weg und zum Feuer hin. John wusste nicht, wie lange Anne ihre Trauer wohl noch zurückhalten konnte, aber viel länger als einige Minuten würde sie nicht mehr überstehen. Lord Waverby folgte ihm in den Feuerschein und drehte den beiden anderen dabei den Rücken zu.

»Mylord Waverby«, sagte John und kühlte seinen Zorn mit einem Schluck Wein, »wie unsicher müssen die Straßen von London sein, wenn ein königlicher Richter so hinterlistig ermordet werden kann.«

Waverbys elegantes blasses Antlitz nahm einen nachdenklichen Ausdruck an. »Jetzt, da die Pest die Stadt heimsucht, und die rechtschaffenen Menschen kaum ihr Haus verlassen können, scheinen Räuber und Halunken ihrem Handwerk ungestört nachzugehen. Es ist eine Schande.« Er zuckte mit den Schultern, und ein Lächeln umspielte seine Lippen. »Ich zweifle nicht daran, dass unser guter Richter nun in den Hallen ewiger Glücksseligkeit weilt, die er so fromm ersehnt hat. Wohlverdient, da werdet Ihr mir zustimmen, Master Gilbert.«

Um Annes willen versuchte John mit mäßigem Erfolg, seine Verachtung für den Mann zu verbergen. »Das tue ich tatsächlich, Mylord. Möge jedem Mann das widerfahren, was er verdient, dem Richter ebenso wie Euch selbst.«

Edward lachte. »Hoffentlich nicht so bald, John Gilbert, und gewiss nicht, bevor wir unseren Handel abgeschlossen haben. Wenn Ihr meinen Vorschlag gehört habt, werdet Ihr nur zu gern auf meine Gesundheit trinken!«

Es gelang John, höflich zu nicken. Seine Hand zuckte nach dem Griff des Schwertes, er wünschte sich nichts sehnlicher, als diesen Teufel auf der Stelle zu töten, denn es war offensichtlich, dass Lord Waverby Sir Samuel heimtückisch aus dem Weg geräumt hatte. John hatte den Richter widerwillig bewundert, als er vor ihm stand, ein zum Tode verurteilter Straßenräuber, und noch viel mehr, als Sir Samuel dazu bereit gewesen war, für seine Tochter alles aufzugeben. Es war ein beispielloses Zeichen seiner väterlichen Liebe gewesen, und das Herz in John Gilberts Brust, das Herz eines Bastards, war tief berührt. Jetzt stand Anne mutterseelenallein da, genauso, wie Waverby es gewollt hatte, und trotz ihrer höfischen Arroganz empfand John Mitleid für sie, das Mitgefühl einer Waise für die andere.

»Dann lasst uns über geschäftliche Dinge reden, Mylord. Ich habe noch einen langen Ritt vor mir, und der Bursche schläft mir im Stehen ein.« Er hatte gesehen, wie Anne in sich zusammensank, und Joseph sie an sich zog, während er ihr Gesicht in seinem Umhang verbarg.

Lord Waverby betrachtete den Schmied und den Jungen, und blickte John dann neugierig an. »Ihr seid wirklich ein außergewöhnlicher Räuberhauptmann, wenn Euch das Wohl Eurer Gefolgschaft so sehr am Herzen liegt.«

»Vor allem liegt mir ihr treuer Gehorsam am Herzen, Mylord.«

»Jetzt solltet Ihr Euer Augenmerk aber auf etwas anderes richten, John Gilbert. Ich will, dass Ihr Anne Gascoigne findet und hierher bringt, und zwar lebend.«

Waverbys Worte ließen einen eiskalten Schauer über Johns Rücken laufen. »Warum ich, Mylord, wenn Ihr selbst Erkundigungen einziehen und Belohnungen aussetzen könnt?«

»Nein, das einfache Volk wird Euch gerne offenbaren, was sie mir und meinen Männern niemals anvertrauen würden. Ihr kennt alle Menschen dieser Grafschaft, jeden Grundbesitzer und Gutsherrn, und sie werden es wissen, wenn das Weibsstück sich hier herumtreibt.«

»Ihr fragt den falschen Mann, Mylord. Ich kann Hochwild durchs Gestrüpp jagen oder einen Fuchs zu Tode hetzen, aber noch nie musste ich eine Frau einfangen, die nicht aus freien Stücken zu mir kam.«

Lord Waverby runzelte die Stirn. »Das liederliche Frauenzimmer hat meinen Ruf ruiniert, sie erzählt Lügen über mich, und dafür wird sie bis ans Ende ihrer Tage büßen müssen.«

John musste die Aufmerksamkeit auf sich lenken, Anne war kurz davor, zusammenzubrechen, man musste sie schnellstmöglich aus diesem Raum schaffen, sie von der quälenden Gegenwart des Mannes befreien, der ihren Vater so grausam getötet hatte. John warf sein Glas gegen den marmornen Kamin, wo es in tausend Stücke zerbrach. »Niemals! Diese Arbeit ist eines Mannes nicht würdig. Nein, ich tu es nicht, nicht für tausend Pfund!«

Waverby lächelte, und während er so tat, als schnippe er Glassplitter von seinem Ärmel sprach er übertrieben sanft: »Dann für Burwell Hall, Master Gilbert. Wenn Ihr Anne

Gascoigne findet und sie zu mir bringt, wenn Ihre Jungfernblume unberührt und in voller Blüte ist, dann werde ich Burwell Hall unwiderruflich Euch und Euren Erben überschreiben und den König dazu bewegen, Euch zu begnadigen. Und wer einen so großen Dienst leistet, wird wohl auch bald in den Ritterstand erhoben. Denkt gut darüber nach. Ihr könntet endlich das Leben führen, für das Ihr geboren wurdet.«

Als John nicht antwortete, verfinsterte sich Waverbys Miene. »Oder, Herr Straßenräuber, Ihr werdet auf Tyburn Hill unausweichlich am Strick baumeln.«

Anne hatte wie durch einen dichten Nebel gehört, wie das Glas zersprang, und danach die Stimmen der Männer. Zusammenhangslos drangen die Worte nach und nach an ihr Ohr, bis sie schließlich dazu in der Lage war, ihnen einen Sinn zu geben. Als sie die Durchtriebenheit von Edwards Plan begriff, löste Entschlossenheit ihre Verzweiflung ab. Sie befreite sich aus Josephs Umklammerung und stand wieder auf ihren eigenen Füßen. Lord Waverby hatte John Gilbert eine Belohnung in Aussicht gestellt, der er nicht widerstehen konnte.

Anne trat einen Schritt vor, denn sie spürte wieder einen Funken ihrer alten Verwegenheit. Wenn man sie an Edward ausliefern würde, dann würde sie diesem Schicksal erhobenen Hauptes entgegentreten. Jetzt, wo es dem Ende zuging, wollte sie es ihrem Vater an Tapferkeit gleichtun. Der Gedanke an ihn ließ sie straucheln, aber nur für einen Moment, dann stand sie wieder kerzengerade. Man würde sie nicht fesseln und verschachern wie ein Lamm. Sie würde sich die Perücke vom Haar reißen und sie Lord Waverby mit der Verachtung ins Gesicht werfen, die er verdiente. Und unter ihrer Kleidung verbarg sich die italienische Klinge. Der kühle Stahl auf ihrer nackten Haut spendete ihr Trost, dort harrte er jenem Mann, der ihre Jungfräulichkeit rauben wollte, sei er nun Earl oder König.

John nahm wahr, dass Anne sich auf sie zubewegte und

ahnte, was in ihr vorging. Er fuhr den Schmied barsch an: »Joseph, nimm den Jungen mit und geh zu den Pferden. Ich muss mit dem Lord unter vier Augen sprechen. Raus, ich will Eure Ärsche hier nicht mehr sehen.«

Joseph beförderte Anne durch das offene Fenster der Bibliothek auf die Terrasse, noch bevor sie sich zur Wehr setzen konnte.

Lord Waverby sah interessiert zu, wie sie verschwanden, bis John mit einer übertriebenen Armbewegung seine Aufmerksamkeit auf sich lenkte. »Ihr sagt also, all das könnte mir gehören. Mylord, Ihr versteht es wirklich, einen Mann an seiner schwächsten Stelle zu treffen«, meinte er, »aber es erscheint mir ein zu hoher Preis für das Blut einer Jungfrau.«

»Ich habe viele Herrenhäuser, Master Gilbert, die mich teures Geld kosten, aber Lady Anne ist die Frau, die mir zu neuem Vermögen verhelfen kann.«

»Mylord, ich hätte nicht gedacht, dass ihr eine so hohe Mitgift zusteht, auch wenn ihr nun die Ländereien ihres Vaters zufallen.«

Waverby ergriff seine langstielige Tonpfeife und zündete sie an. »Die Ländereien gehören mir so oder so. Aber ihr Wert übersteigt ein paar Hektar Land in Essex und zwei, drei Pächterhütten bei Weitem. Doch genug davon! Mehr müsst Ihr nicht wissen. Was schert es Euch?«

Es stimmt also, dachte John. Der Earl hat vor, seine Frau dem König zu überlassen, um daraus Profit zu schlagen. »Es schert mich nicht, Mylord, wie Ihr selber sagt. Mir kam allerdings zu Ohren, dass die Dame ungewöhnlich schön sein soll.«

»Hübsch ist sie wohl, wenn man Tugend für eine Zier hält, doch auch äußerst widerspenstig.« Waverby runzelte die Stirn und Pfeifenrauch hüllte ihn ein. »Ein großer Nachteil bei einer Gemahlin, aber einer, der im Ehebett leicht korrigiert werden kann.« Er lachte.

John verneigte sich. Dieser eiskalte Hurensohn stellte

seine Geduld auf eine harte Probe. »Ich muss aufbrechen, Mylord. Seid versichert, dass ich an Euer Angebot denken werde, und an wenig anderes.« Das zumindest entsprach voll und ganz der Wahrheit.

»Schickt mir sofort Nachricht, wenn Ihr sie gefunden habt, noch am selben Tag, ach was, noch in derselben Stunde.«

»Seid beruhigt, Mylord. Ihr werdet als Erster davon erfahren, wenn man Lady Anne Gascoigne entdeckt.«

Mit einer letzten Verbeugung ging John zum Fenster, sprang hinaus und eilte zu seinem Pferd. Anne und Joseph saßen bereits im Sattel, aber die junge Frau zeigte ihr Gesicht nicht, und er überließ sie ihrem Schmerz. »Auf, schnell!«, rief John, und sie ritten den gleichen Weg zurück, auf dem Pfad um das Herrenhaus herum, dann die breitere Allee entlang und durch den weitläufigen Park.

Als sie an der Abzweigung nach Oxford Road hielten, schwankte Anne im Sattel, würgte ein unterdrücktes Wimmern hervor, dann folgte ein lauteres Schluchzen, und schließlich brach sie am Hals ihres Tieres in Tränen aus und konnte nicht mehr aufhören zu weinen.

Mit seinem starken Arm umfasste John ihre Taille, hob sie aus dem Sattel und setzte sie vor sich auf Sir Pegasus, nicht rittlings wie in jener ersten Nacht, als er sie nach Whittlewood Forest gebracht hatte, sondern quer vor sich, wie ein Kind an seine Brust geschmiegt.

»Joseph«, sagte er, »führe das Pferd der Mylady.« Und in langsamem Trab ritten sie weiter.

Zuerst wehrte sie sich gegen seine eiserne Umarmung, aber nachdem sie ihre Trauer so lange unterdrückt hatte, blieb ihr kaum Kraft für solch einen Kampf, und sie gab sich ganz ihrem Schmerz hin.

Irgendwann waren ihr Perücke und Kappe vom Kopf gerutscht, und sie bemerkte es, als der kühle Wind ihr Haar zerzauste, und hier und da zwischen die dichten Locken kroch, um ihrer heißen Verzweiflung Abkühlung zu verschaffen. Sie wurde sich ihres unbedeckten Kopfes voll bewusst, als John Gilbert sich zu ihr beugte und mit seiner Wange ihr Haar berührte. Dabei flüsterte er immer wieder ihren Namen, als beruhige er einen weinenden Säugling. Die Wärme seines Körpers umfing sie, tröstete sie, und für lange Zeit vertraute sie sich ihm ganz an, denn sie brauchte den Trost, den er spendete, so sehr.

Sie erkannte ihren schwächsten Charakterzug, dieses Verlangen nach der Zärtlichkeit eines Mannes, als würde dieser Mann den Platz ihres Vaters einnehmen können. Sie war so töricht, bei Männern zu suchen, was diese nicht geben konnten, sofern es nicht ihren eigenen gemeinen Zwecken diente. Sie musste immer auf der Hut sein, was diese Schwäche betraf. Aber diese Überlegungen wurden bald von der Erinnerung an den grausamen Tod ihres Vaters abgelöst, und dann an den Gedanken an ihre eigene Zukunft, eine einsame Frau, die bald als Dirne gegen eine kleines Gutshaus eingetauscht werden würde.

Oh, daran zweifelte sie nicht. Edwards Angebot war zu verführerisch, selbst ein Heiliger könnte ihm nicht widerstehen. Und auch wenn er vorgab, sich um sie zu sorgen, war John Gilbert beileibe kein Heiliger. In einigen Tagen, sobald er des falschen Spiels überdrüssig wurde, würde er sie an Edward übergeben. Er war nicht länger an den Schwur gebunden, den er ihrem Vater geleistet hatte, und die Belohnung, die dieser ihm zugesagt hatte, würde er nun niemals erhalten. Der Tod entband von jedem Schwur. Der erneute Gedanke an ihren Vater, diesen klugen und gütigen Mann, der ihretwegen in den Tod gegangen war, rührte sie wieder zu Tränen der Verzweiflung.

John zog die Zügel an. »Joseph, Lady Anne braucht ein schützendes Dach für die Nacht, ein warmes Bett und etwas zu essen.«

»Ja, John. Der Hof von Gutsherr Taunton ist nicht weit, und der Mann steht in deiner Schuld.«

Sie führten die Pferde auf einen von Wagenrädern tief

zerfurchten Weg, und gelangten nach einer guten Meile an ein zweigeschossiges Fachwerkhaus, im alten Stile erbaut. Als ihre Pferde klappernd in den gepflasterten Hof ritten, wurden Laternen angezündet. Der Gutsherr selbst kam im Nachtgewand heraus.

»Willkommen, John Gilbert«, sagte er, als er den Reiter im Schein der Laterne erkannte. »Tretet ein und bringt Eure Leute mit. Was ist mit dem Jungen passiert?«

John trug Anne in die große Eingangshalle. Er hatte die Kappe wieder über ihr Haar gezogen. »Ihn quält ein schwerer Verlust, Gutsherr. Habt Ihr für ihn ein Lager für die Nacht?«

Der Gutsherr zeigte zur Empore hoch. »Dort hinauf, dann ist es die Tür zu Eurer Linken.«

Anne nahm undeutlich wahr, wie man sie die Treppenstufen hinauftrug, eine Tür aufgestoßen wurde und Johns starke Arme sie auf eine weiche Matratze betteten.

»Wo sind wir?«, fragte sie leise.

»Erst einmal in Sicherheit, Anne.« Er streckte die Hand aus und schob das Gewirr rotbrauner Locken aus ihrer Stirn. »Als Junge gefallt Ihr mir nicht«, flüsterte er rau und räusperte sich. »Aber ohnehin seid Ihr nicht das schönste Mädchen, das ich je sah.«

»Ach, nein?«

»Nein, aber Ihr habt die schönsten Augen. Sie sind unvergleichlich, wie zwei Smaragde, die in Sahne schwimmen. Ich will verflucht sein, wenn ich je zuvor solche Augen sah. Selbst Nell Gwyns Augen sind nicht so schön«, er fuhr mit dem Finger die Linien ihres Mundes entlang, »wenngleich Nells Lippen doch etwas ansprechender sind, wenn ich mich recht entsinne.«

Er zwinkerte, und sie wandte sich von ihm ab. »Warum müsst Ihr immer auf meine Kosten Scherze treiben?«

Er drehte ihren Kopf zu sich und ging in die Knie, so dass er ihr direkt in die Augen schauen konnte. »Damit Ihr erkennt, dass Ihr noch immer am Leben seid, Lady Anne

Gascoigne. Nach einer Weile wird der Schmerz um den Tod Eures Vaters erträglicher werden. Ich weiß es, Anne, weil auch ich meinen Vater verloren habe. Einen Vater, den ich sehr liebte, auch wenn ich seinetwegen das Leben eines Bastards führen muss.«

Sie starrte ihn an. »Ich trage den Namen meines Vaters, aber ich habe nicht die Freunde und Verbündeten, die Euch zur Seite stehen.«

Er blinzelte. »Und doch würde ich alles, was ich habe, für eine rechtmäßige Herkunft geben.«

»Ihr würdet einen schlechten Tausch machen.«

Wut stieg in ihm auf. »Wollt Ihr etwa wissen, was für mich gut und recht ist?«

Sie biss sich auf die Lippen.

So schnell, wie er aufgekommen war, verflog sein Zorn wieder. »Ruht Euch jetzt aus, ich werde mit Essen und einem Krug Bier wiederkommen. Der Geist wird schneller wieder heil, wenn der Körper versorgt ist.« Seine Augen funkelten vergnügt. »Und außerdem muss ich Euch doch für den Heiratsmarkt mästen, nicht wahr?«

»Wie könnt Ihr bloß darüber lachen?«

»Weil ich lachen muss. Ich bin in einem engen Netz gefangen, so eng, wie noch kein anderer Mann.« Und so war es tatsächlich. Gegen sein Leben und freie Überfahrt in die Kolonien hatte er Annes Vater geschworen, seine tugendhafte Tochter zu beschützen. Jetzt war ihr Vater tot und sein Mörder hatte ihm Leben, Begnadigung und Burwell Hall versprochen, all das weitaus mehr, als er sich in diesem wahnwitzigen Dasein erträumt hatte. Das war schon lachhaft genug. Aber es wurde noch absonderlicher. Er, John Gilbert, seit sieben Jahren die Geißel der königlichen Landstraße, hatte seinem Lebenstraum entsagt, um der Frau zu helfen, deren Jungfernschaft ihm zuvor so wenig bedeutet hatte. Wieder lachte er laut, berührte mit seinem Finger ihre Wange und stand auf. »Also, süße Anne, schließt jetzt die Augen, bis ich zurückkehre.«

Sie gehorchte ihm nicht und beobachtete, wie er hinter der Tür verschwand, die sich langsam schloss. Dann fasste sie einen verzweifelten Entschluss. Sie konnte John Gilbert nicht trauen, auch wenn er noch so ... Schluss, es spielte keine Rolle. Je größer ihre Sehnsucht wurde, desto mehr musste sie auf der Hut sein. Sie musste es bis nach London schaffen, wo sie sich dem Schutz ihres Onkels unterstellen konnte, des Bischofs von Ely. Noch war er nicht in die Sommerresidenz aufgebrochen, noch würde sie ihn in der Stadt antreffen, aber bestimmt nicht mehr lange, jetzt, wo die Pest die Menschen aus London forttrieb.

Rasch stand sie auf und betrachtete sich in einem Spiegel. Dieses Band dort war gerade richtig, um ihr Haar zu einem knabenhaften Pferdeschwanz zu binden. Sie ließ den Blick durch den Raum schweifen, um einen Fluchtweg auszumachen. Es gab nur die eine Tür, aber auch ein Fenster, von dem aus man die Ställe sah. Im bleichen Mondlicht erkannte sie Sir Pegasus, der Heu mampfte.

Sie ging zum Bett, zog die schweren Leinenlaken ab, knotete sie zusammen, öffnete dann leise einen Fensterflügel und warf die Laken hinaus, nachdem sie ein Ende an dem schweren geschnitzten Bettgestell festgebunden hatte.

Vorsichtig kletterte sie hinaus, ohne nach unten zu sehen, um nicht die Nerven zu verlieren, dann rutschte und hangelte sie die Laken hinunter und schwang dann plötzlich unkontrolliert von der einen auf die andere Seite. Ihr Schwert schlug klirrend gegen die Hauswand und verursachte einen furchtbaren Lärm. Sie hing reglos in der Luft und wartete, aber wie durch ein Wunder hatte der klirrende Laut niemanden aufgeschreckt, und sie ließ sich schließlich auf den Boden fallen.

Das Pferd erkannte ihren Geruch und schnaubte, als sie sich näherte. Ein Stallbursche wurde davon wach.

Mit einer Stimme, die vom vielen Weinen heiser war, raunzte sie einen Befehl: »Sattel den Braunen für meinen Herrn, Junge.«

»Ja«, murrte der Bursche und rieb sich verschlafen die Augen. »Wer soll bei dem ganzen Kommen und Gehen bloß schlafen können?«

»Schnell!«, sagte Anne. John Gilbert würde ihre Flucht jeden Augenblick bemerken.

Auch wenn nur wenige Minuten verstrichen, bis das Pferd bereit war, kamen sie ihr doch wie Stunden vor. »Jetzt hilf mir aufsitzen«, kommandierte sie, »und gib mir deine Mütze.«

Der Junge wäre sicher stutzig geworden, überlegte Anne, wenn er nicht einzig und allein an sein warmes Strohlager in der Stallecke gedacht hätte. Wäre sie nicht so in Eile gewesen, hätte sie gerne noch Sir Pegs Hufe umwickelt. Aber sie musste sich sputen, und vermutlich wäre es auch zwecklos, man würde sie sicherlich jeden Augenblick entdecken. Sie sah John Gilbert vor sich, wie er mit einer Platte duftendem Fleisch und einem Krug Bier in der Hand die Treppe heraufkam, und ihr Magen knurrte bei diesem Gedanken. Sie versuchte, nicht an das Gesicht zu denken, das John aufsetzen würde, wenn er das Bett leer vorfand und ihren Fluchtweg auffinden.

Mit ihren Stiefelspitzen trieb sie das Pferd an, ritt dann klappernd über den gepflasterten Hof und auf den zerfurchten Weg hinaus. Innerlich dankte sie den ungehobelten Stallburschen ihrer Kindheit, die sie lange gelehrt hatten, einen temperamentvollen Hengst zu führen. Als sie die Oxford Road erreichte und sich nach London wandte, hörte sie in der Ferne gedämpfte Huftritte, und es schien ihr, als rufe jemand ihren Namen, aber ganz sicher war sie nicht. Auf den ersten Meilen betete sie nur, dass sich im Stall des Gutsherrn kein Pferd befand, das es mit Sir Peg aufnehmen konnte.

Sobald sie die breite Landstraße erreichten, flog Johns prächtiges Pferd regelrecht dahin, und die Distanz zwischen ihr und dem Straßenräuber wurde immer größer. Aber sie wusste, dass er ihr noch vor dem Morgengrauen gefährlich nahe kommen würde. Sie war zu wertvoll, als dass er so einfach von ihr ablassen würde.

Dennoch bedrückte sie ein Gedanke. Wenn der Straßenräuber irgendeinen hinterhältigen Plan ausheckte, so konnte sie sich nicht ausmalen, worin der bestand. Er hätte sie Lord Waverby einfach in Burwell Hall ausliefern können, aber das hatte er nicht getan. Und wenn der Friede unter den Banditen wirklich so wichtig war, hätte er sie im Räuberlager Black Ben überlassen können. Und wie er stets so taktlos betonte, hätte er ihren Körper jederzeit zu seinem eigenen Vergnügen entehren können.

In jener ersten Nacht in seiner Hütte hatte sie ihm, vorübergehend nicht mehr Herrin ihrer Sinne, durch ihr Verhalten zu verstehen gegeben, dass seine Zärtlichkeiten nicht unerwünscht waren. Dieser Gedanke trieb ihr tiefe Schamesröte ins Gesicht.

Es gab da noch etwas, sie spürte es, aber sie wusste nicht, was es war – in ihrem tiefsten Inneren wünschte sie sich vielleicht, dass John Gilbert sie hier draußen auf nächtlicher Straße einfing und sie umgarnte, sie durch seine virile und doch so gewinnende Art dazu brachte, ihr Keuschheitsgelübde zu brechen.

Oh, sie war so durcheinander. Sie war es nicht leid, ihre teure Jungfräulichkeit zu beschützen, sie hatte nur nicht gewusst, dass es so schwierig sein würde, dem Verlangen, sich John Gilbert hinzugeben, zu widerstehen.

Sie tätschelte den Nacken des großen Braunen und rief in sein Ohr: »Das ist doch töricht, Sir Peg; so darf ich nicht denken.« Dennoch überschlugen sich in ihrem Kopf die Gedanken, und mischten sich mit Fetzen eines Sonettes, das sie einst geliebt hatte und auswendig konnte:

Kein Weh und Ach, dann sei es so.
Vorbei ist's ohne Leiden.
Und froh bin ich, im Herzen froh
Dass ich von dir kann scheiden.

Der Nachtwind blies ihr jetzt kalt ins Gesicht, und sie wollte nicht mehr an den Straßenräuber denken, den sie nie wiedersehen würde. Unter den Hufen des Pferdes wirbelte Nebel auf, der Wind trocknete ihre Tränen. Ihr Herz schlug im Rhythmus der donnernden Hufe, die Muskeln des Tieres streiften geschmeidig ihre Schenkel, und mit jeder Meile schwor sie ein ums andere Mal, Edward Ashley Carter, den Earl von Waverby eigenhändig zu strafen, denn das Blut ihres Vaters klebte an Edwards Händen ebenso wie an denen der Banditen, die er gedungen hatte, die barbarische Tat auszuführen.

Die Sonne stand hoch am Himmel, als sie Reading erreichte. Auf dem Platz war Markttag, und der Duft der heißen, würzigen Kümmelkuchen brachte Anne fast um den Verstand. Seit einem Tag hatte sie nichts gegessen, aber sie hatte auch kein Geld. Sie saß von Sir Peg ab und führte ihn zwischen den dicht gedrängten Ständen hindurch, die frisches Gemüse und Fleischpasteten feilboten, in der Hoffnung, ein freundliches Gesicht zu entdecken, einen guten Menschen, der einen hungrigen Knaben zum Frühstück einladen würde. Doch vergebens.

Ohne Vorwarnung legte sich eine schwere Hand auf ihre Schulter, und sie machte vor Schreck einen Satz.

»Was haben wir denn hier?«, donnerte eine Männerstimme hinter ihr. »Was macht ein schmutziger Bursche wie du mit einem Gaul, der wohl fünfzig Pfund wert ist?« Eine weitere Hand kam dazu, und Anne wurde herumgedreht. Vor ihr stand ein großer, bärtiger Mann mit geflickten Hosen. Er blickte finster drein. Die Pistolen am Gürtel und das Abzeichen, das er trug, zeigten seine Zugehörigkeit zur städtischen Wache. Dass er getrunken hatte, machte die Sache nur noch schlimmer, auch wenn Anne nicht recht wusste, ob eine lange Nacht hinter ihm lag oder er schon am Morgen zu tief ins Glas geschaut hatte.

»Ich muss nach London, Sir«, sagte sie mit ihrer heiseren

Jungenstimme und versuchte, dem Mann dabei in die Augen zu sehen. »Und wer ist dein Dienstherr, Bursche?«

Sie sprach den ersten Namen aus, der ihr in den Sinn kam: »Lord Waverby von Burwell Hall, Höfling und Vertrauter Seiner Majestät König Charles, des zweiten dieses Namens, Herr.« Sie wand sich in seinem Griff, aber er packte nur noch fester zu. »Du sprichst nicht wie die Leute hier, Junge. Ich glaube, du bist nicht der, der du sagst. Ich denke eher, du bist ein Schüler, der in Eton oder Oxford davongelaufen ist, und nun mit dem Pferd eines Lehrers Unfug treibt. Gib mir dein Schwert.« Er nahm Anne das Schwert und die Zügel ab und hielt sie an ihrem Umhang fest. »Komm mit, Bürschchen, und wir werden die Wahrheit schon aus dir herauskriegen, sonst schicken wir dich mit der nächsten Postkutsche zu Lord Waverby zurück.«

Der Gedanke, dass Edward ihrer, nach allem, was sie durchgemacht hatte, so leicht wieder habhaft werden sollte, verlieh ihr die Kraft der Verzweiflung. Mit einem Ruck löste sie den Knoten des Umhangs und verschwand zwischen den Marktständen. »Haltet den Dieb!« Der Wachmann schlug Alarm, aber sie rannte kreuz und quer zwischen den Ständen hindurch und entwischte schließlich in eine verwinkelte Seitenstraße. In einem Garten versteckte sie sich auf einem stinkenden Abort, bis sie sicher war, dass man ihr nicht mehr folgte. Aber was nun? Sie hatte kein Geld, und jetzt auch kein Pferd mehr. Sie vermisste Sir Peg und schwor sich, dass sie ihren Onkel später nach ihm schicken lassen würde. Aber wie würde sie bis zu ihrem Onkel nach London kommen?

Vorsichtig verließ sie ihr Versteck und folgte der kurvenreichen Straße, bis sie den mit Kutschen überfüllten Anger erreichte. Einer der Wagen hatte die Vorhänge zugezogen, und die Menschen ringsum bewarfen ihn mit Mist und Dreck. Zuerst zog Anne sich in ihre Deckung zurück, als sie den Aufruhr der wütenden Menge bemerkte. Bestimmt würde die Stadtwache bald kommen.

»Verschwindet!«, brüllte ein Kerzenmacher und ließ ein Wurfgeschoss gegen die führerlose Kutsche prallen, so dass die Kerzen an seiner Jacke von dem Schwung an ihren Dochten hin und her baumelten. »Ihr bringt den Schwarzen Tod! Ich sehe seine Totenfratze grinsen!«

Die Menge wich zurück, als die Vorhänge beiseite gezogen wurden. »Wir bringen nicht die Pest, ihr guten Leute, auch wenn unsere Diener aus Angst davongelaufen sind. Mein Ehemann ist am Herzen erkrankt und braucht einen Arzt. Ich zahle denjenigen in Silber aus, der uns zum nächsten Doktor fährt!«

Wieder schrak die Menge ungläubig zurück. Anne trat vor, ihr Magen knurrte vor Hunger. Sie hatte auf dem Anwesen ihres Vaters in Essex schon oft einen Zweispänner gefahren, bereits als Kind auf dem Schoß des Kutschers.

»Madame«, sagte sie mit einer Verbeugung und mit so rauer Stimme, wie sie konnte. »Ich werde Euch fahren.«

»Ich danke dir für deine Freundlichkeit, mein Junge.«

Anne drehte sich zu dem Kerzenmacher um.

»Wo finde ich hier einen Arzt?«

»Du wirst nur die Pest finden.«

»Einen Arzt«, beharrte Anne.

»Unten am Fluss auf seinem Kahn. Dr. Wyndham würde die Pest und selbst den Teufel behandeln, wenn der ihn gut bezahlt.«

Achtes Kapitel

Dr. Wyndham, Arzt oder Quacksalber?

Anne stieg hastig auf den Kutschbock und ließ die Pferde in Richtung Fluss lostraben. Die Menge brüllte wütend und warf mit noch mehr Dreck, als sie den Anger hinter sich ließ, und sie hörte den Kerzenmacher lautstark über Städter wettern, die dem ehrlichen Landvolk die Pest brachten.

Am Ufer der Themse zog Anne die Zügel an und wandte sich an einen Mann, der Schilf bündelte. »Wir suchen Dr. Wyndham, guter Mann«, sagte sie mit tiefer Stimme.

Der Mann sah von seiner Arbeit auf und zeigte flussabwärts. «Ihr sucht einen Quacksalber. Aber wenn ihr keine Wahl habt, dann geht zum zweiten Kahn am Espenhain.«

»Schnell, meinem Mann geht es schlechter!«, rief Madame aus der Kutsche, aus der das Stöhnen des Mannes immer lauter wurde.

Anne brachte die Pferde bei einem kleinen Kahn zum Stehen, vor dem ein angeschlagenes Flugblatt verkündete, dass Dr. Josiah Wyndham, Mitglied der königlichen Ärztekammer, auch in der Chirurgie geübt, an Bord Sprechstunde hielt. In kleineren Buchstaben war hinzugefügt worden, dass der Doktor an der Universität von Padua besonders in der Behandlung von Frauenkrankheiten geschult worden war, vor allem der Bleichsucht, die Frauen während ihrer Monatsblutung befällt. Zuunterst hatte der Doktor in etwas größerer Schrift notiert, dass er in London, Paris und Rom dafür berühmt war, die Schönheit der Frauen und ihrer Haut zu bewahren.

Auf Annes Ruf hin trat ein sehr kleiner Mann aus der Kajüte des Kahns. Auf seinem roten runden Kopf thronte eine extrem hohe Perücke, bei deren Anblick Anne sich fragte, wie es sein konnte, dass der Mann sie auf dem schwankenden Deck nicht verlor.

»Ja, Junge, bedarf jemand meiner ärztlichen Hilfe?«

Anne war erstaunt. Für einen so kleinen Mann hatte der Doktor eine ungewöhnlich tiefe Stimme, sogar tiefer als die von John Gilbert.

Madame steckte den Kopf aus dem Kutschenfenster. »Mein Ehemann leidet an einer Herzkrankheit, Sir.«

Der Arzt verbeugte sich. »Meine Spezialität, Madame.« Er brummte über seine Schulter: »Philibert, komm her und hilf mir mit einem Patienten!«

Ein junger Mann, der wohl Dr. Wyndhams Sohn sein musste, da er ihm ähnelte wie ein Ei dem anderen und sogar die gleiche Perücke trug, erschien auf dem Deck. Die beiden Männer hievten den äußerst beleibten Patienten aus der Kutsche. »Hilf uns mit den Füßen, Bursche!«, kommandierte der Doktor prustend.

Anne näherte sich den Füßen des Mannes und griff nach den schlammigen Stiefeln, hob sie hoch und stolperte hinter den anderen her in die Kajüte. Madame kam zuletzt und beschwor sie, behutsam zu sein.

Sie legten den Mann auf einen Tisch und seine Frau warf sich schluchzend über ihn. »Oh, ich werde eine arme Witwe sein, was soll nur aus mir werden?«

Der Doktor setzte sie auf einen Stuhl, wo sie weiter verzweifelt vor sich hin schluchzte. Anne hätte sie gerne getröstet, aber für die Rolle, die sie spielte, wäre dies natürlich unangebracht gewesen.

Dr. Josiah Wyndham winkte Anne näher heran. »Zieh ihm die Stiefel aus, Junge. Und du, Philibert, lös alle Bänder und Schnüre, Schwertgürtel, Kniehosen, alles!«

Anne wagte es zu sprechen: »Gebt mir nur meine Münze, Madame, und ich verschwinde.« In ihrer Verzweiflung antwortete die Frau nicht, sie hörte Anne nicht einmal.

Dr. Wyndham starrte Anne durchdringend an, dann

donnerte er mit tiefer Stimme: »Schnell, die Stiefel, Bursche!«

Sie zerrte an den Stiefeln des dicken Mannes, und zog ihm auch die Strümpfe aus. Er stöhnte laut.

Der Doktor befühlte seine Füße. »Heiße Füße erzeugen Kälte im Herzen«, sagte er nachdenklich vor sich hin. »Madame, hat Euer Mann über Schmerzen geklagt?«

Madame sprang von ihrem Stuhl auf und näherte sich dem Tisch. »Ja, immer wieder.«

»Sagt, wo verspürt er die Schmerzen?«

Sie berührte den runden Bauch ihres Mannes auf der rechten Seite.

»Nicht hier?«, fragte der Doktor und legte die Hand auf die Brust des Patienten. »Oder hier?« Seine Hand wanderte zur Schulter und dann den Arm hinunter.

Als ihr Mann laut aufstöhnte, brach die Frau wieder in Tränen aus, klagte über ihre ungewisse Zukunft, und konnte auf die Fragen des Arztes keine Antwort geben.

»Wo tut es weh, Sir?«, sagte der Doktor dem Patienten laut ins Ohr.

Dieser stieß die Worte hinter zusammengebissenen Zähnen hervor. »Überall! Gebt mir Mohnsaft gegen die Schmerzen. Schnell!«

Der Doktor öffnete die Lider des Kranken und legte dann sein Ohr auf dessen Brust. »Madame, hat Euer Mann in den Morgenstunden üppig gespeist und getrunken?«

»Nun ja, so ist es.«

Der Doktor neigte den Kopf. »Das dachte ich mir.« Er hielt einen Löffel an die Lippen des Mannes und träufelte ihm den Inhalt in den Mund. Dann drehte er nachdenklich eine Locke der Perücke um einen Finger. »Ich glaube nicht, dass sein Herz krank ist, Madame. Er hat Nierensteine, doch sie liegen äußerst hoch.«

Madame hörte auf zu weinen. »Wie kann das sein? Die besten Ärzte in London behandeln ihn am Herzen.«

Dr. Wyndhams tiefe Stimme dröhnte entschieden. »Dann

hat man ihn falsch behandelt. Ich habe ihm einen Trank verabreicht, der seine Schmerzen lindert. Jetzt müsst ihr ihn in ein Gasthaus bringen, wo er ruhen kann. Er darf auf keinen Fall würziges Bier oder schweres Fleisch zu sich nehmen. Und jeden Morgen muss er sich kopfüber aufhängen, damit die Steine keinen blutigen Urin erzeugen.«

Die Worte kamen aus Madames Mund gesprudelt: »Aber Doktor, welch absurde Verordnung. Wir sind es gewohnt, die teuerste Arznei zu bezahlen.« Ihr Gesicht wurde beinahe so rot wie das ihres Mannes. »Ich verlange, dass Ihr uns Eure teuerste Herzmedizin verschreibt ... Eure Goldpillen.«

Dr. Josiah Wyndham sah ernst drein, schien aber langsam einzulenken. »Ich zögere, denn der Preis beläuft sich auf ein Pfund, hinzu kommt die recht hohe Gebühr für meine Dienste ...«

Für eine scheinbar so verzagte Person nahm Madame eine geradezu drohende Haltung ein. »Gebt uns Euer bestes Mittel, und sofort!«

»Selbstverständlich, Madame. Für Euren Ehemann gebe ich Euch gleich zwei meiner Arzneien, so wie Ihr es wünscht!«, verkündete der Doktor, und verneigte sich erneut. Aus einem kleinen Kasten entnahm er eine grüne Flasche mit Korken und händigte sie der Frau zusammen mit einem Papierpäckchen aus. »Einen Löffel nach jeder Mahlzeit«, wies er sie an, »aber niemals, wenn Neumond ist. Wie schon Galen erkannt hat, bringt er den Gezeitenfluss des Blutes durcheinander. Was die Goldpillen betrifft, so muss er jeden Abend eine einnehmen.«

Anne war so verblüfft, dass sie ihre Zunge nicht im Zaum halten konnte. »Aber Euer Kollege der königlichen Ärztekammer, Dr. Harvey, hat doch bewiesen, dass das Herz sich zusammenzieht und so das Blut durch den Körper pumpt!«

Wyndham schoss herum und sah sie durchdringend an. »Versuchst du etwa, einen Absolventen der Medizin der Universität von Padua zu belehren, Bursche?«

Anne schüttelte den Kopf und wünschte, sie könne die

Worte zurücknehmen, die ein bisschen zu viel Wissen für einen Bauernjungen zeigten. »Nein, Sir, ich will nur meinen Penny dafür, dass ich Madame und ihren Ehemann gefahren habe.«

Der Doktor runzelte die Stirn, dann zuckte er so vehement mit den Schultern, dass seine Schultern die Perücke berührten. »Ihr seht, Madame, wie weit es mit dieser Generation gekommen ist. An allem ist nur Cromwell schuld, mit diesem Gerede über Freiheit und Versöhnung und Gleichheit. Das bekommt selbst der niedrigste Bauernknabe mit, scheint's.« Dr. Wyndham warf Madame einen vielsagenden Blick zu. »Nun, Ihr werdet meine Anweisungen befolgen, nicht wahr, Mylady?«

»*Nicht* bei Neumond«, wiederholte sie und nickte eifrig.

»So ist es. Ich bitte Euch, besondere Vorsicht walten zu lassen, wenn es um die Mondphasen geht, Madame, denn von Eurer Pflege hängt die Genesung Eures Gemahls, ach, was sage ich, sein Leben ab.«

»Ich werde es beherzigen, guter Doktor«, sagte sie strahlend, und offensichtlich äußerst zufrieden mit der neuen Diagnose.

Dr. Wyndham lächelte, stellte sich auf die Zehenspitzen und sah ihr von Nahem ins Gesicht, trat wieder einen Schritt zurück und sah dann noch einmal hin. Dabei kniff er die Augen zusammen, als studiere er etwas eingehend.

»Was?«, fragte sie, und befühlte ihr Gesicht, ihre Haare, ihre Haube. »Was seht Ihr?«

Der Doktor seufzte tief. »Nun, ich sehe ein schweres Verbrechen, Madame, Schönheit, die durch die Sorge um andere verloren gegangen ist.«

Madame blickte zugleich gequält und erfreut drein und suchte rasch nach einer angemessenen Antwort: »So sind die Pflichten einer Ehefrau.«

»Wie wahr«, sagte Dr. Wyndham, und Anne konnte ihre Belustigung kaum verbergen, als sie sich fragte, worauf der listige Fuchs hinauswollte. Sie wünschte sich beinahe, John

Gilbert sei hier, um der Vorstellung beizuwohnen, denn die beiden Männer waren vom gleichen Schlag. Sie sah zu, wie der kleine Doktor sich äußerst tief verbeugte, während er zu Madame hochschaute, als könne er seinen Blick nicht von ihr abwenden. »Oh, ich wünschte ...« Tief in Gedanken ließ er den Kopf hängen. »Aber nein ...«

»Was? Was wünschtet Ihr?«, bedrängte ihn Madame, denn er hatte unerträgliche Neugier geweckt. »Wenn Ihr etwas in meinem Gesicht gefunden habt, so müsst Ihr es mir sagen. Als Arzt seid Ihr dazu verpflichtet.«

»Auch das ist wohl wahr, Mistress.«

»Vater«, warf Philibert ernst ein, »diese Dame verdient die gleiche Behandlung, wie du sie der Countess Castlemaine hast angedeihen lassen. Sie sollte nicht für ihre Treue ihrem Ehemann gegenüber bestraft werden, wenn die Mätresse des Königs für weniger belohnt wurde. Hast nicht du der Dirne geholfen, das Herz des Königs zu stehlen?«

Der Arzt nickte und gestand so die Bedeutsamkeit aller genannten Argumente ein. »Ihr habt beide recht. Es ist meine Pflicht, mehr zu heilen als nur Skorbut, oder Verstopfung der Leber und Milz, Mylady. Das kann ich nicht leugnen, denn ich habe in Italien studiert und die wundersamen Methoden erlernt, mit denen eine Frau von vierzig Jahren oder mehr dasselbe makellose Antlitz haben kann wie ein Mädchen von fünfzehn.«

Madames Atem ging heftiger, und der Doktor trat einen Schritt zurück, um eine Hand zu heben und seine eigenen Worte mit einer Geste abzutun. »Aber ich will nicht mehr über meine Wundersalbe sprechen, Mylady, denn in diesen Zeiten großer Sorge könnt Ihr wirklich nicht an solch eine Behandlung denken. Eine Dame Eures Charakters würde nicht einmal in Erwägung ziehen, ein Mittel gegen die Alterung anzuwenden, wenn ihr Ehemann auf dem Krankenbett liegt.«

»Nein, wohl nicht«, gab Madame mit trauriger Stimme zu, und nahm ihr Märtyrertum willig an.

Dr. Wyndham verneigte sich, wandte sich ab und drehte sich dann noch einmal um, wobei er einen sehnsüchtigen Blick auf ihr Gesicht warf, das wohl auch in ihrer Jugend nicht schön war, wie Anne bei sich dachte. Der Doktor klatschte in die Hände. »Eines muss ich jedoch sagen, Mylady. Und wenn ich verdammt sein soll, ich will meinen Ruhm lieber erwerben, indem ich Eure Schönheit bewahre, als dadurch, andere Patienten ins Leben zurückzuholen.«

Madame errötete. So strahlend wie jetzt hatte sie gewiss nicht einmal mit fünfzehn ausgesehen, vermutete Anne.

Inzwischen hatte ihr Ehemann aufgehört zu stöhnen und sah um sich, wobei er versuchte, sich aufzurichten.

»Hilf uns, du naseweiser Bursche«, fuhr der Doktor Anne an, und sie half Philibert, den Patienten auf dem Tisch in eine sitzende Position zu bringen.

»Madame«, wiederholte Anne, »mein Silber, und ich verschwinde.«

Madame runzelte die Stirn. »Welch Dreistigkeit! Du wirst deinen Penny bekommen, wenn du uns in den nächsten Gasthof bringst.«

Der Doktor schüttelte den Kopf. »Ich bitte um Verzeihung, aber ich muss darauf bestehen, dass mein Sohn, Philibert Wyndham, Euch fährt. Er ist mein Lehrling, und er wird Euch im White Hart unterbringen, wo er den Schankwirt anweisen wird, Euch ein angemessenes Mahl zu servieren. Außerdem werden seine starken Arme Euch nützlicher sein als die des schwächlichen Knaben.«

Anne streckte ihre schmutzige Hand aus. »Ich bitte Euch, meinen Penny.« Sie war fast ohnmächtig vor Hunger.

»Nun gut.« Die Frau warf ihr eine Münze zu, Anne fing sie auf und führte sie zum Mund, um darauf zu beißen, wie es die Stallknechte taten.

»Und, Doktor«, sagte Madame, sobald ihr Mann draußen den Landungssteg überquerte, schwer auf Philibert gestützt. »Ich nehme diese Salbe, von der Ihr spracht. Es ist auch das Martyrium und die christliche Pflicht jeder Ehegattin, das Bild zu erhalten, das Gott ihr gegeben hat, um ihren Ehemann zu erfreuen.«

»Und wieder zeigt Ihr Euch als die weiseste aller Frauen.« Er neigte erneut den Kopf und zog ein lackiertes Salbenkästchen und ein Fläschchen hervor.

»Was ist das?«, fragte sie und hielt die Phiole vor dem Fenster gegen das Licht. »Ihr spracht nur von einer Salbe.«

Dr. Wyndham flüsterte verschwörerisch:»Dieses Öl stammt nicht aus meiner Hand, aber ich wünsche trotzdem, es Euch ohne Aufpreis zu überlassen, zu Eurem eigenen Schutze, Mylady. Es stammt von einer alten Zigeunerin, und seine Macht wird Euch unfehlbar vor den dreisten Annäherungen lüsterner Männer bewahren. Madame, ich bitte Euch, es immer bei Euch zu tragen, denn wenn Ihr beginnt, meine Salbe aufzutragen, werden die Männer Euch augenblicklich umringen ...« Seine Stimme verstummte, als Madame angesichts solcher Aussichten den Atem anhielt.

»Ich bin Euch zu großem Dank verpflichtet, guter Arzt.«

Der Doktor verneigte sich wieder. »Das macht noch einmal zwei Pfund für die Wundersalbe.« Er küsste ihr die Hand, die ihm das Geld überreichte, und winkte der Frau zum Abschied fröhlich nach.

Anne versuchte, an ihm vorbei aus der Tür zu schlüpfen. Sie musste fort und schnell etwas zu essen finden, und dann nach London aufbrechen. Nach dieser Verzögerung konnte John Gilbert nicht mehr weit sein.

Ein Arm versperrte ihr den Ausgang, und Doktor Wyndham sah zu ihr hoch, denn sie war fast einen Kopf größer als er. »Bleibt, Mylady, und erzählt mir, warum Ihr Euer makelloses Antlitz und Eure anmutige Gestalt unter solch schmutzigen Lumpen verbergt.«

Anne stockte der Atem. Sie war so lange unentdeckt geblieben, dass sie aufgehört hatte, eine Enttarnung zu fürchten. Nun, man hatte sie entlarvt, und vermutlich würde sie die Nacht in einem Gefängnis in Reading verbringen. »Was habt Ihr mit mir vor?« Ihre Stimme zitterte, auch wenn sie das Kinn mutig vorreckte.

Er lächelte. »Das kommt ganz darauf an, wie unterhaltsam Eure Geschichte ist, Mylady.«

»Wie töricht ich war!«

»Macht Euch keine Vorwürfe, Mädchen. Die Verkleidung ist gelungen, aber ich bin Arzt und es gewohnt, Täuschungen zu durchschauen. Die meisten Menschen versuchen, neugierige Ärzte zu hintergehen, selbst, wenn sie schwer krank sind. Der Trinker schwört, nur gelegentlich Wein mit Wasser zu sich zu nehmen, der Syphilispatient beteuert, nie bei einer Hure gelegen zu haben, und so fort.«

Anne hatte sich wieder etwas gefangen. »Es erscheint mir doch sonderbar, einen simplen Quacksalber über Täuschungen klagen zu hören.«

»Oh, ja«, sagte er und durchschritt den Raum, »Quacksalber wohl, aber nicht simpel, Mädchen. Ich habe die Ehre, der beste aller Quacksalber zu sein.« Er goss Bier in zwei Krüge und reichte ihr einen.

Sie nahm ihn entgegen, zitterte aber so sehr, dass sie sich an die Wand der Kajüte lehnen musste. »Ich habe so großen Hunger, guter Doktor«, sagte sie plötzlich mit höflicher Stimme.

Er nickte und schlug ein Tuch auseinander, in dem ein weißer Laib Brot zum Vorschein kam, dann schnitt er ihr eine großzügige Scheibe ab.

Sie biss in das köstliche Brot und kaute begierig, doch sogleich fing sie zu würgen an.

»Ruhig«, sagte er mit dröhnender Stimme. »Nur kleine Bissen und kaut langsam, oder Ihr werdet nichts im Magen behalten.« Er schnitt ein Stück Käse ab, und sie sah, dass es ihr Lieblingskäse war, Wensleydale, mit Erlenasche verfeinert.

Er zog zwei Stühle an den Operationstisch und wischte mit seinem Taschentuch vorsorglich darüber. Wie aus dem Nichts zauberte er eine Schale Obst hervor, und Anne seufzte zufrieden. »Ihr seid wahrhaftig ein Quacksalber mit gut gefüllter Speisekammer.«

»Esst weiter, während ich Euch die Dinge erkläre, mein Kind. Ihr nennt mich einen Scharlatan, aber hat Madame nicht meine korrekte Diagnose zurückgewiesen? Sie wollte getäuscht werden, nein, sie bestand sogar darauf. Hätte ich ihr nicht die falsche Herzmedizin angeboten, die eine Genesung in der Zukunft verspricht, so hätte sie ihren Mann gewiss nicht dazu angehalten, sich gegenwärtig in Zurückhaltung zu üben, die der einzige Weg ist, den Nierenstein zu überleben, wenn man vom Gebrauch des Messers absieht.«

Anne unterbrach ihr Mahl für einen spöttischen Kommentar. »Und welche Art von Genesung verspricht Eure Wundersalbe?«

Er zuckte mit den Schultern und lächelte. »Ihr seid jung und verachtet die törichten Launen der Alten, aber ich habe selbst gesehen, wie meine Salbe wahre Wunder wirkt – Sorgenfalten verschwinden, Lippen werden rot, Augen glänzen selbstbewusst.« Er lachte listig. »Wenn eine Frau das Begehren in den Blicken der Männer sucht, dann findet sie es für gewöhnlich auch.«

»Doch diese Veränderungen der Gesichtszüge sind wohl nicht von Dauer.«

Dr. Josiah Wyndham lächelte und spielte mit einer Locke seiner Perücke. »Ah, mein Kind, im Leben ist nichts von Dauer.«

Anne wollte ihm gerade die Verwerflichkeit seines Denkens aufzeigen, da stieß plötzlich etwas Hartes gegen die Seite des Kahns und mehrere, noch härtere Stöße folgten.

»Kommt heraus, Doktor!«, rief eine Männerstimme von draußen. »Kommt heraus, und wir brennen diesen Pestherd nieder!« Anne erkannte das raue Organ des Kerzenmachers vom Marktplatz, und auf seinen Ruf folgte blutrünstiges Gejohle.

Wyndham schoss zum Fenster. »Ich gehe hinaus und versuche, sie zu beruhigen, während Ihr auf der anderen Seite das Tau löst. Könnt Ihr das tun?«

»Und Euer Sohn?«

»Er wird wissen, was zu tun ist«, antwortete der Arzt, und seine Augen funkelten vor Aufregung. »Wir müssen oft überstürzt aus einer Stadt abreisen. Schnell, Mädchen, macht, was ich sage.«

Anne hatte Angst, aber ihr blieb keine Wahl, und so stieg sie aus dem Fenster auf der anderen Seite. Langsam kroch sie über splitterige Planken einen schmalen Sims entlang, um Fässer und Maschinenteile herum, bis sie an ein Seil gelangte, das an Land um eine Espe gebunden war. Sie wollte nur fort, aber sie konnte nicht schwimmen, und selbst wenn sie es gekonnt hätte, musste sie doch zugeben, dass die Welt in Dr. Wyndhams Gesellschaft wesentlich freundlicher aussah. Sie hörte, wie er versuchte, die Menge zu beschwichtigen, aber mit wenig Erfolg.

Leise verfluchte sie John Gilbert, während sie vorwärts kroch. Ohne ihn wäre das alles nicht passiert. So viel war sicher. Irgendwie schien er die Schuld an allen schlimmen Dingen zu tragen, die ihr zugestoßen waren. In der letzten Woche hatte sie so viel Angst ausgestanden, dass es für ein ganzes Leben reichte.

Eine Pechfackel flog über das Kajütendach und landete genau in dem Augenblick auf einem Haufen geteerter Taue, als sie mit ihrem Dolch das Seil zum Ufer hin durchtrennte. Die Taue fingen sofort Feuer, und sie erstickte die Flammen mit ihren Händen, wobei sie sich die Haut versengte.

Der Kahn drehte sich in die Strömung und entfernte sich langsam von der enttäuschten Menschenmenge, die ihm wütend hinterher rief.

Dr. Wyndham schritt um die Kajüte herum und fand dort Anne, die auf ihre Hände blies.

»Oh, was muss ich sehen? Das tapfere Fräulein ist verletzt?«

»Es ist ein Feuer ausgebrochen«, erklärte sie.

Er brachte sie in die Kajüte und holte seine Wundersalbe aus dem Medizinkasten.

Anne saß auf dem Operationstisch und sah zu, wie er die roséfarbene Creme großzügig auf ihren Handflächen verteilte, während ein Lächeln um seine Lippen spielte.

Er ahnte ihren Protest und erklärte: »Sie erzielt auch bei Verbrennungen hervorragende Ergebnisse.«

Anne lachte. »Das ist auch gut so«, sagte sie und besah sich ihre Hände von Nahem, »denn ich habe schließlich keine faltigen Hände.«

»Seht Ihr, Kind«, brummelte er, »sie wirkt schon Wunder.«

Anne lachte laut und Dr. Josiah Wyndham fiel bald mit ein. Sie lachten, bis ihnen die Tränen kamen. Dieser Ausbruch von Heiterkeit war bis ans Ufer zu hören und trieb den wütenden Mob zur Raserei.

John Gilbert befand sich auf einer kleinen Anhöhe, von der aus er die Themse und die wütende Menschenmenge unter sich sehen konnte. Er war als Zigeuner verkleidet und saß auf einem zweirädrigen Wagen, der mit Töpfen und Pfannen behängt war. Das Gelächter auf dem Boot drang klar und deutlich bis an sein Ohr, und ein zufriedenes Lächeln zeigte sich auf seinem Gesicht. Er hatte dieses süße, weibliche Lachen bereits zuvor gehört, beim Schwerterkreuzen auf der Wiese im Räuberlager.

Anne hatte in Reading eine deutlich erkennbare Spur hinterlassen, war aber, wie durch ein Wunder, im Augenblick in Sicherheit, wenn man ihrer guten Laune Glauben schenken durfte.

Ein äußerst kleiner junger Mann mit einer sehr hohen Perücke blieb neben dem Wagen stehen.

»Zum Teufel noch mal«, murmelte der Mann und sah auf die Szene hinunter, »ich bin für eine Stunde fort, und das finde ich bei meiner Rückkehr vor. Verdammt!« Er machte seinem Ärger lautstark Luft. »Jetzt muss ich auf Schusters Rappen nach Windsor.«

John lächelte über sein großes Glück und grüßte den jungen Mann freundlich, der andere antwortete jedoch nur mit einem düsteren Blick.

»Es ist doch ein schöner Tag, um zu Fuß zu gehen.«

»Wer auf so einem Wagen sitzt, der hat gut reden.«

John grinste hinter dem jungen Mann her, der sich sofort auf den Weg machte. Anne würde also in Windsor haltmachen, oder nicht? Er fuhr durch Reading und die Oxford Road entlang bis zum Waldrand, wo Joseph auf ihn wartete.

Neuntes Kapitel

Vom Quacksalber umgarnt

Anne erwachte am nächsten Morgen zusammengerollt auf einem Lager an Deck des Kahns, die Junisonne wärmte sie. Sie vermochte sich kaum zu erinnern, wo sie war, bis sie Josiah Wyndhams rundes Gesicht unter seiner Perücke hervorlugen sah. Seine Hand lag auf dem Steuer, doch sein Blick ruhte auf ihr. Sie reckte sich und fühlte sich herrlich erholt. »Guten Morgen, Doktor. Noch nie habe ich so gut geschlafen. Ach, würde mich der Fluss immer in den Schlaf wiegen, dann würde ich gewiss hundert Jahre leben«, sagte sie lächelnd, »und ich würde recht viel von Eurer Wundersalbe brauchen.«

Der Doktor verneigte sich. »Wenn man den Sternen glauben darf, Mylady, dann ist es undenkbar, dass Eure Schönheit je vergeht.«

Leise klatschte sie Beifall, denn ihre Hände waren zart und weich, es hatten sich keine Blasen gebildet. Tatsächlich verheilten sie bereits. Sie hob die Hände, um sie ihm zu zeigen, und lächelte ihn an, denn nachdem Madame gegangen war, hatte sie ihn sofort gemocht, und so empfand sie noch immer. »Die Komplimente, die Ihr im Munde führt, wären des Hofes würdig, Sir.«

Er neigte abermals das Haupt. »In Eurem Falle ist es keine Schmeichelei, sondern eine astrologische Voraussage. Die Himmel sind Euch gnädig, mein Kind. Ich lese es in den Linien Eurer Hand, und ganz gewiss in Eurem Gesicht.«

Sie erhob sich und überlegte, ob sie es wagen konnte, ihn erneut um Essen zu bitten, denn die Flussluft hatte ihren Appetit gewaltig angeregt. »Natürlich hoffe ich, dass Eure Voraussagen zutreffen, Doktor, und bitte um Vergebung, wenn ich daran zweifele. Doch ich fürchte, meine Zukunft ist ungewiss.«

»Wer ist dieser John, der Euch in solche Unruhe versetzt?«

Sie erschrak. »Woher kennt Ihr diesen Namen?«

»Im Schlaf habt Ihr ihn gerufen – nicht nur einmal, sondern wiederholt«, sagte er und verbarg seine Neugier nicht. »Würde ich Eure Träume kennen, so könnte ich Eure Zukunft noch besser deuten.«

Sie lachte ein wenig verlegen, denn plötzlich erinnerte sie sich an ihren Traum von John Gilbert, und wünschte beileibe nicht, ihn jemandem zu erzählen, vor allem nicht einem Mann, auch wenn er Arzt und Spezialist für die Beschwerden der Frauen war. Denn sie hatte sich wieder im verborgenen Dorf des Straßenräubers gesehen, beim Bade im Fluss, und John war bei ihr gewesen und hatte sie berührt, und ihre Badekleidung war verrutscht, und –

»Was ist, Mädchen?«, fragte der Arzt. »Ihr werdet plötzlich so rot. Ihr leidet doch nicht etwa an der Fallsucht?«

Anne atmete durch, sog die klare Flussluft tief ein, dankbar für ihre beruhigende Wirkung. »Nein, guter Doktor, ich wünschte nur, ich müsste Eure Gastfreundschaft nicht so missbrauchen, und trotzdem habe ich wieder Hunger.«

Ein Lächeln erschien auf dem Gesicht des Arztes. »Es ist erstaunlich anzusehen, wie ihr jungen Leute esst, was ihr wollt, und eure Körper doch kein Fett ansetzen.« Er senkte den Kopf und schaute verschmitzt unter seiner Perücke hervor. Diesen Blick kannte sie bereits und wusste, dass nun etwas ganz Unerhörtes folgen würde. »Obwohl ja, mein liebes Fräulein, meine Wundersalbe das übermäßige Fett bei den einen beseitigt, und die gewünschte Fülle bei den anderen herbeischafft, ohne die geringsten Nebenwirkungen für ihren Organismus.«

Anne lachte laut auf. »Es scheint ja fast, dass Eure Wundersalbe für ein langes und glückliches Leben der Frauen in jeder Hinsicht unverzichtbar ist.«

»Wie treffend formuliert«, fand er, und korrigierte den Kurs des Kahnes, der Strömung folgend. »In der Kajüte werdet Ihr einen guten Schluck Bier, Brot und Butter finden, und, sofern mein Sohn ihn nicht entdeckt und sich daran gelabt hat, steht im Schrank auch ein Topf mit Pflaumenmarmelade. Lasst uns hier draußen essen, während Ihr mir Eure Geschichte erzählt. Ich brenne vor Neugier.«

Nach dem Mahl spülte Anne die Zinnbecher im Flusswasser aus. »Ich benötige Euren guten Rat, Doktor«, erklärte sie, während sie zu ihm ging und neben ihm am Ruder Platz nahm, »doch ich wage nicht zu berichten, wie ich in diese Lage geraten bin.«

»Ich verstehe«, sagte er und runzelte nachdenklich die Stirn. »Irgendwo gibt es einen Vater, Ehemann oder Verlobten, vielleicht sogar eine hohe Belohnung. Ihr glaubt nicht, dass Ihr mir trauen könnt?«

Sie schaute ihn an. »Ich muss zugeben, dass Ihr sehr gut zu mir gewesen seid, doch ich bin kein Dummkopf.«

»Vorsicht, Mylady«, hielt er entgegen, »zwischen einer dummen und einer weisen Frau liegt nur sehr wenig. Ihr steht allein da, ohne Geld oder Beschützer. Ist es nun dumm oder weise, niemandem zu trauen, vor allem, wenn die Person Euch keinen Anlass gegeben hat, an ihrer Aufrichtigkeit zu zweifeln?«

»Ihr seid ein gewandter Redner, guter Doktor, aber alles, worum ich Euch bitte, ist, mich nach London zu bringen. Dort wird mein Onkel Euch reich belohnen.«

Dr. Wyndham nahm seine Perücke ab und kratzte sich nachdenklich den kahlen Kopf, nur spärlich bedeckt mit kurzem braunem Haar. Sie war erleichtert, als er die Perücke wieder aufsetzte und so der Alte war. Er winkte einem Ruderboot zu, das von einem Ufer zum anderen übersetzte.

»Ich verlange keine Belohnung, Mylady«, sagte er schließlich. »Ihr denkt, dass Geld große Freude verschafft; o nein, das tut nur die Art, wie man das Geld verdient. Ich würde eher eine zweifelnde Bess oder Mary überzeugen, meine

Wundersalbe zu kaufen, als den Vormund oder Onkel einer jungen Frau in Not um eine Belohnung anzugehen.«

Nachdem sie diese Beteuerungen gehört hatte, sprudelte die Geschichte ihrer Abenteuer seit der Flucht aus dem Palast aus Annes Mund hervor, noch bevor sie sich eines Besseren besinnen konnte. Sie wollte ihm vertrauen. Sie musste ihm vertrauen, denn in ihrem ganzen Leben hatte sie sich noch niemals so einsam gefühlt. Diese Einsamkeit, so stellte sie mit plötzlichem Erstaunen fest, hatte sie in Gegenwart des Straßenräubers nie verspürt.

Obwohl der Arzt, sehr zu ihrem Ärger, über den Teil ihrer Geschichte lachte, in dem John Gilberts Lehrstunde der Liebe Black Ben zu narren vermochte, und noch mehr über ihre Erfahrungen als Milchmädchen, war er umso ernster, als ihre Erzählung sich dem Ende näherte und sie über den Tod ihres Vaters und Lord Waverbys Niederträchtigkeit sprach, darüber, wie sie dem Banditen entkommen war, und wie sie in der Nähe des Marktes von Reading beinahe ein Wachmann festgenommen hatte.

»Meine liebe Lady Gascoigne«, sagte er und küsste ihr zart die Hand, »ich schwöre feierlich, Euch meinem Schutz zu unterstellen, so bescheiden er auch sein mag, denn ich kann schwerlich hoffen, mich in Mut oder Schwertkunst mit Eurem Straßenräuber zu messen.«

Für einen Augenblick war sie erfüllt von einer inneren Ruhe, doch die Erwähnung John Gilberts machte diesem Frieden ein Ende. »Er ist nicht *mein* Straßenräuber. Unsere Wege werden sich nicht wieder kreuzen, dem Himmel sei Dank!« In ihre Stimme mischte sich ein unziemliches Beben, das zu plötzlich auftrat, als dass sie es hätte korrigieren können. Um davon abzulenken, brachte sie mit nun festerer Stimme eine Bitte vor. »Also werdet ihr mich wirklich zu meinem Onkel nach London bringen?«

»Natürlich, Lady Anne, nachdem wir heute Nachmittag in Windsor haltgemacht haben.«

»Doch ich muss eiligst nach London, Sir.«

»Und Ihr werdet bald dort ankommen. Es liegt nur dreiundzwanzig Flussmeilen von Windsor entfernt. Wir werden London morgen am späten Abend erreichen.«

»Nein! Heute, Sir. Ich bestehe darauf.«

»Meine liebe Lady Anne, ich verlange keine Belohnung dafür, Euch meinem Schutz zu unterstellen, aber die Fahrt müsst Ihr bezahlen.«

Anne war empört. »Wie Ihr wisst, Sir, ist alles, was ich besitze, ein Penny. Hier«, sie öffnete das Tuch, das sie in ihrem Hemd trug, »so nehmt ihn Euch!«

»Nein, vielen Dank. Ihr habt etwas, das für mich weit kostbarer ist – das Antlitz eines Engels, und die zarte Haut eines Kindes. Die lustigen Mädchen und Frauen von Windsor werden mir meine Wundersalbe aus den Händen reißen, wenn sie Euch sehen.«

Seine kurzen Beine tänzelten vergnügt am Ruder.

»Ich werde nicht betrügerisch handeln, nicht einmal, um Euch Eure Freundlichkeit zurückzuzahlen, und gewiss nicht als Preis für die Fahrt auf diesem alten Kahn!«

Dr. Josiah Wyndham riss das Ruder scharf herum und steuerte auf das mit hohen Pappeln bewachsene Ufer zu.

»Was tut Ihr da?«, rief Anne erschrocken.

»Ich setze einen Fahrgast ab, der seine Überfahrt nicht zahlen will, eine Frau von privilegiertem Stand, die über das Essen und das Boot eines einfachen Mannes verfügen will, aber ohne Gegenleistung. So sind die Regeln des Flusses.«

»Oh, ihr Männer«, sagte Anne erzürnt, »immer wenn ihr eine Frau zu etwas zwingen wollt, zaubert ihr eine eurer Regeln hervor!«

»Ganz recht, Mylady«, stimmte der Doktor zu, »denn nur so können wir die Damen zur Einsicht bringen.«

Verzweifelt versetzte Anne der Reling einen Fußtritt, während der Kahn sich schnell, allzu schnell auf das Ufer zubewegte. Rasch legte sie die Hand beschwichtigend auf den Arm des Doktors und sprach mit mädchenhafter Süße in der Stimme: »Ich bitte Euch, guter Doktor, dreht bei, und ich will tun, was Ihr verlangt.«

Als Dr. Wyndham das Ruder umlegte, blieb nur noch wenig Platz zum Wenden. »Ihr seht also, Lady Anne«, sagte er, während er den Kahn langsam zurück in den Strom brachte, seine Augen voll männlichen Triumphs, »Euer junger Straßenräuber, John Gilbert, hat Euch nicht unrecht behandelt. Jenseits der Palastmauern, fern jener Welt des Geburtsrechts, die Ihr kennt, müssen ein jeder Mann und eine jede Frau sich den Lebensunterhalt verdienen. Die Welt ist ein recht angenehmer Ort für jene, die das akzeptieren, und ein sehr unangenehmer für solche, die es nicht tun.«

Sie war wieder zornig und verbarg es nicht. »In welch ungesetzliches Spiel wollt Ihr mich verstricken?«

»Kein Spiel, Lady Anne, sondern ein kleines geschäftliches Unternehmen, bei dem mir sicher die Schauspielerin zu helfen vermag, die eine keusche Liebe im Bett eines Straßenräubers vorgab, und die eine Hofdame in einen kräftigen Jungen vom Lande verwandelte, der um seinen Penny bettelt.«

»Der Hunger brachte mich dazu«, schniefte sie.

Er lachte sie an. »Und das soll er wieder tun. Ihr spielt Euren Part, Mylady, oder Ihr werdet heute nicht zu Abend essen.«

»Dann sagt mir, welche Rolle ich spielen soll«, verlangte sie ungeduldig, und strich sie sich bei diesem Gedanken durch das Haar.

Er lachte so herzlich, dass die Schwäne nahe dem Ufer aufflogen. »Meine Mutter«, erklärte er. »Ihr werdet Mistress Jane Wyndham spielen, eine nette alte Dame von sechzig Jahren, die ihre Schönheit höchst eindrucksvoll bewahrt hat.« Und er brach in noch lauteres Gelächter aus.

John Gilbert erreichte Windsor, ritt um das alte Schloss herum, das erhöht auf seinem Kreidefelsen thronte, und bog in die breite Thames Street ein, die zum Hafen am

Fluss führte. Er trug die prächtigen Gewänder eines puritanischen Geistlichen, wenn auch in dem angemessen strengen Schwarzweiß, mit einem außergewöhnlich hohen und breitkrempigen Hut, der sein Gesicht beschattete. An seinem Sattel hing neben dem Schwert eine riesige Bibel, und er betete mit lauter Stimme, während er durch die Straßen ritt, und rief den vorübergehenden Menschen zu, für ihr gottloses Leben Buße zu tun. Die Folge war, dass die Sündigen, also alle Menschen, einen großen Bogen um ihn machten, und an ihm vorbeieilten, ohne ihn anzuschauen, aus Angst vor seiner Anklage.

Wenn sie seinen Blick erwidert hätten, hätten sie Augen gesehen, die vor Vergnügen funkelten. Seine Maskerade hatte ihn etwas gelehrt, das er nie wieder vergessen würde: Manchmal war das beste Versteck inmitten des Geschehens.

Es schien ihm, dass ungewöhnlich viele Leute zum Hafen strömten. Er sprach ein altes Mütterchen an, das sich auf seinen Stock stützte und zu langsam war, um ihm ausweichen zu können. »Gute Frau, wohin gehen all diese Leute?«

»Sie wollen am Hafen einen großen Arzt sehen, Hochwürden. Man sagt, er habe eine Wundersalbe –«

John runzelte die Stirn, doch seine Stimme blieb freundlich. »Wunder schickt uns nur der Herr, Mütterchen.«

Sie nickte, und ihr Stock tanzte hin und her, so sehr wünschte sie sich, auch endlich weiterzugehen. »Ja, mein Herr, aber manche sagen, dieser Doktor kann eine alte Frau wieder in ein junges Mädchen verwandeln. Das möchte ich mit eigenen Augen sehen.«

»Ihr stellt die Gesetze Gottes und der Natur infrage, Mütterchen.«

»Nein, Herr, meine Seele ist sicher, denn so eine kostbare Salbe könnte ich niemals bezahlen. Aber ich möchte doch gern sehen, wie sie Wunder wirkt.«

»Das würde ich auch gern sehen, gute Frau«, sagte John, und lachte leise in sich hinein. Er ritt Sir Pegasus den Hügel hinunter, zog die Zügel an und kam hinter der Menschenmenge zum Stehen. Die Leute scharten sich um eine schmale Planke, die zu einem kleinen Kahn führte.

Den jungen Mann, der auf einer großen spanischen Gitarre spielte und sang, erkannte er sofort wieder. Er war es, den der Mob gezwungen hatte, von Reading nach Windsor zu Fuß zu gehen. Doch die beinahe dreißig Meilen hatte er unmöglich innerhalb eines Tages und einer Nacht zurücklegen können. Deshalb nahm John an, der alte Gaul mit seinem eingesunkenen Rücken, der an einem Baum nahe des Bootes angebunden war, machte wohl gerade eine Pause von seiner üblichen Arbeit vor dem Pflug. Er machte Sir Peg daneben fest.

Ein kleiner Mann mit äußerst krummen Beinen und einer zerzausten Perücke trat aus der Kajüte und wandte sich an die Menschenmenge. John lächelte über die lange Liste undurchsichtiger Referenzen, die Dr. Josiah Wyndham präsentierte, und vor allem über seinen Anspruch, das Alter der Damen rückgängig machen zu können. Wenn dies der Wahrheit entspräche, dann hätte er der berühmteste Arzt in ganz England, ach was, der ganzen Welt sein müssen. Aber John bewunderte die Unverfrorenheit des Mannes und ging näher heran, damit ihm auch kein Wort entginge, obwohl der Doktor eine Stimme besaß, die man auch jenseits von London noch zu hören vermochte.

Während er vorwärts schritt, betrachtete der Straßenräuber aufmerksam die Fenster der Kajüte, in der Hoffnung, einen Blick auf Anne zu erhaschen, falls sie noch an Bord war. Der Gedanke, sie könne vielleicht nicht mehr dort sein, oder sie sei tot oder man habe sie an einen unheilvollen Ort verschleppt, kurz, der Gedanke, seine sorgfältigen Überlegungen waren vielleicht falsch, brachte ihn dazu, sich noch entschlossener durch die Menge zu drängen, immer auf den Steg des Bootes zu.

Dr. Wyndham verbeugte sich. »Meine Damen und Herren, ihr lieben Frauen und Männer, heute werde ich euch ein wundersames Heilmittel präsentieren. Es macht all die Farbtöpfe und Tinkturen überflüssig, mit denen ihr die Flecken, Sommersprossen, Pickel und Pockennarben überdeckt, die eure Gesichter zeichnen, selbst die Falten und Sorgen der harten Arbeit. Man sagt, mein Mittel wirkt schneller als das Handauflegen des Königs bei Skrofulose.«

Die Leute begannen, sich immer weiter nach vorn zu schieben, einige standen bereits bis zu den Knöcheln im Schlamm.

Der Doktor hielt ein schwarz lackiertes Kästchen in die Höhe, öffnete es, steckte seinen Zeigefinger hinein und zog ihn wieder heraus, bedeckt mit einer roséfarbenen Salbe, die er lustvoll zwischen den Fingerspitzen verrieb. »Meine Salbe steckt voll wertvoller Zutaten aus den Bergen Norditaliens, wo die Natur die Schönheit der Frauen bis zu ihrem Tode bewahrt, und sogar noch darüber hinaus, wie so mancher behauptet. In diesem fernen Land tragen die Frauen und Damen ihre Lippen korallenrot, und weicher, als es dem Ehemann lieb ist, weil er fürchtet, sie könnte mit einem jungen Hecht davonlaufen, der halb so alt ist wie er.«

Frauen jeden Alters schoben sich noch ein bisschen weiter nach vorn und zogen John mit sich.

Dr. Wyndham hatte den hochgewachsenen Geistlichen schon früh erspäht und ihn für seine Anwesenheit verwünscht. Solche Kanzelpauker brachten immer Schwierigkeiten, da sie nicht bereit waren, ihren Seelenfang auch nur für eine Minute zu unterbrechen. Jedes Lob der Schönheit oder des Vergnügens war in ihrem Falle wirkungslos, da sie lodernde Höllenfeuer als Lohn für weltliche Freuden sahen. Seine Ansprache musste schneller wirken, als er vorgesehen hatte, bevor der Priester in fromme Ekstase geriet.

»Es mögen unter euch solche sein, die mich einen Scharlatan schimpfen«, verkündete Dr. Josiah Wyndham mit einem so selbstbewussten Blick, dass er diesen Gedanken Lügen strafte. »Deshalb ist es für mich eine Frage der Ehre, euch meine betagte Mutter vorzustellen. Sie ist wohl sechzig Jahre alt, darauf gebe ich mein Wort, und war meine erste Patientin. Nicht nur ihre Haut ist von meiner Salbe geglättet und gesäubert worden, auch ihre Zähne sind weiß und stark, und noch alle in Gebrauch.«

John betrachtete das Spektakel interessiert. War der Quacksalber hier zu weit gegangen? Denn nicht wenige in der Menge hatten ihre Zähne durch Skorbut verloren.

Majestätisch schritt Dr. Josiah Wyndham auf die Kajüte zu, verschwand darin und kam in Begleitung einer älteren Dame wieder heraus, die er vorsichtig stützte. Sie trug ein adrettes schwarzes Kleid, ihr weißes Haar zeigte hier und da Spuren eines jugendlichen Rotbraun und um ihre Schultern lag ein schlichter grauer Schal. Der Arzt half der werten Dame über die Schwelle, als sei sie zerbrechlich wie Porzellan. Den Weg bis zum Landungssteg legte sie so langsam zurück, dass es wie eine Ewigkeit erschien, bis sie im Sonnenlicht vor der Menge stand. Dort fasste Dr. Wyndham sie unter das Kinn und schob langsam ihr Gesicht empor. Ein Raunen ging durch die Menge, dann brachen die Menschen in begeisterte Rufe aus.

Natürlich war es Anne, so wie John es bereits gewusst hatte. Keine Maskerade konnte ihr rosigweißes Gesicht oder die meergrünen Augen verstecken, die in ihrer Tiefe unerfüllte Versprechen bargen, obgleich der verwünschte Waverby sie gezwungen hatte, ihre wahre, liebende Natur zu unterdrücken.

Ja, trotz ihres unsicheren Gangs und des gelungenen Strauchelns, das sie noch näher an den Doktor rücken ließ, war es zweifellos Anne, aber mit einem Buckel und weißgepudertem Haar.

Er musste ein Grinsen unterdrücken. Na, er wollte schon herausfinden, wie gut sie als Schauspielerin war. Er würde nicht des Doktors Wundersalbe anzweifeln; er war zu klug, um sich zwischen die kräftigen Frauen am Ufer und ihre Träume zu stellen. Aber Anne würde er herausfordern.

»O Eitelkeit der Eitelkeiten«, deklamierte er mit einer

Stimme, die aus dem Himmel herab zu sprechen schien. »Sind wir vor Gottes Angesicht nicht alle schön? Gebt Acht, alte Frau, dass Ihr nicht Gottes Plan zuwiderhandelt, und so seine Gnade verliert, so kurz vor den Pforten des Himmels!«

Es gefiel John, dass Anne zusammenzuckte, als sie seine Stimme erkannte, und er fing ihren Blick auf, voller Wut und – Was war da noch? Auch Freude? Nein, er musste das Feuer in ihren Augen falsch gedeutet haben.

Er näherte sich der Planke, betrat sie und stand nun direkt vor den beiden. »Mein guter Doktor«, begann John, laut genug, dass ihn jeder in der Menge verstehen konnte. »Lasst mich diese Wundersalbe betrachten, um zu sehen, dass sie kein Teufelswerk ist: Denn es steht geschrieben, dass der dunkle Herr sich in vielen Gestalten zeigt.«

Obwohl es ein warmer Nachmittag war, durchlief Anne plötzlich ein eiskalter Schauer. Sie hatte vergessen, wie ansehnlich er war, wie die Spitzen seiner dunklen Brauen und seines schmalen Schnurrbartes sich manchmal aufeinander zubewegten, wenn er sprach, als wollten sie die Bedeutsamkeit seiner Worte unterstreichen. Solcher Stolz bei einem Dieb! Es war unerträglich.

»Lasst mich, Schurke«, stieß sie mit einem heiseren Flüstern hervor, das nur für seine Ohren bestimmt war. »Warum könnt Ihr mich nicht einfach in Frieden lassen?«

»Das frage ich mich auch, Mylady«, gab der Geistliche zurück, die Stimme leise und ironisch. Er sah sie an, älter als die Anne seiner Träume, jedoch eine Anne mit weitaus größerer Schönheit, und plötzlich spürte er, nicht zum ersten Mal, einen schrecklichen Verlust. Sein Verlangen nach ihr und das Leugnen dieses Verlangens machten ihn krank, und dennoch wusste er, dass sie der größte Fehler seines Lebens werden konnte. Eine Frau, die fest entschlossen war, sich der Liebe zu verweigern, war ein fleischgewordener Albtraum für einen heißblütigen Mann wie ihn.

»Doch trotz aller Fragen«, fuhr er fort, »werdet Ihr mit

mir kommen.« Seine Stimme war leise, doch sie klang rau und verriet, dass er zu viel an sie gedacht hatte.

Ihr schwindelte ob seiner Stimme und oh, seines Geruches, nach Wald und Pferd und Sonne und all den Aromen geheimnisvollen Ursprungs. Beschämt fragte sie sich, ob es ihr wohl ins Gesicht geschrieben stand. Und zu ihrer Überraschung spürte sie, dass unter ihren Altweiberröcken auch ein anderer Teil ihres Körpers von ihm berührt wurde, jenes Geheimnis, das sie nie der Hand eines Mannes dargeboten hatte.

Der Arzt blickte die beiden verwundert an, und beeilte sich, der unruhigen Menge mit seiner geschäftstüchtigen Stimme zu verkünden: »Ihr müsst eingestehen, Hochwürden, dass es keine Sünde ist, Gottes Gaben so lange als möglich zu bewahren, wenn man es nur bei Tage tut und nicht durch grausige Rituale nächtlicher Hexerei.« Er händigte John das Salbenkästchen aus. »Betrachtet es also und gebt Euren Urteilsspruch ab.«

Der Geistliche hob das Kästchen an seine Nase und roch daran. Zu Dr. Wyndhams größtem Erstaunen zwinkerte er Anne dabei zu. »Wer seid Ihr?«, fragte der Doktor leise, und vergaß nicht, dabei weiterzulächeln.

»Ein einfacher Geistlicher, der Gottes Werk verrichtet«, flüsterte John. Doch Anne zischte: »Das ist John Gilbert, der Straßenräuber, der Mann, von dem ich Euch erzählt habe, und ein Halunke durch und durch.«

»Ich habe die Ehre, all das zu sein und noch viel mehr«, fügte John höhnisch hinzu. »Auch Lady Annes Beschützer, einem Schwur zufolge, den ich geleistet habe.«

Er legte die Hand auf ihren Arm, und vor den Augen der Menge wagte sie nicht, sich loszureißen. Bei Gottes Eingeweiden, sie hatte nicht einmal den Wunsch sich loszumachen. Tatsächlich lief es ihr bei der unerwarteten Berührung kalt den Rücken herunter, obgleich Schweißperlen auf ihrer Nase standen. Es lag in John Gilbert eine merkwürdige, fiebrige Kraft, die ihre Empfindungen aufs Höchste erschütterte. Selbst im Priestergewand war er fähig, ihre Jungfräulichkeit zu bedrohen!

Hinter vorgehaltener Hand lächelte der Doktor John an. »John Gilbert, der berühmte Gentleman Johnny? Also, *wer* wird wohl heute demaskiert?«

»Wir werden sehen«, stieß John leise hervor und roch wieder an der Salbe. »Lady Anne wird aus freien Stücken mit mir diesen Steg überqueren, und ich werde Eure Wundersalbe vor Gott und den Menschen loben, sogar die sechzig Jahre beschwören, die diese alte Schönheit gelebt zu haben vorgibt.«

»Nein, ich werde nicht mit Euch gehen«, flüsterte Anne, auch wenn ein unterdrücktes Verlangen in ihrer Stimme mitklang und ihre Worte Lügen strafte. »Lasst mich, oder Gott ist mein Zeuge, dass Ihr mich betrügen werdet, John Gilbert, oder mich dazu bringt, mich selbst zu betrügen.«

Mit einem erstickten Laut, der ihr eigenes Erstaunen zeigte, aber mit einer Kraft, die nicht ihrem weißen Haar, sondern einer weitaus jüngeren Frau entsprach, überraschte sie ihn in einem Moment der Unachtsamkeit. Sie stemmte die Hände gegen seine Brust, als er sich zu ihr vorbeugte, und versetzte ihm einen kräftigen Stoß. Der Geistliche fiel von der Planke ins Wasser, samt schwarzem Hut und lackiertem Kästchen.

»Oh!«, rief Anne und sah entsetzt auf ihre Hände. »Doktor, helft ihm. Lasst ihn nicht ertrinken!«

Die Menschenmenge wich zurück, als erwarte sie, dass ein Blitz auf das kleine Boot herniederginge.

»Wir müssen fort, Philibert«, rief Wyndham seinem Sohn zu. »Nein«, flehte Anne, eine Hand nach John ausgestreckt, ohne jede Hoffnung, ihn erreichen zu können. »So tut doch etwas, Doktor!«

»Vorsicht, oder Ihr fallt selbst hinein! Hört auf, dem Schurken nachzuweinen und helft mir mit dem Ruder. Wenn die Menge in Rage gerät, wird dies ein blutiges Ende nehmen.« Die Taue wurden eingeholt und der Steg an Deck gezogen, noch bevor er zu Ende gesprochen hatte, und Philibert stieß den Kahn hastig vom Ufer ab.

Prustend erschien John an der Wasseroberfläche, in Bächen rann das Flusswasser über sein Gesicht und sein Hut schwamm in Richtung London davon. »Anne«, rief er, als sie ihn vom sich entfernenden Heck aus beobachtete, »ich habe Eurem Vater mein Wort gegeben.«

»Ich entbinde Euch von Eurem Versprechen«, schrie sie, allzu erleichtert, als sie sah, dass er im schultertiefen Wasser stehen konnte.

»Ihr könnt mich nicht davon entbinden. Ich erlaube nicht, dass Ihr mich so entlasst!«

»Ihr habt keine andere Wahl«, rief Anne. Die Entfernung zwischen ihnen wurde immer größer, und als sie nun sah, dass er außer Gefahr war und seine merkwürdige Macht über ihren Körper abnahm, wurde sie immer kühner. »Wart Ihr es nicht, der mich lehrte, die Dinge zu sehen, wie sie wirklich sind? Nun seht, Ihr steht im Wasser und ich sitze trocken auf diesem Kahn.«

Er fluchte und strich sich die langen, nassen Haare aus den Augen. Die heiße Junisonne ließ die Wassertropfen auf seiner stolzen Nase glitzern. »Für Euch gab ich Burwell Hall auf!«

»Da habt Ihr einen schlechten Tausch gemacht«, gab sie zurück, »allerdings seid Ihr nicht so dumm zu glauben, dass Edward sein Wort gehalten hätte.«

»Ebenso wenig wie Ihr«, erwiderte er, spuckte die harten Worte in Richtung des Bootes, und stürzte ans Ufer.

Die Menge verfolgte den Schlagabtausch, wie sie einen Hahnenkampf zwischen ebenbürtigen Gegnern verfolgt hätte.

Anne erkannte, dass John nass und erbost war, eine gefährliche Mischung bei einem Mann wie ihm. Seine zornige Stimme erreichte ihr Ohr. »Glaubt Ihr, Ihr könntet mich so leicht aufhalten?«

»Leicht war es gewiss nicht«, versicherte sie ihm, »aber

ich habe Euch aufgehalten.« Was sie dann sagte, war leise gesprochen und nicht für seine Ohren bestimmt: »Lebt wohl, Straßenräuber, und möge Gott Euch vor allem Übel beschützen, so wie er mich vor der Versuchung schützt.«

Nachdem sie gesehen hatte, wie er sicher ans Ufer geklettert war und sich lange spöttisch in ihre Richtung verneigte, wandte sie sich ab. Sie ertrug seinen Anblick nicht länger. Nun war er ein für alle Mal aus ihrem Leben verschwunden.

Anne fing Dr. Wyndhams fragenden Blick auf und sie reckte ihr Kinn vor. »Nun ja, es ist nicht mein Fehler, dass Ihr Eure Tiegel und Fläschchen nicht verkauft habt.«

»Ach nein, Mylady?« Er spitzte nachdenklich den Mund.

»Nein, natürlich war es nicht mein Fehler. Ihr habt doch mit eigenen Augen gesehen, was er getan hat.«

»Und was Ihr getan habt, Mylady, und es war ein faszinierendes Schauspiel«, sagte der Doktor, und winkte den interessiert zuhörenden Philibert ans Ruder.

Anne war erstaunt, als sie verstand, was in dem Ausdruck lag, der für einen Augenblick über das Gesicht des Arztes gehuscht war. Josiah Wyndham, Mitglied der königlichen Ärztekammer und Kenner der Schönheitsgeheimnisse Norditaliens, hatte sie wirklich gern!

Am Ufer wrang John sein schweres schwarzes Wams und, so gut er konnte, auch seine Hosen aus und blickte dem Schiff nach, das stromabwärts gen London fuhr. Dorthin also zog Anne davon, ohne auch nur zu ahnen, welche Gefahren auf sie lauerten. Unter großen Opfern hatte er ihr seinen Schutz angeboten, ohne Rücksicht auf eigene Interessen, und sie hatte abgelehnt. Also zur Hölle mit Lady Gascoigne! Sie hatte diesen Quacksalber als ihren Master gewählt, nun gut. Sollte sie bei ihm bleiben, und damit war die Angelegenheit erledigt. Sein Versprechen an ihren Vater war ihm nun zuwider, ein Versprechen, dass nur für ihn selbst Bestand gehabt hatte.

Als er gerade auf Sir Peg aufsitzen wollte, bemerkte er,

dass er noch immer das Kästchen mit der Wundersalbe in der Hand hielt. Er holte aus, um es in den Fluss zu werfen, besann sich dann aber eines Besseren und steckte es in die Tasche.

Er ritt die Thames Street entlang, um einen Gasthof zu suchen. Er brauchte Schlaf, Essen, trockene Kleidung und Zeit, um seinen Zorn mit etwas würzigem Bier abzukühlen, bevor er wieder in den Whittlewood Forest zurückreiten würde.

Black Ben würde in der Zwischenzeit wieder Böses im Schilde führen, und er konnte seine Männer nicht länger allein lassen.

»Unser Herr Jesus wurde in einem Fluss getauft, Hochwürden, obgleich nicht von einer Frau«, kicherte die Alte, die er zuvor getroffen hatte. Listig grinste sie ihn von der Tür ihrer Hütte aus an, und ihr Stock zitterte vor schlecht unterdrückter Heiterkeit.

Ihm war nicht nach Scherzen dieser Art zumute, und er ritt schweigend vorbei.

Doch dann zog er den großen Braunen am Zügel und machte kehrt. »Hier, gute Frau«, sagte er, und überreichte ihr das lackierte Kästchen. »Wenn ich das nächste Mal hier vorbeikomme, will ich dafür ein paar Küsse von Euren korallenroten Lippen!«

Als er in die Castle Street einbog, blickte er noch einmal zurück und sah, wie die Alte einen Freudentanz auf ihrer Türschwelle vollführte. Ihr Stock war nirgends zu sehen.

Zehntes Kapitel

Der Bischof von Ely

Der heiße, schwere Atem Londons drang in Annes Nase, als das Boot an Hampton Court vorbeifuhr, und war zu einem fast unerträglichen Gestank geworden, als Dr. Wyndham den Kahn schließlich unter dem Traitors Gate des Towers, jenseits der London Bridge, festmachte.

»Ich flehe Euch an, Lady Anne«, sagte der Doktor, und seine kräftige Stimme verlieh seiner Bitte Nachdruck, »geht nicht vor Tagesanbruch. Bald wird es finster sein, und Ihr dürft nicht bei Nacht durch die Straßen der Stadt laufen.«

Sie gab keine Antwort. Sie hörte ihm nicht einmal zu. Seit ihrer Abfahrt aus Windsor war Anne ungewöhnlich still gewesen. Sie stand stundenlang am Fenster der Kajüte und betrachtete die langsam vorbeiziehende Landschaft, ohne sie wirklich zu sehen, außer in den törichten Momenten, in denen sie glaubte, Johns dunkle Gestalt auf Sir Pegasus im schummrigen Mondlicht zwischen den Pappeln zu erkennen.

Dann zwinkerte sie ungläubig, und wenn sie die Augen wieder öffnete, war er aus ihrer Einbildung verschwunden, wenn auch nicht aus ihren Gedanken.

Je näher das Wiedersehen mit ihrem Onkel und das Ende dieses unglaublichen Abenteuers rückte, desto mehr kam sie zu dem Schluss, dass sie nicht gerade stolz auf ihr Verhalten John Gilbert gegenüber sein durfte.

Während sie sich Meile um Meile von ihm entfernte, erinnerte sie sich an winzige Kleinigkeiten: ein gewagtes Wortspiel, ein Blick aus den Augenwinkeln, eine Kopfbewegung. Damals war ihr das alles so bedrohlich erschienen, doch nun kam es ihr unerklärlich gütig, ja sogar hinreißend vor. Ja, tatsächlich, gütig und hinreißend.

Sie erinnerte sich an seine lässige Unverschämtheit, die, wie ihr jetzt klar wurde, nur seine Sorge um ihr Wohlergehen verdecken sollte, und sie schämte sich dafür, dass sie nur die Unverfrorenheit gesehen und die Besorgnis nicht erkannt hatte, die nun in ihrer Erinnerung so klar und unvergesslich hervortrat, dass sie, so fürchtete Anne, ihr noch lange schlaflose Nächte bereiten würde. Sie glaubte nun ohne jeden Zweifel, dass John sie niemals an Lord Waverby ausgeliefert hätte; sie hatte sich an diese Verleumdung geklammert, um sich selbst vor ihren Gefühlen für den Straßenräuber zu schützen. Sie hatte Edward, Lord Waverby, dafür strafen wollen, ihre Liebe so schändlich zu betrügen, und dabei hatte sie jede Zuneigung zu einem Mann verleugnet, insbesondere zu John Gilbert.

Selbst jetzt gestand sie sich seine Anziehungskraft nur ungern ein, die wohl eher oberflächlich sein musste, und zum Scheitern verurteilt. Seine Bestimmung war, auf Tyburn Hill zu hängen, und ihre – vielleicht hatte sie gar keine Bestimmung, außer einem diskreten Rückzug aufs Land, sobald sie sich dem Zorn Lord Waverbys und des Königs entziehen konnte.

Anne zweifelte nicht daran, dass ihr Onkel, sie aus dem Verlobungsverhältnis befreien würde, sobald er erfuhr, dass Edward die Mörder ihres Vaters gedungen hatte. Diese hinterlistige Tat würde Earl Waverbys Ansehen bei den meisten Menschen herabsetzen; dann würden vielleicht ein Gerichtsverfahren und vermutlich eine Entsendung ins Exil folgen. Wenn der Tod ihres Vaters erst gerächt wäre, hätte sie endlich die Freiheit, ihr leeres Leben mit guten Taten auszufüllen, bis an das Ende ihrer Tage.

Verträumt dachte sie an das Leben voller Opfer, das vor ihr lag. Es hatte seine reizvollen und seine unangenehmen Seiten. In Wahrheit, und die Wahrheit lag nun immer klarer vor ihr, versuchte sie, John Gilbert zu entkommen, einem Bastard niedrigsten Standes, der die Macht hatte, sie von ihren eigenen Zielen abzubringen. Er hatte die Macht, sie für seine Zwecke zu gewinnen, sie sogar ihr Keuschheitsgelübde brechen zu lassen. Er war der Mann, der sie dazu brachte, diese andere Anne zu sein, die direkt unter der Oberfläche lauerte, die Anne, die es nach Leidenschaft, Gefahr und süßem Vergessen gelüstete.

Sie lachte ein bitteres Lachen und lehnte sich aus dem Fenster der Kajüte. Sie betrachtete Londons Hafen, die überladenen Karren, die Trödler, die Gesellen, die durch die lauten Straßen liefen. Sie wusste, dass sie ihr Glück hier nicht finden würde, aber vor ihren eigenen Wünschen war sie nun wenigstens sicher.

»Ein Lachen reicht mir nicht als Antwort, Mylady«, sagte Dr. Josiah Wyndham hinter ihr sanft. »Ich bestehe darauf, dass Ihr bis morgen damit wartet, Euren Onkel zu sehen.«

Sie drehte sich um und sah ihn an, und er verneigte sich vor ihrer bemerkenswerten Schönheit, denn sie trug jetzt ein prachtvolles Kleid. Eine Witwe hatte es einst gegen einen Jahresvorrat der Wundersalbe eingetauscht. Annes Haar war ordentlich und modisch frisiert, rotbraune Strähnen lockten sich hinter ihren Ohren, und ihr Gesicht, ihre ganze Gestalt strahlten vor sorgloser, froher Jugend.

Wenn er zu hoffen gewagt hatte, sie könne seine wachsende Liebe eines Tages erwidern, als sie sich wie ein abgerissener, schmutziger Bursche vom Land kleidete, so gab Dr. Wyndham diese Hoffnung nun auf der Stelle auf. Er erlaubte sich einen Augenblick des Bedauerns, bevor er seine Gefühle für immer in seinem Innersten vergrub. Die Liebe eines kleinen Mannes war oft stärker als sein Reiz für Frauen. »Das war schon immer so«, murmelte er.

»Was war schon immer so?«, fragte sie freundlich lächelnd.

»Nichts, Mylady«, gab er zurück und räusperte sich.

Sie strich ihr Kleid glatt, wie um sich zu vergewissern, dass sie wieder ganz und gar Frau war, obwohl sie die Sicherheit vermisste, die ihr das Schwert an der Seite verliehen hatte, das sie als Knabe trug. Sie lächelte, als sie sich vorstellte, einen Schwertgürtel um ihr schmuckes Kleid zu legen, eine kühne Mode, die nicht einmal die Countess Castlemaine zu tragen gewagt hätte.

»Ihr seid wohl guten Mutes«, sagte der Doktor, der erleichtert war, sie so unbeschwert zu sehen.

Anne riss sich von ihren abschweifenden Gedanken los. »Weil ich doch fast am Ziel bin, guter Doktor, aber ich muss noch heute Nacht zu meinem Onkel. Zu warten wäre zu gefährlich. Ihr kennt Edward nicht so wie ich. Eure christliche Nächstenliebe bringt Euch und Euren Sohn in Gefahr.«

Dr. Wyndham widersprach ihr nicht, auch wenn seinerseits wenig Christlichkeit und Nächstenliebe im Spiel waren, wenn es um Anne ging. Jetzt, wo der Abschied näher rückte, wollte er sich nicht eher von ihr trennen, als unbedingt nötig. Das weibliche Schönheitsideal, das er zeit seines Lebens fröhlich verhöhnt hatte, hatte ihn nun in seinen Bann gezogen. Ihm war die Ironie der Situation nicht entgangen.

»Dann lasst wenigstens zu, Mylady«, sagte er und hob bittend die Arme, »dass ich Euch zum Haus Eures Onkels begleite. Es wäre töricht, allein durch die dunklen Straßen zu gehen. Eine halbe Million Seelen soll heute in London leben, die meisten von ihnen wohl vorherbestimmt für die Tiefen der Hölle.«

»Euer freundliches Angebot nehme ich gerne an, bester Doktor.« Sie machte einen Knicks, so tief wie vor dem König, und der Arzt wusste, dass er im Leben nie wieder etwas Bezauberndere sehen würde.

Als sie von Bord gingen, lief der Nachtwächter an ihnen vorbei. »Neun schlägt die Uhr und alles ist gut«, rief er aus, eine flackernde Fackel in der erhobenen Hand. Seine Stimme verfolgte sie, als er die Toten der Gemeinde ausrief: »Vierzehn Mann trug man heut´ zu Grabe. Einer starb an Würmern, einer an Kolik, und zwölf an der Pest. Gott sei ihnen gnädig.«

»Und uns«, dachte Anne.

Als der Nachtwächter nicht mehr zu sehen war, suchten sie sich durch enge, schmutzige Gassen ihren Weg nach Cheapside mit seinen glucksenden Kanälen, an der Milk Lane vorbei, auf St. Paul's zu, nur geführt von des Doktors Schiffslaterne, deren schwaches Licht von einer einzigen Kerze herrührte.

»Ich hatte die Berichte über die Pest für übertrieben erachtet«, erklärte Anne, »doch seht nur, Doktor, all die Türen mit den blutroten Kreuzen.« Sie begann, die Kreuze zu zählen, ließ aber davon ab, als ihre Zahl beängstigend wurde.

Sie sahen Konstabler mit Brotlaiben, von denen sie je einen auf die Türschwelle der betroffenen Häuser legten. Vor einem Haus saß ein Toter, den Rücken an die Wand gelehnt, sein bleiches Gesicht im Todesschrei verzerrt. Dort wartete er darauf, vom Karren abgeholt und ins Armengrab geworfen zu werden, namenlos und vergessen. Es war das Beste, was die Lebenden in diesem Haus – vielleicht auch sie bereits erkrankt – für ihn tun konnten, bevor sie selbst sein anonymes Schicksal teilten.

Entsetzt starrte Anne den leblosen Körper an, bis der Doktor sie am Arm fasste und weiterzog.

»Der Tod ist nicht böse, sondern ein Teil des Lebens«, erklärte der Arzt. »Selbst meine liebe Mrs Wyndham brachte man unter die Erde, eine Stunde nachdem sie im Kindbett verstorben war.«

Anne versuchte, das Bild aus ihren Gedanken zu vertreiben und sich auf Dr. Wyndhams Worte zu besinnen. »Das tut mir leid.«

Der Doktor zuckte mit den Schultern. Schließlich war er Arzt und schon so lange Witwer.

»Die Lebenden sind es, die Böses tun, Lady Anne. Im vergangenen Jahr war ich in Amsterdam, wo mehr als zwanzigtausend vom Schwarzen Tod dahingerafft wurden. Es lässt mich vor Scham erröten, aber die Ärzte flohen aus der Stadt, so wie sie es hier tun werden.« Er verzog grimmig den schmalen Mund.

»Und Ihr, was werdet Ihr tun?«, fragte sie.

»Die Pest lässt den Ärzten wenig Wahl, aber ich werde nicht davonlaufen, oder den Rettich, das Bier oder die zahmen Tauben dafür verantwortlich halten.« Seine Stimme war voller Zorn.

Sie blieb stehen, um zu Atem zu kommen und hob ihren Rock an, denn sie gingen schnell. »Ihr seid nicht der Quacksalber, der Ihr zu sein vorgebt.«

Er lächelte. »Vielleicht nicht ganz. Aber ich werde mich für meine Dienste fürstlich entlohnen lassen, seid Euch dessen versichert. Ich habe so manches Mittel, das Schmerzen lindert, und glaubt mir, Lady Anne, es kommt die Zeit, da alle nach Linderung verlangen.«

Eine Zeit lang gingen sie schweigend weiter. Ihre Hand ruhte auf dem Griff des italienischen Dolches, während sie ängstlich auf Schritte lauschte. Doch außer dem Trippeln der Ratten in der Dunkelheit war nichts zu hören.

»Mich täuscht Ihr nicht, Dr. Josiah Wyndham«, verkündete sie schließlich, und der Schmerz in seinem Herzen erkannte die Zuneigung in ihrer Stimme. »Ich werde Euch immer als einen guten und mutigen Menschen in Erinnerung haben.«

Sie bogen in eine Straße hinter St. Paul´s ein und blieben vor dem eindrucksvollen Haus des Onkels stehen. Vor der Haustür liefen Bedienstete eifrig hin und her und luden Kisten in einen großen Wagen.

»Es sieht so aus«, sagte der Doktor spöttisch, »als ob es der Klerus nicht minder eilig hat als die Ärzte, die Pest hinter sich zu lassen.«

Anne war entrüstet. »Zur Sommerzeit residiert mein Onkel nie in London.« Sie rümpfte die Nase über den Gestank der Stadt. »Aus offensichtlichen Gründen.«

Er neigte das Haupt. »Schickt mir Nachricht von Eurer Heimkehr, Mylady«, bat er. »Ich werde einige Tage unter der London Bridge ankern.«

»Nichts täte ich lieber. Danke für alles, bester Freund«,

antwortete sie und drückte seine Hand, die er zart küsste. »Für Eure Güte wird man Euch reich entlohnen.« Sie lachte ihn im Licht der Laterne an. »Und Eure Lektionen über das wahre Leben soll ich wohl niemals vergessen.«

Sie überquerte die Straße und er blieb im Schatten zurück. Auf halben Weg trat sie in den Schein einer Fackel, die ein Diener trug. Sie drehte sich um und winkte ihm zu. Dann hob sie ihren Rocksaum, betrat die steinernen Stufen und verschwand im Haus.

Ein alter Diener mit wässrigen Augen, im Dienstgewand des Bischofshauses, sprach sie in der Eingangshalle an: »Mein Gott, Lady Anne, seid Ihr es wirklich? Wir haben um Euer Leben gebangt!«

»Wirklich und wahrhaftig, William, nie war ich lebendiger. Sagt meinem Onkel, er möge mich empfangen.«

Er verbeugte sich und verschwand hinter zwei hohen, holzgeschnitzten Türen, die sich fast augenblicklich wieder öffneten, um sie einzulassen.

Ihr Onkel stand vor dem kalten Kamin, neben einem Tisch voller Papiere und Bücher. Er trug das mit goldenen Spitzen besetzte Seidengewand eines Doktors der Theologie. Durch den mit Kerzen erleuchteten Raum eilte sie auf ihn zu und neigte das Haupt, um seine Segnung zu empfangen. »Mein liebes Kind«, sagte er und berührte ihr Haar. »Gott hat unsere Gebete erhört und dich sicher an unsere Seite zurückgeführt.«

Oh, Onkel, dachte sie, wenn du nur wüsstest, wie wenig Gott seine Hand da im Spiel hatte. Doch sie brachte kein Wort hervor. Es schnürte ihr die Kehle zu, in ihren Augen standen Tränen, denn die Stimme des Onkels barg das Echo ihres toten Vaters; und als sie in seine Augen sah, erinnerte sie sich daran, wie ihr Vater sie noch vor Kurzem voll gütiger Liebe angeschaut hatte.

Gewiss, in den Augenwinkeln des Onkels tanzten keine Lachfältchen, und die Falte zwischen seinen Brauen zeugte eher von Sorge und Verantwortung. Doch sie verstand, warum die Brüder so verschieden waren: Das Amt ihres Vaters war vom König auferlegt worden, das ihres Onkels jedoch von Gott.

Er goss ihr ein Glas Rotwein ein und hieß sie Platz nehmen. »Einen Tag später hättest du mich nicht mehr angetroffen, Nichte.«

»Mein Vater«, brachte sie mühsam hervor.

»Vor drei Tagen wurde er beerdigt, Kind. Ich selbst sprach die Segnung.« Er faltete die Hände wie zum Gebet. »Seine Seele weilt nun in Frieden bei ihrem Schöpfer, und sein Körper ruht in Essex, neben deiner Mutter, in froher Erwartung der Rückkehr unseres Herrn.«

Hilflos nickte sie und suchte Trost in seinen Worten, aber sie fand keinen. Stattdessen sah sie ihn an, ihr Gesicht plötzlich hart vor Trauer und Zorn. »Edward hat ihn getötet, Onkel, oder er hat ihn töten lassen. Er hat meinen Vater umgebracht, deinen Bruder, und ihn zu strafen ist nun mein einziges Begehren.«

Ihr Onkel zuckte zusammen. Er krallte eine Hand in sein Gewand und schloss sie zur Faust. »Ich weiß, du hegst großen Zorn gegen Lord Waverby, Nichte, aber einem Earl eine solch feige Tat zu unterstellen —«

»Dann war mein Vater also bei dir und hat dir erzählt, welche Ränke Edward schmiedete und was er nach der Hochzeit mit mir plante!«

»Ja, er hat mir berichtet, welche Worte du zwischen Edward und dem König mit anhören musstest.«

»Dann war er hier —«, sie hielt inne und sah sich um, als berge der Raum noch Spuren der Anwesenheit ihres Vaters.

»Ja, mein Bruder war hier – kurz bevor, sogar am Abend bevor er von jenen namenlosen Schurken überfallen wurde.«

»Für Lord Waverby sind sie nicht namenlos.« Ihre Stimme war so von Hass erfüllt, dass er im Raum zu schweben schien, ihn einnahm und sich dann im Schmerz auf dem Gesicht ihres Onkels spiegelte.

»Still, mein Kind, in London haben die Wände Ohren, und die Spione lauern überall.«

»Wessen Spione? Edward würde doch nicht wagen, dich auszuspionieren?«

»Das ist nicht deine Sorge, Kind.« Er lächelte sie aufmunternd an. »Na, erzähl mir also, was geschehen ist, seit du London verlassen hast. Ich konnte nicht glauben, dass mein Bruder dich einem Halunken anvertraut hat, auch wenn er auf Robin Hoods Spuren wandelt. Du hast nicht ... etwa deine Ehre verloren?«

»Doch«, sagte sie. Die Falte zwischen seinen Brauen wurde tiefer. »Oh, meine Jungfräulichkeit ist unberührt, Onkel, aber meine Unschuld ist mir für immer genommen. Ich glaube nicht länger, dass Milchmädchen und Schmiede weniger wert sind als Könige und Adelige. Ich weiß jetzt, dass Straßenräuber und Quacksalber ehrenhafter sein können als Männer von hohem Stand. Wenn das Ehrverlust bedeutet, dann ja, dann habe ich meine Ehre verloren.«

Der Bischof wich zurück. »Sprichst du im Fieber, Anne? Die Pest wütet überall.«

»Nein, Onkel, ich bin so stark und gesund, wie ich es mir nur wünschen kann, um den Tod meines Vaters zu rächen.« Sie schluckte einen Moment. »Wenn es mir möglich ist, mit meinen eigenen Händen.«

Erneut starrte er sie an, und sprach mit strenger Stimme: »Du musst Gott um Vergebung bitten für solch unweibliche Gedanken, Nichte. Nun erzähl mir also, wie du zu diesem verwerflichen Vorsatz gekommen bist.«

Sie erzählte ihm von John Gilbert, und wie sie in Burwell Hall, als Stallbursche verkleidet, die Wahrheit über den Tod ihres Vaters auf Edwards prahlerischem Gesicht lesen musste. Sie erschauderte vor Ekel, als sie den Namen ihres Verlobten aussprach.

»Aber meine liebe Nichte, das ist kein rechtskräftiges Geständnis. Kann es nicht sein, dass dein Ärger dein Urteilsvermögen getrübt hat?«

»Nein.« Das einzelne Wort hallte im großen Empfangssaal nach.

»Ich verstehe«, antwortete er. »Ich hatte geplant, morgen nach Ely zurückzukehren, aber das ändert alles. Wenn Unrecht geschehen ist, muss man die Täter zur Rechenschaft ziehen.«

»Dann wirst du meine Verlobung auflösen und dem König berichten –«

»Wir müssen auf der Hut sein, Kind. Du musst dein Schicksal in meine Hände legen, erlaube mir, diese schwere Bürde von deinen schwachen und zarten Schultern zu nehmen.« Er lächelte und berührte ihre Wange. »Du sollst wieder der liebe Augenstern sein, der dem Namen unserer Familie solche Ehre brachte. Ich weiß, dass Königin Catharine deine Rückkehr wünscht, und auch den Groll des Königs wird man leicht besänftigen können. Denn eigentlich ist er ein höchst angenehmer und frohgemuter Monarch.«

»Niemals, Onkel«, erwiderte Anne. »Ich werde niemals in den Palast zurückkehren.« Sie starrte ihren Onkel an, sah in die Augen, die denen ihres Vaters so ähnlich waren, und fragte sich, ob ihr Onkel auch nur ein Wort von dem gehört hatte, was sie berichtete.

Er bot ihr den Arm, und müde hakte sie sich unter. »Nun geh zu Bett, liebe Anne, denn du siehst sehr erschöpft aus nach diesen wilden Abenteuern. Glaube mir, mit der Zeit werden sie in der Erinnerung verblassen.«

Sie nickte, aber sie bezweifelte, dass selbst ein Bischof ihr vollkommenes Vergessen zusagen konnte; sie fragte sich auch, ob sie das überhaupt wünschte. Wenn ihr Haar einst mit den Jahren weiß geworden war, wollte sie in Essex in ihrem sonnendurchfluteten Blumengarten sitzen und an John Gilbert denken. Aber dann würde ihre Erinnerung keine Gefahr mehr in sich bergen, und das konnte man im Moment nicht behaupten.

Der Bischof geleitete sie hinauf, in einen Schlafraum, den sie schon als junges Mädchen oft benutzt hatte. Beim

Anblick der wohlbekannten, geschnitzten Möbel, der Orientteppiche und Bettvorhänge fühlte sie sich beinahe wie zu Hause, und sie drückte den Arm ihres Onkels liebevoll.

»Schlaf gut, Anne. Bald wird alles so sein, wie es sein soll«, sagte der Bischof und küsste sie auf die Stirn.

»Danke, Onkel«, gab Anne zurück, und warf einen sehnsuchtsvollen Blick auf das dicke Federbett und die Kissenbezüge aus Satin.

Als sie zum Bett trat, um ihr Kleid abzulegen, schloss sich hinter ihr die Tür. Sie löste gerade die Bänder ihres Mieders, da hörte sie, wie sich der Schlüssel quietschend im Schloss drehte.

Anne rannte zur Tür und rüttelte am Knauf, der nicht nachgab; dann hämmerte sie gegen die mächtige Vertäfelung. »Onkel! Schließ auf!«

Sie hörte seine Stimme klar und deutlich. »Als nächster Anverwandter muss ich dich vor deiner jugendlichen Torheit schützen. Vergiss nie, Anne, dass es deine Pflicht im Leben ist, zunächst deinem Vormund zu gehorchen, und dann deinem Gemahl.«

Seine Worte des Verrates schnürten ihr die Kehle zu, doch sie brachte einen Schrei heraus: »Ich werde fliehen!«

Die Stimme ihres Onkels entfernte sich. »Bete um Gottes Führung, Anne. In dieser Welt gibt es kein Entkommen vor den Pflichten der Frau.«

Am nächsten Abend beobachtete eine kleine schattenhafte Gestalt das abgeschottete Haus des Bischofs, während ein weitaus größerer Schatten aus einem Hauseingang heraustrat und sich dem Ersteren von hinten näherte.

»Guten Abend, Doktor Wyndham«, sagte John Gilbert. »Das ist schon unser zweites Zusammentreffen, und wieder aus dem gleichen Grund. Lady Gascoigne wird allmählich recht lästig, meint Ihr nicht auch?«

Dr. Josiah Wyndham lachte leise. »Und was wollt Ihr jetzt tun, Hochwürden? Wenn man Eurem Ruf glauben darf, seid Ihr kein Mann, der einem Mädchen nach solch formidabler Abfuhr noch nachläuft.«

John überlegte kurz. »Ein guter Einwand, Doktor, und wenn ich eine Erklärung gefunden habe, die über mein augenblickliches Amüsement hinausgeht, werdet Ihr der Zweite sein, der davon erfährt.«

»Vielleicht kenne ich den Grund bereits.«

»So, denkt Ihr das?«, fragte John gereizt. »Ihr habt gesehen, was in Windsor geschehen ist, und glaubt, alles zu verstehen.«

Einen Augenblick lang herrschte Schweigen. »Und glaube ich das nicht zu Recht?«, fragte der Arzt.

John hörte den Spott in seiner Stimme, und das gefiel ihm nicht. »Vergesst nicht, Doktor, wer ich bin. Ich könnte Euch jetzt und hier Euren Geldbeutel abnehmen.«

»Das könntet Ihr zwar, doch Ihr seid nicht in geschäftlichen Dingen hier.«

John starrte zu den Fenstern des bischöflichen Steinhauses hinauf, das einer Festung glich. Nur schwaches Licht drang durch die Läden nach draußen. »Habt Ihr sie gesehen?«

»Nein«, sagte der Doktor. »Aber das ist es nicht, was mich in Sorge versetzt. Ich bat sie um Nachricht, und sie hat keine geschickt.«

John zuckte mit den Schultern und in seiner Stimme lag Bitterkeit. »Sie ist in ihre hohe Stellung zurückgekehrt und hat all jene vergessen, die ihr bei der Rückkehr geholfen haben.«

»Das ist nicht die Lady Anne, die ich kenne«, widersprach Josiah Wyndham sanft.

John schwieg, verhalten und ein wenig beschämt. Sein großer Stolz hatte ihn so sprechen lassen, hatte ihn seine Anwesenheit in den nächtlichen Straßen Londons rechtfertigen lassen, indem er den Doktor angriff, Anne angriff, ja, gegen alles anging, sogar gegen die Wahrheit.

Er war dort, weil er an keinem anderen Platz der Welt

sein wollte, ehe er Anne nicht in Sicherheit wusste. Dann würde er fortgehen und sie das Leben einer Adeligen führen lassen. Erst dann würde er dieses Kapitel abschließen und froh nach vorne sehen können.

»Für meine Launen bitte ich um Verzeihung, Doktor«, sagte John ruhig. »Ich bin nicht ich selbst. Wenig Schlaf und«, er lachte herzlich, »mein unverhofftes Bad in der Themse.«

»Natürlich«, antwortete der Doktor. Jetzt schwang kein Spott mehr in seiner Stimme mit. »Was meint Ihr, John Gilbert? Haben wir bis morgen nichts von Lady Anne gehört, dann trete ich mit meiner Doktortasche vor die Tür des Bischofs und erkundige mich nach ihrer Gesundheit.«

»Das könntet Ihr sicher tun«, sagte John, »aber die Sache gefällt mir nicht. Diese Untätigkeit. Ein Bischof hat doch mannigfaltige Verpflichtungen, Besucher, Bittsteller, und doch ist das Haus verschlossen und verriegelt, als wäre es leer. Warum?«

Eine vergoldete Kutsche, von Fackelträgern begleitet, bog in die Straße ein und hielt.

»Also«, flüsterte der Doktor mit geisterhafter Stimme, »hier habt Ihr Eure Geschäftigkeit.«

Ein bewaffneter Diener stieg vom Kutschbock und öffnete die Tür des Wagens. Edward Ashley Carter, Lord Waverby, stieg aus, sein Gesicht glühend vor Triumph.

Elftes Kapitel

Die Lieblingsdirne

Der Bischof von Ely ging in der Empfangshalle auf und ab, wobei er Edward von Waverby argwöhnisch beobachtete. »Für Anne steht die Hochzeit außer Frage, Mylord.« Er hob beschwichtigend die Hände. »Vor hundert Jahren hätte ich sie bei Brot und Wasser in einen Kerker geworfen, aber wir leben in modernen Zeiten.« Er lächelte hoffnungsfroh. »Ihr müsst mir Zeit geben, sie zur Vernunft zu bringen.«

»Ich habe keine Zeit mehr«, erklärte der Earl und seine eiskalte Stimme ließ den Raum, bisher schwül nach einem starken Sommerregen, plötzlich frostig kühl erscheinen.

»Der Tag unserer Vermählung ist seit einer Woche verstrichen. Diese Erniedrigung vor aller Augen kann ich nicht länger dulden, ohne Vergütung vom nächsten männlichen Verwandten einzufordern, zusätzlich zur umgehenden Zahlung ihrer doppelten Mitgift, wie es der Ehevertrag festlegt.«

Der Mund des Bischofs stand weit offen und sein Gesicht rötete sich vor Bestürzung. »Mylord, ihr wollt doch nicht etwa – nein, Ihr scherzt sicher. Ein Bischof duelliert sich nicht. Und was meine Mittel betrifft, so habe ich nur mein Auskommen als Mann der Kirche.« Er lachte gezwungen und stemmte dann die Hände in die Hüften, in einem verzweifelten Versuch, tatkräftig zu wirken, der schon damals bei den Raufbolden in Oxford seine Wirkung verfehlt hatte. Seinen hohen Rang in der Kirche hatte er sich nicht durch Mut, sondern durch Sorgfalt und geschicktes Verhandeln erworben. Aber in diesem Augenblick verließen ihn diese beiden Gaben gänzlich.

Lord Waverby saß völlig regungslos auf seinem hohen

Stuhl und beobachtete den Bischof, wie ein Habicht eine hilflose Maus fixiert, um die eine, entscheidende Bewegung abzuwarten, die das Signal zum Angriff gibt.

»Mein lieber Bischof«, sagte er, und sein Tonfall war so kalt und selbstsicher wie sein weißes, aristokratisches Antlitz, »ich würde selbst Christus zum Säbelkreuzen in Epsom herausfordern, wenn es meinen Zwecken dienen würde. Aber wie man sieht, gibt es einfachere Wege, meine Ehre zu verteidigen.«

Seine Gotteslästerung wurde nicht gerügt. Die Drohung hing zwischen ihnen in der gewitterschweren Luft, und der Bischof kaute an seiner Unterlippe, als ihm der frühe Tod seines Bruders in den Sinn kam und er verzweifelt nach etwas suchte, dass den wütenden Earl zur Vernunft bringen würde.

Waverby spielte mit der teuren Silberspitze an seinem Ärmel, seine langen Finger zerfetzten das zarte Material ohne Erbarmen.

Annes Onkel spürte, wie ihn eine Ohnmacht überkam, gegen die er kaum ankämpfen konnte. Der auf eine rohe Art gut aussehende Mann vor ihm war hart, scheinbar unerbittlich, doch ein liebender Onkel konnte ihm seine Nichte nicht einfach so überlassen, nicht, ohne im Kanzelton einen letzten Appell an seine Vernunft vorzubringen.

»Anne ist jung, Mylord, und sehr eigensinnig, sogar für eine Frau. Aber mit ein wenig Geduld würdet Ihr reich belohnt werden; mit stetigen Zeichen Eurer Zuneigung könnt Ihr sie bald wieder zur Liebe und Leidenschaft für Euch hinführen. Eine Frau mit Temperament braucht, wenn ich es so ausdrücken darf, samtene Fesseln.«

»Ich werde nicht dulden, dass sich mir irgendetwas in den Weg stellt«, erwiderte Waverby, riss den letzten Fetzen silberner Spitze von seinem Ärmel ab und warf ihn auf den polierten Parkettboden. Seine Worte waren kalt wie Eis. »Erst Euer Bruder und nun Ihr. Sind alle in Eurer Familie von so geringem Verstand, dass Ihr nicht erkennt, wie die Dinge stehen?«

Das Gewicht seiner Verantwortung als Vormund ließ den Bischof in sich zusammensinken. »Ich lasse nicht zu, dass sie eine Dirne wird, Mylord.«

»Die Dirne des Königs. Seine Lieblingsdirne!« Die Stimme des Earl bebte vor blankem Zorn. »Lady Annes Keuschheit birgt für den König einen solchen Zauber, dass ein Herzogtum und reiche Plantagen in den Kolonien mein Eigen sein werden, während Ihr den Sitz in Canterbury einnehmen könntet, wenn Ihr die Wahl trefft, mein Freund zu sein. Aber denkt Ihr wirklich, das königliche Begehren werde ewig andauern? Man munkelt, der König habe bereits Interesse an der Schauspielerin Nell Gwyn bekundet. Ja richtig, die Orange Nell, die einst im Parkett des Theatre Royal Orangen verkaufte, und die schon bald des Königs Bett wärmen könnte, zu meinem großen Nachteil, und dem Euren, wenn Ihr es recht bedenkt!«

Der Bischof sah benommen aus. Mit leerem Blick starrte er an die Decke. »Ich, Erzbischof von Canterbury, erster Bischof von ganz England«, murmelte er, seine Stimme voll Staunen und Verlangen.

Lord Waverby stand auf und stellte sich dem Mann mit kaum verhohlener Verachtung entgegen. »Heute Nacht werde ich Eure Nichte mit in mein Haus in St. James nehmen – zu ihrer eigenen Sicherheit. Ihr würdet kaum glauben, wie hitzköpfig unsere Anne sein kann. Und morgen Abend werdet ihr uns in St. Paul's vermählen.«

Der Bischof von Ely seufzte. »Ich war natürlich schon immer davon überzeugt, dass ihre Vermählung mit Euch zu ihrem Besten sei.« Er rief einen Diener herbei und zog einen großen Schlüssel aus seinem Gewand. »Ich werde sie bitten, uns so bald wie möglich Gesellschaft zu leisten.«

»Ich will sie jetzt sehen«, sagte Waverby und schritt auf die großen hölzernen Türen zu.

»Aber sie nimmt ein Bad«, wandte der Bischof ein.

»Umso besser«, lächelte John Waverby mit schmalen Lippen, griff nach dem Schlüssel und war bereits aus dem

Raum und auf der Treppe nach oben, bevor der Bischof einen weiteren schwachen und ohnmächtigen Protest erheben konnte.

Anne lag in ihrem Bad, umfangen vom schweren, süßen Duft von Lilien und Rosenblüten, der aus dem warmen Wasser aufstieg, sie in der Nase kitzelte und Erinnerungen weckte. Ohne Badegewand fand sie das Wasser noch wohltuender. Sie beschloss, nie wieder eines zu tragen. Einen Moment lang verblassten alle Sorgen, als sie sich von den blumigen und holzigen Aromen verführen ließ, denen am Teich in Whittlewood Forest so ähnlich. Sie schloss die Lider vor dem abgesperrten Raum, ihrem Gefängnis, atmete tief ein und versuchte, sich den Traum vor Augen zu rufen, den sie fast jede Nacht träumte, einen Traum, in dem sie nackt im Wasser schwebte, von John Gilbert fest umschlungen.

Ein Schlüssel drehte sich im Schloss, und die Tür öffnete sich. Sie drehte den Kopf, um mit der Dienstmagd zu sprechen, und erkannte im Licht der Kerzen eine männliche Gestalt. Sie wusste sofort, dass es nicht ihr Onkel war. Sie brauchte nur einen Moment, um den verhängnisvollen Schritt des Mannes zu erkennen, der nun auf sie zukam. Anne kreuzte die Arme vor der Brust, um sie nicht seinem hasserfüllten Blick auszusetzen.

Er ergriff einen Hocker und stellte ihn neben den großen Messingbadezuber am Kamin, setzte sich und streckte völlig unbefangen seine langen, schlanken Beine aus. Sein amüsierter Blick schien die milchige Flüssigkeit zu durchdringen, die ihren Körper umgab.

Sie schätzte die Entfernung zu ihrem italienischen Dolch ab, der unter ihrem Kleid auf dem Himmelbett am anderen Ende des Raumes lag, und erkannte, dass er unerreichbar war. »Verlass sofort den Raum, Edward, oder ich werde meinen Onkel rufen.« Es war ein zweckloser Vorstoß, aber der einzige, den sie wagen konnte.

Auf dem Beistelltisch goss er sich eine Tasse Tee ein. Sie

sah fasziniert zu, wie sich seine langen weißen Finger um das zarte Porzellan legten. Einst hatte sie diese Finger so wohlgeformt gefunden, hatte sich nach ihrer Berührung gesehnt; jetzt verachtete sie dieses Verlangen, da sie wusste, dass es auf dem verabscheuungswürdigsten Betrug beruhte.

»Ich sehe, dass du dem Beispiel von Portugals Königin folgst«, begann er und nippte an dem Tee, als führe er eine höfliche Unterhaltung bei einem Empfang. »Was mich betrifft, so bevorzuge ich ein gutes englisches Bier, oder noch besser, spanischen Wein. Und nimm endlich die Arme beiseite, damit dein zukünftiger Ehemann die Ware beurteilen kann, die er so mühevoll erworben hat.«

»Niemals werde ich den feigen Mörder meines Vaters ehelichen.«

In gespieltem Entsetzen schrak er zurück und ließ eine elegante Hand träge in der Luft baumeln. »Du bist grausamer als die meisten deines Geschlechts, meine liebe Anne. Was auch immer ich getan habe, ich tat es für deine Zukunft. Es ist so bezeichnend für euch Frauen, einem Mann das vorzuhalten, was ihr ihn zu tun gezwungen habt.«

Er lächelte sie an, und sie erschauderte. Und sie erkannte, dass jedes Lächeln von ihm ihren Abscheu noch verstärkte, wenn das überhaupt möglich war.

»Vielleicht«, sagte er, und steckte einen langen Finger in das Badewasser, »hättest du ein schmutziger kleiner Stallbursche in Burwell Hall bleiben sollen – äußerst angemessen, nicht wahr?«

»Du wusstest also —«

»Oh, ich habe dich nicht erkannt, zunächst jedenfalls nicht. Deine hervorragende Maskerade hat mich getäuscht – jede Schauspielerin wäre stolz auf dich.« Ein Lächeln huschte über sein Gesicht. »Aber als mein Verwalter eine Perücke und einen Hut fand, und der Wachmann in Reading sich nach einem rothaarigen Burschen erkundigte, der in meinen Diensten stehen sollte, war es nicht mehr schwierig, die List zu durchschauen.«

Edward zuckte mit den Schultern. »Ich muss zugeben, liebe Anne, dass es besonders unterhaltsam war, deine Spur zu verfolgen.« Er schüttelte den Kopf in geheucheltem Frohsinn. »Du erstaunst mich. Du erstaunst mich wirklich. Wohin du auch gehst, du bringst den Menschen Unannehmlichkeiten. Aber nicht mehr lange, mein Herz. Bald wirst du meine liebevolle und gehorsame Frau sein.«

Fasziniert beobachtete sie, wie seine Finger sich durch das Wasser auf sie zubewegten. Als sie ihren Bauch berührten und sich mit grausamer Willkür auf ihre verborgenen Brüste zuschoben, zuckte sie zusammen und wurde starr vor Entsetzen, doch sie war fest entschlossen, ihm nicht die Genugtuung zu bereiten, nach Hilfe zu schreien. In gewisser Weise wusste sie, dass er sie betteln sehen wollte, dass ihr Schreien ihn erregen würde.

Lord Waverby wurde immer unzufriedener. Lady Anne schrie oder weinte nicht. Dieses Luder gönnte ihm kein Vergnügen, nicht einmal die kurze Zerstreuung eines steifen Geschlechts. Er fand kein Feuer in ihr; der König würde sich nicht sehr erfreut darüber zeigen, dass seine keusche Ausreißerin als kalte Asche zurückkehrte. Er beugte sich vor und küsste sie hart auf den Mund, stieß seine Zunge gegen ihre Lippen. Dann lehnte er sich zurück, um die Wirkung des Kusses zu begutachten.

Sie starrte ihn an, ihre Augen tot und leer wie grüner Achat. »Nicht tausend Küsse von dir werden erreichen, dass ich dich liebe oder einwillige, des Königs Dirne zu werden.«

»Dann wirst du es tun, um deinen Onkel zu retten, denn du *wirst* mich heiraten, und des Königs Dirne werden. So wird es sein, das schwöre ich dir, oder du wirst es bitter bereuen.«

»Du würdest es nicht wagen, einen Bischof zu töten.«

»So sicher, wie ich John Gilbert qualvoll in seiner Schlinge verenden sehen werde.«

Sie sog scharf die Luft ein und versuchte, es vor ihm zu

verbergen, indem sie das Gesicht abwandte, aber nicht schnell genug. Er hatte bereits gesehen, wie ihre Augen sich trübten und einen verzweifelten, Trost heischenden Blick gen Himmel richteten.

»So ist das also«, sagte Edward. »Der Straßenräuber hat die Jungfernschaft geraubt und die Ware verdorben.«

»Nein«, rief sie, »er hat nie – wir haben nie. Er leistet einen Schwur nicht leichtfertig und bricht ihn auch nicht. Du kannst das nicht begreifen. Ich selbst konnte es nicht.«

Lord Waverby lachte hohl, und sein Tonfall war wieder der eines gelangweilten Höflings, der unter jeder Art von Tugend eine verdeckte Falschheit sah. »Wenn er dich nicht genommen hat, dann ist dieser Lakeland-Bastard noch viel dümmer, als ich dachte.« Waverby klang verbittert. »Er hätte schon viele hundert Male hängen müssen, aber er will lieber für ein Verbrechen am Galgen baumeln, das er nicht begangen hat. Ich werde eine so hohe Belohnung auf seinen Kopf aussetzen, dass seine eigene Mutter ihn dem nächsten Konstabler ausliefern würde.«

Unvermittelt legte Waverby beide Hände um Annes Handgelenke und bog ihre Arme auseinander, um ihre Brüste seinem Blick freizugeben. Er war nicht darauf vorbereitet, was er jetzt sah: zwei perfekte Rundungen aus hellem Fleisch, die über dem heftig schlagenden Herzen auf und ab wogten, und zwei weinrote Brustwarzen, die sich, während er sie gierig betrachtete, steif aufrichteten und ihre vorgebliche Frigidität Lügen straften.

Angewidert sah sie, wie sein Blick auf ihr ruhte, wie ihre elementare Angst ihren Körper betrogen und von ihren Brüsten Besitz ergriffen hatte, aber ihre Stimme war fest.

»Es wird dir kein Vergnügen bereiten, wenn du mich zwingst, nur Scham.«

Er lachte und ließ ihre Handgelenke, von seinem Griff gerötet, in das sich schnell abkühlende Wasser fallen. »Letztendlich bist du doch eine kleine Puritanerin, genau wie deine Mutter. Scham ist für mich das größte Aphrodisiakum, Mylady, gleich nach Gewalt. Diese Wahrheit wirst du schon bald nur zu gut begreifen.« Er lachte wieder, und sie verstand, dass seine Erheiterung bei diesen Worten zum ersten Mal echt war. Es lief ihr kalt den Rücken herunter.

Er stand auf und schlenderte zum Fenster, öffnete einen Fensterladen und rief durch die Eisenstäbe zu seinem Diener herunter: »He, du. Wir fahren in einer halben Stunde ab.« Er kam zur Wanne zurück, und diesmal machte Anne keinen Versuch, sich zu bedecken. »Gut«, sagte er und schätzte ihre Haltung als Akt der Unterwerfung ein. Wenn er sie so gut gekannt hätte, wie er glaubte, hätte er in ihr eine neue Entschlossenheit erkannt. »Zieh dich an. Ich nehme dich nach Waverby House in St. James mit. Dein Onkel wird morgen die Vermählung vornehmen.«

Er ging hinaus und schloss die Tür hinter sich ab. Als sie den Schlüssel im Schloss hörte, schoss sie tropfend aus dem Badewasser zu dem italienischen Dolch unter dem Kleid auf ihrem Bett. Mit aller Kraft schleuderte sie ihn dorthin, wo Edward einen Augenblick zuvor gestanden hatte. Zitternd steckte der Dolch im Holz, auf Höhe des Herzens.

Es war eine nutzlose Geste der Verteidigung, dessen war sie sich bewusst. In gewisser Weise hatte Edward gewonnen. Oh, er würde sie niemals besitzen oder dem König überlassen – vorher würde sie von eigener Hand sterben –, aber sie würde jede Möglichkeit verlieren, über ihr Leben oder ihre Liebe zu entscheiden. Sie lächelte bitter. Anders als Beth, das Milchmädchen, hatte sie kein Anrecht, ihre eigenen Entscheidungen zu treffen. Langsam zog sie die Leibwäsche über und legte ihre Kleidung an, sehr langsam. In Gedanken versuchte sie verzweifelt, einen Ausweg zu finden, aber es gab keinen.

Auf der Straße vor dem Haus sangen trunkene Radaubrüder, und einen Moment lang klang das Lied bekannt, wie die Melodie, die Beth im Lager der Banditen zu ihrer Laute gesungen hatte. Vor ihren Augen entstand das Bild von Johns dunklem Antlitz auf dem Grasacker, seine Brauen und sein gleichmäßiger Schnurrbart vor Freude gebogen, als sie seinen Schwerthieb parierte, wie er sie es gelehrt hatte.

Die Erinnerung ließ sie die Fäuste ballen, bis sich die Nägel in ihr Fleisch bohrten. Das Schicksal war grausam; in den dunkelsten Momenten des Lebens erinnerte es stets an die wundervollsten Augenblicke, die für immer verloren waren.

Sie ging zum Fenster hinüber, schaute nach unten und sah nur Edwards wartende Kutsche. Sie schloss die Läden, um den Gesang nicht mehr zu hören.

Wieder regnete es in Strömen. Lord Waverby hatte Anne fest im Griff, als sie die wenigen Schritte vom Haus des Bischofs zur Kutsche zurücklegte; halb stolperte sie vorwärts, halb wurde sie getragen.

Der Earl klopfte an das verschlossene Fensterchen zum Kutschbock und sein Diener öffnete es. »Nach Hause, nach St. James«, rief er gegen den Lärm des prasselnden Regens auf dem Kutschendach an. »Jawohl, Mylord«, antwortete der Kutscher.

»Du bist nass, Anne.« Waverby saß ihr gegenüber und schüttelte Regentropfen von seinem Umhang. Er lächelte. »Sobald du sicher in meinem Hause bist, werden wir unsere nackten Körper vor dem Feuer warm reiben.«

Sie schwieg und war sich des harten Stahls bewusst, den sie mit einem Band um ihren Schenkel gebunden hatte, um ihn zur Hand zu haben, wenn sie ihn brauchte.

Waverby zuckte mit den Schultern. »Du gewährst mir also nicht die Ehre deiner flinken Zunge. Es ist wohl besser so, denn in diesen Tagen hast du mich so auf Trab gehalten, dass ich unglaublich erschöpft bin.«

Er sah sie verschlagen an. »Ich muss mich für meine Hochzeit morgen ausruhen. Es wird weitaus schwerer für mich, als ich dachte, deine Jungfräulichkeit dem König zu überlassen.«

Dann zog er seinen Umhang fest um sich und schloss die Lider, auch wenn Anne sicher war, dass er sie beobachtete, während die Kutsche quietschend durch die verregnete Nacht rumpelte.

Sie überlegte, ob sie eine Gelegenheit finden würde, die Tür aufzustoßen und hinauszuspringen. Für den Fall, dass sie aufkam, ohne sich ein Bein zu brechen, würde sie sich in den dunklen Straßen des von der Pest heimgesuchten London verstecken können? Und für wie lange? Sie hatte kein Geld, und ihr Onkel grämte sich zwar ob seiner Schande, doch er hatte nicht den Mut, weder Edwards Willen noch seinem eigenen Ehrgeiz die Stirn zu bieten.

Da gab es noch ihren Freund, den Doktor, auf seinem Kahn unten am Tower, aber sie wollte ihm seine Güte nicht durch die Schwierigkeiten zurückzahlen, die ihre Rückkehr ihm sicher bereiten würde.

Der Mann, der ihr helfen konnte, der Mann, der weder Earl, Bischof noch König fürchtete, war fort. Sie hatte ihn so endgültig weggeschickt, dass sie nun, da sie sich dieser schrecklichen Tatsache bewusst wurde, eine tiefe Verzweiflung in sich aufkommen spürte.

»Meine liebe Anne«, sagte Edward und lehnte sich im schwachen Licht ein wenig zurück, die Lippen nachdenklich gespitzt, »du siehst so bedrückt aus, dass ich mit jeder Faser meines Körpers wünsche, dir Trost zu spenden.«

»Bemüh deine zarten Gefühle nicht, mein bester Earl«, gab sie steif und ironisch zurück. »Erlaube ihnen ruhig, sich dem Schlummer hinzugeben.«

Er hielt sich in der schwankenden Kutsche fest und näherte sich ihr unbeholfen. »Wenn ich dich jetzt ansehe«, sagte er, »muss ich an meine schöne Nymphe im Bade denken.« Sie spürte seinen heißen Atem auf ihrer Wange. »Ich erinnere mich auch daran, wie es war, als du mich begehrt hast, als du mich bewundert hast. Bei Gott, ich will dich für mein eigenes Vergnügen!«

Er drückte ihr die Arme an den Körper und küsste sie

wild, so von seinem Besitzanspruch besessen, dass er das Halten der Kutsche nicht bemerkte, bis die Tür aufgerissen wurde.

»Kutscher, warum halten wir?«

Eine Hand mit geladener Pistole schob sich durch die Tür, gefolgt von John Gilberts nassem, aber lachendem Gesicht.

»Johnny«, hauchte Anne, als habe der Kosename ihr schon lange auf der Zunge gelegen und nur auf den Moment gewartet, in dem kein anderer Name passen würde.

Zwölftes Kapitel

Im Kuss vereint

»Johnny«, wiederholte sie, als bekäme sie von diesem Namen nicht genug, von seinem Klang, von seinem Geschmack auf ihrer Zunge.

»Ich dachte, Ihr würdet Euch freuen, mich zu sehen, Mylady«, verkündete er und verzog seinen breiten, sinnlichen Mund zu einem Grinsen. »Auch wenn ich nicht weniger nass bin als bei unserem letzten Treffen.« Er führte ihre Hand zum Kuss an seinen Mund, den Blick fest auf den Earl gerichtet.

Sie war außer sich vor Freude, seine Stimme zu vernehmen, obgleich sie versuchte, ihre Worte ohne jeden Überschwang hervorzubringen: »Herr Straßenräuber, trocken oder nass seid Ihr mir aufs Herzlichste willkommen.« Sie unterdrückte nur mühsam ein Lächeln. »Du stimmst doch sicher zu, Edward?«

Weit davon entfernt, ihr zuzustimmen, schob Edward die Hand unter seinen Umhang.

John hörte nicht auf zu grinsen, als er den Umhang des Earl hochhob und ihm seine geladene Pistole abnahm. Dann schob er die Mündung seiner eigenen entsicherten Waffe zwischen die Satinhosen und an das Gemächt des Earl. »Ich würde mich nicht regen, Mylord, oder ich beraube Euch dessen, was Eure Männlichkeit ausmacht. Ihr habt ja sonst nichts, um sie zu beweisen.«

»Was habt Ihr mit meinem Kutscher gemacht?«, fragte Waverby mit vor Zorn bebender Stimme.

»Ein Freund von mir hat ihm einen Schlummertrunk aus Mohn gebraut. Ihr findet Euren Diener in der Straße vor des Bischofs Haus, vermutlich nass bis auf die Knochen, aber sehr glücklich.«

»Ihr mischt Euch in meine Geschäfte ein, John Gilbert, das wird Euch das Leben kosten!«

»Wie oft kann ein Mann den anderen töten, Lord Waverby? Bereits zweimal habt Ihr mich so verurteilt. Einmal, weil ich Anne raubte, und einmal, weil ich Euch verhöhnte. Ich würde liebend gerne noch ein weiteres Mal sterben, um sie vor der Rolle als Dirne zu bewahren, die Ihr ihr zugedacht habt, um Eure Taschen zu füllen.«

»Rechtschaffene Worte für einen Banditen!« Vorsichtig streckte Waverby eine Hand aus. »Doch um die Wahrheit zu sprechen, ist dies keine Angelegenheit für einen Mann aus dem Volk. Gebt mir Eure Waffe, und ich könnte überzeugt werden, Nachsicht walten zu lassen. Lady Anne hat Euch wohl verhext.«

John verbeugte sich leicht. »Das wäre möglich, Mylord. Ich gebe zu, dass mein Benehmen mir in letzter Zeit recht sonderbar vorkommt.«

Waverby machte eine unerwartete Bewegung, und John schob den Lauf der Pistole tiefer zwischen die Schenkel des Earl, grimmig lächelnd, als sich dessen arroganter, noch immer ungläubiger Mund zu einem schmalen Strich verzog.

Der Earl spie die nächsten Worte geradezu aus: »Ihr werdet nicht mehr lachen, wenn ich Euch zum Vergnügen des Pöbels vierteilen lasse.«

John schnalzte spöttisch mit der Zunge. »Mylord, welch unschönen Namen gebraucht Ihr da für unsere englische Aristokratie, weithin bekannt für ihre großzügigen Räubersteuern und die freundliche Entwendung unseres Weidelandes.«

Waverby schluckte, hielt sich aber aufrecht. Sein Blick wanderte zwischen Anne und John hin und her. »Nehmt meine Geldbörse, meine Ringe und meine Kutsche, John Gilbert, diese Frau aber wird Euch nichts als Schwierigkeiten bescheren.«

John nickte und sein Grinsen wurde noch breiter. »Dieses eine Mal sagt Ihr die Wahrheit, Waverby, doch für diese Art von Schwierigkeiten lebt ein wahrer Mann.«

Anne bestaunte den Straßenräuber mit weit aufgerissenen Augen. Ihr Gesicht glühte und ihr offen stehender Mund war hübsch anzusehen. Niemals hatte sie ihn so wahrgenommen wie jetzt. Niemals hatte sie auch nur einen Mann gesehen, der so mühelos mutig, so natürlich galant und so gewitzt war im Angesicht einer hoffnungslosen Situation. Sie konnte kaum fassen, dass sie diese Qualitäten in ihm nicht erkannt hatte, denn sie hatte sich so einen Mann immer gewünscht und bis zu diesem Augenblick geglaubt, dass dieser wohl noch nicht geboren war.

Erneut formten ihre staunenden Lippen die zwei Silben seines Namens, und er lächelte sie an, als er hörte, wie sie ihn rief. »Meine liebste Anne, wenn du deinen schönen grünen Augen traust, dann solltest du sie jetzt schließen. Ich fürchte, Lord Waverby wird sich entkleiden müssen.«

Der eiskalte Blick in Johns Augen und ein Druck des Pistolenlaufes brachten die sofortigen Einwände des Earl zum Schweigen.

»Runter damit, Mylord. Ich würde beinahe noch eins meiner Leben geben, um zu sehen, wie ihr den Dandys in Whitehall Euren nackten Spaziergang im Hyde Park erklärt.«

Waverby nahm den Umhang ab und öffnete sein Wams.

»Schneller, Mylord. Lady Anne und ich haben noch eine lange Fahrt vor uns.«

Der Earl zog sein Hemd aus. »Whittlewood Forest wird Euch jetzt nicht mehr schützen, Straßenräuber. Im ganzen Reich werdet Ihr kein Schlupfloch finden. Ich schwöre Euch, ich werde Euch zur Strecke bringen wie einen räudigen Hund.«

John zog die Pistole zwischen Waverbys Beinen hervor und hielt sie an dessen Kopf. »Nun die Hosen und Stiefel, wenn Ihr so gut sein wollt, Mylord.«

Anne wandte sich nicht ab, sondern sah Edwards Erniedrigung kühl mit an. Nun sollte er ihre verächtlichen Blicke auf seinem hilflosen nackten Fleisch spüren!

Während sie ihm zusah, staunte sie wieder über sich selbst, oder zumindest über die Anne, die noch vor Kurzem existiert hatte. Als sich der bleiche, schmale Körper ihres Verlobten aus den kostbaren Gewändern schälte, fragte sie sich, wie sie ihn jemals schön und begehrenswert hatte finden können.

Sie bevorzugte das dunkle Antlitz, die gebräunte Haut, die breiten Schultern und harten Muskeln von John Gilbert, auch wenn all diese Attribute bei Hofe als die des einfachen Mannes verschmäht wurden. Es gab vieles, was der Hof offensichtlich nicht wusste. Ihr gefiel der Gedanke äußerst gut, dass sie Castlemaine das eine oder andere über Männer beibringen könnte.

»Ziel auf ihn, Anne«, sagte John und drückte ihr Waverbys entsicherte Pistole in die Hand.

Sie griff danach, ohne zu zögern, und richtete sie auf Edwards Herz.

»Bist du wahnsinnig, Anne?«, schrie der Earl. »Willst du mit ihm hängen?«

Sie sah Edward an und lachte. »Du musst wahnsinnig sein, Edward, wenn du glaubst, ich würde ein Leben mit dir dem Tod an seiner Seite vorziehen.«

John warf ihr einen Blick zu, der bewundernd hätte sein können, aber er trug mehr Feuer in sich als reine Bewunderung, viel mehr Feuer. Er steckte seine eigene Waffe in den Gürtel und sprang aus der Kutsche in den Regen.

»Kommt heraus, Mylord«, befahl John, der vor Kälte zu zittern begann. »Jetzt die Leibwäsche«, fügte er hinzu, sobald der Earl an der wachsamen Anne vorbeigeschwankt war und seine nackten Füße den Boden berührten. Langsam löste er die Bänder und ließ die zarte Seidenwäsche auf den schlammigen Ring Drive fallen.

John zog sein Schwert, spießte die Wäsche auf und schleuderte sie hoch in einen Baum, wo sie der Kutscher irgendeiner Kokette oder eines adligen Stutzers früh am nächsten Morgen finden würde.

John verbeugte sich höflich. »Einen fröhlichen Marsch!«

Dann versetzte der Straßenräuber Waverbys Hinterteil einen Schwerthieb, und der Nackte setzte sich strauchelnd in Bewegung. John stieg auf den Kutschbock und trieb die Pferde zum Galopp an.

Anne hielt die Pistole auf Edward gerichtet, bis er außer Sichtweite war. Sie würde niemals den Ausdruck in seinen Augen vergessen. Sein blasses Gesicht leuchtete in der Nacht, und obwohl er bleich war wie der Tod, dachte er nicht an sein eigenes Ende, sondern an ihr und John Gilberts qualvolles Ableben.

Sie erschauderte, aber nicht wegen des Sommerregens. Einst hatte Edward sie für seine Zwecke benutzen wollen; jetzt wollte er nur noch ihre Vernichtung, und diese sollte schmerzhaft sein.

Oh, nicht ihren Widerstand gegen ihn hasste er, nein. Sie war sicher, dass dieser nur ein kleines Hindernis für ihn war und ihm in gewisser Weise sogar Vergnügen bereitete. Was aber in ihren Augen gelegen hatte, als sie den Straßenräuber betrachtete, würde Edward ihr niemals verzeihen. Und doch würde sie es nicht mehr vor fremden Blicken verbergen können.

Als der Hyde Park hinter ihnen lag, änderte John die Fahrtrichtung und ließ die Pferde schließlich in eine Seitenstraße einbiegen, wo er sie vor einem eindrucksvollen Steinhaus nahe der Drury Lane zum Stehen brachte. Er fror bitterlich, als er vom Kutschbock herunter und in den Wagen stieg.

Er setzte sich Anne gegenüber und ergriff ihre Hände, die sie ihm willig reichte. »Mylady«, sagte er und betrachtete forschend ihr Gesicht, »wir müssen hier bleiben.«

»Aber ich dachte, wir würden nach Whittlewood Forest zurückkehren.«

»Nein«, sagte John mit dringlicher Stimme, »zumindest

nicht, bis das Gezeter und Geschrei verebbt sind. Waverby wird die Oxford Road von einer ganzen Armee überwachen lassen.«

Nachdenklich schloss er die Augen und öffnete sie schließlich wieder. »Wir brauchen einen Freund, der uns ein paar Tage lang verstecken kann. Überleg es dir gut. Vielleicht möchtest du deine Meinung ändern, bevor es zu spät ist; vielleicht möchtest du mehr über die Gefahren wissen, die auf dich lauern.«

Sie unterbrach ihn. »Ich weiß es. Ich weiß bereits alles, was ich wissen muss. Ich bin hier bei dir, und das ist alles, was für mich zählt auf dieser Welt.«

»Aber Mylady«, sagte er und sah sie an, »habt Ihr Euren unermüdlichen Schwur der Keuschheit vergessen?«

Bevor sie eine Antwort gefunden hatte, ruckten die führerlosen Pferde an, die Kutsche machte einen Satz vorwärts und warf sie vor ihm auf die Knie.

Er zog sie an den Händen, um sie aufzurichten, sie aber widersetzte sich.

»Nein«, rief sie, und ihre Stimme schwankte zwischen Scherz und Ernst. »Lass mich vor dir knien, voll Demut vor deiner Tapferkeit!«

»Unfug«, entgegnete er, half ihr auf, und seine Stimme und seine Nähe wärmten sie. »Komm, setz dich an meine Seite. Wenn es nach mir ginge, wäre dort nun für immer dein Platz.«

Sie lehnte sich an ihn und seufzte. Sie war so erfüllt von den Worten und Gedanken, die plötzlich aus ihrem Mund sprudelten, dass die Vernunft ihr keinen Einhalt gebot. »Oh Johnny, ich werde diese Worte wohl bereuen, aber ich will an deiner Seite sein als ehrliche, demütige Anne.«

»Nein, mein Herz«, sagte Johnny, und der herrliche Klang seiner Stimme traf sie bis ins Mark, »diese Worte wirst du nicht bereuen.«

Er lehnte sich zurück und hatte noch immer das kühne, schelmische Lächeln, an das sie so viel gedacht hatte, das

Lächeln, das die Spitzen seines dunklen geschwungenen Schnurrbarts und seine Brauen vereinte – ein Bild, das sie einst in Rage gebracht hatte, und das sie nun verzauberte. Beim erneuten Anblick dieses Lächelns, hier vor ihr in der Kutsche, überkam sie das Verlangen, sich vorzubeugen, und ihn mit ihren Lippen zu berühren, ihn zu schmecken und mit einem Kuss zu besiegeln, was nun war und sich niemals ändern sollte.

Als ihre Lippen schließlich auf die seinen trafen, schien er nicht überrascht – eher erfreut –, und er ließ sie gewähren, ganz wie sie wollte; aber fast in demselben Augenblick war sie nicht mehr dazu in der Lage, seinen Mund auf ewig mit einem Kuss zu verschließen. Denn der Kuss geriet gewissermaßen außer Kontrolle, bis schließlich ihre Zunge seinen Mund erforschte, und dort einen heftigen Schlagabtausch erlebte. Dann stahlen sich seine Hände unter ihren Mantel und umschlossen ihre einladenden Brüste.

Ihre Hände erwiderten die Zärtlichkeit, schoben sein nasses Wams auseinander und fuhren gierig über seinen Körper, nur bedeckt mit einem dünnen, fast trockenen Sommerhemd.

Plötzlich zog sie die Hände zurück. Ihr Atem ging schwer. »Aber Johnny, du glühst wie im Fieber«, sagte sie und strich mit ihrem Handrücken über seine Wange, wie eine besorgte Mutter, die die Temperatur prüft.

»Es ist das Feuer der Lust, Anne. Jetzt sag noch einmal meinen Namen. Er klingt so gut aus deinem Mund.«

Diesem Wunsch kam sie freudig nach, nicht nur einmal, sondern immer wieder, während seine forschenden Hände sie anspornten.

Nur widerwillig riss sich John Gilbert schließlich von ihr los und sah durch die Vorhänge der Kutsche. Er musste verrückt sein, so kurz davor, Anne in Waverbys Kutsche mit dem leuchtenden Wappen auf der Tür zu lieben. Der Nachtwächter und jeder Konstabler der Stadt würden bereits nach ihnen suchen.

Er öffnete die Tür und stieg auf die Stufen. »Anne, das ist der einzige Ort in ganz London, an dem wir ungestört bleiben können, bis Zeter und Mordio abgeklungen sind. Der einzige außer einem rauen Räubernest in Southwark, und um nichts in der Welt würde ich dich dorthin mitnehmen.«

»Was für ein Haus ist das?«

»Es gehört Nell Gwyn. Sie wird uns verstecken, und es sogar für einen großen Spaß halten.«

»Deine Mätresse?«

»Meine Freundin.«

»Eine Bettgefährtin, das wirst du nicht leugnen.«

»Nein, ich leugne nicht, was einst der Wahrheit entsprach.« Er sprang auf die Straße und half Anne herunter – mehr als das, er besiegte ihren Widerstand. Noch immer regnete es in Strömen.

John schlug gegen Nell Gwyns Haustür, bis eine gedämpfte Stimme wissen wollte, was ihn zu so später Stunde herführte. »Hier steht ein Freund«, sagte er.

»Was für ein Freund?«

»Der Herr von Whittlewood.«

Die Tür öffnete sich und ein älterer Diener mit Laterne stand vor ihnen. »John Gilbert, Ihr lebt, welche Freude. Mistress Gwyn erzählte mir, wie ihr in Tyburn den Kopf aus der Schlinge ziehen konntet.«

»Mein Kopf ist gerettet, und nun brauchen diese gute Lady und ich ein Quartier, William. Sag Nell, dass ich vor ihrer Tür ertrinke.«

»Aber die Mistress ist nicht hier. Sie ist mit den anderen vom Theatre Royal aufs Land gefahren, um der Pest zu entfliehen. Ich kann Euch ihre Gastfreundschaft nicht anbieten.«

John sprang nicht gerne hart mit Bediensteten um, aber jetzt war er in Bedrängnis und hatte keine Wahl. »Was würde deine Herrin sagen, wenn sie wüsste, dass ihr Haus einem Freund in Not nicht offen steht?«

Der alte Diener brummelte etwas vor sich hin, aber er

öffnete die Tür weit und hob seine Laterne, um die Treppe zur Empore zu beleuchten. »Ihr kennt ja den Weg, Master John«, sagte er boshaft, den Blick auf Anne gerichtet.

John antwortete mit einem Nicken. Er wusste, dass Anne steif und übel gelaunt neben ihm stand, weil er sie in Nells Haus gebracht hatte. »Guter William, lass den Burschen die Kutsche in den Stall bringen und die Pferde ausspannen.« Er drückte William eine Goldmünze in die Hand, das eine gute Versorgung von Pferd und Mensch gewährleisten würde. »Und William, bring Wein, Brot und auch Erdbeeren, wenn die Obstfrau heute hier war.«

John führte die widerwillige Anne die Treppe hinauf und in Nells getäfeltes Schlafzimmer, das voll von glänzenden Bettvorhängen und Orientteppichen war, die dem Raum die Aura eines Harems gaben, was vermutlich beabsichtigt war.

Unachtsam über Stühle geworfene Kleider und das ungemachte Bett zeugten von Nells hastigem Aufbruch. Dennoch hatte sie überall ihren Orangenduft hinterlassen.

Anne musterte das Zimmer einmal von oben bis unten, und dann noch einmal, während ihr Zorn immer größer wurde. »Ich kann nicht hier bleiben. Was bist du bloß für ein Mensch, der mich einer solchen Erniedrigung aussetzt?«

»Ich bin das, was du vor dir siehst, ein müder Dieb. Du kannst einem Mann wirklich den Schlaf rauben, Anne. Seit wir uns vor zwei Wochen begegnet sind, hatte ich keine ruhige Nacht mehr.«

»Ich würde eher im Stall schlafen als im Boudoir deiner Geliebten.«

Johns Wut wurde größer. »Ganz wie du willst.« Er drehte sich um, stützte ein Knie vor dem kunstvoll mit belgischen Kacheln verzierten Kamin auf, schlug einen Funken an Zunder, fachte die Flamme an und fechelte Luft hinein, bis hinter dem Rost ein Feuer flackerte.

Wie so oft bereute Anne ihren scharfen Ton bereits. »Erst werde ich mich und meine Kleidung trocknen.«

»Das ist äußerst vernünftig für eine Frau, die das Stroh im Stall den Gänsedaunen vorzieht«, sagte er und sah keine Notwendigkeit, den Zorn zu verbergen, den sie in ihm geweckt hatte. Verflucht sei diese Frau! Sie war so launenhaft wie das englische Wetter. Er würde sie nicht anflehen, zu ihm zu kommen. Offenbar hatte er ihr zu viel durchgehen lassen, und wenn er jemals wieder die Oberhand erringen wollte … er hielt mitten im Gedanken inne. Bei Gott, der Wahnsinn jener Männer, die eine unbezähmbare Frau begehrten, der Wahnsinn, den er fürchtete, hatte ihn befallen und stand kurz davor, ihn zu bezwingen. Er konnte ihr nichts bieten, außer dem Tod eines Diebes, aber er konnte ihr das Einzige nehmen, was sie für eine gute Hochzeit brauchen würde, und so seine Ehre verlieren. Und seine Ehre, die Ehre eines Bastards, brauchte er in dieser Welt, die ihm seinen rechtmäßigen Platz oder einen Tod mit erhobenem Haupt verwehrte. Aber sein Gemächt schmerzte, so nah war er ihr gekommen.

Er zog das nasse Wams aus, bis er in Leibwäsche dastand, und hängte die durchnässte Kleidung über den Kaminbock.

Anne wandte sich ab, aber nicht, bevor sie einen Blick auf den männlichsten Körper erhaschen konnte, den sie je gesehen hatte. Sie wollte sich gerade entschuldigen, als William klopfte und mit einem Tablett hereinkam, beladen mit Essen, einer Flasche Wein und zwei Krügen.

»Stell es hier ab, William«, sagte John und deutete auf einen Tisch beim Feuer, »und dann geh zurück in dein warmes Bett, mit bestem Dank. Ich werde Nell berichten, wie gut du für uns gesorgt hast.«

William scharrte mit den Füßen und zupfte an seiner Stirnlocke. »Dank auch, Master John. Viel Vergnügen bei Eurem … Abendessen«, sagte er und zwinkerte allzu auffällig.

Anne versuchte, ihren Blick nicht von dem warmen, einladenden Feuer abzuwenden. Sie stellte sich so nahe wie möglich an die Flammen, und versuchte so, ihr Kleid zu trocknen, das auf dem Fußboden eine Pfütze hinterlassen hatte. Bei diesem Anblick verflog Johns Zorn. »Du musst etwas Trockenes anziehen, Anne, und in diesem Zimmer gibt es mindestens ein halbes Dutzend Kleider.«

»Aber keines, das ich je tragen werde.« Ihr Hochmut war alles, was ihr geblieben war, allein mit dem fast nackten John Gilbert in einem Raum voller Erinnerungen und Düften seiner abwesenden Geliebten.

Er durchwühlte eine Truhe und zog ein unscheinbares Kleid heraus, das noch auf seiner gefalteten Leinenhülle lag. »Ich schwöre, dieses hier ist ungetragen. Zieh es über, bevor du dir den Tod holst. Oder soll ich es dir anlegen?«

Seine Stimme war leise und sanft, doch deshalb umso eindringlicher. Sie zweifelte nicht daran, dass er sie selbst entkleiden würde, und dann würde sie verloren sein, so wie sie es in der Kutsche fast gewesen war. Aber sie war nicht schnell genug und erweckte den Eindruck, sich ihm zu widersetzen.

Er fasste sie rau am Arm, zog ihr die seidene Kappe vom Haar, warf sie auf den Boden, konnte dann nicht mehr an sich halten und küsste ihr Haar. »Anne.« Er sagte ihren Namen voller Staunen. »Anne.« Wieder flüsterte er sanft, und der Laut, weitaus mehr als nur ein Name, klang in ihr nach.

»Verflucht seiest du, John Gilbert«, sagte sie, doch es klang nicht wie eine Verwünschung. »Hast du denn keinen Anstand? Wie kannst du mich nur in dein Liebesnest ...?« Plötzlich hoben ihre Füße vom Boden ab und sie klammerte sich an ihn, ihre Beine hingen in der Luft, sein warmer Mund schob sich auf den ihren zu.

Noch immer wütend, drehte sie ihren Kopf erst zur einen, dann zur anderen Seite, doch sie war zu langsam. Er traf ihre geöffneten Lippen mit den seinen, bevor sie den Mund schließen konnte. Einen Moment lang wehrte sie sich, aber er war hart wie Stein, und sie zerfloss wie ein Zephyr.

Heiß und keuchend floss sein Atem in ihren Mund, und ließ ihre Lenden in Flammen aufgehen. Sie fühlte sich zugleich leer und voll, gefangen und frei, keusch und schändlich. Ihr aufwallender Puls schien an Dutzenden Stellen ihre Haut zu durchbrechen. Irgendwann verließen sie ihre Kräfte, und an ihrer Stelle regte sich in ihr das Verlangen, länger dort zu bleiben, wo sie jetzt war. Sie fragte sich flüchtig, wo die gute Erziehung ihrer Mutter geblieben war. Und wo waren die Gefühle der Schuld? Dieser zweifache Schutz der keuschen Frauen gegen lustvolle Männer.

John fühlte sich ermutigt und presste Anne fester an sich, und zum zweiten Mal an diesem Abend fühlte sie das Feuer seiner entfachten Fackel. Bei Gottes Eingeweiden! Es gab kein Entrinnen. Sie war aufgelöst, denn sie erkannte nicht zum ersten Mal, wie wenig eine Frau, und sei sie auch noch so entschlossen, ihrem eigenen Körper trauen konnte.

Und dann gaben seine Lippen ihren Mund frei, und mit einem Blick aus halb geschlossenen, gierigen Augen, die den Widerstand mehr als einer Frau gebrochen haben mussten und nun beinahe den ihren brachen, trug er sie zum Bett hinüber. Es war offensichtlich, dass er sie nehmen wollte, und sie klammerte sich an ihn mit dem überwältigenden Verlangen, ihm dabei behilflich zu sein. Ihr Ärger darüber, im Zimmer seiner Geliebten zu sein, war verflogen und hatte einem dringlichen Verlangen Platz gemacht.

Er hielt abrupt inne, stellte sie wieder auf den Boden, und schob sie steif von sich. »O mein Gott, vergib mir, Anne«, sagte er, und die Worte schnürten ihm fast die Kehle zu. »Bei meiner Ehre, ich kann dir nicht nehmen, was deinem zukünftigen Gatten zusteht.«

Ohne seine Hilfe hielt sie sich kaum auf den Beinen, ihre Knie zitterten. »Du bist nicht der Halunke, als den dich die Trinklieder besingen.«

Er grinste, aber seine Lippen waren nur ein schmaler Strich, als ob ihn das Grinsen schmerzte. »Du hast mich ertappt, Lady Anne, aber auch wenn so alle Welt mein Geheimnis erfährt, ich kann dich nicht nehmen, wenn ich nicht dein Ehemann sein kann.«

Sie hob das Kinn und Verletztheit lag in ihrem Blick. »Dann gehe ich in ein anderes Zimmer.«

»Das ist der einzige Schlafraum, außer denen der Diener.«

»Das wusstest du natürlich.«

Er verbeugte sich spöttisch. »Nimm du das Bett«, sagte er.

»Nein, du nimmst Nells Bett. Ich schlafe auf dem Stuhl beim Feuer.«

John goss sich einen Krug Wein ein, nahm einen tiefen Schluck, wischte sich mit dem Handrücken den Mund ab und ließ sich auf das Bett fallen. Sein feuchtes dunkles Haar leuchtete auf den weißen Laken. Er schloss die Augen und die Fäuste, bis sich die Nägel ins Fleisch bohrten, und tauschte so einen großen Schmerz gegen einen kleinen ein.

Anne stand unsicher in der Mitte des Raumes. Sie fühlte sich töricht, wütend und enttäuscht zugleich. Schließlich ging sie zum Stuhl, setzte sich und fuhr fast augenblicklich wieder hoch, denn ihr nasses Kleid klebte an ihrem Körper und ließ sie vor Kälte erschaudern. Eine Weile betrachtete sie John, aber er rührte sich nicht und öffnete auch nicht die Augen. Rasch zog sie ihr Kleid aus, und dann ihre durchweichte Leibwäsche, während sie ungeschickt das Kleid vor sich hielt. Sie legte beides über die Lehne des Stuhls und benutzte dabei ein Kissen, um ihre Nacktheit zu verbergen.

Anne war nicht sicher, ob John schlief, aber in der Zeit, die sie ihn beobachtet hatte, hatte er sich nicht bewegt und sie kam zu dem Schluss, dass er wohl schlummern musste. Sie fand es unglaublich, dass ein Mann in einem Raum einschlafen konnte, der so voller Emotionen war. Nein, eine Frau würde hier wach bleiben, bis sie alle Probleme durchdacht und gelöst hatte.

Ihr wurde immer kälter. Sie wickelte sich in Nells Unterkleid – das galt nicht als ›tragen‹ – und fiel dann tatsächlich in einen unruhigen Schlaf.

Einige Stunden später erwachte sie mit steifen und

schmerzenden Gliedern. Sie streckte sich und fluchte leise. Bis zum Morgen würde dieser Stuhl sie in eine bucklige Alte verwandelt haben. Mit einem Blick auf Johns reglosen Körper schlich sie zur anderen Seite des Bettes, öffnete verstohlen die Vorhänge und kroch langsam unter die warme Decke, nur ganz am Rand. Stunden schienen zu vergehen, während sie darauf wartete, dass er sie packte. Als er es nicht tat, schob sie sich näher an ihn heran.

Dreizehntes Kapitel

Du und keine andere

»Anne«, sagte er, und sie wusste, dass kein Mann ihren Namen je wieder so aussprechen würde, halb verzweifelt, halb erstickt vor Verlangen. »Denkst du denn, ich bin ein Mönch aus alten Tagen, dass ich dich so nahe spüren und dir doch widerstehen kann?«

Anne keuchte, ein Beben durchlief ihren Körper. »Ich hoffte, du könntest es nicht, Johnny.«

Mit einem Aufstöhnen, das all seiner Frustration und Entschlossenheit Luft machte, zog er sie in seine Arme und drückte den Mund auf ihre wartenden Lippen. Er hatte wirklich versucht, sich ihr zu widersetzen, aber er war nur ein Mann, und um Anne Gascoigne zu widerstehen, brauchte es die Kräfte eines Zaubermeisters.

Anne war wieder Herrin über ihre Lust. Es scherte sie nicht, ob sie in Nells Haus oder Bett waren. Es hätte das Bett des Teufels sein können, es war ihr egal. Wie zufällig streifte ihre Hand sein steifes Geschlecht.

»Du denkst, ich bin schamlos, nicht wahr?«

»Für eine Lady, ja«, gab er neckend zurück, und seine Hände lösten schnell die Bänder seiner Leibwäsche, er warf sie auf den Boden, bis er schließlich nackt vor ihr lag.

Anne sah ihn lange an, und er ließ es zu und lächelte. Sie sog tief die Luft ein und atmete langsam wieder aus. Ihre Blicke verschlangen seinen Körper. Sie merkte, dass der für sie neue Anblick eines Mannes in Erregung sie nicht erstaunte. Er trug etwas in sich, das sie wiedererkannte, wie die braune Erde von Whittlewood, etwas, das so alt war wie Mann und Frau, das sie mit unwiderstehlichem

Zauber dazu bewegte, sich auf seine harte Männlichkeit zu werfen.

John betrachtete ihren nackten Körper, und sie fürchtete sein Missfallen. Ihre puritanische Mutter hatte sie nichts über weibliche Reize gelehrt, und auch bei Hofe war sie stets auf der Hut gewesen.

»Anne«, flüsterte er. »Schau mich an!«

Sie tat, wie ihr geheißen, und sah den Feuerschein in seinen dunklen Augen, und wie sein Gesicht alle Zurückhaltung aufgab, voller Verlangen und heißer Lust, doch ohne die übliche Härte.

John Gilbert hatte noch nie solchen Liebreiz in einer Frau gesehen, ja nicht einmal in zehn Frauen zusammen. Obwohl ihr Körper noch nicht die weichen Rundungen einer Mutter besaß, glühten ihre makellos weiße Haut und ihre perfekten, aufgerichteten Brüste mit den roten Knospen in einem warmen, roséfarbenen Licht, das er nur als junger Bursche am frühen Morgen in Burwell Hall gesehen hatte. Jetzt war er wieder dieser Junge, und sie war seine erste Dienstmagd, ihre zarten Brüste weich auf seiner jungen Haut.

Unvermittelt rollte er sich an den Rand des Bettes und richtete sich auf.

Anne war bestürzt. »Gefalle ich dir nicht?«

»Mein Täubchen, du gefällst mir nur zu gut«, sagte er schnell und zog etwas aus einer Börse in seinem Wams, verwundert, dass sie sich anders als die meisten Frauen in seiner Bekanntschaft ihrer Reize nicht bewusst war.

Er kam zum Bett zurück, in dem Anne saß, ihre schönen Augen weit aufgerissen und voller Schmerz.

»Das ist für dich«, sagte John sanft, ergriff ihre Hand und legte einen breiten Goldring mit verschnörkelten Buchstaben hinein. »Mein Vater gab ihn meiner Mutter als Unterpfand seiner Liebe, auch wenn er sie nicht heiraten konnte, und nun sollst du ihn tragen.«

Sie drehte den Ring zwischen ihren Fingern und las

langsam die eingravierten Worte: ›Du und keine andere‹, und in tiefer Ergriffenheit versagte ihr die Stimme.

Behutsam schob sie das Schmuckstück auf ihren Ringfinger, und es umschloss ihn, als sei es für sie allein gemacht worden.

»Oh, Johnny, ich will deine Frau werden, aber wenn du mich nicht willst, werde ich deine Mätresse, oder deine Straßendirne, was auch immer du verlangst!« Wie noch nie zuvor in ihrem Leben vergaß sie allen Stolz, und es kümmerte sie nicht, denn sie erkannte nun, dass Stolz weniger wert war als Liebe.

Er streckte sich aus, den Kopf auf dem Kissen, die Hände im Nacken verschränkt, sah sie an und erkannte das Ende eines langen Kampfes. »Ich begehre dich, Anne, seit jenem langen Ritt nach Whittlewood, und umso verzweifelter, seit ich das müde Milchmädchen auf dem Grasacker liegen sah, die Lippen vor Butter glänzend.«

Anne legte sich auf ihn, hielt seine Arme fest und küsste ihn. Sie fühlte sich wie ein Heißsporn und liebte dieses Gefühl. Sie küsste seine Augen, erst das eine, dann das andere, und lachte verzückt, während sie spürte, wie seine Männlichkeit noch härter wurde, wenn das überhaupt möglich war. Ihre Zunge neckte seine Lippen, und die seine erwiderte diese Neckerei.

Stöhnend warf er sie herum und saugte an ihren Brüsten wie ein ausgehungerter Säugling, ließ einen Finger in den seidigen Flaum zwischen ihren Beinen gleiten und schob ihn bis zum samtigen Eingang ihrer Weiblichkeit. Er umschloss sie fest mit der Hand, als gelte es, ihre feuchte Leidenschaft einzufangen. Und als er glaubte, es nicht länger ertragen zu können, weder seinen Schmerz noch ihr Betteln, war er bereit sie zu nehmen.

»Es wird jetzt wehtun, Anne«, flüsterte er, und fragte sich, ob er innehalten könnte, wenn sie ihn nun bat, ihr den Schmerz der Defloration zu ersparen.

Aber sie bat ihn nicht aufzuhören. »Mach schnell, Johnny«, rief sie und bäumte ihren heißen Körper auf, so voller Verlangen, dass er sie unter sich zittern spürte. »Ich sterbe, wenn du es nicht tust!«

»Dann lass mich dein Leben wieder retten, meine Anne«, sagte er, und sie hörte den höhnischen Klang des Straßenräubers heraus, der in der Nacht seine Beute an sich reißt.

Nichts in ihrer Kindheit oder in ihrer Zeit bei Hofe hatte sie auf das vorbereitet, was nun geschah. Sie hatte immer eine recht gute Vorstellung davon gehabt, was Mann und Frau im Ehebett tun, aber sie hatte nicht gewusst, dass Lust sie derart erfüllen und Schmerz sie zur Ekstase führen würde.

»Johnny! Johnny!«, schrie sie und hob ihre Hüften, um ihn in sich aufzunehmen. Er bewegte sich immer schneller, bis er in ihr Innerstes vorstieß und in höchster Entrücktheit zuckte. Er hatte erwartet, ihre Unschuld, so viele Jahre sorgsam behütet, wäre so unbeugsam wie sie selbst. Einer Frau die Unschuld zu nehmen war schwer, die Jungfernhaut dieser Frau zu durchstoßen, die sie so lange mit feurigem Schwur beschützt hatte, konnte eine äußerst beschwerliche Aufgabe sein. Er sah seiner größten Angst ins Auge. Nach so vielen Tagen und Nächten des Verlangens würde die Erfüllung seines Wunsches vielleicht nicht seiner Vorstellung entsprechen.

Doch Annes Jungfernknospe zeigte sich nicht so unnachgiebig, wie John befürchtet hatte, sie öffnete sich, als hätte sie stets nur darauf gewartet, nachzugeben, und er fiel in einen tiefen, schaudernden, zuckenden Rausch. Für den Bruchteil einer Sekunde fragte er sich, ob Liebe alles war, worauf Anne gewartet hatte, aber dann überkam ihn die Glücksseligkeit, und er konnte keinen klaren Gedanken mehr fassen oder sich an keinen anderen Zeitpunkt als an diesen erinnern, oder an keine andere Frau. Es war, als würde die Geschichte der Liebe in ebendieser Nacht geschrieben.

Er konnte sich nicht von ihr lösen, sondern blieb fest

umfangen von ihrer Wärme. Sie umschloss seine Männlichkeit, als würde sie sie nie wieder freigeben.

Später, Wange an Wange fest umschlungen, schlummerten sie für einen kurzen Augenblick ein, warm und nass in liebestrunkener Mattheit, nur um wieder und wieder voller Staunen zu erwachen. John Gilbert hatte diesen Sturm der Gefühle nicht erwartet, der zum ersten Mal die Qualen seines unruhigen Herzens linderte und jeden Gedanken an ihr unvermeidliches Scheiden vertrieb. Seufzend lag Anne in seinen Armen, bezwungen und doch machtvoll, das zerbrechliche und komplexe Geheimnis einer Frau hütend, die wirklich geliebt wird.

Später streiften seine Lippen die ihren, und als sie den Kuss erwidern wollte, biss er spielerisch in ihr Ohrläppchen. »Wir müssen uns stärken«, sagte er und rollte herrlich erschöpft an ihre Seite. »Du kannst einen Mann wohl hungrig machen.«

Sie verzog ihren hübschen Mund und drehte sich von ihm fort, so dass er sie packte; und sie tollten auf dem Bett herum, bis sie wieder außer Atem waren. Ihre Blicke suchten sich, ihre Leidenschaft entzündete sich erneut, und es zeigten sich die ersten Strahlen der Morgensonne, bevor John Gilbert wieder an Essen dachte.

Er erhob sich und zog seine getrockneten Hosen an, schloss den Knopf aus Horn und reichte ihr das Kleid, das sie zum Trocknen auf den Stuhl gelegt hatte. »Wir dürfen die Diener nicht erschrecken«, sagte er und grinste.

Nur widerwillig legte sie es an. »Ist das alles?«, fragte sie, bereits wieder hungrig, aber nicht nach Brot und Wein.

Er hob sie aus dem Bett und setzte sie auf den Stuhl beim Kamin, schürte das Feuer und legte Kohle nach. »Ha, du bist ein gieriges kleines Luder«, neckte er sie und hängte den Schürhaken zurück. »Die Liebe ist weit mehr als das, mein süßes Kind, das wirst du noch lernen, aber zuerst …«

Er reichte ihr einen Krug mit Wein und riss für sie ein Stück Brot ab. Er stellte das Tablett auf den Boden, ließ sich daneben sinken, streckte sich auf dem Orientteppich aus, einen Ellbogen aufgestützt, und sah zu, wie sie aß.

»Willst du alle Erdbeeren allein verspeisen?«, fragte sie, denn sie verspürte endlich echten Hunger, und noch dazu fühlte sie sich von ihm allein gelassen.

Er nahm sich eine Erdbeere und wedelte damit vor Anne herum, bis sie ihre Entrüstung überwand und neben ihm auf den Boden sank. Das Licht der Flammen ließ ihre Haare so rot leuchten wie das Obst, das sie an ihre Lippen presste.

So verbrachten sie den Morgen vor dem Kaminfeuer, stillten Hunger und Durst, gelobten sich ihre Liebe und stellten die Fragen, die Liebende zu allen Zeiten stellen, bis Anne glücklich die Augen schloss und in seinen Armen einschlief, während er sich jede Rundung ihrer Wange oder Schulter einprägte, jede Locke, die ihr in das liebliche Gesicht fiel, für jene Zeiten, in denen sie nicht mehr ihm gehören würde.

Als sie erwachte, erhob sich John Gilbert mit steifen Gliedern und trat an das Geländer der Empore, um William zu rufen. »Bring ein Rasiermesser und eine Schüssel heißes Wasser!«

»Oh, lass mich bitte, Johnny!«, bat sie, als William eine Schale mit heißem Wasser und duftende Rasierseife gebracht hatte.

Er lachte und rieb sich das kratzende Kinn. »Du überrascht mich immer wieder, Anne. Erst Hofdame, dann Milchmädchen, Schwertkämpfer und jetzt Barbier! Was kannst du im Leben nicht erreichen, bei solch mannigfaltigen Talenten?«

»Nichts!«, gab sie mit hocherhobenem Haupt zurück, und ein Lächeln lag auf ihren Lippen. Sie freute sich, etwas zu tun, das ihr erlaubte, ihn zu berühren. »Jetzt setz dich hierher. Ich habe hundertmal gesehen, wie mein Vater rasiert wurde.«

Sie meinte es etwas zu gut mit ihm, als sie ihn einschäumte, aber er schluckte die Seife lieber, als sie zu enttäuschen, da sie so eifrig bei der Sache war, ihre Zungenspitze zwischen den Zähnen vor lauter Konzentration. Die Klinge war scharf, und als Anne sie seiner Wange näherte, zauderte sie.

Er grinste sie an. »Es gab Zeiten, da hätte ich nicht zugelassen, dass du dich meinem Hals mit einer Klinge näherst!«

Sie verzog den Mund und neckte ihn mit den Brüsten, die aus dem Ausschnitt ihres Kleides gehüpft waren.

Er vergrub sein Gesicht in ihren Brüsten, der Geruch der Rasierseife stieg ihr in die Nase und sie ließ das Messer fallen. »Johnny«, protestierte sie in gespielter Entrüstung, »wie soll ich denn ...«

Aber John Gilbert lag längst nicht mehr daran, rasiert zu werden. Er zog sie an sich, zwischen seine gespreizten Beine, und bald verteilte sich der Schaum auf Annes Unterkleid, während er ihre Brüste, Nacken und Arme erforschte; und ohne zu zögern, öffnete sie seine Hose und ergriff sein Geschlecht, das anschwoll, als wolle es zerbersten.

Mit einem Mal schüchtern legte sie ihren Kopf an seine Schulter. »Du denkst sicher, ich sei eine schamlose Dirne. Ich begreife nicht, warum ich dich so sehr brauche ... Ich meine, ich will dich ..., aber ...«

»Liebste, du bist keine Dirne. Du bist eine Frau, die ihr Verlangen leugnen musste, und jetzt muss es befriedigt werden.« Er lächelte sie an. »Und du kannst dich glücklich schätzen, denn vor dir steht der Mann, der sie zu befriedigen weiß.« Bevor sie noch aufbegehren konnte, schob er ihre heiße, pochende Weiblichkeit auseinander und glitt langsam und sanft in sie hinein, wiegte Anne wie ein Kind, übersäte sie mit Küssen, während sie Tränen des Glücks und des Erstaunens vergoss. Sie warf den Kopf in den Nacken, als reite sie Sir Peg einen hohen, taufeuchten Hügel hinauf. Der Sand in der Uhr wäre längst durchgelaufen, als sie sich wieder erhoben, hätten sie sich die Mühe gemacht, sie umzudrehen.

John bettete Anne sanft auf die Laken. »Wir müssen reden und Pläne schmieden, Anne. Wir können nicht lange hier bleiben. Waverbys Kopfgeld wird auch den treuesten Diener in Versuchung führen. Noch wage ich nicht, mit dir nach Whittlewood zurückzukehren, aber wir müssen einen Weg finden, dich vor Waverby zu verbergen.«

Er erhielt keine Antwort, denn die Erschöpfung der Liebe hatte Anne wieder einschlafen lassen. Ihm war kalt, also schürte er das Feuer und zog sein Wams über. Dann setzte er sich, um Anne zu betrachten, und sich mit Erinnerungen vollzusaugen für die Tage und Nächte, in denen er sie dringend brauchen würde.

Als Anne erwachte, rief sie seinen Namen, doch die Antwort war nur ein dumpfes Stöhnen.

John saß zusammengesunken auf dem Stuhl beim Feuer, die Hand hart an die Schläfe gepresst, und als sie ihn anschaute, wurde er von heftigem Fieber geschüttelt.

»Was ist mit dir?«, schrie sie und sprang aus dem Bett. In ihr keimte eine Angst auf, die sie nicht zu benennen wagte. Er stöhnte erneut.

Sie rannte aus dem Zimmer und rief über das Geländer: »William! William!« Der Diener erschien unten in der Halle. »Ich brauche dich sofort hier oben!«, sagte sie und kehrte zurück an die Seite von John, der sich nicht gerührt hatte.

»Gibt es ein Problem, Mylady?«, erkundigte sich William, der eine brennende Kerze trug.

»Er hat Fieber. Du musst ihm helfen.«

»Master Gilbert«, sagte William und hielt ihm die Kerze vor das Gesicht. Entsetzt wich er zurück. »Er kann nicht hier bleiben! Schafft ihn fort oder bringt ihn auf die Straße, wo ihn die Konstabler abholen.«

»Hör mir gut zu, William! Ich werde ihn zu einem Arzt bringen. Lass die Kutsche vorfahren, wenn du nicht willst, dass das Haus und all seine Bewohner verdammt sind.«

William lief stolpernd hinaus.

Anne sah John ins Gesicht. Die Wahrheit war fast eine Erleichterung. Nachdem sie die Gedanken abgewehrt hatte, die ihr durch den Kopf gingen, waren die Zeichen nun eindeutig. Jeder kannte sie, wenn nicht aus eigener Erfahrung, dann aus Geschichten, die man Kindern erzählte, um ihnen Angst zu machen, damit sie sich gut benahmen.

»Lass mich, Anne«, stöhnte John und schloss die Augen. »Rette dich selbst.«

»Nein«, sagte sie und log ihn an, um ihn zu schonen. »Es ist nicht die Pest. Du bist erschöpft, und das ist mein Fehler. Ich hätte dich ruhen lassen sollen, anstatt dich mit Liebesspielen zu ermüden.« Ihre entschlossene Stimme kippte jetzt doch. »Hör mir zu, John. Es ist nicht die Pest!«

Sein Tonfall war rau und sein Gesicht glühte vor Fieber. »Verschwinde!«, fuhr er sie an. »Ich will dich hier nicht und brauche dich nicht.« Mit einem Laut des Schmerzes ließ er die Hand fallen, die auf seinem Nacken ruhte, und Anne sah sie verräterisch anschwellen, die Pestbeulen, die bald aufplatzen würden.

Schnell zog sie sich an, ohne den Blick von ihm abzuwenden. »John, hör mir zu. Du musst aufstehen und dich auf mich stützen. Du schaffst die Treppe! Du musst es tun, wenn du mich liebst.«

Mit großer Anstrengung richtete er sich auf und stützte sich schwankend auf ihre Schulter. Später erinnerte sie sich nicht mehr daran, wie lange es gedauert hatte oder wie viel Kraft es sie gekostet hatte, ihn die Treppe herunterzuschaffen, ihn aus der Tür und in die Kutsche zu tragen, in der John zusammenbrach.

Anne nahm die Peitsche und kletterte rasch auf den Kutschbock.

Es war eine Sache, bei Tageslicht und als Knabe gekleidet freundliche, breite Straßen entlangzufahren, eine ganz andere, in dunkler Nacht durch die engen Straßen Londons zu schaukeln, eine Frau in einem beschmutzten Satinkleid mit wild fliegenden Locken. Aber falls sie darüber nachdachte, wurde der Gedanke zur Kenntnis genommen und schnell wieder vergessen. Er hatte alles für sie aufs Spiel gesetzt, jetzt würde sie für ihn nicht weniger tun. Ihr Herz war voller Entschlossenheit, wie das eines Soldaten am Vortag der Schlacht. Sie musste ihn retten ... Ja, selbst wenn sie dafür ihr eigenes Leben in Gefahr brachte.

Anne fuhr in Richtung der Uferstraße und hielt auf Cheapside und den Tower zu, dann auf die London Bridge darunter. Mehrmals fuhr sie an Grüppchen bedrohlich wirkender Männer vorbei, Straßenräubern, die von der goldenen Kutsche angelockt wurden, gelenkt von einer einsamen Frau, einer Nachthexe vielleicht, aber dennoch ein lohnendes Ziel. Jeder Gruppe schleuderte sie ihren Ruf entgegen: «Vorsicht, Pest im Wagen!", und sie schreckten zurück und verschwanden wieder in der Dunkelheit.

Nach mehreren falschen Abzweigungen erreichte sie Dr. Josiah Wyndhams Kahn und hämmerte an seine verschlossene Tür. »Doktor, hier ist Anne Gascoigne. Bei Gottes Liebe, öffnet mir!«

Der Doktor öffnete die Tür zuerst einen Spalt breit, dann ganz. Er trug ein Nachthemd und eine Schlafmütze, der Schrecken stand ihm ins Gesicht geschrieben. »Bei den Wunden unseres Herrn Jesus, Mylady, was —«

»Ich erzähle Euch alles später«, unterbrach sie ihn, und die Worte sprudelten nur so aus ihrem Mund. »John Gilbert liegt in der Kutsche. Ihr müsst mir helfen. Ihr seid der einzige Mensch in London, dem ich vertrauen kann. Bitte schickt mich nicht fort.«

»Pst! Leise«, sagte er. »Atmet tief ein, Ihr braucht Eure Kräfte noch. Dann erzählt mir langsam, was passiert ist.«

»Er ist sehr krank«, kam sie seinem Wunsch nach, »Ihr

müsst ihm die Medizin geben, von der Ihr gesprochen habt – die, die den Schmerz lindert.«

»Philibert«, rief der Doktor seinen Sohn. Die beiden Männer trugen den reglosen John Gilbert aus Lord Waverbys Kutsche und betteten ihn auf das Lager in der Kajüte.

Anne kniete neben John nieder. »Vielleicht ist es nicht das, wonach es aussieht«, sagte sie und blickte zum Doktor hoch. Die Hoffnung in ihrem Herzen war stärker als das, was ihre Augen sahen.

Der Doktor legte ihr die Hand auf die Schulter. »Es ist die Pest, Mylady. Es gibt keinen Zweifel, und nur wenig Hoffnung.«

Der Griff des Arztes auf ihrer Schulter wurde fester. »Ich werde tun, was in meiner Macht steht, aber Ihr müsst sofort gehen. Ich denke, Ihr habt schon zu viel Zeit mit ihm verbracht.«

Sie musste wohl etwas gesagt haben, denn sie hörte den Klang ihrer Stimme und sie fühlte, wie sich ihr Mund öffnete und schloss, wie sich in ihrer Kehle Worte bildeten.

»Ihr müsst gehen«, beharrte der Doktor, und seine tiefe Stimme drang bis zu ihr durch. »Ich will nicht grausam erscheinen, Mylady, aber er wird bestimmt sterben. Nicht drei von zehn werden gerettet.«

»Nein«, antwortete sie und hörte sich diesmal klar und deutlich. »Johnny wird nicht sterben, ich werde ihn nicht sterben lassen, und wenn ich seine Seele Gott persönlich entreißen muss.«

Dr. Wyndham blickte düster drein. »Ihr kennt John Gilberts Stolz. Ich weiß, dass er Euer Opfer nicht gutheißen würde.«

»Zum Teufel mit seinem Stolz«, rief sie mit lauter werdender Stimme, der Hysterie nahe, doch noch gefasst. »Sein Stolz schert mich nicht – es ist sein Leben, das ich ihm schulde. Versteht Ihr nicht, Doktor? Er wäre nicht nach London gekommen, wenn nicht meinetwegen. Ich habe ihn in Todesgefahr gebracht, und ich werde ihn daraus erretten, und wenn ich selbst dabei mein Leben lasse.«

»Beruhigt Euch, Anne. Mit Eurem Geschrei helft Ihr ihm nicht.«

»Dann unterweist Ihr mich in der Kunst der Medizin, bevor Ihr geht, damit ich ihn versorgen kann?«

»Wenn das Euer Wunsch ist, Mylady. Aber dennoch versichere ich Euch: Noch bevor ein weiterer Tag vergeht, werdet Ihr mich anflehen, einen Trank zu brauen, der ihn in ewigen Schlaf versetzt.«

Vierzehntes Kapitel

Das Siegel der Liebe

John lag nackt auf der Pritsche in der Kajüte, Anne saß neben ihm. Obgleich Sorge und Schlafmangel sie erschöpft hatten, wusch sie seinen Körper unablässig mit kühlem Essig und Rosenwasser. Bis auf die Flecken unter den geschlossenen Lidern wirkte sein Gesicht friedlich, als schlafe er nur und würde bald wieder erwachen, um sie zu liebkosen.

Irgendwann in den frühen Morgenstunden hatte ein Konstabler das rote Kreuz auf der Tür entdeckt und Fenster und Türen offiziell versiegelt; was bedeutete, dass bei Todesstrafe niemand hinaus- oder hineingehen durfte. So lautete das Gesetz. Sobald die Pest ausgebrochen war, waren alle in dem Raum oder Haus gefangen, bis sie entweder starben oder genasen. Ein anderes Verfahren kannte man nicht; das Gesetz war den Stadtvätern vor etwa zwanzig Jahren vom Ärztegremium selbst angetragen worden.

Hinter Anne spendeten im dämmrigen Schiffsinnenraum duftende Kerzen ein schwaches Licht, das dennoch ihre Ängste hell erleuchtete, diese alten Ängste, die sie abzuwehren suchte, die sie aber immer wieder überkamen, wenn sie darüber nachdachte, was sie getan hatte und was sie jetzt gerade tat. Sie wusste zweifellos, dass sie ihren eigenen raschen und schmerzvollen Tod heraufbeschwor, ohne eine helfende Seele an ihrer Seite.

Sie schalt sich selbst, versuchte, den Erzählungen der alten Weiber keinen Glauben zu schenken – Berichte über das schreckliche Schicksal der Pestkrankenschwestern, die meist verurteilte Verbrecherinnen waren –, aber sie konnte sie nicht für lange aus ihren Gedanken vertreiben, denn diese grausigen Geschichten hatten sie begleitet, seit sie denken konnte.

Dasselbe, so wusste sie, konnte man von John Gilbert sagen. Die Angst vor der Pest bedeutete nicht nur den nahezu sicheren Tod, sondern auch ein Verlassenwerden in der letzten bitteren Stunde. Ehemänner verließen ihre Frauen, Mütter ihre Kinder, Priester die Gemeinde und Ärzte die Patienten.

All dies war sicher, und mit derselben Gewissheit wusste Anne, dass sie John Gilbert niemals verlassen würde, solange noch Leben in ihm war, und vielleicht nicht einmal danach. In der Stille der Kajüte, nur unterbrochen von seinem röchelnden Atem und leisen Stöhnen, wusste sie, dass sie eher sein Schicksal teilen würde, als ihn zu verlassen. Nicht, dass sie ihm dies jemals sagen würde, um so seinen Mannesstolz zu verletzen. Auch würde sie ihm nie gestehen, dass sie sich gewünscht hatte, Bescheidenheit und Keuschheit abzulegen, all das für ihn zurückzulassen, seit sie ihn zum ersten Mal erblickt hatte, auch wenn sie die Zeichen zunächst nicht richtig deuten konnte.

Es konnte nur zum Nachteil einer Frau sein, solch geheimes Wissen ihres Herzens mit einem Mann zu teilen, und dennoch sehnte sie sich wie jede Frau danach, ihre Seele dem Mann darzubieten, den sie liebte.

Die drei riesigen Beulen in Johns Nacken, Achselhöhle und Leiste waren nicht zu offenen Wunden aufgeplatzt. Sie waren furchtbar geschwollen, aber nicht aufgegangen. Dr. Wyndham, der mutig durch die Stadt zog und Patienten behandelte, hatte darauf bestanden, dass sie Philibert, der auf dem Dock wartete, nach ihm schickte, sobald sich zeigte, dass die Beulen reiften.

Anne wusch Johns Gesicht erneut und schob das dunkle Haar nach hinten, das an seiner Stirn klebte. Er war todkrank, bleich und im Fieberwahn, und dennoch ein Bild von einem Mann.

Sie konnte nur staunen, dass sie nicht auf den ersten

Blick seinen Körper wahrgenommen hatte, selbst dann nicht, als sie bei der Fechtstunde die harten Muskeln unter seinem Hemd erspäht hatte, oder auch, als er in jener Nacht im Bett der Hütte mit seinem ganzen Körper auf ihr lag und vorgab, ihr Geliebter zu sein, um Black Ben zu täuschen. Die wahre Herrlichkeit seines Körpers war ihr verborgen geblieben, bis zu dem Tag, an dem sie sich in Nells Haus geliebt hatten. Ob sie nun noch Stunden oder ein ganzes Jahrhundert leben würde, sie würde niemals vergessen, was sie in ihm sah oder für ihn empfand.

Sein Körper faszinierte sie nun, da er krank war, so sehr wie in ihren Stunden der Liebe. Harte Muskeln an seinen Armen und Beinen auf Höhe der Schultern und Hüfte, und die breite, kräftige Brust verengte sich zu einer schlanken Taille, wie bei dem arabischen Hengst, den König Charles an den Hof hatte bringen lassen, um die englische Rasse zu verbessern. Die wohlgeformte Gestalt barg solche Ähnlichkeit mit dem edlen Tier, dass sie die Konzentration verlor und das kühlende Tuch auf Johns Köper liegen blieb, während sie seinen Anblick in sich aufnahm.

Es war süße Grausamkeit, solch prächtige männliche Schönheit nur zu entdecken, damit sie ihr wieder entrissen wurde. Gott im Himmel konnte diese erstaunliche und mannhafte Schöpfung sicher nicht zerstören wollen.

»Anne«, sagte John, doch er sprach im Traum, denn seine Augen blieben geschlossen.

»Ja, John, ich bin hier«, antwortete sie.

Immer und immer wieder krächzte er ihren Namen, und jedes Mal beruhigte sie ihn mit ihrer Antwort oder einem Händedruck, tauchte den Zeigefinger in frisches Wasser und legte ihm auf den Mund. Manchmal trank er die Tropfen gierig, dann wieder rannen sie von seinen Lippen.

Wenn es nötig war, wechselte sie die Umschläge auf den Beulen, von denen Dr. Wyndham erklärt hatte, dass sie die faulen Säfte herausziehen konnten. Es gab wenig für sie zu tun, außer zu warten und zu beten, und nach Anzeichen einer Erkrankung bei sich selbst Ausschau zu halten. Und so vergingen lange Stunden. Als die Dunkelheit schließlich wiederkehrte, schlief sie ein, nicht fähig, Erschöpfung und Entsetzen zugleich die Stirn zu bieten.

Sie erwachte von schweren Schritten draußen an Deck. »Mylady Anne, wie steht es um unseren Straßenräuber?«

An der Tür stand Dr. Josiah Wyndham, und sie sprang auf die Füße, dankbar, seine laute Stimme zu hören. »Das Fieber ist sehr hoch«, erklärte sie.

»Sind die Beulen geplatzt?«

»Nein.«

»Sind sie rot und fühlen sich heiß an?«, wollte er wissen.

Sie beugte sich über John und entfernte die Umschläge auf seinem Nacken, und berührte die Beule so vorsichtig wie nur möglich, um nicht noch mehr Schmerzen zu verursachen. »Ja«, sagte sie. »Diese ist glühend heiß und rot gefärbt.«

»Ich darf das Siegel der Tür nicht erbrechen. Mylady, Ihr versteht sicher, dass ich andere Patienten habe, die dem Tode nahe sind, und die ich noch erreichen kann. Bedenkt, ich muss mich frei bewegen können, um denen Linderung zu verschaffen, die keinen heilenden Engel an ihrer Seite haben. So, wie ich vermutet hatte, sind die meisten Ärzte aus der Stadt geflohen.«

»Ja, ich verstehe«, gab sie zurück, wenn sie auch wünschte, sie täte es nicht, vor allem, weil etwas in seiner Stimme sie in Furcht versetzte. »Wann wird die Krise überstanden sein?«, fragte sie ängstlich.

Er antwortete mit einer Gegenfrage. »Hat er gehustet oder geniest?«

»Nein.«

»Dank sei Gott! Es ist ein gutes Zeichen, wenn die Pest seine Lungen nicht befallen hat.«

Die gute Nachricht ließ sie ein wenig in sich zusammensinken.

Dr. Wyndhams Stimme erreichte sie wieder, und sie hörte mehr als nur die Besorgnis eines Arztes heraus. »Und Ihr, Lady Anne, zeigt Ihr Anzeichen der Erkrankung?«

»Nein, guter Doktor, und habt Dank für Eure Sorge.«

»Dennoch bitte ich Euch, esst eine Feige aus der Schüssel auf dem Operationstisch. In Frankreich hält man sie für eine gute Vorsorge gegen die Pest. Wir werden nichts ausrichten können, wenn meine Helferin die Kräfte verlassen. Was wird dann aus Eurem Geliebten, nicht wahr? Nein, leugnet es nicht, Mylady, es steht Euch in Euer schönes Gesicht geschrieben.«

Sie fing keinen Streit mit ihm an, sondern warf einen letzten Blick auf John, der reglos dalag, griff nach einer Feige und setzte sich neben die Tür, wo sie hinaussehen konnte.

Die Tür war an der Oberseite stark verzogen, und ließ unten an der Seite einen drei Finger breiten Spalt offen, durch den sie etwas sehen konnte.

Ein frischer Nordwind fegte über das Deck und kam durch die schmale Öffnung, und für einen Augenblick war ihre sorgenschwere Müdigkeit wie weggeblasen. Aber nur einen Moment lang. Sie hörte die Beerdigungsglocken einer nahe gelegenen Kirche.

»Dort im Norden, guter Doktor, was sind diese Lichter in der Sommernacht?«

»Beerdigungsfackeln, Mylady«, sagte der Arzt und kniete sich auf das Deck, um sie sehen zu können. »Man trägt die Toten bei Nacht ins Armengrab, um der Bevölkerung weitere Ängste zu ersparen.«

Ein Schauer überlief sie. John würde nicht für alle Ewigkeit in einem solchen Grab liegen. Niemals!

An der Reling erkannte sie Philiberts Silhouette neben seinem Vater, der die fernen Fackellichter betrachtete, und sie konnte den starken Tabak riechen, den er kaute, um die Pest fernzuhalten.

»Habt Dank, Philibert, dass Ihr Lord Waverbys Kutsche fortgeschafft habt!«, rief sie ihm zu.

Er sprach rau, und ohne sie anzusehen: »Ich tat es nicht für Euch.«

Sie hatte von Anfang an gespürt, dass der stille Sohn des Doktors sie nicht mochte, aber in dieser Nacht hörte sie wahre Feindschaft in seiner Stimme. »Ich danke Euch trotzdem, Philibert. Es tut mir leid, dass –«

»Spart Euch solche Worte für die Männer, die sie glauben, Lady Gascoigne.«

Der Doktor schoss herum. »Philibert! Du wirst die Dame augenblicklich um Verzeihung bitten.«

»Heißa, Vater! Du willst mich in einen jungen Narren verwandeln, um es dir altem Narren gleichzutun. Ihre Schönheit und kecke Art haben dich eingewickelt. Du weißt, dass alle Adeligen gleich sind. Sie erwarten, dass wir ihnen zu Diensten sind, auch wenn wir dabei in den Tod gehen.« Und Philibert stapfte zum Ufer, ohne den Rufen seines Vaters Beachtung zu schenken.

Mit hängendem Kopf sah Dr. Wyndham ihm hilflos nach. »Es nagt schärfer als ein Schlangenzahn!«, zitierte er ironisch die Zeile aus König Lear, die den Eltern undankbarer Kinder Trost spendet. »Lady Anne, mein Sohn leidet, weil sein Vater in seinen Augen nicht makellos ist. Vergebt ihm seine Dreistigkeit, und mir die Unfähigkeit, ihn besseres Betragen zu lehren.«

Sie lehnte die Stirn gegen die Tür und sprach mit resignierter Stimme. »Ich bin es, die sich bei Philibert und bei Euch entschuldigen muss, bester Freund«, sagte sie. »Ich bin in Euer Leben eingedrungen, habe Euren Broterwerb erschwert, und nun seid Ihr in noch größerer Gefahr, weil Ihr mich versteckt.«

Dr. Wyndham trat näher an die Tür heran. »Mylady,

macht Euch um uns keine Sorgen, denn ich muss Euch jetzt bitten, etwas sehr Schweres zu tun.«

»Nur zu. Worum handelt es sich?«

»Ihr müsst die Beulen aufschneiden, Mylady.«

Da ergriff sie ein plötzlicher Schauder, und ihr schwindelte als ob sie einer Ohnmacht nahe war. »Nein!«, schrie sie, »das kann ich niemals tun. Allein der Gedanke macht mich krank.«

Die laute, tiefe Stimme des Arztes drang ungedämpft durch die Bretter der Tür und bis in ihre Seele vor.

»Die Pestbeulen müssen geöffnet werden, oder er wird noch heute Nacht qualvoll sterben.«

Sie wollte ihm widersprechen. »Doktor, wie könnt Ihr so sicher sein?«

»Das muss ich, sonst wäre ich kein Arzt. Ich sage es Euch noch einmal, Mylady, Ihr müsst sie aufschneiden. Hört Ihr mich?«

Die Worte blieben ihr fast im Halse stecken. »Ich höre.«

»Viele Ärzte denken, bis zum vierten Tag sammle sich das Gift nicht, ich aber glaube, dass das Gift jetzt in ihm steckt und ihn tötet. Fürchtet das Messer nicht, John Gilbert ist ein junger, starker Bursche, und ich werde hier sein, um Eure Hand bei der Operation zu führen. Jetzt geht zu ihm und sagt mir: Welche Farbe hat sein Gesicht?«

Mit zitternden Knien durchquerte sie die Kajüte, kniete neben John Gilbert nieder und strich ihm das feuchte Haar aus der Stirn. »Er ist kreidebleich«, erklärte sie. »Aber noch immer sehr heiß.«

»Und der Atem? Geht er schnell oder langsam?«

»Schnell und flach«, sagte sie und beobachtete, wie seine Brust sich hob und senkte.

»Mylady, schaut in den kleinen Kasten am Fußende. Seht Ihr ihn? Nun nehmt mein Taschenetui mit den chirurgischen Instrumenten heraus. Habt Ihr es?«

»Ja«, sagte sie und starrte das kleine, mit Schnörkeln verzierte Kästchen in ihrer Hand an.

»Seht Ihr die Skalpelle?«

Sie öffnete den verzierten Deckel und schaute hinein. »Ich sehe Gegenstände aus Metall. Die Schere ist das Einzige, was ich kenne.«

»Da sind drei Klappmesser mit Knochengriff.«

»Ja«, stieß sie hervor und starrte die Messer entsetzt an. »Aber um Gottes Barmherzigkeit willen, ich muss ihm Mohnsaft geben, bevor ich es tue.«

»Nein, wenn er trinkt, wird er am Erbrochenen ersticken.«

In der Kajüte hielt Anne verzagt inne, vor Verzweiflung zitternd.

»Hört Ihr mir zu, Mylady?«

»Ja.«

»Das Wichtigste ist jetzt, schnell zu handeln. Ihr müsst die Beulen ausbluten lassen, indem ihr äußerst rasch schneidet, denn es wird ihm große Schmerzen bereiten.«

Bei dem Gedanken stockte ihr der Atem. »Dann lasst mich ihm Blutegel setzen. Ich weiß, wie das geht, ich habe es für meinen Vater getan, wegen seiner Gicht.«

»Wenn Ihr nicht den Mut für diese Operation habt, Lady Anne, dann rate ich Euch, zu Euren Gebeten zurückzukehren, und ich gehe wieder zu meinen wartenden Patienten.«

»Bleibt, Doktor!«

»Ich bleibe, wenn Ihr mir sagt, dass Ihr den Mut aufbringt, ihm diese Chance auf Überleben zu gewähren, aber ich flehe Euch an, zögert nicht länger!«

Sie antwortete so ruhig, wie sie vermochte. »Ich werde es nicht länger aufschieben.«

»Öffnet zuerst die Beule in seinem Nacken, Mylady, aber mit größter Eile. Ihr müsst das Messer herausziehen, bevor er beginnt, um sich zu schlagen.«

Ihr Atem ging stockend. Der Gedanke, John Gilbert zu verletzen, war ihr unerträglich. Jede Faser ihres Körpers sagte ihr, dass sie dies dem Mann, den sie liebte, nicht antun konnte. Und doch wusste sie, dass es keinen anderen Ausweg gab. Anne streckte die linke Hand aus. Sie hatte sich kaum unter Kontrolle, als sie Johns Gesicht berührte, den Daumen auf seinen Wangenknochen presste und seinen Kopf drehte, bis die Beule in seinem Nacken vor ihr lag.

Er stöhnte leise, als er den Druck spürte, und rief ihren Namen. Ihre Lippen näherten sich seinem Ohr. »Ich bin hier, Johnny.«

Dr. Wyndham wurde ungeduldig. »Was soll das Geplänkel? Seid Ihr bereit, Mylady?«

Sie atmete tief ein. »Ja.«

»Dann schneidet zu!«

»Gott führe meine Hand«, betete sie und zwang sich, den Schnitt schnell auszuführen. Sie zuckte zusammen, als sein Fleisch unter dem Messer nachgab, und sah dann entsetzt, wie die riesige Beule sich öffnete wie ein grotesker roter Mund. Sie zog das Messer so schnell heraus, dass es ihr aus der Hand fiel und beim Aufprall am Boden zerbrach.

Ein animalischer, spitzer Schrei entwich Johns Mund. Seine Augen waren weit aufgerissen und er versuchte, sich aus ihrem Griff zu befreien, aber sie stemmte sich schluchzend mit aller Kraft dagegen und hielt seinen Kopf so fest, wie sie nur konnte.

Ein zweites Aufbäumen löste ihn beinahe aus ihrem Griff und brach ihr das Herz. Sie war vor Tränen blind, während sie ihn festhielt, bis sein Körper in sich zusammensank und er reglos dalag.

»Ich habe ihn getötet!«, schrie sie.

»Nein, ich schwöre Euch, er ist nicht tot«, rief der Doktor, »nur ohnmächtig. Es ist ein Segen. Schnell, welche Farbe hat das Blut?«

Dickes schwarzes Blut quoll aus der Wunde.

»Schwarz, und danach rot.«

»Gut«, seufzte er. »Kein Zeichen der grünen Fäulnis, die

den sicheren Tod bedeutet hätte. Ihr wart sehr tapfer, Mylady, aber jetzt müsst Ihr so schnell wie möglich die beiden anderen Beulen öffnen.«

Sie klappte das zweite Messer aus seinem knöchernen Griff, und irgendwie schaffte sie es, den Schnitt anzusetzen, diesmal schneller und besser als beim ersten Mal. Als sie die Beule an seiner Leiste erreichte, war sie über sich selbst erstaunt, dass sie dazu imstande war, so nahe an seiner Männlichkeit, die sie noch vor kurzer Zeit zärtlich liebkost hatte. Nach dieser Nacht würde sie diese noch mehr schätzen als zuvor.

Bevor John aus seiner Ohnmacht erwachte, wies der Doktor Anne an, jede Wunde mit einer frischen Harztinktur auszuwaschen. »Ich muss jetzt fort, Mylady, und mich zu den Freudenhäusern begeben«, sagte Dr. Wyndham müde, aber entschlossen. »Irgendein närrischer Kasper hat das Gerücht in die Welt gesetzt, die Syphilis würde gegen die Pest helfen, und die Männer Londons stürmen die Bordelle der Stadt. Ich werde so viele ich kann vor diesem geringeren Übel erretten, obgleich es schwierig sein wird, einen Mann von solch vergnüglichem Gegenmittel abzubringen.«

Sie drückte ihm ihre Dankbarkeit aus, ergriff dann wieder ihr Tuch und tauchte es in die kühlende Mischung aus Essig und Rosenwasser, um Johns Körper und sein Lager zu säubern.

In den nächsten Stunden schien Johns Fieber zu sinken.

Zum ersten Mal seit Tagen war Anne ruhig genug, um über die seltsame Wendung nachzudenken, die ihr Leben genommen hatte, seit ihr Vater sie in John Gilberts Obhut gegeben hatte. Sie hatte mehr über Leben und Tod gelernt als je zuvor, und mehr über die Liebe, so viel mehr. Sie war merkwürdig, die Leidenschaft der Liebe. Sie hatte sie sich anders vorgestellt: ein Zusammenspiel von zärtlichen Worten, Gerüchen, edlem Schmuck; eine gewitzte Unterhaltung bei einem Kartenspiel, und ein leichtes Leben, beschützt vor der harten und gewöhnlichen Wirklichkeit.

Doch musste sie feststellen, dass auch die Liebe aus Ärger und Tränen, Zweifel und Überraschung bestand. Und mehr noch, sie hatte gelernt, dass Liebe nichts mit dem zu tun hatte, was ein Mann ihr gab, sondern mit dem, was sie ihm darbot, und was sie beide teilten.

Diese letzten verzweifelten Stunden, in denen sie mehr Opfer gebracht hatte als je zuvor, hatten ihre Liebe für den Mann, der vor ihr lag, verdoppelt, nein, verdreifacht. Wäre sie nur seine Bettgefährtin gewesen, hätte sie seinen Tod überleben können, aber ihm nun sein Leben zurückzugeben, verband sie auf ewig mit ihm, und über alle Ewigkeit hinaus.

Jenseits der Kajütentür und des bedächtig schaukelnden Decks hörte sie Möwen kreischen, und das Geräusch von Rudern, die in den Dollen knarrten, als ein kleines Boot vorbei und auf den Kai zufuhr.

Anne war fest entschlossen, sich wach zu halten, bis der Morgen anbrach und die Sonne aufging. Nur wenn Johns Körper dann noch kühl war, wollte sie sich etwas Schlaf gönnen.

Sie legte die Arme um ihre Knie und starrte John an. Es war eine lange Nachtwache, aber das störte sie nicht, denn es gab keinen anderen Ort in England, an dem sie jetzt lieber sein wollte.

Während sie ihn atmen sah, langsam und mit der Zeit auch tief, war ihr, als könne sie die Bäume des nahen Whittlewood Forest hören, und das allmähliche Erwachen des geheimen Dorfes. Sie betrachtete John und sah das Unterholz, das bis zum Fluss wuchs, und zwei weiße Körper, Mann und Frau, eng aneinandergepresst im sanften Strom des Wassers. Und der Mann war John Gilbert. Und die Frau war Anne Gascoigne.

Irgendwer hatte irgendwo vor langer, langer Zeit ihre Liebe vorherbestimmt. Alles, was sie getan hatte, um diesem Schicksal zu entkommen, war vergeblich gewesen, und nun war sie John Gilbert gänzlich verfallen, und er ihr, wenn sie nicht alles trog.

Anne beugte sich vor und legte eine Hand auf Johns stoppelige Wange, die jetzt mehr denn je eine Rasur nötig hatte, und spürte, dass sie kühl war. Er begann zu frösteln, und ohne darüber nachzudenken, zog sie sich aus, legte sich neben ihn und schloss seinen nackten Körper in ihre warmen Arme. »Ich liebe dich so sehr, Johnny«, flüsterte sie in sein Ohr.

Fünfzehntes Kapitel

Feuer in seinen Adern

»Ich habe beschlossen«, verkündete Anne einige Tage später nur ein klein wenig befangen auf dem Deck des Kahns, ihre Augen fest auf Johns Gesicht geheftet, »dass ich jetzt, da ich mein Keuschheitsgelübde gebrochen habe, auch auf meinen Adelsstand verzichten werde, so dass wir heiraten können.« Sie nahm all ihren Mut zusammen und sprach weiter, bevor er etwas erwidern konnte. »Wenn es das ist, was uns trennt, werde ich es aus der Welt schaffen.«

Sie ließ einen Augenblick verstreichen, und noch einen, aber er sah sie nicht an. Bei Gottes Eingeweiden! War er denn taub? Anne trat näher und brachte ein Argument zu ihren Gunsten vor: »Ich meine, wir folgen einem großen Vorbild. Denk nur an Eleanor Plantagenet, die Schwester von König Henry, die das Gleiche für Simon De Montfort tat.«

Ihre Worte trafen ihn mitten ins Herz. Es gab eine Zeit, da hätte er über diesen Sieg triumphierend gelacht, denn er bestätigte seine Macht als Verführer und die Leichtigkeit, mit der Gentleman Johnny den Widerstand jeder Frau brach. Aber so war es nun nicht mehr, und er klammerte sich an die Reling, um die saubere, heilende Luft nach dem Morgenregen tief einzuatmen. Er war noch blass und schwach, aber es war erstaunlich, wie er jeden Tag kräftiger wurde. Er wandte den Blick von dem Kriegsschiff ab, dass in der Flussmitte vorbeizog, zweifellos auf dem Weg nach Medway zu einer Schlacht mit den Holländern, und lächelte Anne schief an.

»Und wenn ich mich recht entsinne«, sagte er, »hat König Henry Simon als Belohnung bei Evesham in recht kleine Stücke hacken lassen.«

Sie nickte mit leuchtenden Augen. Das war der Johnny, den sie kannte. »Wo du es jetzt erwähnst, erinnere ich mich dunkel, solch unangenehme Dinge gelesen zu haben.«

»Hast du auch bedacht, dass ein vierhundert Jahre alter Vorfall zwischen der Königsfamilie und dem Adel sich nicht so recht übertragen lässt auf eine Hofdame und einen modernen Ritter der Straße?«

»Du lachst mich aus«, sagte sie, »und ich dachte, du wärst, nun ja —«, das Wort ›glücklich‹ lag ihr auf der Zunge, aber sie besann sich schnell genug und sagte stattdessen ›inte-ressiert‹.

»Oh, ich *bin* interessiert, sogar sehr interessiert«, erklärte er und runzelte die Stirn, als überlege er sich ihren Vorschlag gründlich. »Aber du hast dein Keuschheitsgelübde vorschnell abgelegt, wegen des Verrats eines Mannes, der dich gezwungen hat, deine liebende Natur zu verbergen, ohne das wahre Leben zu kennen. Nun willst du wieder übereilt deinen rechtmäßigen Platz in der Welt aufgeben. Anne, eines Tages wirst du dir einen Ehemann wünschen, der deinem Namen ebenbürtig ist, und seine Kinder gebären wollen; du wirst die Dame sein wollen, die zu sein, du geboren wurdest. Ich kann dir das nicht nehmen, wenn ich dir nichts bieten kann.«

Sie reckte das Kinn vor. Der belehrende, fast väterliche Ton, den er angeschlagen hatte, passte ihr nicht, und nun antwortete sie ebenso. »Sir, ich gelobte, meinen Körper niemandem hinzugeben, und jetzt gelobe ich, ihn zu überlassen, wem es mir beliebt, einem Mann nach meinem Wunsche. Niemals werde ich mich wie ein Stück Vieh meistbietend versteigern lassen.«

Er lächelte reumütig. »Ich habe allen Grund, dir zu glauben, ebenso wie Black Ben und Earl Waverby, wenn ich mich recht entsinne.«

»Dein Erinnerungsvermögen ist ungetrübt«, sagte sie, und befühlte die italienische Klinge, die sie auf der Hüfte unter ihrem Mieder trug. Aber dann lächelte auch sie, und fühlte sich plötzlich äußerst kokett. »Herr Straßenräuber«, meinte sie und klopfte mit einem unsichtbaren Fächer auf seinen Arm. »Eure Worte dünken mich doch recht sonderbar. Ich hatte in meinen Gedanken bereits Eure Antwort formuliert.«

»Und was habe ich gesagt? – In Euren Gedanken, versteht sich.« »So etwas wie ›Geld oder Leben, Fräulein!‹« »Da habt Ihr dem Geschwätz der Diener Glauben geschenkt. Ich würde gewiss Euren Schmuck an mich nehmen, aber niemals würde ich solche Worte an eine schöne Dame richten, vor allem nicht an eine, die solch Erstaunliches verkündet hat: ihre Ehre und ihre Stellung im Leben aufzugeben, und all das innerhalb von nur zwei Wochen. Ich würde ihr stattdessen raten, an ihre Zukunft zu denken, und ihren Wert auf dem Heiratsmarkt zu erhalten.« Er drehte sich wieder zur Reling, um das vorbeifahrende Kriegsschiff zu betrachten, das auf Deptfort zuhielt. Die Seeleute ruderten, was die Riemen hergaben.

Die scheinbare Zurückweisung ließ Anne tief erröten. Sie hatte gedacht, wenn sie auf ihre Privilegien im Leben verzichtete, würde sie seine Einwände gegen ihre Verbindung entkräften, und er würde sie in seine Arme schließen und in der Kajüte beglücken, vielleicht sogar direkt hier an Deck.

Denn dessen war er fähig. Das war ihr klar, sie hatte bei Nell den handfesten Beweis dafür gesehen, und selbst an dem Morgen, als er gerade aus seiner Umarmung mit der Ewigkeit erwacht war. Vielleicht hatte sie seine Gefühle und den Ring an ihrem Finger falsch eingeschätzt? Hatte er etwa eine ganze Kiste mit solchen Ringen, um Frauen in sein Bett zu locken und sie zugleich vom Altar fernzuhalten? Ihr durch ganz England zu folgen und sie in seine Spiele der Liebe zu verwickeln, bis sie keinen klaren Gedanken mehr fassen konnte, war alles doch nur ein böser Trick gewesen?

»Vergesst auch diesen neuen Schwur, Sir, da er für Euch

von so geringem Interesse zu sein scheint. Tatsächlich scheint er Euch ja eher zu grämen.«

Sie lachte laut, doch so sehr sie es auch versuchte, konnte sie den bitteren Unterton nicht verhehlen. Erst nach einer Ewigkeit suchten seine dunklen Augen die ihren, und als er sprach, war sein Ton eindringlich. »Heg keinen Groll gegen mich, Anne. Du hast dich nicht in mir getäuscht.«

Aber sie wagte nicht mehr, ihm zu glauben, nachdem ihr Urteil zuvor so fehlgeleitet gewesen war. Jede verliebte Frau war wie die tanzende Salome, die einen Schleier nach dem anderen abwarf, um ihre tiefste Seele zu entblößen, aber zugleich auf der Hut und bereit, den Schleier wieder zu ergreifen und ihre Liebe zu verbergen, sobald sie Ablehnung erahnte, sonst war ihre Selbstachtung auf ewig verloren.

Anne wich von ihm zurück, und in ihrer Stimme schwang ihre Erniedrigung mit. »Im Gegenteil, Sir, ich habe mich durchaus in Euch getäuscht. Haltet Euch nicht für einen Wahrsager, der meine Gedanken lesen kann.« Ihre grünen Augen blitzten vor Zorn auf, sie konnten die Enttäuschung nicht ertragen. Rasch drehte sie herum, um fortzugehen.

Ebenso schnell packten sie zwei große starke Hände und zogen sie eng an die Brust, wenn er auch merklich erbleichte, als die Wunden, die sie ihm zugefügt hatte, zu pochen begannen. »Genug, Anne! Du hast dein Leben aufs Spiel gesetzt, und dafür stehe ich auf ewig in deiner Schuld. Ich schulde dir mein Leben.«

»Ich schenke es dir und bin froh, es los zu sein.«

Sie befreite sich und ging bis zur Kajütentür. Dort blieb sie stehen und wünschte sich, alles zurückzunehmen.

Er fing sie wieder ein. »Süße Anne – Anne.« Ihr Name war ein sehr kurzes Wort, umso viel damit auszudrücken, aber sie hörte darin alles, von dem sie gehofft hatte, es läge in seinem Herzen und auf seinen Lippen. Er stand hinter ihr und hauchte ihren Namen wieder und wieder in ihr Haar.

»Habe ich dir je gesagt, dass dein Haar die Farbe der Blätter im Herbst hat?«, fragte er.

»Sag es mir jetzt«, bettelte sie und lehnte sich gegen ihn.

Er öffnete die Tür mit dem Fuß, und sie traten eng umschlungen über die Schwelle und taumelten auf das Bett zu, wie Ertrinkende, die durch turbulente Wasser auf noch wildere Ufer zutreiben.

Im schwachen Licht der Kajüte erschien ihr sein Köper, den sie gepflegt hatte, beinahe bis an ihr beider Ende, wieder als die Gestalt des Liebhabers, der er vor der Pest gewesen war. Sie musste sich auf die Lippen beißen, um ihn nicht anzuflehen, jeden Teil ihres Körpers zu berühren, besonders die Stellen, die für gewöhnlich vor Blicken verborgen waren. Ihre mädchenhafte Zurückhaltung war gänzlich verschwunden. Sie hatte sie in Nells Zimmer zurückgelassen und würde sie niemals wiedererlangen.

John war bereits so weit erregt, wie er nur ertragen konnte, so viel war sicher. Er konnte sich nicht mehr zügeln, weder das Anschwellen seiner Männlichkeit noch sein schnelles tiefes Keuchen, das das Feuer in seinen Lenden weiter entfachte.

In seinem tiefsten Herzen wusste er, dass er seine Hosen jetzt anbehalten musste und diese Frau nicht noch weiter in ihr Unglück stürzen durfte, aber noch einmal, nur noch ein einziges Mal wollte er spüren, was ihm hätte gehören können, wäre er nicht als Kind der Liebe, als Sohn eines Milchmädchens geboren. Anne Gascoigne und John Gilbert. Es erfüllte ihn mit großer Genugtuung, ihre Namen zusammen zu sehen, und es hätte sein können, wäre er Herzog Lakelands ehelicher Sohn gewesen.

Er musste sie nur ansehen, um zu erkennen, dass sie ihn liebte und begehrte. Und er wusste, dass er von nun an sein Leben ohne sie fristen musste.

Anne kniete auf dem Lager, John vor ihr. Sie wollte sich nur zu gerne vor ihm ausstrecken, er aber hinderte sie daran, auch wenn es ihn einiges von der Entschlossenheit kostete, der er doch so dringend bedurfte.

Sein Mund berührte ihre zitternden Lippen, und ihn durchfuhr ein Verlangen, das nichts mit dem zu tun hatte, was sein Verstand kurz zuvor beschlossen hatte. Er hielt inne und ließ sich auf seine Fersen sinken.

»Habe ich etwas falsch gemacht?«, fragte sie. Ihre Lippen bebten noch immer. »Ich bin noch nicht so geschickt wie …«

»Nein, Anne, *ich* habe etwas falsch gemacht. Ich dachte, ich könnte …«

»Aber das kannst du. Du kannst mit mir tun, was du willst, was wir in Nell Gwyns Haus gemacht haben … Was du mit Nell Gwyn gemacht hast.«

»Das ist etwas anderes«, sagte er rau. Das war es tatsächlich. Er bestritt nicht, dass Nellie eine sinnliche Frau war, dass sie ihm großes Vergnügen bereitet hatte, und er ihr. Alles an ihr, von ihrem engelhaften Mund bis zu den Füßen, war sanft geschwungen und wie dafür gemacht, einen Mann in Versuchung zu führen. Und zwischen den Laken sagte Nell verführerische Worte, die auch jene erregte, die der einfachen Mädchen vom Lande überdrüssig waren. Ja, weiß Gott, er hatte die Gunst der größten Schauspielerin der Epoche genossen, aber geliebt hatte er sie nicht. Er liebte Anne, liebte sie verzweifelt. Es war Anne, die schwierige, widerspenstige, gefährliche, wunderschöne und jetzt auch mutige Anne, die sich in seinen Gedanken vor allen anderen Frauen auszeichnete.

Welch großes Unglück, dass Sir Samuel ihn nicht am Galgen baumeln ließ! Jetzt steckte sein Kopf noch viel tiefer in der Schlinge der Liebe, und er wollte sich nicht einmal befreien. »Das ist der Unterschied«, sagte er laut die Worte, die er eigentlich nicht hatte aussprechen wollen.

»Was ist der Unterschied?«, fragte Anne und klammerte sich an seine Hand. »Bin ich nicht mehr die Frau, die ich vor ein paar Tagen war? Begehrst du mich nicht so, wie ein Mann jede andere ihm zugeneigte Frau begehren würde?«

Er stöhnte. »Jedenfalls stellst du genau so viele Fragen wie jede andere Frau.«

»Oder mehr«, sagte sie, schmiegte sich an ihn und zwang ihn, den Arm um ihre Schulter zu legen. »Wann wusstest du zum ersten Mal, dass du – nun ja, dass du —« Sie kämpfte mit den Worten und sah ihn an, ihre feuchten grünen Augen fest auf die seinen gerichtet.

»Dass ich dich in mein Bett holen wollte?«, beendete er ihre Frage. »Das hast du mich bereits gefragt, mein Herz.«

»Aber ich könnte die Antwort immer und immer wieder hören. Ich begehre dich, John, so sehr wie beim ersten Mal, als wir nass waren und froren, und ...«

Die Erinnerung an ihr Bild in jener Nacht war zu viel für seine wankende Entschlossenheit. Er küsste sie erneut, und sie öffnete den Mund, so dass er ihren heißen, schnellen Atem auf seiner Zunge spürte. Und wider sein enorm strapaziertes besseres Wissen legte er sie auf die Laken nieder, öffnete ihr Mieder und umschloss ihre Brüste, auch wenn er ahnte, dass diese Berührung ihm das letzte bisschen Verstand rauben würde.

Anne fühlte sich, als fließe sie in ihn hinein, als gieße jemand ohne Unterlass eine Glut des Glücks in ihre Glieder. Sie wusste nicht genau, wann, aber sie merkte plötzlich, dass sie ihre Zunge in seinen Mund entsandt hatte, und dort die seine zum Spiel aufforderte. In diesem Augenblick schickten seine Hände zuckende Blitze durch ihre Brüste, und tief aus ihrer Kehle entrang sich ein leiser, animalischer Laut. John sog scharf die Luft ein. Es war, als habe sie ihn mit einem unbeabsichtigten Peitschenhieb getroffen. »Oh Gott, Anne!« Sein Atem ging schwer, und jeder Atemzug erinnerte ihn daran, dass er ihretwegen noch unter den Lebenden weilte und ihr alles schuldete, außer seiner Ehre. Doch war seine Männlichkeit war hart und glühend, hatte seine ganz eigenen pulsierenden Bedürfnisse und keine Ehre kannte, wie jeder wusste. Wer konnte es ihm verdenken, wenn er nur noch ein einziges Mal seinem Leib seinen Willen ließ?

»Du bist noch viel schöner als damals«, keuchte er, und seine Worte erstickten in Verlangen. Er beugte sich hinunter, um an ihrer Brust zu saugen, während eine freie Hand ihren aufgebäumten Körper und ihr Bein entlangfuhr, nach dem Saum ihres Kleides tastend, das er hochschob, bis ihre Scham vor ihm lag. Gerne hätte er ihr gezeigt, wie er ihr auch auf andere Weise Lust verschaffen konnte, aber junge Liebe ist ungeduldig, und er riss an den Knöpfen seiner Hose, denn er würde keinen weiteren Aufschub ertragen.

Noch immer bekleidet, aber unfähig, sich oder ihr diese Wonne zu versagen, drang er tief in ihren Liebesquell ein. Anne dachte, sie hätte seinen Rhythmus ewig in sich spüren wollen, aber sobald er in ihr war, erreichte ihre Leidenschaft immer größere Höhen, bis sie dachte, sie müsste sterben vor heißer, zitternder Begierde und atemloser Ohnmacht. »Jetzt, Johnny, JETZT!« Und er gehorchte, und ergoss seine Liebe in sie, als sie den Gipfel der Leidenschaft erreichte. Ihre Köper sanken eng umschlungen in sich zusammen.

Anne lag unter John, Tränen in den Augen.

Er spürte einen Tropfen auf seiner Hand und hob den Kopf, der auf ihre Brüste gebettet war, um sie beunruhigt anzusehen. »Anne, Liebling, habe ich dich irgendwie verletzt?« Sie schüttelte den Kopf.

»Warum weinst du dann?« Mit großer Anstrengung schaffte sie es, in sein Gesicht zu blicken.

»Vor Freude«, sagte sie, und ihre Stimme war sehr sanft und klang erstickt. »Es ist nur, weil ich so glücklich bin, mein Johnny. Ich hätte nie gedacht, dass ich einen Mann so lieben könnte, heute mehr noch als vor einer Woche, mehr als gestern, und morgen sicher noch viel mehr.« Sie seufzte, und der Seufzer durchlief ihren ganzen Körper. »Wir gehen nach Whittlewood. Ich werde glücklich sein, wenn ich mein Leben mit dir im Wald verbringen kann.«

John erstarrte. Sie sprach die Worte, die er selbst im Herzen trug, und er wünschte nichts sehnlicher als ihre Zustimmung, aber so würde er ihr noch mehr Unrecht antun, als wenn er nur ihren Körper entehrte. Nahm er sie zur Frau, würde er sie dazu verdammen, sein Schicksal mit ihm zu teilen. Irgendwann, und vermutlich schon sehr bald, würde man sie ergreifen und an den Galgen bringen, sie bei lebendigem Leibe abschneiden und von vier Pferden zerreißen lassen. Ihr Geschlecht und ihre Schönheit würden ihr nicht helfen, so wie ihn weder seine Klugheit und List noch seine Liebe zu ihr retten konnten.

Waverby würde nicht eher ruhen, bis er sich an ihnen gerächt hatte, an dem Straßenräuber, der ihn zum Narren gehalten hatte, und an der Frau, die ihn und seinen Stand verraten und so seinen Plan vereitelt hatte, zum Günstling des Königs aufzusteigen.

John starrte sie an, fest entschlossen, nun zum letzten Mittel zu greifen. Ihre leuchtenden Augen sahen ihn noch immer schüchtern an. Sie erinnerten ihn an jene seltenen Tage, an denen ein Regenbogen, nein, zwei Regenbogen, einen leichten Sommerregen begleiteten.

»Anne, schau mich an«, sagte er. Sein Finger wischte eine Träne auf ihrer Wange fort, schob sich unter ihr rundes, liebreizendes Kinn und drehte ihr Gesicht dem seinen zu.

Ihre Hand schlüpfte in sein Wams und legte sich auf sein noch immer laut klopfendes Herz. Er unterdrückte ein langes, tiefes Seufzen und fuhr mit dem fort, was er um ihretwillen sagen musste. »Anne, hast du bei Hofe Freunde – jemanden, der beim König für mich Fürsprache halten könnte?«

»Niemand hat mehr Einfluss als Edward. Oh, der König könnte ihn vom Hof verbannen, falls er seine königlichen Wünsche enttäuscht, doch wenn er nur will ist Edward zu unterhaltsam, um auf Dauer verbannt zu werden.« Ihre

Stimme wurde fest. »Seine Majestät ist bereit, für einen Augenblick des Vergnügens einen hohen Preis zu bezahlen.«

»Was ist mit Barbara Castlemaine?«

»Glaubst du etwa, Johnny, die Mätresse des Königs würde dem Wunsche einer möglichen Nebenbuhlerin nachkommen?«

»Das könnte sie, wenn ihr zum Vorteil gereicht. Mir ist zu Ohren gekommen, dass sie große Schulden hat. Was, wenn meine Bande in Whittlewood Forest *ihr* jährlich Lord Waverbys tausend Guineen zahlen würde? Sie könnte mir den Schutz vor dem königlichen Zugriff gewähren, den Waverby uns jetzt wohl entzogen hat. Die Straßen von Oxfordshire sind für mich doch ein allzu einträgliches Revier, um es einfach aufzugeben, Mylady.« Er ließ seine Stimme so geschäftsmäßig wie möglich klingen.

Ihre Finger hielten auf seiner Haut inne. Langsam zog sie die Hand auf seinem Herzen zurück. Einen unendlichen Moment lang starrte sie ihn an und er erkannte, dass sie eher neugierig als verärgert war. »Warum all diese Fragen?«

»Verflucht noch mal, Weib, muss ich denn das Offensichtliche erklären? Ich will, dass du nach Whitehall gehst, die Dirne des Königs wirst und mich rettest!«, rief er und kroch wütend zum entfernten Ende des Bettes.

Da lächelte sie und sah so viel weiser aus, als es ihrem Alter oder ihrer Schönheit entsprach. »Johnny, du täuscht mich nicht, nicht eine Minute. Ich weiß, dass du mich nicht als Hure an den König verhökerst, nicht einmal für deine eigene Sicherheit. Warum sollte ich so etwas glauben?«

Jetzt stieg in ihm wirklich Wut auf. Ja, es stimmte, er hatte all die ihm fremde Falschheit aufbieten müssen, zu der er fähig war, um solch verabscheuungswürdige Dinge zu sagen, und dennoch hatte sie ihm nicht geglaubt.

Er sprang vom Bett hoch. »Ich soll verdammt sein, wenn ich je wieder einer wie dir verfalle!«

Entzückt lachte sie ihn an, denn sein jämmerliches Fluchen klang in ihren Ohren wie die leidenschaftlichste Liebesbezeugung. »Ich versichere dir, John Gilbert, dass du niemals wieder jemanden wie mich lieben wirst. Dafür werde ich schon sorgen. Ich biete dir ein betörend warmes Plätzchen«, sie dämpfte die Stimme verführerisch, wie sie es gerade gelernt hatte, »Gentleman Johnny, wenn du nur zu mir kommst.«

Selbst in ihren Ohren klangen die Worte gewagt, und sie war aufgeregt, weil sie wusste, dass sie so etwas aussprechen konnte … und es genauso meinte.

Er führte eine zitternde Hand an seine Stirn.

Sie erkannte, dass er noch immer geschwächt war, von der Pest oder ihrem Liebesspiel, vielleicht war er schwächer, als er wusste. Sie stand auf, um ihm zu helfen, denn nach seiner Krankheit war ihr mütterlicher Instinkt noch immer stark.

»Bleib da«, fuhr er sie an, und hielt sich am Operationstisch fest. »Wenn du näher kommst, werde ich nicht fähig sein zu sagen, was gesagt werden muss.«

Anne schob sich auf ihn zu, unfähig und unwillig, stehen zu bleiben, nicht länger über ihre Unverfrorenheit erstaunt. »Nun, John, wenn es so leicht ist, dich davon abzulenken, kann es nicht sehr wichtig sein. Denkst du nicht auch?«

»Bleib, wo du bist! Ihr habt den listigen Charme eines neckischen Luders, Mylady, trotz Eures jungfräulichen Rufes. Vielleicht ist an Euch *wirklich* eine Dirne verloren gegangen.«

Sie lachte über seinen allzu offensichtlichen Versuch, sie zu kränken, und setzte ihren Weg mit winzigen, aber festen Schritten fort. Sie wollte ihn nicht ängstigen, denn sie wusste, dass er eingekesselt war wie ein junges Tier, alle Fluchtwege abgeschnitten. »Vielleicht wollt Ihr Eure Theorie persönlich überprüfen, Sir, und selbst entscheiden, ob ich ein Luder bin, eher Jungfrau oder Dirne.«

Ihre Stimme war so tief und vergnügt, dass er sich in jedem anderen Fall sofort ergeben hätte. Aber das konnte er nicht. Was er tun konnte, war, einen großen Schritt auf sie zuzumachen und sie in die Arme zu schließen.

»Geht zum Teufel, Anne, du und deine klugen Worte. Hör mir gut zu. Wir können niemals gemeinsam in Whittlewood Forest leben. Wenn wir aus London entkommen, kann ich dir nichts weiter bieten als ein Leben voller Gefahren und den Tod. Aber nicht einen Tod, der dich am Ende deiner Tage in deinem Bett aufsucht, sondern das Vierteilen auf Tyburns blutigem Hügel, wenn du noch jung und schön bist. Denkst du, Liebste, dass du mit diesem Wissen leben könntest?«

»Das ist mir egal«, wiederholte sie den Ruf der Liebenden seit alten Zeiten. »Wir werden heiraten, und so lange zusammen sein, wie Gott es wünscht. Selbst, wenn es nur ein Jahr ist.«

»Das glaubst du jetzt, aber würdest du es auch auf dem Schafott denken? Du wirst meinen Namen verfluchen. Ich kann dich nicht heiraten und das alles in Kauf nehmen.«

»Dann vergiss die Heirat!« Sie schlang die Arme um seinen Hals.

»Denkst du, ich nehme dich zu mir, ohne Trauschein und Namen, wie eine beliebige Magd, und sehe zu, wie du alt und verbittert wirst, und namenlose Bastarde in die Welt setzt, die ein Leben lang verachtet werden, die die Zielscheibe des Spottes sind von Kindheit an?«

»Nichts, was du da sagst, schert mich auch nur im Geringsten«, erwiderte sie mit fester Stimme. Wieder spürte er ihren Atem an seiner Brust, voll warmem Verlangen.

»Aber das sollte es, meine liebste Anne. Es ist für mich eine Frage der Ehre, dich nicht mit mir in den Abgrund zu reißen«, gab er zurück, und seine Stimme klang nicht weniger entschlossen als die ihre. »Und meine Ehre ist so ziemlich alles, was ich auf meinen Namen besitze.«

»He, ihr dort auf dem Schiff!«

Erschrocken sahen sie sich an.

»Das ist weder der Doktor noch sein Sohn«, sagte Anne. »Warte hier, Johnny, zeig dich nicht.«

Sie trat zur Tür und öffnete sie. »Wer da?«, fragte sie.

»Der Gemeindekonstabler«, rief der Mann auf dem Kai. »Euer Siegel ist erbrochen. Gibt es Pesttote, die begraben werden müssen?«

»Nein«, antwortete sie. »Die Kranken sind genesen.«

»Gelobt sei Gott!« Der Mann nahm seinen Hut ab, während John sich hinter ihr im Dunkel der Kajüte regte.

Sie spürte, dass etwas nicht in Ordnung war. »Dreh dich nicht um, Anne«, sagte John, und sie hörte, wie er seinen Gürtel anlegte und das Schwert hineinschob. »Wo sind die Pistolen?«

»Ich habe sie in Edwards Kutsche gelassen. Warum? Was geschieht hier? Sag schon!«

»Das ist kein Konstabler. Das ist Waverbys Dienstmann, der, dem ich den Mohntrunk verabreicht habe, als ich die Kutsche stahl. Man hat uns entdeckt, aber sie werden dich nicht bekommen.«

Sie dachte fieberhaft nach. Er war noch zu schwach, um es mit mehreren Männern aufzunehmen, und wenn das einer von Edwards Bediensteten war, dann gab es bestimmt noch andere.

Als wollten sie ihren Gedanken bestätigen, erschienen mehrere Männer in Waverbys blau-silberner Livree mit gezogenen Schwertern und Pistolen auf dem Kai. Schräge Sonnenstrahlen fielen auf eine goldene Kutsche, die aus der Tower Street kam und auf den Kahn zufuhr.

»Versteck dich!«, flüsterte sie. »Tu es jetzt, Johnny!« Noch während sie sprach, trat sie an Deck, blinzelte in die helle Sonne und schritt schnell über den Landungssteg auf den Kai zu. Waverbys Männer bildeten ein respektvolles Spalier.

Die Kutsche kam kurz vor ihr zum Stehen, und sie sah in die triumphierenden blauen Augen von Edward Ashley Carter, Earl von Waverby. »Mylord«, sagte sie, und staunte selbst über ihre feste Stimme, »hier bin ich nun, bereit zu tun, was du von mir verlangst. Lass uns schnell aufbrechen.«

Er öffnete die Wagentür und verneigte sich, während er sie hineinwinkte. Als sie saß, starrte er sie mit dem bösartigsten Blick an, den sie jemals gesehen hatte. Sie musste all ihre Willenskraft aufbringen, um nicht flehend vor ihm auf die Knie zu fallen.

»Durchsucht das Boot!«, befahl er seinen Männern und schaute ihr dabei lächelnd in die Augen.

»Das ist nicht nötig, Edward«, empörte sie sich. »Du siehst doch, dass ich allein bin.«

Aber seine Männer schwärmten bereits aus, und nachdem man die Geräusche eines Handgemenges und ein kurzes Schwerterklirren vernommen hatte, brachten vier von ihnen einen sich windenden John Gilbert heraus.

»Schafft ihn in die St. James Street und bringt ihn dort in die Ställe«, rief Waverby, »und in meiner Hochzeitsnacht – WIRD ER ENTMANNT!«

Annes Schrei klang noch in Johnnys Ohr nach, als die Kutsche schon längst wieder in den dunklen Gassen der Stadt verschwunden war.

Sechzehntes Kapitel

Die neue Anne Gascoigne

Ein unheimliches Heulen riss Anne in ihrem Bett in Waverbys Haus am St. James Place aus ihren Albträumen und ließ sie hochfahren.

Ein junges Dienstmädchen schob, ihr pockennarbiges Gesicht voller Sorge, die Bettvorhänge zurück. »Mylady, ihr habt geträumt und Euch gefürchtet.«

Anne nickte nur. Sie traute ihrer Stimme nicht, nach dem furchtbaren Schrei, der ihrer Kehle gerade noch entwichen war.

Heute war der Tag ihrer Vermählung, und in dieser Nacht würde sie von Edward besudelt werden. Das hatte er ihr in der Kutsche auf dem Weg von Tower Wharf zynisch versprochen. Als das Bild von Edwards weißem, langem und verhasstem Körper vor ihrem inneren Auge erschien, musste sie an Johns muskulöse, gebräunte Glieder denken. Es war mehr, als sie ertragen konnte, und dennoch konnte sie ihn nicht aus ihren Gedanken verbannen.

Edwards genaue Worte hatten sich in ihre Erinnerung eingebrannt: »Und wenn ich befriedigt bin, wie ein Gatte es verlangen kann, wirst du ein Fläschchen Schafsblut in das Bett des Königs mitnehmen. Du bist nicht die erste Dirne, die so ihre Unschuld beweist, noch wirst du die letzte sein.« Es bereitete ihr wenig Genugtuung, dass sie auch für Edward solch ein Fläschchen brauchen würde, denn ihr Jungfernblut hatte sie John auf Nells Bett geopfert.

Und Johnny, was wurde aus ihm? Schon sein Name ließ eine Flut von Bildern in ihr aufsteigen, und darunter eines, das sie sich kaum ausmalen wollte. Er würde die brutalste Erniedrigung erleiden, die man dem Körper eines Mannes je zufügen konnte: die Entmannung. Und das war ihr Fehler, ganz allein ihrer.

Allzu lange hatte sie John Gilberts Ehrbarkeit verleugnet und war störrisch ihren eigenen Weg gegangen. Und John, auch nach dem Tod ihres Vaters durch seine Ehre dem Schwur verpflichtet, war ihr nach London gefolgt, und hatte sich größter Gefahr ausgesetzt. Sie war verantwortlich für das, was mit ihm geschehen würde. Bis ins Grab würde sie an dieser Schuld tragen.

Die Bilder, die sich vor ihrem inneren Auge abspielten, ließen sie unter der Bettdecke erzittern:

Edwards gedungene Männer, die John festhielten, ein scharfes Messer, das im Licht der Stalllaterne blitzte und niedersausen würde, um seinen wunderbaren männlichen Körper zu verstümmeln, der ihr noch vor Kurzem so unendliche Lust verschafft hatte. Sie schlug die Hand vor den Mund, um den Schrei zu unterdrücken, der in ihrer Kehle aufstieg.

Um sie herum hantierte geschäftig das Hausmädchen, strich die Daunendecke glatt und schüttelte die Kissen aus belgischer Spitze auf. Sie verschwand für einen Augenblick und kehrte mit einer Schüssel und sauberen Handtüchern zurück. »Mylady Anne«, sagte das Mädchen mitfühlend, »Eure Augen sind jämmerlich geschwollen.«

»Es kümmert mich nicht«, erwiderte Anne und ließ sich in die Kissen zurücksinken. Mit der Hand versuchte sie, ihre Augen vor dem Sonnenlicht zu schützen, das durch das gegenüberliegende Fenster hereinfiel. Es stand offen, und die leichte Brise brachte bereits schwülwarme Luft herein. Sie hörte, wie unten auf der Straße Händler ihre Ware feilboten. »Spitzenborten, lang und fest!« Eine noch lautere Männerstimme rief: »Ihr Mütter, ich bringe frische Eselsmilch, das Beste für eure Kinder!«

Die Dienstmagd seufzte. »Aber Mylady, Ihr müsst mit dem Weinen aufhören. Mylord Waverby will Euch heute beim Hochzeitsessen dabeihaben –«

»Ich werde nicht gehen.«

»Oh, Mylady!«

Die hässliche kleine Magd sah so entsetzt aus, dass sie Anne leid tat. Und schließlich würde eine Weigerung ihre Situation nur verschlimmern. Edward duldete keinen Widerspruch. Das wusste Anne nur zu gut. Mit bitterer Gewissheit war sie sich dessen bewusst, dass ihre Kräfte heute auf die Probe gestellt werden würden. Und sie durfte sich keine Schwäche erlauben, wenn John eine Chance haben sollte zu überleben. »Dann tu, was du tun musst, Kind.«

»Erlaubt mir, Euer armes Gesicht zu waschen, Mylady.« Die Dienstmagd tauchte ein sauberes Tuch in kühles Rosenwasser mit Apfelwein und fuhr damit vorsichtig über Annes Augen, dabei gurrte sie leise, wie zu einem Kind. Die sanfte Berührung erinnerte Anne daran, wie ihre Mutter sie früher gepflegt hatte, wenn sie krank war. Und die Erinnerung an ihre Mutter ließ Anne an ihren Vater denken, und die Erinnerung an ihren Vater ließ sie daran denken, wie sie John Gilbert zum ersten Mal gesehen hatte, beim Schein des Feuers im oberen Raum eines Gasthofs an der Oxford Road. Seitdem waren kaum drei Wochen verstrichen, und doch ein ganzes Leben.

»Mylady«, sagte die Magd besänftigend, »ich kann eure Schönheit nicht wieder hervorlocken, wenn Ihr nicht aufhört, zu weinen. Was grämt Euch so? Der Earl ist ein schöner Mann. Manche sagen, er ist hart, aber man hört auch, dass er den Frauen gegenüber großzügig ist.« Die Magd errötete. »Verzeiht, Mylady. Ich vergesse mich. Aber ich wollte Euch nur helfen.« Annes Augen waren geschlossen. Das kühle Wasser half tatsächlich gegen den Schmerz und die Schwellung.

»Du gehörst zu den Quäkern?«

»Ja, Mylady.« Sie sprach die Worte ruhig, aber stolz aus.

»Dann weißt du, was es bedeutet, verfolgt zu werden.«

Die Frau nickte. »So ist es.«

Anne hatte Mitleid mit ihr. Die Quäker wurden gehasst

und verfolgt, weil sie glaubten, keine Geistlichen zu brauchen, sondern direkt zu Gott auffahren zu können, selbst die Frauen, was Puritaner und Hochkirche gleichermaßen als Affront empfanden. Jetzt beschuldigte man die Quäker sogar, an der Pest schuld zu sein.

»Wie heißt du?«, fragte Anne.

»Kate, Mylady.«

»Nun, Kate, so unterschiedlich unsere Stellung auch ist, so sind wir doch beide Frauen, und du wirst verstehen, wie es ist, auf unmenschliche Weise den Mann zu verlieren, der all dein Glück bedeutet.« Anne öffnete die Augen und sah die Magd an, deren Hand mit dem feuchten Tuch in der Luft innehielt.

Kate neigte schüchtern das Haupt. »Nein, Mylady, für mein Glück brauche ich nur etwas Brot und Fleisch, ein Dach über dem Kopf und ein Versammlungshaus.« Sie blickte Anne an. »Aber ich wüsste gern mehr über diese Dinge, von denen Ihr sprecht.«

Anne stieß einen langen, tiefen, Seufzer aus. »Bitte nicht um Dinge, von denen du nichts weißt, Kate.«

»Sehr wohl, Mylady«, sagte sie lächelnd und fuhr mit der Waschung fort. Sie berührte Annes Schulter, um deren abschweifende Aufmerksamkeit auf sich zu lenken. »Soll ich Euch jetzt ankleiden?«

Anne ergriff Kates Hand und umklammerte sie. »Ich will ihm eine Botschaft schicken!« Der erschrockene Ausdruck auf Kates Gesicht zeigte ihr, dass das Dienstmädchen von dem Mann in den Ställen gehört hatte.

Kate wollte sich losmachen, doch Anne verstärkte ihren Griff. »Bitte, bei Gottes Liebe!«, stieß sie hervor.

»Ich kann nicht!« Kates Tonfall stand Annes in nichts nach. »Wer gegen seinen Dienstherrn handelt, kommt nach Newgate oder ins Fleet Gefängnis. Und aus diesem Fegefeuer kehrt man nicht zurück, zumindest nicht als dieselbe Person.« Sie duckte sich. »Es tut mir so leid. Bitte, lasst mich nicht auspeitschen, Mistress.«

»Es ist in Ordnung, Kate. Hab keine Angst vor mir, ich verstehe dich«, beruhigte Anne sie.

Sie hatte erwartet, dass die andere Frau so antworten würde, und in gewisser Weise war mit dieser Antwort etwas zu einem Abschluss gekommen. Ihr Instinkt hatte ihr gesagt, dass sie weitaus mehr verlangte als das Überbringen einer Nachricht, sie hatte die Frau gebeten, ihren Herrn zu hintergehen, eine Tat, die ein Verbrechen war oder zumindest als solches geahndet wurde. »Ich werde mich selbst anziehen, Kate. Um wie viel Uhr ist das Hochzeitsmahl?«

»Um sechs Uhr abends, Mylady.«

Anne atmete tief ein und bemerkte den Duft der Glockenblumen in einer Vase an ihrem Bett. Das freundliche kleine Dienstmädchen musste sie dorthin gestellt haben. »Ich werde fertig sein. Du kannst gehen, Kate.«

»Ich danke Euch, Mylady. Wenn es sonst noch etwas gibt, Mylady, was auch immer es ist –«

»Nein, nichts mehr, Kate. Es gibt nichts weiter auf dieser Welt, was ich mir wünsche.«

Die Magd verließ den Raum, schloss lautlos die Tür hinter sich und öffnete sie fast augenblicklich wieder. Sie kaute an ihrer Unterlippe, und dann sprudelten die Worte aus ihr hervor. »Ich überbringe die Nachricht, Mylady. Wie lautet sie?«

Anne kroch aus dem riesigen Bett. »Ich werde sie aufschreiben«, sagte sie und begann hastig, nach Schreibzeug zu suchen.

»Nein, Mylady, ich werde sie auswendig lernen. Wenn sie mich fassen, können sie nur vermuten, aber nichts wissen.«

Anne nickte und fasste Kate bei den Händen. »Sag ihm, dass ich ihn von ganzem Herzen liebe, und dass ich ihn für immer lieben werde. Sag ihm, dass ich seine Befreiung erwirke. Er soll nicht verzweifeln. Kannst du dir das merken?«

Mit hochrotem Kopf wiederholte Kate es mehrmals und stotterte jedes Mal bei den Worten der Liebe.

»Geh jetzt, und Gott sei mit dir, Kate!« Ohne groß nachzudenken, zog Anne einen Smaragdring von der Kette um ihren Hals. Er hatte ihrem Vater gehört und war das schuldbeladene Geschenk ihres Onkels, des Bischofs, gewesen. »Gib ihm das.«

Mit offenem Mund starrte Kate den Edelstein in ihrer Hand an, und in Anne kam ein Gefühl der Bestürzung auf. Ein solcher Ring brachte mehr Reichtümer ein, als eine Dienstmagd in zwei Leben verdienen konnte. Aber der Augenblick verstrich, und Annes Besorgnis war vergessen. Sie und Kate hatten einen stillen Pakt geschlossen, wie es nur zwei Frauen konnten. Es gab eine Zeit, da hätte Anne der Magd nicht vertraut, aber das war lange her, und sie war jetzt eine ganz andere Anne Gascoigne. Seit John Gilbert in ihr Leben getreten war, hatte sie begonnen, anders zu leben und anders zu denken.

»Ich vertraue dir, Kate«, flüsterte Anne.

Kate nickte, schob den Ring in ihr Mieder und verließ den Raum. Anne hörte ihre schweren Lederschuhe auf der engen Hintertreppe.

Als die emaillierte französische Uhr auf dem Kaminsims sechs schlug, rauschte Anne an dem Diener vorbei, der gekommen war, um sie zu holen, und schritt die Treppe hinunter in die große Halle von Waverby House. Riesige Kronleuchter schaukelten an ihren Seilen und warfen ein helles Licht auf den langen hölzernen Banketttisch, der mit feinem Damasttuch bedeckt war. Sie sah zwei Salzfässchen, und vergoldete Teller für vierzehn Personen. Schweres Silberbesteck mit geschnitzten Elfenbeingriffen glänzte vor jedem Gedeck, selbst die neuen, modernen Gabeln gab es, und bei jedem Stuhl stand ein livrierter Diener.

Edward Ashley Carter, der Earl von Waverby, saß am Kopfende – allein.

Nie hatte Edward Anne verführerischer gesehen, obwohl er sie immer aufreizend gefunden hatte unter ihrer jungfräulichen Fassade. Es war diese Mischung aus Koketterie und

Unschuld, die den König nach ihr verrückt gemacht hatte, und die, das musste er zugeben, Edwards eigene Zweifel an ihrer Tugendhaftigkeit aufgehoben hatte, bis es fast zu spät war.

Aber all das war Vergangenheit. Sie hatte ihn verschmäht und sich so als Dirne erwiesen. Jetzt würde er nach seinem eigenen Gutdünken mit ihr verfahren, oder ihren Willen brechen; oder vielleicht auch beides, erst das eine, dann das andere. Er sah sich aber gezwungen, diese Vergnügen hinauszuzögern, bis der König ihn dafür entlohnt hatte, sie zu ihm zu bringen, und diese Belohnung konnte nicht früh genug kommen. Er stand am Rande des Ruins; selbst die niedrigsten Gläubiger, sein Schuster, Perückenmacher oder Schneider, hämmerten an seine Tür. Der alte Cromwell hätte vieles über die Dreistigkeit des einfachen Volkes zu sagen gehabt, das Zahlung von seinen Herren einforderte. Edward beugte sich vor und nahm eine reife Erdbeere aus der Obstschale, aß sie und leckte sich den roten Saft von den Fingern.

Anne wandte den Blick ab. Sie konnte keine Erdbeeren sehen, ohne dass vor ihren Augen John Gilbert erschien, der sie mit der Frucht neckte.

»Guten Abend, meine liebe Anne. Es war zwar vorgesehen, dieses Fest mit Freunden zu begehen, aber ich fand es wichtiger, dass du und ich uns wieder näher kommen.«

Er sah sie prüfend an und fuhr sich mit der Zunge über die Lippen. »Ich hoffe, du hast dich von deiner Ergreifung gut genug erholt, um am Altar hübsch zu erröten.« Er lächelte sie an, erhob sich aber nicht, wie es die Höflichkeit bei einer Frau ihres Standes gebot. Eine Frau, die mit einem Halunken und in Männerhosen über Land geritten war, verdiente keine Galanterie, und würde sie gewiss nicht von seiner Seite bekommen.

Anne schien gar nicht wahrzunehmen, was er tat, und nahm blass unter dem Leuchter Platz. Sie spielte mit ihrem Suppenlöffel. Edward bemerkte, dass das unschicklich weit ausgeschnittene blaue Kleid, das er für sie besorgt hatte, dem Smaragdgrün ihrer Augen den Farbton kalter Nordmeere verlieh.

Er bedeutete dem Diener, ihr Glas zu füllen und hob seines, um anzustoßen. »Auf ein langes Leben, meine Liebe, und auf einen baldigen Erben!« Seine Augen funkelten über dem Rand des Weinglases. »Und wenn der Balg königliches Blut hat, umso besser. Es interessiert mich nicht, wer seinen Samen in meine Frau pflanzt, solange er von höherem Rang ist.« Er wartete, aber sie hob ihr Weinglas nicht.

Stattdessen lachte sie. »Und was, wenn er John Gilbert gehört, einem Mann, besser als der König oder du ... in jeder Hinsicht.«

Mit einem stechenden Blick und einer Kopfbewegung schickte er die Dienstleute hinaus, und sie waren an dem riesigen Tisch allein. Er krallte sich am Banketttisch fest, bis seine Knöchel weiß wurden, seine Augen suchten in der Leere nach einem Vorteil für sich und verfielen schließlich in ein Starren, während sein Gesicht sich zu einer tierhaften Fratze verzog und er seine Zähne entblößte.

Anne sah zu, wie er seine Grausamkeit vor ihr zur Schau stellte, und wusste, dass er sie benutzte, um ihren weiblichen Willen zu ersticken, und auch ihre Liebe, die er kaum zu begreifen fähig war. Mit erschreckender Klarheit erkannte sie plötzlich, dass Edward ein Mann war, dem Grausamkeit in jedem Spiel noch ein zusätzliches Vergnügen bereitete.

»So, Mylady, du hast also deine Unschuld an einen räudigen Hund von Dieb vergeudet.« Mit einer Hand traktierte er eine seiner neuen importierten Silbergabeln, bis Anne dachte, sie müsse bestimmt verbiegen oder zerbrechen.

Sie betrachtete das erstarrte Lächeln, das ihr das Blut in den Adern gefrieren ließ, sah, wie er die Gabel fortwarf und seine Finger unablässig den Stiel des Weinglases auf und ab fuhren. Vielleicht war er nicht so ruhig oder selbstsicher, wie er sie glauben machen wollte. Er brauchte ihre Einwilligung, sonst würde sein Plan, sie gegen eine Tabakpflanzung in Virginia einzutauschen, nicht aufgehen, und indem sie ihre Zustimmung gab oder verweigerte, hatte sie etwas Macht über ihn, aber nur in diesen wenigen Stunden vor ihrer Vermählung. Danach, als seine Ehefrau, würde sie, ihr Körper und ihr Vermögen, sein gesetzliches Eigentum sein, ihr Leben lang.

»Edward«, sagte sie, und ihre Stimme war so leise, dass er sich unwillkürlich vorbeugte, um sie zu verstehen. »Ich werde tun, was du verlangst.«

Er lachte und zupfte an den Spitzen seines Ärmels. »Aus Liebe zu *mir*, mein Herz?«, fragte er. »Ich weiß, dass ich einst von dir geliebt wurde.«

»Und du hast meine Liebe und meines Vaters Freundschaft verraten!«, gab sie zurück.

Er neigte leicht den Kopf und heuchelte ein betrübtes Lächeln. »Du urteilst zu hart über mich.«

Sie überhörte die Bemerkung, denn sie war entschlossen, die Unterhaltung in die Richtung zu lenken, die sie nehmen sollte. »Edward, ich schwöre hier und jetzt, in deinen Handel mit dem König einzuwilligen und dabei gute Miene zu zeigen, so dass er niemals merkt, wie sehr ich seine Berührung verabscheue. Und wenn du dann bekommen hast, was du willst, werde ich treu deine Kinder gebären. Danach wirst du gewiss von mir ablassen und dich anderen Vergnügungen zuwenden.«

Sie nahm ihr Glas, trank ihm zu und stellte es dann mit sicherer Hand zurück auf das weiße Leinentuch. Sie war kalt wie Eis, die neue, blutleere Anne Gascoigne, eine Frau ohne wahre Gefühle, die sie selbst niemals achten würde.

Edward beobachtete sie, dann klatschte er mit den eleganten Händen langsam Applaus. »Ah, ich verstehe nun, was andere Männer an dir so bezaubernd finden. Die Opferrolle der Frau ist doch wirklich faszinierend, wenn auch, bei aller Bescheidenheit, äußerst antiquiert.« Er schüttelte zweifelnd den Kopf. »Aber ich fürchte, hinter deinem plötzlichen weiblichen Verzicht verbirgt sich mehr, als auf den ersten Blick erkennbar ist. Ich bitte dich, sag mir doch, dass ich mich täusche, und du dich endlich der Liebe wegen in meine Obhut begibst.«

Anne richtete sich auf ihrem Stuhl noch gerader auf. »Ich tausche mein Leben gegen John Gilberts. Lass ihn leben, heil und gesund, und du wirst alles bekommen, was du dir je erträumt hast, das verspreche ich dir.«

»Das werde ich so oder so bekommen.«

»Unterschätz mich nicht, Mylord. Ich bin nicht mehr das einfältige Mädchen, das ich einst war. Ich weiß jetzt, dass der König Frauen liebt und durch die Vorrechte seiner hohen Stellung verwöhnt ist, aber er ist kein Mensch ohne Prinzipien. Ich brauche ihm nur meine Geschichte zu erzählen, stockend und weinend. Bettgeflüster ist eine gefährliche Waffe in der Hand einer klugen Frau.« Sie hatte die Countess Castlemaine das sagen hören, und wenn es jemand wissen musste, dann sie.

Waverby wurde unruhig. »Der König wird *mir* Glauben schenken.«

»Vielleicht, auch wenn die Entscheidungen des Königs schon oft von seinem Unterleib gefällt worden sind. Das weißt du und darauf bist du doch angewiesen, wenn deine Ränke von Erfolg gekrönt sein sollen.«

Sie lächelte ebenso berechnend wie er. »Warum also alles aufs Spiel setzen, nur für das zweifelhafte Vergnügen, einen Straßenräuber zu töten? Auf Tyburn Hill kannst du jeden Tag einen hängen sehen.«

»Nicht diesen einen Halunken, der mich nackt im Park ausgesetzt hat, zur Belustigung des Hofes und des Londoner Pöbels. Dafür wird er doppelt bezahlen, ach was, dreifach!« Er nahm einen tiefen Schluck, bevor er weitersprach. »Denkst du, ich bin ein solcher Narr, ihn auf freien Fuß zu setzen, damit er dich mir wieder entreißt? Ich habe nicht vergessen, dass Diebstahl sein Geschäft ist und er sich damit einen Namen gemacht hat.«

»Dann lass ihn in die Kolonien bringen, so dass er niemals zurückkehrt.«

Waverby lachte höhnisch auf. »Solch zarte Besorgnis um einen Haderlumpen macht Eurer Ladyschaft wenig Ehre.« Er leerte sein Glas und füllte es erneut, dabei verschüttete er Wein auf das Tischtuch.

Ein Diener kam herein und flüsterte Lord Waverby etwas ins Ohr.

»Ja«, sagte Edward lachend, »bitte ihn doch herein, zu Myladys Zerstreuung.«

Einen Augenblick später schwang die Tür auf und Philibert Wyndham trat steif in den Raum. Im Sitzen war Edward fast so groß wie er, und der gedrungene Besucher schien ihn wirklich zu amüsieren.

Philiberts Blick begegnete Annes und er errötete tief, aber man musste zu seinen Gunsten sagen, dass er nicht versuchte, sein Unbehagen vor Anne zu verstecken.

Lord Waverby öffnete seine Börse und nahm einige Münzen heraus, die er vor sich aufschichtete. »Lady Anne, das ist der formidable junge Mann, der mir geholfen hat, dich zu retten. Ihm verdankst du deine Rückkehr in meine liebenden Arme. Vielleicht möchtest du ihm selbst auf deine Weise danken.«

Anne sprach sanft und ohne Groll, denn der Sohn des Arztes tat ihr leid. Er hatte Angst und Neid die Tür zu seinem Gewissen geöffnet und würde nie wieder ruhig schlafen können. »Ich bin sicher, dass Worte niemals meine ganzen Gefühle für seine Tat wiedergeben könnten.«

Philiberts Gesicht war wie versteinert, als er die goldenen Guineen entgegennahm, und ohne ein weiteres Wort oder eine höfliche Verbeugung den Raum verließ.

»Für kurze Zeit bin ich dir ausgeliefert, Anne«, sagte Edward. Er wirkte gelangweilt und schnurrte wie eine Katze. »Bei Gott, aber ich verstehe deine Wirkung auf Männer nicht. Dieser junge Mann kam so plötzlich zu großem Reichtum, und doch sah er aus, als hätte man ihn auf eine spanische Galeere verbannt. Wenn du das Herz eines Mannes so zu berühren weißt, dann bist du für mich noch wertvoller, als ich dachte.« Er lachte, für seine Verhältnisse geradezu fröhlich. »Ich werde dich mit all meinen drängenden Schuldnern sprechen lassen.«

Annes Stimme wurde immer lauter. »Wenn ich solchen Wert für dich habe, dann akzeptier den Handel, Johns Leben gegen das meine.« Sie zog den italienischen Dolch aus ihrem Mieder, presste die Spitze gut sichtbar gegen ihre linke Brust, und sah Edward tief in die Augen.

»Das ist nicht der Moment für Scherze, Anne«, sagte er, aber in seinen Augen lagen Hass und die langsam aufkommende Gewissheit, dass sie ihn in der Hand hatte, zumindest an diesem einen Abend.

Sie sagte nichts, hielt nur seinem Blick stand.

»Gib mir das Messer«, befahl er.

Sie rührte sich nicht.

Er zuckte mit den Schultern, als gäbe er sich geschlagen. »Alles? Du sagst, dass du alles tun wirst, was ich je verlange, und ohne ein Wort der Klage?«

Sie nickte, ohne das Messer zu senken.

»Dann will ich John Gilbert sein Leben lassen, bei meinem Ehrenwort.«

Sie senkte die Klinge und stieß sie mit einer schnellen und plötzlichen Bewegung zitternd in die Tischplatte. »Verzeih, Mylord Waverby«, sagte sie, das Kinn stolz gereckt, »aber du musst mir einen besseren Beweis erbringen.«

Seine Faust schloss sich um das Glas, bis sie dachte, der dünne Stiel müsse zerbrechen. Dann entspannte sich seine Hand und er sagte: »Noch bevor die Nacht vorbei ist, wirst du deinen Beweis haben.«

»Wenn ich sicher sein kann, dass John freikommt, dann wirst du den König dort haben, wo du ihn haben willst, denn ich weiß nun, wie man die Leidenschaft eines Mannes entfacht und schürt, und was ich einst willig für John Gilberts Liebe tat, werde ich nun tun, um sein Leben zu retten.

Ich würde selbst Beelzebubs Hure sein, wenn er John dafür sein Leben wiedergäbe, und wenn ich mit dir das Bett teile, sehe ich da auch keinen Unterschied.«

Sie schob die Suppe beiseite, stand auf und schritt davon. Als sie die Treppe hinaufging, um sich auf ihre Hochzeit vorzubereiten, hielt sie sich kerzengerade. Sie musste sich nicht umdrehen, um zu wissen, dass Edwards hasserfüllter Blick ihr folgte, bis sie nicht mehr zu sehen war.

Bald war es später Abend, und Kate war nicht zurückgekehrt. Andere Dienstmägde halfen Anne aufgeregt plappernd, das weiße Hochzeitskleid aus feinem Satin und belgischer Spitze anzulegen, in dessen Mieder Hunderte von Perlen raffiniert eingenäht waren. Sie wagte nicht, sich nach Kate zu erkundigen, aus Angst, das Mädchen in Schwierigkeiten zu bringen, wenn sie nicht bereits gefasst worden war.

Kurz vor Mitternacht kam Edward, um sie zu einer wartenden Kutsche zu geleiten, die gleiche, in der sie den Straßenräuber zum ersten Mal geküsst und seine Männlichkeit an ihrem Körper gespürt hatte, und die sie in einer stürmischen Regennacht durch Tower Wharf gelenkt hatte. Das polierte Gold der Kutsche glänzte im Licht der Fackeln und ließ die drei verhüllten Gestalten regelrecht erglühen, die von den Ställen her zu ihnen stießen. Der Mann in der Mitte war in sich zusammengesunken, seine Knie berührten beinahe das Kopfsteinpflaster des Hofes.

Edward verneigte sich vor ihr. »Meine liebe Anne, hier ist der Beweis, den ich dir versprochen hatte. Ein wenig schadhaft, fürchte ich, weil er zu fliehen versucht hat.«

Aber Anne hatte bereits Johns lange, dunkle Haare und seine wohlgeformten Züge erkannt, auch wenn ein fest verknotetes Tuch seinen Mund verdeckte, und ihm von beiden Seiten Pistolen an den Kopf gehalten wurden. Ihr Herz klopfte zum Zerspringen, als man John in die Kutsche schaffte.

»Steig ein, Mylady«, sagte Edward, »aber ich warne

dich, du darfst nicht mit dem Gefangenen sprechen, oder dein Straßenräuber wird unter den Folgen fürchterlich zu leiden haben.« Er lachte leise. »Aber ich bin sicher, dass es keiner Worte bedarf. Sagt man denn nicht, die Blicke der Liebenden seien die wahre Sprache der Liebe?«

Diesmal, vielleicht das einzige Mal in seinem Leben, hatte Edward Ashley Carter, Earl von Waverby, die volle Wahrheit gesprochen.

Als die Kutsche die Uferstraße entlangschlingerte, sagten Johns dunkle, schmerzerfüllte Blicke Anne fieberhaft, dass sie um jeden Preis überleben müsste, und Annes Blicke beteuerten ihm, dass sie auf ewig sein war, wo auch immer er sich befinden würde. Was auch immer er empfand, sein Leben lang, das würde auch sie spüren, und das, was er dachte, würde allein ihre Gedanken bestimmen.

Wie eine Antwort auf ihre stillen Gebete ließ sich einer der Fackelträger etwas zurückfallen, und das Licht seiner Flamme erleuchtete ihre Gesichter. Annes Blick hielt sich an Johns fest, und er wandte den seinen nicht eine Sekunde ab. »Ich liebe dich«, sagten ihre Blicke, still aber kraftvoll, und ihr Blick trübte sich ob all der Emotionen. »Ich werde Edward oder dem König nichts überlassen, was dir gehört«, versprach sie, ohne einen Laut von sich zu geben. »Sie können meinen Körper haben, aber in meinem Inneren bleibe ich für dich rein. Mein Mut wird dir gehören, und niemand kann mir den Glauben nehmen, dass ich zu dir gehöre.«

John zerrte an seinen Fesseln, und obwohl sein Mund durch ein Tuch verdeckt war, nahmen seine Augen den Ausdruck an, den sie immer trugen, wenn er lächeln oder sie küssen würde. Er zwinkerte ihr zu und ahmte so sein altes, wagemutiges Selbst nach. Er hatte ihre stumme Botschaft entschlüsselt und würde das Wissen um ihre Treue immer in sich tragen.

»Wie rührend«, bemerkte der Earl, aber Anne blickte ihn nicht an. In diesem Augenblick empfand sie beinahe Mitleid für Edward, denn er würde die Tiefe dieser Gefühle niemals kennen, die das Leben auf Erden zu Himmel oder Hölle machten.

Sie fuhren über die London Bridge und hielten an der Southwark Pier. An einer Anlegestelle bemerkte sie ein Ruderboot. Das dazugehörige Schiff lag im Fluss, den Bug der See zugewandt.

Lord Waverby begleitete Anne die Stufen hinunter, während John auf den Pier geworfen wurde, wo man ihn band wie ein Schwein, das man zum Markt trägt. Trotz der Beine auf seinem Rücken versuchte er, den Kopf zu drehen, um Anne anzuschauen.

Ein Mann stieg aus dem Ruderboot und grüßte Edward. »Zu Euren Diensten, Sir.«

»Das ist der Mann, Captain. Er wird in Southampton auf die *Chloe* gebracht und dann in Ketten nach Jamaika transportiert. Du kannst das Geld für die Übergabe behalten, aber lass ihn gut bewachen, er ist gerissen.«

»Ja, Sir, wird erledigt«, sagte der Captain und tippte sich an die Mütze.

Jamaika, dachte Anne. Wenigstens weiß ich, in welchem Teil der Welt er leben wird. Sie erschauderte ob der belauschten Unterhaltung. Verbannte ließ man auf sengend heißen Zuckerrohrfeldern arbeiten, und sie überstanden meist nicht mehr als ein Jahr. Für jeden normalen Engländer bedeutete das ein Todesurteil, aber John Gilbert war kein normaler Mann. Daran würde sie sich immer klammern, wenn die Verzweiflung sie übermannte.

Wie betäubt sah Anne zu, wie John in das Boot geworfen wurde. Er stöhnte und unwillkürlich trat sie einen Schritt vor. »Johnny!« Sein Name und Edwards eiserne Hand lagen im selben Augenblick auf ihren Lippen.

»Dirne! Hure!«, flüsterte Edward ihr ins Ohr, vor Zorn bebend. »Ich werde nicht zulassen, dass meine Braut auf dem Dock einem gewöhnlichen Gauner hinterher ruft! Stell mich nicht auf die Probe, Mylady!«

Sie wurde rasch wieder in die Kutsche geschoben, und als

sie versuchte, sich umzudrehen, um einen letzten Blick auf das Schiff zu werfen, wurde sie höchst grob daran gehindert. Schließlich war sie mit ihrem zukünftigen Ehemann allein. Die beiden Wachmänner setzten sich zum Kutscher, während die Fackelträger vorausliefen, um für den Wagen Platz zu machen. Sie lehnte sich im Halbdunkel zurück und wandte den Kopf von Edward ab. Sie würde später genug Zeit haben, um John Gilbert zu betrauern, ein ganzes Leben lang.

»Nach Ludgate Hill und zur alten St. Paul's«, rief Edward, die Kutsche ruckte an und fuhr in die Stadt zurück. »Also, meine liebe Braut, ich habe mein Versprechen vor deinen Augen erfüllt. Ich habe ihm sein Leben gelassen. Und nun wirst du mir deines anvertrauen, nicht wahr?«

»Ja«, sagte sie ruhig, »jetzt kannst du meines haben.«

Er sah sie an, verblüfft und tief verärgert. Was auch immer er tat oder sagte, schien sie nicht zu berühren. In ihr war eine neue und erstaunliche Stärke, die ihn in Wut versetzte – wahrhaftig, bei einem Mann wäre sie unerträglich gewesen, aber bei einer Frau brachte sie ihn zur Weißglut.

Er legte ihr ein Päckchen in den Schoß. »Ein Hochzeitsgeschenk und Unterpfand meiner Liebe«, sagte er leise. Seine Augen waren enge Schlitze, die im schwachen Licht des rumpelnden Fahrzeugs funkelten.

Sie rührte sich nicht.

»Mach es auf«, befahl er.

Sie löste die festlichen Bänder, und das Päckchen aus schwerem Papier öffnete sich augenblicklich und offenbarte seinen blutigen Inhalt. Einen kurzen Moment lang blickte sie darauf, ohne etwas zu erkennen.

Earl Waverby beobachtete, wie sich ihre Augen weiteten, als sie begriff. Er erwartete, dass sie schreien oder in Ohnmacht fallen würde, aber sie rührte sich nicht, gab keinen Laut von sich.

»Ich versprach dir nur sein Leben«, verkündete er verstimmt. »Ich habe nicht versprochen, dass er es auch genießen würde.«

Als sie weiterfuhren, begannen ihr wächsernes Gesicht und ihr stocksteifer Körper, ihn zu beunruhigen. Man würde sie schließlich nicht wie ein Brett in die St.-Pauls-Kathedrale tragen können. Selbst ihr Onkel würde die Zeremonie nicht vornehmen, wenn sie nicht freiwillig zustimmte. Verdammt! Er war zu weit gegangen.

»Meine liebe Lady Anne«, sagte er, und in seinen Ohren klang seine Stimme äußerst schmeichlerisch, »ein berittener Bote nach Southampton kann ihn noch immer hängen lassen, wenn du meine Wünsche nicht zufriedenstellend erfüllst. Mehr noch, wenn du in zukünftigen Tagen je deinen Pflichten strikten Gehorsams als Ehefrau nicht angemessen nachkommst, unterschreibst du damit das Todesurteil für deinen Gentleman Johnny.«

Er zuckte mit den Schultern und seine Stimme troff vor unverhohlener Heiterkeit. »Du solltest mir dafür dankbar sein, dass mir so viel an deiner Selbstachtung liegt. Wenigstens weißt du, dass er jetzt, ohne seine Männlichkeit, nie wieder eine andere Frau lieben wird.«

Siebzehntes Kapitel

Die Vermählung einer Dame

Die Zeit verstrich unendlich langsam, während Anne vor dem Hochaltar in St. Paul's stand und versuchte, auf die Frage ihres Onkels eine Antwort zu geben.

»Mein Kind«, sagte er, und ein schuldiger und zugleich pflichtbewusster Ausdruck huschte über sein Gesicht, »ich muss dich darum bitten, das Hochzeitsgelöbnis laut zu wiederholen.«

In der stillen und flackernden Dunkelheit der alten Kathedrale schienen die Säulen und Torbögen unheilvoll über ihr zu schweben, und der Geruch von altem Staub und feuchtem Stein stieg ihr in die Nase, aber Edwards harter Griff an ihrem Arm erinnerte sie daran, dass sie sich opfern musste, um zu retten, was von John Gilbert noch übrig war, für sein Leben, das ihr teurer war als das eigene.

Um ihren Teil dieser Abmachung zu erfüllen, hätte sie alles getan, und so öffnete sie endlich den Mund. »Edward Ashley Carter, Earl Waverby, hiermit nehme ich dich zum Ehemann, um dir treu zu gehorchen«, wiederholte sie die Worte ihres Onkels, allerdings ohne von ›lieben und ehren‹ zu sprechen, denn sie würde in Gottes Haus keine Lügen im Munde führen.

Sie erkannte kaum ihre eigene Stimme wieder, denn sie klang wie eine alte Frau, die nur noch wenige, kaum verständliche Worte krächzen konnte.

Dann sprachen Edward und ihr Onkel, aber ihre Stimmen drangen kaum in ihr Bewusstsein vor. Was scherte es sie auch? In diesem Augenblick segelte Johns Schiff von der Themse in den Kanal, dann würde es die Küste entlang auf Southampton zuhalten, und er würde schließlich in Richtung Jamaika davonziehen.

Er war für immer aus ihrem Leben verschwunden, und sie würde an der Seite ihres verhassten Ehemanns ihr eigenes Dasein fristen müssen, und die schwache Flamme kostbarer Erinnerungen schüren, Erinnerungen an die süßen Tage und Nächte, von denen sie nie wieder sprechen würde, denn über sie zu sprechen oder sie herbeizusehnen würde bedeuten, schon in jungen Jahren dem Wahnsinn anheimzufallen.

Doch sie war nicht Herrin ihrer Gedanken. An einem kühlen, reinen Morgen im Mai würde sie an die Zeit mit John denken müssen, oder wenn ihr der säuerliche Geruch frischer Butter in die Nase stieg, oder wenn sich in ihrem Garten eine Nelkenknospe öffnete. Auch so würde der schleichende Wahnsinn nicht aufzuhalten sein, aber sie konnte nichts daran ändern.

Bis die geistige Umnachtung ihr Erleichterung verschaffen würde, musste sie sich an den einzigen Grund klammern, den sie noch hatte, um am Leben zu bleiben. Sie wollte miterleben, wie Edward seine Strafe erhielt. Und wenn es einen gerechten Gott gab, würde sie es miterleben. Und wenn es keinen gerechten Gott gab, würde sie selbst Edward richten und strafen, dazu war sie fest entschlossen, und wenn sie bis ans Ende ihrer Tage ausharren musste.

Der Gedanke an Rache bestärkte sie in ihrem Bestreben, durchzustehen, was auch immer diese Nacht bringen würde, doch sie fürchtete, dass die Schrecken dieser Nacht alles übersteigen würden, was sie sich ausmalen konnte.

Was würde sie nicht alles dafür geben, um noch einmal eine Stunde – ach was, nur wenige Minuten mit John in Whittlewood Forest zu verbringen, seine dreiste Verbeugung zu sehen, bei der die Feder auf seinem Hut den Boden streifte, wie bei den Kavalieren alter Zeiten. Nur noch ein einziges Mal wollte sie seinen dunklen, spöttischen Blick auf sich spüren und sich fragen, was er in ihr sah, was er fühlte.

Die Ahnung dessen, was da kam, ließ sie starr vor Angst werden. Sie konnte, nein, sie wollte auch nicht so weiterleben. Sie spürte, wie die Tränen, die sie herunterschluckte, ihr die Kehle zuschnürten, und sie zu ersticken drohte.

»Meine Kinder«, sagte der Bischof laut und klopfte auf Annes geöffnetes Gebetsbuch, um ihre Aufmerksamkeit auf sich zu lenken. »Ich spreche nun über die eheliche Liebe, und ich will euch erinnern, dass Sabbat ist, und dieser Tag nicht durch fleischliche Lust entehrt werden darf. Ebenso muss ein guter Christ sich während der weiblichen Monatsblutung und Schwangerschaft in Enthaltsamkeit üben. Auch dürfen keine unnatürlichen Stellungen oder Handlungen das Ehebett besudeln.«

An dieser Stelle sah er Anne scharf an. »Es ist weithin bekannt, dass die ungezähmte Leidenschaft der Frauen Männer oft vom Weg christlicher Tugend abkommen lässt«, erklärte er.

Demütig senkte Anne das Haupt. Wie töricht war ihr Onkel, wenn er glaubte, seine übliche Hochzeitspredigt könne einen boshaften Lüstling wie Edward in seine Schranken weisen.

»Und, Mylord Waverby«, fuhr ihr Onkel volltönend fort, »Ihr werdet nicht vergessen, dass nichts unheiliger ist, als die Gemahlin so zu lieben wie ein ehebrecherisches Weib. Anstand und Schicklichkeit sind …« Der Rest seiner Warnung drang nicht mehr bis an Annes Ohr vor. Sie musste Edward nicht ansehen, um zu wissen, dass sein Gesicht nichts als Verachtung ausdrückte.

»Ja, ja, Bischof, kommt zum Ende«, drängte Edward.

»Die Zeremonie ist zu Ende, Mylord. Ihr habt eine angetraute Ehefrau, aber meine Pflichten als Seelsorger …«

Lärm am südlichen Eingang der Kirche unterbrach die Ausführungen des Bischofs. Mit fliegenden Rockschößen kam ein Vikar auf die Kanzel zugelaufen. »Der König«, keuchte er, »der König ist hier.«

»Verflucht sei er!«, sagte Edward.

Der Mund des Bischofs stand weit offen. »Mylord, das ist Hochverrat!«

»Geht zur Hölle!«, sagte Edward. Ob dieser Worte vor dem Hochaltar stand der Bischof sprachlos da.

Der König kam im breiten Mittelgang auf sie zu, den man seit Jahrhunderten Paul's Walk nannte. An seinem Arm führte der Monarch die sinnliche und hochschwangere Countess Castlemaine, und seine ›Nachtschwärmer‹, wie er sein Gefolge nannte, drängten sich hinter ihm. Anne machte einen tiefen Knicks, aber sie senkte nicht den Kopf, sondern sah zu, wie der König auf sie zuschritt.

Er war im fünfunddreißigsten Lebensjahr und ein hochgewachsener Mann. In seiner Jugend war er schön gewesen, aber eine immer länger werdende Nase verunstaltete sein Gesicht zunehmend, und verlieh ihm einen scharfen und misstrauischen Ausdruck, den er jedoch mit einem Lächeln abmildern konnte, so wie er es jetzt tat.

Barbara Castlemaine hingegen lächelte nicht.

»Unsere lang verschollene Anne«, sagte der König mit leicht französischem Akzent und streckte die Hand aus, um ihr aufzuhelfen.

»Eure Majestät hat mich endlich gefunden«, antwortete sie und überließ ihm seine Hand, während sich in den Tiefen ihrer Erinnerung die verstreuten Teile der zerschlagenen Hoffnung langsam wieder zusammenfügten.

Ihr Gruß schien ihm zu gefallen, er runzelte aber leicht die Stirn, als sein Blick auf Edward fiel. »Bester Earl, es grämt uns sehr, dass Ihr Euren König nicht gebeten habt, diesem würdigen und heiligen Ritual beizuwohnen. Wenn es den Bischof von Ely nicht gäbe, so hätten wir aus den Groschenblättern von Eurer Vermählung erfahren.«

Edward warf Annes Onkel einen giftigen Blick zu, während er sich tief verneigte, die Hand auf dem Herzen. »Eure Majestät lässt mir eine Ehre zuteil werden, um die ich nicht zu bitten wagte.«

Königs Charles' Lächeln wurde breiter. »Aber, aber, Mylord, wir können kaum glauben, dass es Euch in irgendeiner Hinsicht an Mut fehlen könnte. Um die Wahrheit zu sagen, sind wir hier, um Euch zu bitten, diesen Mut in unseren Dienst zu stellen.«

Edwards Miene zeigte sein Unverständnis, aber er machte erneut einen Diener. »Wie von jeher stehe ich zu Eurer Verfügung, Eure Majestät.«

»Dann sind wir beglückt, Euch zu sehen.« Er klopfte Edward auf die Schulter und winkte einen Höfling zu sich, der ein Dokument bei sich trug. »Mylord Waverby, wir kommen nicht mit leeren Händen, sondern mit einer Gabe zu Eurer Eheschließung, um einen treuen Untergebenen zu belohnen, für seine gegenwärtigen Dienste, sowie für die der Vergangenheit und Zukunft.« Er räusperte sich und blickte auf das Schriftstück. »Es ist uns eine große Freude, diese Ländereien in unserer Kolonie in Virginia als Fideikommiss an Lady Anne und ihren Erstgeborenen zu überschreiben, et cetera, et cetera …« Er sah von dem Dokument auf und warf Anne einen listigen Blick zu. »Diese Länder, so sagte man uns, liegen an den fruchtbaren Ufern des James River, und unsere Berater versicherten uns, dass sie wie geschaffen für den Tabakanbau sind.«

Anne machte wieder einen Hofknicks, während sie versuchte, die Absichten des Königs zu durchschauen.

Waverby neigte das Haupt. Endlich! Die Schenkung! Doch dann erfasste er die volle Bedeutung dessen, was der König ihm gerade verkündet hatte. Er stand stocksteif da. »Eure Majestät beliebt gewiss zu scherzen. Eine Schenkung als Fideikommiss bedeutet, dass kein Teil des Landes veräußert werden darf, und diese Gabe Lady Anne darzubieten, und nicht ihrem Ehegatten …« Die Kränkung ließ ihn erzittern, und er spürte, dass ihm wüste Schimpfnamen für den König auf der Zunge lagen, die er im eigenen Interesse herunterschluckte.

Der König tippte mit dem Finger auf das Schriftstück. »Missfällt Euch unsere Großzügigkeit, Mylord? Stellt Ihr unser gottgegebenes Recht infrage, unsere Gaben zu verteilen, wie es uns beliebt?«

Waverby verbeugte sich abermals, nicht sehr tief, aber durchaus respektvoll und höflich. »Ich stelle Eure Großzügigkeit nicht infrage, in keinem Punkte, Eure Majestät. Ich gebe nur zu bedenken, dass man seit den Zeiten der alten Königin nicht mehr von Fideikommissschenkungen gehört hat.«

»Dann hat man eben heute Abend wieder davon gehört, nicht wahr, Mylord? Sollten wir diese Gabe etwa bedauern müssen?«

Diesmal fiel Edwards Verbeugung tiefer aus. »Eure Majestät wird keinen Grund haben, seine Großzügigkeit zu bereuen.«

Barbara Castlemaine hüstelte hinter vorgehaltener Hand. Der König lachte. Edward zwang sich zu einem Lächeln, auch wenn er langsam begriff, wie man ihn gerade zur Zielscheibe des Spottes machte.

König Charles nickte, sein Blick fiel auf eine strahlende Anne und kehrte dann zu Edward zurück. »Ah, Waverby, wir glauben, dass wir bei einem solch treuen Untergebenen nicht das Mindeste zu bereuen haben.« Auf ein Zeichen hin trat ein weiterer Höfling mit einem versiegelten Schreiben vor. »Wir beauftragen Euch mit der Überbringung dieser verschlüsselten Nachricht. Sie ist für unseren Bruder York bestimmt, der sich auf dem Schlachtschiff *Royal Charles* vor Lowestoft aufhält. Wie Ihr wisst, hat er den Holländern vor wenigen Tagen eine schwere Niederlage beigebracht, aber dabei selbst fast das Leben verloren. Wir müssen ihm einige wichtige Angelegenheiten unterbreiten, aber vor allem ordnen wir seine sofortige Heimkehr an.«

»Der Herzog von York hat es nur Gottes helfender Hand zu verdanken, dass er unversehrt aus der Schlacht zurückkehren konnte«, warf Barbara Castlemaine mit ihrer leisen und sanften Stimme ein. »Die Männer an seiner Seite wurden mit einem einzigen Schuss niedergestreckt, und ihr Blut besudelte ihn. Da er der Erbe ist …«

Neugierig sah Anne die Mätresse des Königs an. Außer Barbara Castlemaine hätte es niemand gewagt, den Stuart-König daran zu erinnern, dass seine Gemahlin, die winzige portugiesische Infantin, noch immer kinderlos war, und daran, dass die Gesichter ihrer eigenen Kinder die Züge des Königs trugen und somit ihre Hoffnung spiegelten, die Bastarde mögen anerkannt oder in den Adelsstand erhoben werden.

Der König wurde ungeduldig. »Ja, ja, meine liebe Countess. Aber wir dürfen Earl Waverby nicht warten lassen. Je früher er aufbricht, desto eher kann er an die Seite seiner Braut zurückkehren.«

Edward hatte ihnen teilnahmslos zugehört, denn ähnliche Wortwechsel hatte er unzählige Male miterlebt. Er konnte an nichts anderes mehr denken, als an den Versuch des Königs, seine Hochzeitsnacht herauszuzögern, und suchte fieberhaft nach einer Ausrede. Schließlich ergriff er das Dokument, das der Höfling noch immer in den Händen hielt. »Eure Majestät, beim ersten Morgenlicht breche ich auf.«

»Unsere Yacht *The Folly* steht am Fluss beim Whitehall Palast bereit, um Euch zu einem schnellen Boot in Medway zu bringen. Dort wird man Euch zur Flotte geleiten. Ihr müsst unverzüglich aufbrechen, um den Strom der Gezeiten zu nutzen. Bis zu Eurer Rückkehr wird Eure Braut ihre Schenkung an sich nehmen.« Er übergab Anne das schwere Pergament mit dem baumelnden roten Siegel. »Und um sie in Eurer Abwesenheit zu zerstreuen, werden wir sie an den Hof mitnehmen und unserem königlichen Schutz unterstellen.«

In diesem Moment meldete sich der Bischof mit dünner, aber pflichtbewusster Stimme zu Wort. »Eure Majestät, meine Nichte ist höchst willkommen in meinem Domizil, die Rückkehr ihres Mannes zu erwarten.«

Der König runzelte die Stirn. »Nein, Ely, wir können Eure Abreise aufs Land unmöglich noch weiter verzögern. Jeden Tag wütet die Pest schlimmer, und Ihr müsst wieder zu Eurer Gemeinde zurückkehren. Es ist unser ausdrücklicher Wunsch.«

Die Ablehnung des Königs ließ den Bischof erbleichen, aber er hatte seine Pflicht getan und jedes weitere Aufbegehren würde nur als Vermessenheit ausgelegt werden.

Unruhig trat Edward von einem Fuß auf den anderen, seine Hände umklammerten den Brief des Königs, und er suchte noch immer nach einer Möglichkeit, sich der Aufgabe zu entziehen.

Heute Nacht hatte er sich damit ergötzen wollen, Anne zu erniedrigen, und er konnte sich nicht von dem Bild einer Anne losreißen, die unter den harten Stößen seiner Lenden um Erbarmen flehte. Der Verdruss über die Form der Schenkung verflog, als ihn der Zorn über den Aufschub der Hochzeitsnacht so heftig überfiel, dass es ihm die Kehle schnürte. Aber wie er es auch drehte und wendete, er hätte nichts vorbringen können, was nicht ein Aufbegehren gegen den Willen des Königs gewesen wäre. Und das wäre Hochverrat, man würde ihn augenblicklich in den Tower werfen, wo ein blutgetränkter Holzblock für ihn bereitstand.

Edward verbeugte sich, dieses Mal so tief, wie er konnte, und ließ die Hand auf dem Herzen ruhen. Wenigstens war es ein König, der ihn zum Narren gehalten hatte, und er würde ihn später reich entlohnen. Stumm biss er die Zähne zusammen. Sollte sie den König doch mit ihrem Fläschchen Schafsblut unterhalten. Sollte sein königliches Gemächt in der eiskalten Maid erfrieren, so dass er nie wieder Wasser lassen könnte.

Ganz der Bräutigam mit gebrochenem Herzen seufzte Edward schwer. »Erlaubt mir Eure Majestät denn, meinen Hochzeitskuss zu empfangen?«

Der König lachte. »Wir sind doch kein Unmensch, Mylord.«

Als Edward sich zu Anne beugte, um sein Recht einzufordern, konnte sie einen triumphierenden Blick nicht unterdrücken. So früh hätte sie nicht mit einem Sieg gerechnet, und dass es der König war, der ihn ihr verschaffte, ließ den Anblick des überrumpelten und bezwungenen Edward geradezu erheiternd wirken.

Anne bereitete sich seelisch auf den Kuss vor, aber als sie ihn dann empfing, erkannte sie, dass Edward sie überraschen wollte. Seine Lippen verlangten etwas von ihr, dass sie nicht geben konnte. Aber was? Die Zuneigung einer Ehefrau? Die Angst der Jungfrau, deren Mann in den Krieg zieht? Nichts, was Edward tat, konnte ihre Lippen oder ihr Herz für ihn entzünden. Der Lust hatte sie sich für alle Zeiten verschlossen, denn der Mann, der das Feuer in ihr entfacht hatte, war für die Liebe einer Frau auf ewig verloren. Ihre Lippen blieben starr, sie bewegten sich nicht, noch öffneten sie sich oder erbebten, auch wenn Edwards Lippen all dies taten.

Es wunderte Anne nicht einmal, dass der Kuss schließlich den Regeln des Anstandes nicht mehr folgte, und zu einem wilden Kampf wurde, bei dem er angriff und sie abwehrte. Ihre weibliche Intuition ließ sie erkennen, dass ein Mann wie Edward die Gegenwehr einer Frau niemals für bare Münze nahm.

Der König betrachtete die Szene interessiert und wollte gerade selbst eingreifen, als Barbara Castlemaine ihm die Hand auf die Schulter legte. »Denkt an Euren Ruf, Sir«, murmelte sie.

Aufgewühlt riss sich Edward los und beugte sich zu Annes Ohr herunter. »Das wirst du mir teuer bezahlen, geliebtes Eheweib!«, zischte er.

Dann ergriff er Annes Hand und legte sie in die des Königs. »Eure Majestät, ich unterstelle mein geliebtes Kleinod Eurem gütigen Schutz.«

Charles II legte Annes Hand auf seinen Arm und führte sie ohne ein weiteres Wort den Gang hinunter, eine Braut ohne Bräutigam. Der Bischof von Ely eilte hinterher und zupfte nervös an seinen Gewändern.

Edward sah zu, wie sie verschwanden und neigte dann vor der Countess Castlemaine das Haupt. »Man hat uns wohl beide vor dem Altar stehen lassen«, sagte er höhnisch.

Ihre stahlblauen Augen blitzten auf, und er fragte sich, ob er einen ihrer allbekannten Wutausbrüche herausgefordert hatte, aber schließlich lächelte sie kühl. »Ihr erfüllt nun besser Eure Aufgabe, Mylord, so wie ich meine zu erfüllen gedenke.« Umringt von der Schar der Höflinge folgte sie dem König hinaus.

Edward kniff die Augen zusammen und betrachtete ihren kerzengeraden Rücken. Sie würde nicht erfreut darüber sein, sich mit einer neuen und jüngeren Rivalin konfrontiert zu sehen. Vielleicht würde sie ihm noch nützlich sein. Er lächelte und verließ das Gotteshaus rasch durch eine Seitentür.

Im jahrhundertealten Südportal nahm der König von Annes Onkel Abschied. »Mylord Bischof, wir können es gar nicht erwarten, die Abenteuer der Lady Anne im Räuberlager zu hören.«

Der Bischof umklammerte sein Kruzifix. »Meine Nichte hat ihrem Namen Ehre gemacht, Eure Majestät. Ihre Frömmigkeit hat sie selbst vor diesem Dieb und Verbrecher, John Gilbert, geschützt.«

Anne zwang sich zu lächeln. »Lieber Onkel, es war wohl eher der italienische Dolch, den ich ihm mehr als einmal unter die Nase gehalten habe.«

Der König lachte entzückt und legte genau in dem Augenblick seinen Arm um Annes Schultern, als Barbara Castlemaine aus der Kathedrale trat.

Anne sah sie, blickte zum König hoch und setzte schnell eine bewundernde Miene auf. Sie hatte versprochen, sich dem König hinzugeben, und das würde sie tun, wenn es sein musste, aber sie würde sich auch an den kleinsten Strohhalm klammern, und dieser Strohhalm konnte vielleicht die Gestalt der königlichen Mätresse annehmen.

In ganz England gab es nur eine einzige Person, die es wagen würde, König Charles Stuart die Stirn zu bieten, und diese Person war eine vor Wut kochende Countess Castlemaine.

Auf dem Weg nach Whitehall saß die ehrenwerte Lady Anne, Gräfin von Waverby, in der königlichen Kutsche dem Monarchen und seiner Mätresse gegenüber. Der König sah zufrieden aus und summte eine nicht auszumachende Melodie vor sich hin, klopfte mit dem Absatz seines roten Schuhs den Takt und betrachtete Anne verstohlen, während er Barbara Castlemaines dralle Hand hielt.

Anne wagte es nicht, ein Gespräch anzufangen, und tat, als ob sie döse. Dabei umklammerte sie ihr Gebetsbuch, als könne es den Teufel abwehren. Vermutlich würde es das tatsächlich können, aber sie war sich nicht so sicher, ob es auch den größten königlichen Schwerenöter seit Harry Tudor von ihr fernhalten würde.

Umgeben von berittenen Wachen gelangten sie an ihr Ziel, und Anne sah die *Folly* auf der Themse liegen, dem Kanal zugewandt. Sie machte einige Schritte darauf zu, winkte und vergoss eine Träne.

Der König war völlig damit beschäftigt, einige parfümierte und gelockte Spaniels mit kleinen Leckerbissen zu begrüßen, dann aber entdeckte er die Träne und zeigte sich verdrießlich. »Lady Anne, dann willigt ihr also doch in diese Ehe ein, vor der ihr zuvor davongerannt seid?«

Doch als Anne mit Blicken den aufgeblähten Segeln der Yacht folgte, vergoss sie wahre Tränen, denn sie weinte nicht um ihren Ehemann, sondern um jenen anderen, der auf einem anderen Schiff auch davon segelte.

Die Countess Castlemaine trat vor und hakte sich bei Anne unter. »Sir, ist das der Augenblick, um das arme Mädchen auszufragen? Ihre Hochzeitsnacht ist der Pflichterfüllung zum Opfer gefallen, und nur kurz zuvor musste ihr Vater sein Leben lassen. Sie wurde von Verbrechern behelligt und hat mit großem Mut ihren Weg zurück zu uns gefunden, in den Schutz ihres Onkels und des Hofes. Sie muss wirklich erschöpft sein.«

Barbara Castlemaine zeigte ihr strahlendstes Lächeln. »Majestät, ich werde sie heute Nacht in mein eigenes Bett mitnehmen und ihr Trost spenden, bis ihre Gemächer für sie vorbereitet sind.«

Anne zeigte keine Gefühlsregung, aber ein solcher Aufschub war weitaus mehr, als sie je erhofft hatte. Barbara Castlemaine war so darauf erpicht, ihre Stellung zu behaupten, dass sie Anne zu einer Galgenfrist verholfen hatte.

Der König wirkte verstimmt. »Lady Barbara zeigt sich stets so besorgt um andere Vertreterinnen des schwachen Geschlechts!«, blaffte er. »Oh, meine Liebe, du bekommst deinen Willen. Du bekommst ihn ja immer!« Dann erhellte sich seine Miene. »Wir werden Anweisungen geben, dass die Zimmer der Gräfin Waverby morgen Abend hergerichtet sind.«

Die Countess Castlemaine hüstelte. »Du bist immer so rücksichtsvoll, Majestät.«

»Meine Zofe«, sagte Anne, die auf diese Gelegenheit gewartet hatte. »Eure Majestät, ich hätte sie gerne bei mir. Sie heißt Kate und ist in Waverby House.«

»Aber wir haben doch so viele Bedienstete, unter denen Ihr auswählen könnt.«

»Das ist ein großzügiges Angebot, Eure Majestät, sie ist aber eine ganz besondere Dienstmagd. Sie gehört zu den Quäkern, und in diesen schweren Stunden der Einsamkeit ist sie mir mit ihrer ruhigen, ernsten Art deshalb ein besonderer Trost.«

»Eine Quäkerin im Palast?« Der König lachte, hob einen sich windenden Welpen hoch und blies spielerisch in sein Ohr. »Das wird Protestanten und Katholiken gleichermaßen verunsichern, und das bisschen, was uns bei den Puritanern noch an gutem Ruf bleibt, vollends zunichte machen.« Er lachte noch lauter.

Anne wusste, dass er guten Grund hatte, die Puritaner zu vergrämen, denn sie hatten seinen Vater geköpft und ihn selbst ins Exil geschickt, bis er sein dreißigstes Lebensjahr vollendet hatte.

»Ihr sollt Eure Quäker-Magd haben«, sagte der König, und schritt mit einem letzten prüfenden Blick auf Anne davon, umgeben von dem wirren Pulk aus seinen Hunden und Wächtern.

Anne seufzte erleichtert, dann spürte sie Barbara Castlemaines Hand auf ihrem Arm. »Kommt«, sagte sie und führte Anne ohne ein weiteres Wort in ihre opulenten Gemächer, an der Kinderstube vorbei, die für einen weiteren Säugling vorbereitet war, und in ein Schlafzimmer, in dem ein riesiges Bett mit Vorhängen stand, nur wenig kleiner als Dr. Wyndhams Kahn.

Während Anne der Countess Castlemaine folgte, streifte sie ihr Kleid ab und warf es auf den Boden, wo es die Bediensteten schon aufheben würden. Auch wenn es wunderschön war, hoffte sie, dass es sie nie wieder an ihre Hochzeit erinnern würde.

Anstatt vorsichtig um den heißen Brei herumzureden, wie die Damen bei Hofe es gerne taten, entschied Anne, die Dinge zwischen ihnen von Anfang an klarzustellen. »Mylady Barbara, auch wenn ich mir durchaus der Ehre bewusst bin, die Seine Majestät mir zuteil werden lässt, so wünsche ich dennoch nicht, seine Mätresse zu werden.«

Die Countess Castlemaine hatte mit einer Porzellanfigur gespielt, die ein Schaf und seinen Hirten in unzüchtiger Pose darstellte, sah nun aber ungläubig auf. »Ich habe doch mit eigenen Augen gesehen, wie Ihr den König bezirzt. Habt Ihr ein falsches Spiel mit ihm getrieben? Wenn das der Wahrheit entspricht, dann seid Ihr eine Närrin, und noch gefährlicher, als ich dachte. Denn närrische Menschen sind unberechenbar.«

Anne erkannte in diesem Augenblick, dass sie alles verloren hatte, und ihr kein anderer Ausweg blieb, als die volle Wahrheit zu erzählen. Und das tat sie während der folgenden Stunde, sie verschwieg nichts, nicht einmal das Fläschchen Schafsblut. Gegen Ende ihres langen Berichtes saßen die beiden Frauen einander auf dem großen Bett im Schneidersitz gegenüber, jede mit einem Krug Madeirawein in der Hand.

»Ihr seht also, Lady Barbara, dass ich um John Gilberts willen meinen Teil der Abmachung einhalten muss, aber ich werde Euch nie eine Rivalin sein. Sobald der König meiner überdrüssig wird, werde ich zu Edward zurückkehren, und ich hoffe, dass man mich den Rest meines Lebens auf dem Lande verbringen lässt, in Erwartung der Rache und meines Todes.«

Barbara Castlemaine erschauerte. »Da stellen sich mir ja sämtliche Haare auf«, sagte sie. »Bei den Dingen, die Ihr berichtet, würden sich noch die Toten im Grabe umdrehen.« Sie lehnte sich zurück und betrachtete Anne misstrauisch. »Entweder seid Ihr eine größere Schauspielerin als Nell Gwyn, oder Euer Gentleman Johnny ist ein höchst außergewöhnlicher Mann, wenn er solch ein Opfer wert ist. Dieser Waverby sollte dafür am Galgen baumeln, so einen Mann in einen Eunuchen zu verwandeln.«

Anne nickte, und Tränen fielen auf ihre gefalteten Hände.

»Es ist gut, wir wollen später wieder über Euren Liebsten sprechen«, sagte Barbara Castlemaine. »Ihr seid jetzt erschöpft. Und ich bin es auch. Das Kind in mir ist groß und schwer, wie Jungen es sind.« Der Gedanke an einen Sohn und möglichen Thronerben ließ sie lächeln. »Lasst uns schlafen und morgen fortfahren.«

Anne schlief fast augenblicklich ein. Sie fiel willig in Morpheus wartende Arme, denn sie wusste, dass sie im Schlaf bei John Gilbert sein würde, und immer und immer wieder die Momente ihrer gemeinsamen Tage und Nächte durchleben würde, und die Erinnerung daran, ihn in sich zu spüren, in endlosen Stunden mit ihm verbunden zu sein. Diese Bilder würden sie ein Leben lang begleiten, ob im Traum oder im Wachen, in endloser Qual.

Schläfrig, aber äußerst interessiert betrachtete Barbara Castlemaine ihre schlummernde Rivalin. Sie wusste nicht, wie viel Glauben sie Annes Geschichte schenken durfte, aber sie war jetzt davon überzeugt, dass Anne den König nicht wirklich begehrte, wie sie es befürchtet hatte. Allerdings wusste das Mädchen nicht, dass eine Frau lernen konnte, einen Mann zu lieben, vor allem einen Mann, der innerhalb und außerhalb des Bettes so zuvorkommend war wie Charles.

Die Countess Castlemaine hoffte darauf, einmal Herzogin von Cleveland zu werden, wie sie es schon so lange wünschte, und sie wusste, dass sie handeln musste, und zwar schnell, sonst würde dieser Titel als Zeichen der Zuneigung an dieses junge Ding gehen. Vor allem, wenn der Monarch entdeckte, dass die Kleine diese Auszeichnung nicht haben wollte, würde er darauf versessen sein, sie ihr zu verleihen. Wie gefährlich eine neue Mätresse der alten werden konnte!

Aber was sollte sie dann mit dem Mädchen tun? Hundert Jahre zuvor hätte eine Dirne ganz einfach ein paar Tropfen Gift in den Kelch ihrer Rivalin geträufelt, aber in diesen modernen Zeiten musste man Probleme auf dem Wege der Diplomatie lösen. Moderne Zeiten ja, aber auch verdammt komplizierte. Manchmal waren die alten Methoden doch die besten.

Auf der Seite liegend, fand Barbara Castlemaine schließlich eine bequeme Position und war schon fast eingeschlafen, da hörte sie, wie eine versteckte Seitentür geöffnet wurde. Sie schlug die Augen nicht auf, um den König zu grüßen, sondern blinzelte nur, um zu sehen, was er tun würde.

Seine Majestät betrat den vertrauten Raum nicht, er betrachtete nur die beiden Frauen im Dämmerlicht, die eine drall und rund, da sie sein Kind trug, und dennoch so verführerisch, die andere auf wundersame Weise noch immer unberührt, wenn Ely, der alte Narr, die Wahrheit sprach. Ihr bezauberndes feuerrotes Haar ergoss sich über das weiße Kissen, und unter der seidenen Decke zeichneten sich die Umrisse ihres entzückenden kleinen Körpers ab, der ihm wie immer ein unangenehm hartes Gemächt bescherte.

Charles trat von einem Fuß auf den anderen, kratzte sich im Schritt und seufzte. »Ich frage mich«, murmelte er versunken, als er die Tür leise wieder schloss, »ob die Königin wohl noch wach ist?«

Achtzehntes Kapitel

Die neue Dirne des Königs

John Gilbert trat an die hintere Reling des Handelsschiffes, um Wasser zu lassen.

Während er seine Mannespracht in den Wind streckte, dachte er darüber nach, was er beinahe verloren hatte. Ein Smaragdring und das verständliche Zaudern eines Mannes, den anderen seines besten Stückes zu berauben, hatten ihn in letzter Minute gerettet, auch wenn er eine gehörige Tracht Prügel ertragen und sich dabei die Seele aus dem Leib schreien musste, um Waverby zu täuschen.

Der Earl hatte sich dann wohl äußerst zufrieden gezeigt, als man ihm das abgetrennte Geschlecht eines armen Pesttoten brachte. Mochte Waverbys Seele zur Hölle fahren!

»Und was geschah dann, nachdem du die Kutsche angehalten hattest?« Einer der beiden Männer, die man zu seiner Bewachung abgestellt hatte, drängte ihn, mit seiner Geschichte fortzufahren.

»Nun, ich bat die Dame recht höflich, doch auszusteigen«, antwortete John und deutete eine Verbeugung an, während die salzige Seeluft die letzten Anzeichen seiner Krankheit und Erniedrigung fortblies. Er würde sich mit diesen Seeleuten anfreunden und versuchen, seinen Nutzen daraus zu ziehen.

»Und dann?«, ermutigte ihn der andere Seemann, »Was geschah dann?«

»Sie weinte«, fuhr John fort, »wie ein Kind, und es brach mir das Herz.«

Der Mann lachte, als John vorgab, sich eine Träne aus dem Auge zu wischen. »Aber die Schatulle mit dem Geld hast du ihr wohl nicht wiedergegeben?«

»O doch, mein Junge. Nun, nicht mit dem gesamten Inhalt. Ich behielt tausend Pfund, um meine Kosten zu decken, und ließ ihr zweitausend für ihre Mitgift. Ein wahrer Mann, so erklärte ich ihr, würde sie um ihrer Selbst willen lieben, auch wenn man nur zweitausend drauflegt.«

»Aber du hast auch gesagt, dass sie gerne mit dir hinter die Hecke ging und dich küsste und noch viel mehr«, erinnerte ihn der erste Matrose, der alle Einzelheiten hören wollte.

»Und ob«, sagte John und lachte. »Sie küsste mich leidenschaftlich und lange unter dem Mondhimmel, und danach war ich sicher, dass ihr Verlobter das kleine Biest nicht abweisen würde, nur weil sie tausend Pfund weniger brachte, als im Ehevertrag stand.«

Der zweite Matrose schlug sich auf die Schenkel. »Ich würde den guten Namen meiner Mutter dafür geben, das Gesicht dieses Mannes zu sehen, als sie ihm erzählte, wie Gentleman Johnny Gilbert ihr Geld und Küsse geraubt hat.«

John grinste. »Derselbe Gedanke ging mir auch durch den Kopf. Also folgte ich der Kutsche im Dunkel der Nacht bis Chipping Norton, in sicherem Abstand versteht sich, und hörte am nächsten Morgen mit an, wie der Bräutigam die zweitausend Pfund nahm und das weinende Mädchen zu ihrem Vater zurückschickte, um den Rest zu holen, oder es würde keine Hochzeit geben.«

»Diese Kielratte!«, riefen die beiden Männer im Chor.

»Das dachte ich auch, und dieser Mensch hatte wohl Unterweisung nötig, da werdet ihr mir zustimmen. Also hielt ich ihn am helllichten Tag auf der Oxford Road an, nahm ihm die zweitausend ab und hielt ihm einen Vortrag darüber, dass das Wohlergehen einer Dame schwerer wiegt als Gold und Geld. Ich nahm auch sein Pferd und ließ ihn ohne Hosen auf der Straße stehen, damit er seine Sünden bereute.«

John fiel in ihr Gelächter ein, und die Erinnerung daran, wie er den jungen adeligen Flegel bloßgestellt hatte, versetzte ihn in gute Laune. »Es ist jammerschade, dass ich nie erfahren werde, ob der gute Mann schließlich das Mädchen für tausend Pfund zur Frau nehmen musste, das er für zweitausend nicht wollte.«

Bei diesem Gedanken grölten seine Wachen laut. Ihr Gelächter lockte den Kapitän auf das Achterdeck.

»Der Gefangene hat lange genug Luft geschnappt«, sagte er barsch. »Nehmt ihn wieder mit nach unten und bewacht ihn gut. Er ist schlauer als ihr beiden Holzköpfe zusammen. Passt auf, sonst ist er es, der hier zuletzt lacht.«

»Aye, aye, Sir!« Sie überschlugen sich beinahe vor Pflichterfüllung und packten John rau an.

John warf einen letzten Blick leewärts auf die Küste von Sussex. Dann wurde er in den Schiffsbauch hinuntergestoßen, stolperte einen engen Gang entlang und durch die Mannschaftsquartiere, bis er im dunklen Frachtraum an die Schott gelangte, an der die Eisenketten festgeschraubt waren.

»Dem Kapitän ist wohl 'ne Laus über die Leber gelaufen«, meinte einer der Wächter kichernd.

John zwinkerte ihm zu. »Ob Schiffskapitän oder Edelmann, sie sind alle gleich und hassen es, wenn das Fußvolk seinen Spaß hat.«

Der Mann lachte und drehte sich zu seinem Kameraden um, um Johns Worte zu wiederholen. Dabei sah John das Messer, das hinten in seinen Drillichhosen steckte. Aber der enge Gang war nicht der richtige Ort für einen Fluchtversuch. Er hoffte, zu einem späteren Zeitpunkt würde sich eine bessere Gelegenheit ergeben. Denn er hatte die beiden Seeleute mit seinen Abenteuern unterhalten, und die Bewachung fiel deshalb eher nachlässig aus. Er konnte nur beten, dass es so bleiben würde.

Beide Männer trugen eine Pistole, und wenn sie ihn bis zur *Chloe* begleiten würden, hätte er vielleicht die Chance, eine Waffe zu ergreifen und zu entkommen, ehe man ihn in die jamaikanischen Kolonien schickte. Ein anderer Ausweg blieb ihm nicht, denn er trug nichts mehr bei sich, was er gegen sein Leben hätte eintauschen können. Er hatte den Männern vorgeschlagen, ihnen eine Schatzkarte zu zeichnen, mit der sie verborgene Räuberbeute finden konnten, aber sie hatten nicht genug Fantasie, um sich Reichtümer vorzustellen, die nicht direkt vor ihrer Nase lagen.

John ließ sich in dem kleinen Lagerraum nieder, der nach Frachten vergangener Überfahrten roch, nach indischem Tee und Hanf und Gewürzen, überlagert vom modrigen Geruch des Wassers, das unter ihnen im Kielraum schwappte, und war im Nu wieder an die Schott gekettet. Die beiden Wachen lungerten im Gang herum, und John hörte mit halbem Ohr zu, wie sie zum Besten gaben, was sie getan hätten, wenn die Braut ihnen in die Hände gefallen wäre.

Von Zeit zu Zeit grunzte John zustimmend, um sie bei Laune zu halten, dann aber gab er sich wieder ganz dem Gedanken an Anne hin. Er wollte nicht darüber nachdenken, was in diesem Moment mit ihr geschah. Stattdessen schwelgte er in Erinnerungen an das, was zwischen ihnen geschehen war. Er rief sich alle Einzelheiten in Erinnerung, Gefühle und Gerüche, die ihn in die Vergangenheit zurückversetzten. Erneut durchlebte er ihre gemeinsamen Stunden in Nells Haus und auf Dr. Wyndhams Kahn, bis er die Bilder nicht länger ertragen konnte.

War es falsch gewesen, ihr die Heirat zu verweigern? Viele Tage und Nächte hatte er sich mit dieser Frage gequält. War es vielleicht doch besser, zusammenzuleben und zu sterben, selbst den grausamen und langsamen Tod in der Schlinge, anstatt von ihr getrennt zu sein und wie eine Blume ohne Wasser jeden Tag ein wenig mehr zu verwelken? Es war eine Sache, mit ihr an seiner Seite den noblen Märtyrer zu spielen, eine ganz andere, den Schmerz des Martyriums alleine zu ertragen.

Er hatte in seinem Leben vieles getan, auf das er nicht stolz war, aber er hatte nie dumm oder ehrlos gehandelt.

Und dennoch lag er, der listige John Gilbert, nun in Fesseln und wurde auf die tödlichen Zuckerrohrfelder Jamaikas geschickt. Der unwürdige Waverby hingegen hatte Anne mit sich genommen und konnte nach seinem Willen über sie verfügen – John konnte es sich nur zu gut vorstellen, und Übelkeit stieg in ihm auf, als die Bilder in seiner Vorstellung Gestalt annahmen und sich mit der Erinnerung vermischten, mit seinem letzten Blick auf Annes verzweifeltes Gesicht, das er Tag und Nacht vor sich sah.

Verflucht! Wer stand jetzt dumm da?

Er behielt seine Wachen, die in ein endloses Würfelspiel vertieft waren, scharf im Auge, und zog vorsichtig an den Bolzen seiner Ketten. Er hatte sofort bemerkt, dass einer von ihnen lose war, und ihn bei jeder sich bietenden Gelegenheit in dem morschen Holz hin und her bewegt.

Bis in den späten Abend hinein saß er aufrecht da und bearbeitete hinter seinem Rücken mit blutigen und wunden Fingern den Bolzen, während er die dösenden Wachmänner weiter beobachtete.

Im Laufe der Nacht bemerkte John irgendwann, dass das Schiff nicht mehr die hohen Wellentäler des Atlantiks durchquerte. Es wurde jetzt von sanfteren Wellen getragen und verlor an Fahrt, als ob es einen Hafen ansteuerte.

Er arbeitete noch rascher. Vielleicht konnte er den Bolzen mit einem einzigen Ruck losreißen. Aber wenn er es nicht schaffte und die Schraube im Holz stecken blieb, würde das Geräusch der Ketten seine Wachen alarmieren, und dann würden sie den losen Bolzen neu befestigen.

Undeutlich hörte er, wie auf Deck die Uhrzeit ausgerufen wurde, und wusste nun, dass bis zum Morgen nur noch wenig Zeit blieb. Beim ersten Tageslicht würden sie im Hafen von Southampton festmachen, und man würde ihn auf die *Chloe* bringen.

Kurz vor Einbruch der Morgendämmerung erwachte einer der beiden Seeleute und erhob sich, um das Frühstück zu holen. Der andere döste weiter.

John zog an der Eisenkette. Die Schraube bewegte sich, aber auch ein entschlossener Ruck konnte sie nicht völlig aus dem Holz lösen. Seine Zuversicht schwand, und er ließ den Kopf erschöpft auf die Knie sinken.

Der Matrose kehrte mit Bier, Brot und einer Schüssel kaltem Porridge zurück. »Lang zu, John. Ein großer Kerl wie du wird bei so einer Überfahrt selten satt. Sogar die Kinder verhungern oft.«

Man hörte verhalten eine Glocke läuten, und aus dem Quartier der Mannschaft erklang der Ruf: »Alle Mann an Deck!«

Die beiden Wachen stopften sich ihr Essen in die Taschen, sprangen auf und verschwanden im Gang.

John konnte sein Glück kaum fassen. Schnell ergriff er den Löffel, der im Haferbrei steckte, und bearbeitete damit das Holz um den Bolzen herum. Wie viel Zeit würde ihm bleiben? Minuten, vielleicht eine halbe Stunde. Der Zinnlöffel verbog sich und der Stiel brach ab. Er wog den Vorteil eines spitzeren Werkzeugs gegen den Zeitverlust ab und schärfte den Löffelstiel am Eisen der Kette.

Danach konnte er das Holz rund um den Bolzen weitaus schneller aushöhlen. Die anfallenden Späne verbarg er in der Porridge-Schüssel.

Schließlich fiel ein Bolzen heraus, und er begann fieberhaft, den anderen zu bearbeiten, auch wenn er die Spitze ständig schärfen musste. Endlich konnte er den zweiten Bolzen herausziehen, und seine Hände waren frei. Er hörte, wie die Segel des Schiffes eingeholt wurden und die Ankerkette mit einem wilden, rasselnden Kreischen auf den Hafenboden niedersank. Kurz darauf vernahm er Stimmen im Gang. Augenblicklich stellte sich schlafend.

»Schau ihn dir an, ich kann's kaum glauben«, sagte einer der Matrosen, »da liegt er und schläft selig. Der Mann hat Nerven aus Stahl, das sag ich dir. Mit dem an meiner Seite würde ich auch die Landstraße unsicher machen.«

Er hörte Schlüssel klirren. »Los, John, es wird Zeit,

und dabei finden wir es wirklich schade, dass du gehen musst.«

John rührte sich nicht.

»John Gilbert? Wach auf, Bursche!«

Noch immer regte er sich nicht, spürte aber, wie sie näher kamen und sich schließlich beide neugierig über ihn beugten. Plötzlich schnellte John nach hoch und stieß krachend ihre Köpfe zusammen. Die beiden Seeleute sanken ächzend auf die Planken nieder.

»Es tut mir leid, Männer, aber ich habe keine Lust, Jamaikas mildes Klima zu einem Zeitpunkt zu genießen, den ich nicht selbst gewählt habe«, sagte John. Mit den Schlüsseln der Matrosen öffnete er die Handschellen, nahm dann ihre Pistolen an sich und ging rasch den Gang entlang.

Er fürchtete, jeden Augenblick entdeckt zu werden, aber er erreichte die Luke in der Schiffsmitte ohne Zwischenfall. Er hob sie ein wenig an, um nach draußen zu spähen. Die Reling war leewärts mit Seeleuten gesäumt. Wenn er großes Glück hatte, würde er ganz einfach auf der anderen Seite des Schiffes hinter ihrem Rücken vorbeikriechen können.

Doch in diesem Augenblick ertönten laute Trommeln, ein Maat der *Chloe* grüßte von einem Boot aus und kam an Bord. Der Maat und der Kapitän lüfteten die Mütze. »Wir kommen, um John Gilbert zu holen, Euren Gefangenen.«

»Guten Morgen, Kapitän«, rief John Gilbert gedehnt, machte die Luke auf und verbeugte sich übertrieben tief. Er hielt die Pistolen auf die beiden Männer gerichtet. »Ich dachte, ich könnte Euch den unangenehmen Abstieg in den dunklen Schiffsbauch ersparen. Nun seid doch so gut und krudert mich an Land. Nein, auch Ihr«, sagte er, als der Kapitän sich auf seine Kajüte zuschob. »Ich nehme Euch mit, um sicherzugehen, dass die Mannschaft nicht auf das Boot feuert.«

Als John von dem Handelsschiff fortgerudert wurde, fühlte er sich so gut wie schon seit Tagen nicht mehr. Sein alter Unternehmungsgeist kehrte zurück, und er beschloss,

Anne zu finden und zu befreien, und wenn er dafür Waverby House oder Whitehall selbst stürmen musste. Das war er ihr schuldig, und er konnte nicht abstreiten, dass er sie wiedersehen musste. Er wollte sie noch ein einziges Mal fest an sich schmiegen, bevor er dem entgegentrat, was das Schicksal für ihn bereithielt.

John hatte vorgehabt, die Matrosen der *Chloe* nahe ihres Schiffes aus dem Boot zu werfen, aber einige von ihnen konnten nicht schwimmen. Daher setzte er sie unter lautem Protest allesamt auf einer Landspitze ab und ruderte bis zu den Docks von Southampton weiter. Dort fand er einen Stall, in dem er die beiden Pistolen gegen einen Kutschgaul eintauschen konnte, der wie Sir Pegs Urgroßvater aussah.

Anne saß vor einem kunstvoll verarbeiteten Holztisch aus Mahagoni, auf dem silbernes Geschirr für zwei gedeckt war, und wartete auf König Charles. Sie hatte vergeblich gehofft, Barbara Castlemaines Eifersucht würde diese Nacht noch weiter hinauszögern.

An der Wand waren gepolsterte Stühle aufgereiht, und darüber hingen mehrere vergoldete Spiegel, die den Schein der Leuchter reflektierten. Kanapees nach französischem Vorbild umstanden den Kamin, und zahlreiche weitere Möbelstücke drängten sich im Raum. Als der König sie am Nachmittag in diese Zimmer begleitet hatte, hatte er sich für das Durcheinander entschuldigt. Immer wieder hatte er ihr inbrünstig versichert, dass er schnellstmöglich weniger vollgestopfte Gemächer für sie finden würde.

Als Anne sich jetzt umblickte, spielte ein ironisches Lächeln um ihren Mund. Vielleicht war dieses Zimmer eine Art Lagerraum, in dem die neuen Favoritinnen des Königs eine Übergangszeit verbrachten, nach deren Ablauf sie in immer schlichtere und spärlicher eingerichtete Gemächer umziehen durften, während sie in der Gunst des Königs aufstiegen.

Sie zuckte mit den Schultern und rieb sich die Schläfe. Nachdem sie versucht hatte, der irrsinnigen Wirklichkeit um sie herum zu entgehen, schien nun auch ihr Denken vom Wahnsinn befallen zu sein. Für einige Zeit konnte Edward ihr nichts anhaben. Andererseits sah sie nun keine Möglichkeit mehr, sich dem König in dem streng bewachten Palast zu entziehen.

»Mylady«, sagte Kate und trat leise an ihre Seite, »was soll ich bloß tun, wenn der König kommt?«

Anne seufzte. »Du wirst tun, was immer der König befiehlt, so wie deine Herrin.«

Kate sah Anne forschend an. »Nun, Herrin, was soll ich dann tun, bis der König hier eintrifft?«

Ohne von den gefalteten Händen in ihrem Schoß aufzusehen, sagte Anne mit leiser und bewegter Stimme: »Du weißt, was ich hören möchte. Und erzähl mir noch einmal, wie er aussah, als du mit ihm sprachst.«

»Er sah höchst ansprechend aus, Mylady, auch wenn er Stroh im Haar hatte und gebunden dalag. Aber er wirkte trotzdem groß und stattlich.«

»Und was sagte er, als du meine Botschaft überbracht hast?«

»Er lächelte lieblich, Lady Anne, und schwor, dass er Euch Küsse senden würde, wenn er nur eine Hand frei hätte. Er meinte«, Kate errötete, »dass ein Kuss kein wirklicher Kuss sei, wenn ein Mann seine Hände nicht benutzen könne.«

Die Worte ließen Annes Körper in Flammen aufgehen. Würde sie sich immer so klar und deutlich an Johns Küsse erinnern? Und an seine Hände, die sie überall berührten? Wohl nicht, ein gütiger Gott würde die Erinnerungen schließlich zerstreuen. Vielleicht sollte sie um Vergessen bitten, aber wie St. Augustin mit seiner Bitte um Enthaltsamkeit würde sie um eine spätere Erfüllung beten. »Weiter, Kate«, bat sie sanft, »und lass nichts aus, kein Wort, keinen Blick.«

»Er nahm den Smaragdring, Mylady, und ich lief rasch davon. Dann wurde ich gefasst und ausgepeitscht, weil ich gegen das Ausgehverbot verstoßen hatte. Aber ansonsten haben sie keinen Verdacht geschöpft.«

»Es tut mir noch immer so leid, dass du meinetwegen leiden musstest.«

»Das macht nichts, Lady Anne. Wir Bediensteten werden ständig ausgepeitscht.«

»Nicht meine Bediensteten, das schwöre ich dir«, sagte Anne und fragte sich, ob sie diesen Schwur wohl brechen musste, wenn Edward von seiner Reise zurückkehrte. Angst zu verbreiten war seine Art, sich Respekt zu verschaffen.

»Ist das alles, Mylady?«, fragte Kate mit einem kleinen Knicks.

»Ja, geh ruhig zu deiner Stickerei zurück. Und Kate …«

»Ja, Mylady?«

»Wenn ich dich je wieder nach John Gilbert frage, dann erzähl mir nichts mehr, und wenn ich dich noch so sehr darum bitte.«

»Aber Lady Anne, vor einer Stunde habt Ihr genau das Gleiche gesagt.«

»Ich weiß.« Anne nickte und gestand die Zwecklosigkeit ihrer Bitte ein.

Das kratzende Geräusch kleiner Hundekrallen auf dem Marmorboden kündigte an, dass der König sich näherte, und gleich darauf platzte der Monarch herein. Augenblicklich stürzten die Hunde sich auf eines der Kanapees und begannen, die Polster aus Satin zu zerfetzen.

»Aus, Fubbs«, rief der König dem fettesten Tier der Meute zu, einer Hündin, die sogleich gehorchte, nur um sich auf das nächste Kanapee zu werfen, sich herumzurollen und dem Monarchen einen runden Bauch für eine Liebkosung darzubieten. Der König tat ihr den Gefallen, beugte sich vor und küsste die Schnauze seines Lieblings. »Wenn du dich vor Lady Anne von deiner besten Seite zeigst, bekommst du auch eine Belohnung.« Er händigte den Leckerbissen aber dennoch augenblicklich aus, ohne die Gegenleistung einzufordern.

Beim Eintreten des Königs hatte Anne sich erhoben, einen tiefen Hofknicks gemacht und die Szene dann interessiert beobachtet. Sieh an, er liebt seine kleinen Hunde mehr als jede Mätresse, dachte sie. Und obgleich sie diesen König nicht lieben konnte, so konnte sie ihn jetzt auch nicht mehr hassen.

»Meine liebe Anne«, begrüßte er sie, und ließ eine Schnur durchsichtiger Perlen um ihren Hals gleiten, wobei seine Hand auf ihrer nackten Schulter verweilte.

Sie knickste erneut und entzog sich seiner Berührung. »Lasst uns speisen und reden, Eure Majestät. Ich werde von all meinen Abenteuern berichten, und ich denke, Eure Majestät wird sie äußerst unterhaltsam finden.«

»Das müsst Ihr auf jeden Fall«, sagte der König, »und erspart uns kein noch so belangloses Detail.« Lächelnd geleitete er Anne zu ihrem Stuhl und nahm dann ihr gegenüber Platz, während er Kate bedeutete aufzutragen.

Anne konnte ihm nicht alles berichten, aber sie erzählte das, was er bei Hofe zum Besten geben konnte. Sie gestand ihm zum Beispiel, dass sie an einem Überfall auf eine Kutsche teilgenommen hatte, wenn auch unfreiwillig. Schließlich mochte er verruchte Frauen. Sonst hätte er Barbara Castlemaine gewiss fortgeschickt, nachdem der Seiltänzer Jacob mit seinen Verrenkungen ihre Neugier geweckt hatte.

Besonders interessierte den König Annes Flucht in der Verkleidung als Knabe. Sie musste ihm immer wieder alle Einzelheiten schildern, und schließlich rief er aus, dass sie gewiss auch eine Männerrolle auf der Bühne spielen konnte, denn er hatte nicht nur erlaubt, dass Frauen Frauenrollen spielten, sondern sogar, dass sie auch den Part von Männern übernahmen. »Erzählt noch einmal, beste Countess«, lachte der König laut, »wie Ihr das alte Mütterchen mit der wiedererlangten Schönheit gespielt habt. Wir sollten ein paar Verse darüber schreiben.«

Sie wiederholte die Schilderung und schmückte sie mit so vielen neuen Kleinigkeiten aus, wie sie nur erdenken konnte. »Noch etwas Wein, Majestät?«, fragte sie.

Er nickte und zog sein Wams aus. »Wie heiß es hier ist«, murmelte er.

»Vielleicht hilft ein Spaziergang an der frischen Luft?«, schlug sie hoffnungsvoll vor.

Er runzelte die Stirn und zog eine Schnute. »Wir wünschen keinen Spaziergang.« Dann löste er die Bänder seines Hemdes, ohne seinen erregten Blick von ihr abzuwenden. »Helft Eurer Herrin«, sagte er zu Kate, die mit aufgerissenen Augen zusah, wie ihr König sich entkleidete.

Anne stand auf. »Entschuldigt mich, Eure Majestät.«

Der König ergriff ihre Hand und übersäte sie mit heißen Küssen. »Lasst Euren König und Herrn nicht lange warten«, stieß er keuchend hervor.

Sie machte einen tiefen Knicks und schritt ins angrenzende Schlafgemach.

»Kann ich denn nichts tun, Mylady?«, fragte Kate atemlos.

»Nein, nichts, meine liebe Kate. Hilf mir mit diesen Häkchen.«

Anne versuchte, an nichts zu denken, als sie ihr Kleid ablegte und in hauchzarter Leibwäsche dastand. Sie war nicht Herrin ihrer Gedanken, noch immer sah sie John stets vor sich, und sie wusste, dass es ihr nie gelingen würde, ihn vollständig aus ihrem Gedächtnis zu verbannen. Dennoch hoffte sie, dass ihre Erinnerung zumindest einen Schleier der Vergessenheit über diese Nacht mit dem König und die folgenden breiten würde. In gewisser Weise würde zwar nicht ihr Körper, aber wenigstens ihre Seele für den Straßenräuber rein bleiben.

Der König klopfte ungeduldig an die Tür.

Anne stieg in das Bett, das Kate für sie aufgeschlagen hatte. »Schließ die Vorhänge und geh«, bat sie.

Kate weinte.

»Hör damit auf. Ich weine nicht, und du wirst nicht um mich weinen. Wenn ich erst zu weinen anfange, kann nichts in der Welt meine Tränen wieder versiegen lassen.«

»Ja, Mylady.« Kate wischte sich Augen und Nase am Ärmel ab und zog sich durch einen Seiteneingang zurück.

Einen Augenblick später öffnete sich die Haupttür zum Schlafgemach. »Mein Liebling, jetzt sind wir hier.«

»Eure Majestät«, flüsterte Anne erstickt gegen ihren Handrücken.

Der König zog die Bettvorhänge beiseite, Fubbs huschte an ihm vorbei und sprang ins Bett, wo sie sich an ein Kissen schmiegte.

Anne starrte ihren König an. Er war nackt, und seine dünnen Beine und knochigen Knie gaben ihm das Aussehen eines Heranwachsenden. Aber er war ein erwachsener Mann, das zeigte sein Gemächt, das in die Luft ragte wie das Schwert eines königlichen Wachmannes. Die Gerüchte, er sei für die Liebe gut ausgestattet, entsprachen also der Wahrheit, anders als bei solchem Geschwätz üblich.

Der König kroch zu ihr herüber und legte sich auf ihre Brust. Sein Atem ging schwer. »Keine Angst, meine liebe Countess, wir werden Euch nicht wehtun, denn kennt man uns nicht im ganzen Land als den gütigen König der Herzen?«

Er küsste sie mit feuchten Lippen, saugte an ihrem Mund, und seine Hand befühlte ihren Busen.

Anne stockte der Atem, sie zitterte und wollte sich losreißen, wagte es aber nicht. Jetzt war der Augenblick ihres Opfers gekommen, und anders, als sie erwartet hatte, war sie nicht bereit.

»Ihr müsst dieses Leibchen ablegen«, befahl der König missgestimmt.

»Natürlich, Eure Majestät.« Sie atmete tief durch und löste mit zitternden Fingern das rote Band des Trägers, aber kaum hatte sie das getan, als die kleine Hündin aufsprang, sich auf das Band stürzte und heftig daran zu ziehen begann.

»Fubbs«, brüllte der König, »böser Hund!« Er ergriff das Tier, kroch auf Knien über das große Bett, lief zur Tür und öffnete sie.

Auf der anderen Seite der Schwelle stand Barbara Castlemaine, das Knie zu einem tiefen Knicks gebeugt. Sie trug ein schlichtes weißes Kleid, das ihrem Bauch viel Platz bot, und in den sinnlichen Augen hinter schweren Lidern tanzte ein Lächeln. »Guten Abend, Majestät. Du scheinst dich gut zu amüsieren.«

Der König überspielte seine Überraschung, wenn auch nicht seine Verärgerung. »Was soll das bedeuten, Countess Castlemaine?«

»Eure Majestät missversteht mich«, sagte sie lächelnd. Mit wissenden Blicken betrachtete sie Anne, die aufrecht in dem zerwühlten Bett saß und sich mit der Decke vor Blicken schützte. »Wenn auch Eifersucht nichts anderes ist als die extremste Form der Liebe, so komme ich nicht deshalb. Obgleich ich meinen Liebesbeweis ja immer bei mir trage.« Spöttisch, aber zärtlich streichelte sie ihren runden Bauch. »Ich komme, um eine Nachricht weiterzugeben, die ein Bote der Schiffsflotte überbracht hat.«

»Und?«, sagte der König ungeduldig.

»Die *Folly* ist von einer Übermacht holländischer Schiffe in eine schreckliche Schlacht getrieben worden und dabei gesunken. Nur ein einziger Mann hat überlebt und konnte von dem Unglück berichten.«

»Waverby?«, fragte der König und warf einen prüfenden Blick auf Anne, die inzwischen auf der Bettkante saß und die Countess ungläubig anstarrte.

»Nein, Majestät. Ein tödlicher Kanonenschuss traf den Earl von Waverby, und sein Leichnam ist mit dem Schiff gesunken.«

Anne wurde schwarz vor Augen und sie sackte lautlos zusammen. Alles drehte sich, als eine Ohnmacht sie überkam und sie kraftlos zu Boden fiel.

»Verdammt, Babs!«, sagte der König und ließ enttäuscht die Schultern hängen.

»O weh«, murmelte Barbara und drückte den Kopf des Königs an ihre einladende Brust, »mein armer Charlie.«

Neunzehntes Kapitel

Die Countess Castlemaine schmiedet einen Plan

Anne setzte sich auf und schlug erneut mit der Faust gegen die Matratze, und wieder aus dem gleichen Grund. Bei Gottes Eingeweiden! Würde sie etwa nie aufhören, von dem Teich in Whittlewood Forest zu träumen, und von John Gilberts langem, braunem, nacktem Körper? Ein Teil dieses Körpers – es überlief sie eiskalt – existierte jetzt nicht mehr, der Teil, an den sie sich immer so erinnern würde, wie sie ihn zum ersten Mal gesehen hatte, stolz und aufrecht.

»So habt doch Erbarmen mit mir!«, rief sie mit herzerweichender Stimme.

»Mylady«, sagte Kate und erneuerte das kühlende Tuch auf ihrer Schläfe. »Euer Onkel, der Bischof, ist im Vorraum. Er ist gekommen, um Euch mit seinen Gebeten Trost zu spenden.«

Anne runzelte die Stirn. Ihr Onkel? Warum war er da? Dann überkam sie wieder klar und deutlich die Erinnerung an die Botschaft, die Barbara Castlemaine überbracht hatte. Anne, die neue Countess von Waverby, war Witwe geworden.

Ohne böse Hintergedanken murmelte Anne ein kurzes Gebet für Edwards Seele, auch wenn sie vermutete, dass sie wohl ein Leben voll inbrünstiger Gebete und christlicher Mildtätigkeit führen musste, wenn sie Edwards Schicksal im Jenseits noch zum Guten wenden wollte. Und sie war nicht sicher, ob sie dazu bereit war.

Sie versuchte, wenigstens ein wenig Trauer zu verspüren, nur um der kindlichen Liebe willen, die sie einst für ihn empfunden hatte. Aber es gelang ihr nicht. Er hatte ihrem Vater das Leben genommen und John seine Männlichkeit, und so die Existenz der beiden Männer zerstört, die sie auf dieser Welt am meisten liebte. Edwards Taten gehörten zu den abscheulichsten Verbrechen auf Erden, und dafür würde er gewiss bis auf alle Ewigkeit in der tiefsten Hölle schmoren.

»Wollt Ihr Euren Onkel jetzt sehen, Lady Anne?«, drängte Kate.

»Führ ihn herein, Kate«, bat Anne, die plötzlich einen pochenden Kopfschmerz verspürte. Sie berührte das kühlende Tuch auf ihrer Stirn und verzog fragend das Gesicht. »Bitte, Kate, sag mir doch noch einmal, was mit mir geschehen ist.«

»Ihr seid in Ohnmacht gefallen«, erklärte Kate mit sorgenvoller Miene. »Legt Euch besser wieder hin, Lady Anne. Die Beule ist groß wie ein Hühnerei.« Die Dienstmagd schritt zu Tür, öffnete sie und kündigte den Bischof an.

Der Geistliche kam ins Zimmer geeilt. Er trug seine kirchlichen Gewänder und auch alle anderen Insignien seines Amtes. Schwer ließ er sich auf den Stuhl neben ihrem Bett sinken und ergriff ihre Hand. »Mein liebes Kind, wie du gelitten haben musst. Ich mache mir solche Vorwürfe …« Doch er konnte sich nicht dazu überwinden, ein wirkliches Schuldgeständnis abzulegen.

»Edward ist tot«, flüsterte Anne mit tonloser Stimme und entzog ihm ihre Hand.

»Wie furchtbar«, sagte ihr Onkel und schüttelte würdevoll den Kopf. »Ich werde für ihn beten.«

»Und für dich selbst, Onkel.«

Er zuckte zusammen. »Deine Nerven sind überreizt, Nichte.« Er deutete auf das Tuch. »Vielleicht hat die Verletzung deine Gedanken verwirrt.«

»Nein, Onkel, du bist verantwortlich für mein Schicksal, du hast weitaus mehr Schuld auf dich geladen, als du jemals wissen wirst.« Ihre Finger, die auf der Bettdecke ruhten, zitterten.

Der Bischof senkte das Haupt und faltete die Hände.

»Anne, nicht das Schwert, sondern das Priestergewand verleiht mir meine Macht. Und Waverby hat mein Leben höchst brutal bedroht.«

»Und dir reiche Belohnung zugesagt, wenn ich meinen verstorbenen Ehemann nicht völlig falsch einschätze. Zuckerbrot und Peitsche waren seine Waffen, um seine Ziele zu erreichen. Er hat meine Liebe zu John Gilbert für seine Absichten höchst schändlich missbraucht.«

Der Bischof von Ely sah nicht auf, aber seine Lippen bewegten sich im stummen Gebet.

Er betete lange, und Anne betrachtete ihn gerührt. Er mochte ein elender Feigling sein, aber er war der Letzte ihrer Familie, der ihr geblieben war, und er war in schweren Zeiten an ihre Seite geeilt.

»Amen«, sagte er.

»Amen«, wiederholte sie.

»Ihre Ladyschaft, die Countess von Castlemaine«, verkündete Kate an der Tür des Schlafgemaches.

Anne setzte sich noch gerader hin und hielt die Hand an die pochende Schläfe.

Der Bischof erhob sich respektvoll.

»Meine liebe Lady Anne«, sagte Castlemaine, als sie ans Bett eilte. »Ich sehe, dass Ihr unwohl seid. Wir müssen nach einem Arzt schicken. Mit einer möglichen Schädelverletzung darf man nicht scherzen, ebenso wenig wie mit Hirnfieber.«

Auch wenn Anne nicht genau wusste, worauf die Countess hinauswollte, so merkte sie doch, dass die andere Frau ihr zu helfen versuchte. Barbara tat oder sagte selten etwas ohne Hintergedanken. Wie viele Dirnen fühlte sie sich von Frauen angezogen, die nur ihrem Herzen folgten, solange der Ruf des Herzens nicht mit ihren eigenen Interessen in Konflikt trat.

»Eure Ladyschaft ist zu gütig«, sagte Anne. »Ich bedarf dringend der Dienste meines persönlichen Leibarztes, eines gewissen Josiah Wyndham, den Ihr auf einem Kahn in der Nähe der London Bridge finden werdet.«

»Dann soll er Euch noch heute untersuchen. Seine Majestät wird mir gewiss erlauben, nach ihm schicken zu lassen. Der König ist um Euer Wohlergehen höchst besorgt«, erklärte Barbara und ihre Augen lächelten. »Euretwegen musste ich ihn die ganze Nacht trösten, und natürlich, weil er seinen Freund verloren hat, Euren viel beweinten Ehegatten.«

Erst jetzt ließ sie sich dazu herab, Annes Onkel zu bemerken, und nickte ihm zu: »Mylord Bischof. Ich kann es kaum erwarten, Eure Totenrede für den guten Waverby zu hören.«

Annes Onkel hüstelte. »Wenn der König mir erlaubt, an der Seite meiner armen Nichte zu verweilen, werde ich selbstverständlich die Totenmesse halten – allerdings, ähm, habe ich noch nicht über ein Thema für die Predigt nachgedacht.«

Die Countess Castlemaine hob langsam die Brauen. »Nicht, Mylord Bischof? Wie wäre es mit den Schriften des Alten Testaments, in denen König David Bathsebas Ehemann in den Krieg schickt, weil er selbst dessen Frau begehrt? Ich habe diese Schilderung immer als eine Warnung verstanden, die in allen Zeiten Anspruch auf Gültigkeit erheben kann, sogar in der heutigen, denkt Ihr nicht?« Mit einem Lächeln auf den Lippen ließ sie den peinlich berührten Bischof einfach stehen und fegte so schnell aus dem Raum, wie man es ihr bei ihrem Leibesumfang kaum zugetraut hätte.

John Gilbert ritt ohne Unterlass. Staubige Tage und neblige Nächte verbrachte er im Sattel und tat Hunger und Erschöpfung als unwichtig ab. Stets sah er Anne vor sich, aus jeder Wolke schien sie ihm zuzulächeln. Er wählte die weniger berittenen Straßen nordöstlich von London, umritt Städte und Dörfer, und wich mehrmals dem Grafschaftsvogt und seinen bewaffneten Männern aus, da er weder Säbel noch Pistole bei sich trug, um sich zu verteidigen. Er hatte sein Pferd zweimal gegen eines eingetauscht, das er grasend auf einer Weide fand, und den Bauern jedes Mal zu einem besseren Ackergaul verholfen.

Es war früher Morgen, als er die London Bridge erreichte und nach Dr. Wyndhams Kahn Ausschau hielt. Er hoffte, bei dem Arzt Neuigkeiten über Anne zu erfahren.

Als er das Boot erreichte, rief John nach dem Doktor, und dieser öffnete mit ungläubigem Gesicht die Kajütentür. »Kommt schnell herein! Man sucht Euch, Euer Konterfei ziert die ganze Stadt!«

Mit einem Klaps auf die Flanke verabschiedete John sich von dem Pferd, woraufhin es an der Themse entlang davontrottete, um sicher bald einen neuen Besitzer zu finden.

Der Doktor bestand darauf, dass John sich setzte und goss einen Krug Wein ein. »Kann ich etwas für Euch tun?«, fragte er. »Braucht Ihr ärztliche Hilfe?«, fügte er hinzu und deutete vage auf Johns Gemächt.

»Woher wisst Ihr davon?«, wollte John wissen.

»Waverby hat es überall verkündet. Er musste sein Ansehen vor den einfachen Leuten wiederherstellen. Nachdem Ihr ihn im St. James Park ausgesetzt hattet wie Gott ihn schuf, musste nur seine Kutsche auftauchen und die Straße hallte vor Gelächter wieder.«

Noch bevor John die wahre Sachlage erklären konnte, rief man draußen bereits wieder nach dem Arzt. Er bedeutete John, sich nicht zu zeigen, und antwortete vom Fenster aus: »Ich bin Dr. Wyndham von der königlichen Ärztekammer. Wer benötigt meine Dienste?«

John vernahm die Antwort deutlich. »Die Countess von Castlemaine verlangt Eure Anwesenheit im Palast, um die erkrankte Countess von Waverby zu behandeln. Ihr sollt Euch auf dem Wasserweg unverzüglich nach Whitehall begeben, und wir werden Euch dorthin geleiten.«

Während der Doktor mit der Palastwache sprach, war John aufgesprungen und wühlte in einer Kiste herum, in der der Arzt seine Gewänder aufbewahrte. Er legte eines an, das mit Bildern der Tierkreiszeichen bestickt war, und setzte sich auf den Kopf, was wohl Philiberts Perücke sein musste.

Als Wyndham ihn sah, schüttelte er so vehement den Kopf, dass seine eigene Perücke beinahe herunterfiel. »Ihr könnt unmöglich mit in den Palast kommen, John Gilbert, außer, Ihr wünscht das gleiche Schicksal für Euren Kopf wie für Euren … Na ja, Ihr versteht, was ich meine.«

»Ich verstehe Euch nur zu gut, Doktor, aber ich habe keine Wahl. Wenn Anne dort gefangen ist, und dazu noch krank, dann ist es mein Los, an ihrer Seite zu sein.«

Wyndhams Seufzer schien zu tief für den Umfang seiner schmalen Brust. »Wie unglückselig war jener Tag, an dem ich mich darauf einließ, eine Schachfigur in diesem Spiel der Edelmänner und Straßenräuber zu werden«, brummelte er. »Aber wenn ich die Zeit zurückdrehen könnte, würde ich doch nicht anders handeln.«

John bückte sich und legte ihm freundschaftlich die Hand auf die Schulter. Kurz darauf half er dem Arzt in die königliche Barke, und so saßen sie unter einem Baldachin auf seidenen Kissen, wurden zum königlichen Anleger gerudert, und von dort aus in den Whitehall Palast geführt.

Eine Stunde später eilte Barbara Castlemaine zu den Privatquartieren der berittenen Wachleute jenseits der Promenade. Der Hauptmann wartete bereits auf sie. Er verneigte sich tief. »Folgt mir bitte, Mylady.«

Sie steckte ihm eine Börse mit klimpernden Münzen zu. Es war der Gewinn einer langen Nacht bei einem Kartenspiel, bei dem sie niemals verlor, wenn ihre Gegner wünschten, in ihrer Gunst zu stehen und so im Ansehen des Königs aufzusteigen. »Belohnt Eure Männer für ihr rasches Handeln und ihr Schweigen«, sagte sie, obwohl sie wusste, dass nur wenige der Münzen in die Hände seiner Männer gelangen würden.

Der Hauptmann öffnete eine Tür, bedeutete ihr einzutreten, und zog sich zurück.

Ein sehr kleiner Mann mit einer hohen Perücke saß auf einem Hocker. Als er sie erblickte, griff er nach seinem Arztkoffer und erhob sich rasch. Im Stehen war er kaum größer als im Sitzen.

»Dr. Wyndham, Josiah Wyndham?«, fragte sie.

»Ich habe die Ehre, Eure Ladyschaft, dieser Arzt zu sein, nachdem Ihr geschickt habt, ein Mitglied der königlichen Ärztekammer und Absolvent der Universität von Padua«, an dieser Stelle beäugte er ihren Bauch, »und besonders geschult in den Fragen, die eine rasche und schmerzfreie Entbindung betreffen.«

Sie lächelte. »Dann müssen die Frauen weit und breit Euch wohl preisen. Doch bin nicht ich Eure Patientin, zumindest nicht heute. Ich habe Euch rufen lassen, damit Ihr Countess Waverby pflegt.«

»Ist Mylady krank?«

»Ja. Als sie vom Tod ihres Bräutigams erfuhr, brach sie ohnmächtig zusammen. Ihr werdet bei Eurer Untersuchung feststellen, dass Ihr Schädel gebrochen ist, und sie sich umgehend aufs Land zurückziehen muss, da sonst Hirnfieber und womöglich der Tod droht.« Erneut hielt die Countess Castlemaine eine prallgefüllte Börse in der Hand, dieses Mal, um ihrer Diagnose Nachdruck zu verleihen.

Der Doktor blickte auf den Geldbeutel und schüttelte den Kopf. »Lady Anne ist eine Freundin, und ich würde für ihre Behandlung niemals Geld annehmen«, er grinste listig, »auch wenn ich mir wünsche, dass die Kunde solch unprofessioneller Praktik nicht an die Öffentlichkeit gelangt.«

Barbara Castlemaine betrachtete ihn misstrauisch. Großmut war für gewöhnlich nicht so verlässlich wie Gold. Dennoch hatte er seine Vorteile. Sie zuckte mit den Schultern. »Wie Ihr wünscht, Doktor, aber es scheint mir doch, dass Ihr ein recht ungewöhnlicher Vertreter Eures Berufsstandes seid.«

Vom Gang her hörte man plötzlich Lärm, die Tür wurde aufgestoßen und John Gilbert hereingeschoben. Die Perücke war von seinem Kopf verschwunden und das Doktorengewand an einigen Stellen zerfetzt.

»Ich habe nur nach einem Arzt schicken lassen. Wer ist das?«, fragte sie den Hauptmann.

»Er hat versucht, in den Palast zu gelangen.«

»Der Mann ist mein Assistent«, brummelte Wyndham mit seiner tiefen Stimme, die für einen kleinen Mann so ungewöhnlich war.

»Lasst uns allein«, befahl die Countess den Wachen.

»Aber ...«, begann der Hauptmann.

»Geht jetzt!«, ordnete sie in einem Ton an, der keinen Widerspruch duldete. Als der Hauptmann die Tür hinter sich zuzog, wandte Barbara Castlemaine sich John zu. Er verbeugte sich tief, auch wenn er keinen Hut mit Feder vor ihr ziehen konnte, und die Fetzen seiner Hose auf den steinernen Fußboden hingen. »Mylady Castlemaine«, sagte er.

»Weder Eure Erscheinung noch Euer Betragen lässt an einen Arzt oder Apotheker denken, zumindest an keinen, dem ich je begegnet wäre.«

John lächelte. »Ich bin noch nicht lange in diesem Gewerbe tätig.«

Dr. Wyndham räusperte sich, als wolle er sprechen, aber mit einer Handbewegung gebot Mylady Castlemaine ihm Schweigen.

»Euer Gesicht dünkt mir bekannt. Sind wir uns zuvor schon begegnet?«

»Das denke ich nicht, denn eine Begegnung mit Euch hätte ich gewiss niemals vergessen.«

»Ihr habt eine flinke Zunge und artige Manieren, aber ich glaube Euch nicht.«

»Es ist weit bekannt, dass man Euch nicht täuschen kann, Mylady. Ich bin John Gilbert, und ich bitte Euch, mich zu Anne zu führen. Ich würde auf immer und ewig in Eurer Schuld stehen.«

»Noch bevor dieser Tag zu Ende ist, werdet Ihr noch viel tiefer in meiner Schuld stehen, wenn die Sterne uns gnädig sind«, erwiderte sie, während sie ihn umrundete. Es gefiel ihr, was sie sah. »Das ist also der berühmte Gentleman Johnny, dessen Gemächt so lang wie sein Schwert *war.*« Sie seufzte und schaute ihm ins Gesicht, während ihre Finger die Muskeln seiner entblößten Schulter nachzeichneten. »Waverby hat seinen Tod wohl verdient, wenn er solch einen Menschen entmannt hat.«

John konnte kaum glauben, was er da hörte. Waverby war tot? Und was war mit dem König? Hatte er ausführen können, was Waverby geplant hatte?

Mit nachdenklicher Stimme fuhr die Countess fort: »Waverby – dieser eifersüchtige Wicht – ist auf See in sein Verderben gegangen, nachdem er Euch entmannt und dem König seine Braut übergeben hatte, wenn auch nicht mehr jungfräulich, wie es der König liebt. Anne hat mir alles unter Tränen berichtet.«

John schob sich an der Countess vorbei zur Tür hin. »Bringt mich zu ihr. Wenn der König sie …«

Barbara Castlemaine hob die Hand. »Bleibt, Straßenräuber. Niemand spricht schlecht über meinen Charlie. Und zu Waverbys Verteidigung muss man sagen, dass der Widerling Anne durch seinen frühen Tod vor weitaus mehr gerettet hat als nur vor der Aufmerksamkeit des Königs.« Es erstaunte sie zu sehen, wie erleichtert der entmannte John war. Welche Rolle spielte es schon? »Denkt daran, draußen stehen die Wachen, und wenn Ihr Anne wiedersehen wollt, haltet Euer feuriges Temperament im Zaum.« Sie sah ihn listig an. »Für einen Mann ohne Juwelen für die Damen seid ihr noch immer recht verwegen!«

John lächelte. »Ich bin nicht entmannt.«

Josiah Wyndham sprang von seinem Hocker auf, aber mit einem Blick wies die Countess ihn an, wieder Platz zu nehmen. Sie runzelte die Stirn. »Ihr lügt. Waverby war nicht der Mann, der einen solchen Fehler begehen würde.«

»Aber er war der Mann, der andere die Drecksarbeit machen ließ.«

»Ich glaube Euch nicht. Waverby hat Anne Euer bestes Stück als Geschenk überreicht.«

Johns Gesicht verzerrte sich qualvoll. Wenn Waverby nicht schon tot gewesen wäre, hätte er ihn für diese grausame Tat gerichtet.

Schließlich verbeugte sich John vor ihrer Ladyschaft, ein kühles Lächeln auf den Lippen. »Ich bitte untertänigst um Vergebung, Mylady, aber ich könnte nicht ertragen, dass eine schöne Frau wir Ihr, eine Dame von Eurem Prestige, an meiner Männlichkeit zweifelt. Wie können wir dieses Problem aus der Welt schaffen?«

Sie runzelte noch immer die Stirn, als sie die Hand in seinen Schritt schob und dort verweilen ließ. Eine Zeit lang standen sie so beieinander, und er genoss es beinahe, das Wechselspiel der Emotionen auf ihrem Gesicht mitzuerleben. Es erstaunte ihn auch nicht, dass er steif wurde. Gab es eine bessere Art, sich dieser ganz besonderen Countess zu empfehlen?

Nachdem die Untersuchung zu seiner Zufriedenheit ausgefallen war, trat er höflich zurück und verbeugte sich. »Mylady, ich weiß nicht, welche Rolle ich in Euren Plänen spiele, aber ich muss Anne sagen, dass ich unversehrt bin. Es ist grausam, sie das Gegenteil denken zu lassen.«

»Es mag grausam sein, aber ihre Unwissenheit ist ein Werkzeug«, sie lächelte, um anzudeuten, dass sie das Wort absichtlich gewählt hatte, »um Euer Leben zu retten.«

Sie begann, auf und ab zu gehen, und ließ dabei die Hände auf ihrem Bauch ruhen, wie Frauen es gegen Ende der Schwangerschaft tun. »Herr Straßenräuber, ich denke, die Aufregung wird für Anne bereits groß genug sein, wenn sie Euch hier sieht, und wir müssen diese Gemütsbewegung nutzen. Lasst uns also sehen, ob Ihr dem König im Kampf um Anne ein ebenbürtiger Gegner seid.«

Dr. Wyndham verbeugte sich vor dem Bischof, der mit seinem Gebetsbuch am Fenster saß und schob dann die Bettvorhänge beiseite. Anne war blass, ihre Lippen hatten eine bläuliche Färbung und ihre Hand lag reglos auf der Bettdecke.

»Mylady«, sagte er sanft, »ich bin es, Josiah Wyndham. Ich bin gekommen, um Euch zu behandeln.«

»Guter Doktor«, antwortete sie, »heute bedarf ich wirklich Eurer Wundersalbe.« Sie lächelte schwach und schob ihre Hand in die Richtung, aus der sie seine Stimme vernahm. Er ergriff sie, und Anne schlug die Augen auf. Der Anblick des vertrauten, runden Gesichts mit der hohen Perücke spendete ihr Trost, aber sie blinzelte heftig, denn das helle Sonnenlicht, das durch die Fenster hereinfiel, blendete sie.

»Seht Ihr mich zweimal?«, fragte er.

»Nein, aber ich habe so furchtbare Kopfschmerzen.«

Er untersuchte ihre Augen, dann tasteten seine erstaunlich behutsamen Finger ihren Kopf ab. »Euer Zustand ist besser, als ich befürchtet hatte.«

Langsam gewöhnten ihre Augen sich an das Licht. »Wen habt ihr da mitgebracht, Doktor?«

»Meinen Assistenten, Lady Anne.«

»Philibert«, flüsterte sie und wurde ganz starr.

»Nein«, sagte er, und jetzt war seine Stimme wieder das laute Donnern, das sie kannte. »Er hat seinen schrecklichen Frevel gebeichtet, und ich habe ihn fortgeschickt. Ich habe keinen Sohn mehr.«

»Oh, Josiah!«, sagte Anne bekümmert, »nicht er ist für diese Tat verantwortlich.«

»Eure Ladyschaft, ein Mann ist immer verantwortlich für seine eigene Schmach.«

»Es tut mir so leid, dass ich noch weiteres Unglück über Euch gebracht habe«, flüsterte Anne. Die Neuigkeiten betrübten sie zutiefst. »Ich bereue so vieles, was ich im Leben getan habe, und wenn ich nur könnte, würde ich all das hinter mir lassen ... Oh, Doktor, helft mir, wenn Ihr es könnt! Wenn mein Johnny nicht bei mir sein kann, dann gebt mir Eure Tropfen, die ewigen Schlaf bringen.«

Der Bischof sprang auf die Füße. »Ich dulde solche Worte nicht! Nichte, in deinem Leben ist nichts so entsetzlich«, seine Handbewegung schloss den ganzen Palast ein, »dass du an solch verabscheuenswürdige Sünde denken und an die Pforten der Hölle klopfen darfst.«

Anne seufzte. »Oh, Onkel, wie alle Männer sprichst du vom bequemen und sicheren Leben. Aber wir Frauen wollen so viel mehr. Verurteile uns nicht, wenn wir die Freude über ein gefundenes Kleinod zeigen müssen, oder unsere Verzweiflung über den unwiderruflichen Verlust dieses Schatzes.«

Sie hörte ein Rascheln am Fußende des Bettes und versuchte vergeblich, das Gesicht des Mannes zu erkennen, der sich hinter den Vorhängen verbarg. »Warum zeigt der Mann sich nicht?« In ihrer Stimme schwang mehr mit als nur Neugier.

Noch bevor der Doktor etwas erwidern konnte, trat John Gilbert vor das Fenster, und seine Gesichtszüge wurden von Licht und Schatten umspielt. Man sah ihm an, wie vergnügt er war. »Vergib mir, Anne, aber ich wollte dich nicht erschrecken, nicht, bevor der Doktor versichert hat, dass du außer Gefahr bist.«

Die Bedeutung seiner Worte drang nicht bis zu ihr vor, sie hörte nur seine Stimme, die ihr Ohr doch für immer verloren geglaubt hatte.

»Johnny! Aber du bist doch noch immer auf See. Was tust du hier?« Sie versuchte vergeblich, sich von der schweren Bettdecke zu befreien, aber da war er bereits an ihrer Seite, schloss sie in die Arme, und vergrub sein Gesicht in ihrem weichen Haar.

Geräuschvoll schloss der Bischof sein Gebetsbuch. »Hört, das könnt ihr nicht tun, nicht hier im Palast des Königs, nicht mit des Königs ...«

»Ich bin nicht des Königs Hure«, wies Anne ihren Onkel zurecht. Aber sie blickte dabei Johnny an, und er las in ihrem Gesicht, dass sie die Wahrheit sprach. Dann hatten die Liebenden nur noch Augen für einander, und ein grimmiger Blick von Dr. Wyndham brachte den Geistlichen zum Schweigen.

»Das muss ein Traum sein«, sagte Anne und zeichnete Johns Züge mit den Fingerspitzen nach, als wolle sie sich vergewissern, dass es nicht wieder nur eine Illusion war und sie enttäuscht werden würde, wie Nacht für Nacht zuvor.

»Es ist kein Traum, und das ist der Beweis«, sagte er und küsste sie, so voller Verlangen, dass der Doktor sich abwandte und selbst der Bischof einen Augenblick lang wehmütig dreinblickte.

Anne löste sich aus Johns Umarmung und sah ihn prüfend an. »Hast du Schmerzen, John?«

Er schüttelte den Kopf. »Jetzt nicht mehr«, sagte er, und zog sie wieder an sich. Er wusste, dass sie von seiner Verstümmelung sprach, aber er hatte der Countess Castlemaine versprochen, Anne die Wahrheit erst dann zu sagen, wenn sie den Palast hinter sich gelassen hatten – wenn man sie jemals gehen lassen würde. Und er war jetzt nicht mehr sicher, ob Barbara Castlemaines Pläne aufgehen würden, und man den König davon überzeugen konnte, dass Anne sterben würde, wenn man sie nicht umgehend aufs Land schickte. Es gab für ihn und für die Frau, die er liebte, keine Zukunft. Die einzige mögliche Rettung wäre eine Begnadigung durch den König, aber das ganze Unternehmen war ein zu großes Wagnis. Hatte er all diese Qualen durchlitten, nur um doch noch auf Tyburn Hill zu hängen? Er war bereit gewesen, sein Leben zu geben, nur um sie noch ein einziges Mal zu sehen, doch nun, da er sie in seinen Armen hielt, wollte er nur noch leben.

Anne war die Erste, die das Kläffen hörte, aber sie hatte kaum Zeit, sich für das zu sammeln, was ihr bevorstand. Denn schon öffnete sich die Tür, man vernahm das Kratzen kleiner Hundepfoten, und dann warf sich ein parfümierter Fellball auf das Bett. Der Lieblingsspaniel des Königs schmiegte sich mit einem Seufzer der Zufriedenheit an Annes Seite.

John erhob sich und spannte jeden Nerv an, um sich auf die Begegnung einzustellen, die ihn seinen Kopf kosten konnte.

»Fubbs! Böse Fubbs!« Die große und überaus elegante Gestalt des Königs erschien in der Tür. In einer Hand hielt er Zuckerwerk für seinen Hund. Der dicke Spaniel machte keine Anstalten, sich zu erheben, um den Leckerbissen zu holen, sondern winselte flehentlich. Gehorsam begab der König sich zum Bett, reichte dem Tier das Ersehnte und ließ sich von ihm sogar die Finger ablecken.

»Wir fürchteten, Euch einsam und traurig in Eurem Krankenzimmer vorzufinden«, sagte der König gereizt. »Stattdessen seid Ihr umringt von einer Freundesschar, und äußerst vergnügt, wie Eure erröteten Wangen zeigen. Wer sind diese Menschen?«

Der Doktor neigte das Haupt. »Josiah Wyndham. Ich bin Arzt, Eure Majestät. Meine Spezialität ist die Behandlung von Schädelverletzungen ...« Einen Moment lang hatte er den Faden verloren, dann aber erhellte sich sein Gesicht. »... und kleinen Hunden, vor allem ihre Ernährung und Pflege, auf dass sie ein langes Leben haben.«

»Ah«, sagte der König, »dann befinden Eure beiden Patienten sich ja in demselben Bett.« Er zeigte auf John. »Und wer ist dieser Mann dort?«

Jetzt antwortete Anne, ergriff dabei das kühlende Tuch und legte es sich wieder auf die Stirn: »Er ist der Assistent des Doktors, Sir.«

Kühn trat John vor. »Das stimmt, Majestät, aber das ist nicht mein hauptsächlicher Broterwerb.«

Der König betrachtete ihn forschend. »Sondern?«

»Bis vor kurzer Zeit habe ich, John Gilbert, als Dieb die

Straßen Eurer Majestät unsicher gemacht, und man hat mich dafür zum Tode verurteilt.«

Der König ergriff Fubbs und wich einige Schritte zurück. Dabei stieß er den Bischof beinahe um. »Wachen!«, rief er.

Der Bischof stammelte: »Eure Majestät, Ihr müsst mir glauben, dass ich über die wahre Identität dieses Mannes nicht unterrichtet war. Ich kam nur, um meiner ...«

Sein Erklärungsversuch wurde durch die Ankunft zweier Palastwachen mit gesenkten Lanzen unterbrochen.

»Ergreift diesen Mann!«, befahl der König und zeigte auf John.

Anne schrie auf und sprang so rasch aus dem Bett, dass ihr Nachtgewand zerriss und beinahe ihre Brüste entblößte. Mit ausgebreiteten Armen stellte sie sich schützend vor John. Die Wachen waren verunsichert, richteten ihre Lanzen jetzt aber auf Anne.

Anne ignorierte sie und rief: »Eure Majestät, wenn ich Euch irgendetwas bedeute, dann bitte ich, lasst ihm sein Leben!«

Die Wachen sahen sich ratlos an und nahmen jetzt wieder John ins Visier, der hinter Annes zierlichem Körper ein leicht auszumachendes Ziel war. »Wie lauten die Befehle Eurer Majestät?«, fragte ein Wachmann.

Der Monarch starrte Anne und John an. Er achtete nicht einmal mehr auf die zappelnde Fubbs.

John fasste Anne hart am Arm und schob sie zum Bett. »Bitte, Anne, Liebste, lass mich nur ein einziges Mal für mich selbst sprechen.« Dann fiel er vor dem König auf die Knie.

Just in diesem Augenblick betrat Countess Castlemaine die Gemächer. Sie wurde von einem üppigen jungen Mädchen mit einer spanischen Gitarre begleitet, dessen Brüste geradezu aus dem Mieder quollen.

»Soll ich jetzt spielen?«, fragte das Mädchen.

»Vielleicht doch lieber etwas später«, sagte die Countess, als sie die dramatische Szene erblickte.

Der König warf Barbara Castlemaine einen zynischen, aber durchaus auch erleichterten Blick zu. »Da hast du wohl deine Hand im Spiel, Babs. Niemand kann so eine Posse inszenieren wie du. Aber dieses Mal bist du zu weit gegangen. Dieser Mann behauptet, Gentleman Johnny zu sein, der Straßenräuber John Gilbert, der meine Untertanen seit Jahren in Angst und Schrecken versetzt, und der gekommen ist, um mich zu meucheln.«

John sah seinen Monarchen furchtlos an und bot seine Brust schutzlos Schwert und Kugel dar.

»Niemals würde ich Eurer Majestät ein Leid antun, auch wenn ich gelegentlich Euren Untertanen Schaden zugefügt habe. Doch ich habe niemals königliche Kuriere bestohlen oder den Zahlmeister Eurer Streitkräfte um seine Gelder erleichtert. Ebenso wenig habe ich redliche Bürger überfallen, Fleischer oder Bauern auf dem Weg zum Markte. Ich habe immer nur von denen genommen, die im Überfluss lebten.«

Der König hatte ihm mit unverhohlenem Interesse zugehört, sich aber plötzlich erzürnt abgewandt. »Ihr sprecht nicht die Wahrheit, Straßenräuber. Ihr habt die Liebe der Frau gestohlen, die wie keine andere ist – Lady Anne.«

Anne warf sich neben John auf die Knie. Blass und zitternd stieß sie hervor: »Dann straft mich mit ihm, Eure Majestät. Erlaubt uns, Hand in Hand zum Galgen zu schreiten. Wenn ich nicht an seiner Seite leben kann, dann lasst mich an seiner Seite sterben!«

Entsetzt schrak der König zurück. »Man würde Eure Überreste in Ketten aufhängen, auf dass die Krähen kommen und von Eurem Fleische zehren, bis die Knochen zur Erde fallen.« Er vergrub sein Gesicht in Fubbs Fell.

»Wie äußerst anschaulich, Eure Majestät«, meinte die Countess Castlemaine und hüstelte. »Ich möchte um ein Gespräch unter vier Augen bitten.«

»Bewacht den Burschen gut«, wies der König die Wachen an. »Ach was, lasst keinen von ihnen aus den Augen!«

Die Countess Castlemaine legte ihre Hand auf den Arm des Königs und führte ihn zu einem Fenster, von dem aus man auf den Innenhof blickte. Sie vertrieb mit einem Blick den Bischof aus ihrer Nähe und flüsterte dem König dann lange und eifrig ins Ohr.

»Und Ihr treibt auch keinen Schabernack mit mir?«, fragte der Souverän schließlich laut.

»Beileibe nicht, Eure Majestät. Lord Waverby überreichte Lady Anne das grausige Objekt als Geschenk vor ihrer Vermählung. Sie hat mir alle Einzelheiten geschildert.«

Das Gesicht des Königs nahm einen angewiderten Ausdruck an. »Waverby hat die Grenzen des guten Geschmacks weit überschritten.«

»Wie wahr«, sagte Barbara Castlemaine trocken. »Ich kenne Euer mildtätiges Gemüt, Majestät. So sagt doch, hat dieser Mann, John Gilbert, nicht mehr als genug erlitten?«

»Aber was ist mit Lady Anne?«, fragte der König, der sie nur ungern gehen ließ. »Ich nötige keine unwillige Jungfrau, doch kann ich kaum glauben, dass es eine solche wirklich gibt.«

Die Countess Castlemaine lächelte. »Mylady«, sagte sie zu Anne, »ist es noch immer Euer Wunsch, ein Leben in Keuschheit zu führen?«

Eifrig sprang Anne auf die Füße. Sie versuchte, ihre Wort so zu wählen, dass sie nicht die Unwahrheit sprach: »Ja. Das war mein Schwur, als ich vor Waverby floh, und ich erneuere ihn jetzt, besonders, da nun …«, sie hielt inne, bevor ihr noch etwas entschlüpfte, das den König beleidigen würde, »besonders jetzt«, endete sie ein wenig fahl.

Johns dunkle Augen glitzerten, und er vermied Barbara Castlemaines amüsierten Blick. Er erhob sich, trat neben Anne und legte den Arm um ihre Schulter.

Der König starrte sie lange an, und schließlich ruhten seine Blicke nur noch auf Anne. Sie sah, wie sehr der ungewohnte Verlust ihn traf. Der König liebte das Theater, und so deklamierte er mit äußerst dramatischer Stimme einen

Vers aus seiner eigenen Feder, den der Dichter Andrew Marvell überschwänglich gelobt hatte: »Es ist wohl wahr, so spricht mein Herz, wie die Qualen der Liebe gibt's auf Erden keinen Schmerz.«

Anne machte einen Hofknicks. Nach allem, was sie durchgestanden hatte, konnte sie nicht glauben, dass dieser lange Albtraum sich dem Ende zuneigte. »Eure Majestät ist zu gütig«, flüsterte sie und küsste seine Hand. Gereizt ließ er es zu.

Dann beugte er sich zu Fubbs herunter. Die kleine Hündin war vielleicht das einzige weibliche Lebewesen, das sein Bedürfnis nach Zuneigung völlig verstand. Liebevoll leckte sie ihm die Wange. »Ihr habt unsere Gefühle sehr verletzt, Lady Anne«, sagte der König gramvoll. »Es ist hart, wenn solch Schmach von einem Menschen kommt, der in unserer Gunst stand.«

Die Countess Castlemaine bedeutete der Gitarristin zu spielen, und das Mädchen begann mit leiser, klarer Stimme zu singen. Während sie ihrem Instrument die ersten Töne einer lebhaften spanischen Weise entlockte, hüpften ihre Brüste dazu im Takt.

»Eine hübsche Melodie«, befand der König und drehte sich zu dem Mädchen um. Er konnte die Augen kaum von ihr abwenden.

»Eure Majestät«, flüsterte Barbara Castlemaine, »diese jungen Leute erwarten ihre Absolution.«

Seufzend nickte er John zu und sagte, noch immer gereizt: »Oh, ja, ja. Ihr sollt Eure Begnadigung haben, sofern Ihr nicht mehr auf den Straßen meines Reiches Euer Unwesen treibt.«

John neigte das Haupt. »Ich bitte auch um Gnade für die meiner Männer, die mir in ein ehrliches Leben zu folgen wünschen.«

Der König stand kurz davor, vollends die Geduld zu verlieren. »Ihr sollt sie haben!«

Aus dem Vorraum brachte die Countess Castlemaine einen Schreiber herbei, der in Windeseile ein Begnadigungsschreiben formulierte, unter das der König seine Unterschrift setzte, ohne dabei die Musikantin aus den Augen zu lassen.

John verneigte sich dankbar, als er das Schriftstück entgegennahm. »Eure Majestät, man sagte mir immer Verbrechen nach, die ich nicht begangen habe, und wird es auch in Zukunft tun. Doch ich schwöre beim Leben von Lady Anne, dass ich von diesem Moment an ein ehrbares Leben führen werde.«

Der König nickte, aber sein Blick fiel wieder auf Anne. »Und Ihr werdet an seiner Seite leben, seiner ... äh ... Gesundheit ungeachtet?«

Anne nickte entschlossen. »Mein erneuerter Keuschheitsschwur besagt, dass ich nichts bedarf, was er mir nicht geben kann.«

Scheinbar demütig ließ John den Kopf hängen. Der König sah, wie seine Schultern erbebten.

Der Monarch war gerührt. »Dann soll man anspannen lassen. Ihr werdet in einer meiner Kutschen reisen. Das königliche Wappen«, er sah John schelmisch an, »wird Euch vor Straßenräubern schützen.«

»Wir danken Eurer Majestät«, sagte John, »aber das königliche Wappen würde Straßenräuber geradezu anziehen.«

Der König zuckte mit den Schultern. »Wie Ihr meint. Es bleibt uns nur, Euch alles Gute zu wünschen.« Er wandte sich ab, noch während er sprach. »Wie ist ihr Name, Babs?«, fragte der König Barbara Castlemaine und versank in die Betrachtung der Gitarristin, die gerade einen besonders lebhaften, energischen Refrain anstimmte.

»Mary Green vom Duke´s Theatre, und sie würde sich sehr freuen, in Euren Privatgemächern Eure liebsten Melodien zum Besten zu geben.«

Sobald die Palastwache, der König und die Sängerin den Raum verlassen hatten, dankte Anne Countess Castlemaine überschwänglich.

»Dankt mir nicht«, entgegnete Barbara Castlemaine und auf ihrem Gesicht mischten sich Liebe und Schmerz. »Der König liebt intelligente Frauen, die ihm die Stirn bieten. Marys Kopf ist so hohl, wie ihre Brüste voll sind. Er wird ihrer bald überdrüssig werden. Lady Anne, Ihr wäret eine gefährlichere Rivalin gewesen, besonders deshalb, weil Ihr Euch nie etwas aus ihm und seiner Gunst gemacht habt. Nichts spornt das Herz eines Mannes so an wie die Zurückweisung durch eine Frau.« Sie lächelte listig. »Aber jetzt verschwindet hier, Ihr alle, verlasst den Palast, solange die ... Musik den König noch betört.«

Zwanzigstes Kapitel

Sie wird zur Hölle fahren!

»Mistress, nehmt mich mit Euch, bitte!«, bettelte Kate, und Tränen quollen aus ihren Augen.

»Ich würde Euch nie verlassen, liebe Kate.«

»Und ich auch nicht«, sagte John und lächelte auf das einfache Quäkermädchen herab. Er beugte sich zu ihr und küsste sie auf die Wange, die sogleich heftig errötete.

Anne hatte Johns Arm keine Sekunde losgelassen und hatte es allem Anschein nach auch nicht vor, als befürchtete sie, er könnte davonfliegen, wenn sie ihn nicht fest neben sich auf dem Boden hielt. Und John hegte nicht den Wunsch, dass sie ihre Umklammerung in allzu naher Zukunft löste.

Der Bischof wandte sich an Anne. »Ich kann nicht glauben, dass eine Gascoigne mit einem solchen Unglücksraben poussiert«, sagte er ernst, die Hände andächtig gefaltet; das Kreuz hielt er so hoch, als gedenke er damit den Teufel abzuwehren. »Kehre mit mir nach Ely zurück, und nach deiner Trauer werden wir eine angemessene Heirat zuwege bringen, selbstverständlich mit der gnädigen Erlaubnis des Königs. Wenn erst genügend Zeit verstrichen ist, wird es uns ein Leichtes sein, Seine Majestät davon zu überzeugen, dass ein kleines dummes Mädchen schließlich zur Besinnung gekommen ist.«

Anne verstärkte ihren Griff um John Gilberts Arm, und es war offensichtlich, dass sie in keiner Weise mit dem wohldurchdachten Angebot ihres Onkels einverstanden war.

»Ich bitte dich, Nichte, du wirst dir doch darüber im Klaren sein, dass ich deine Verbindung mit einem solchen Mann niemals genehmigen könnte«, fügte er mit einem unbehaglichen Seitenblick auf John hinzu. »Die Ehe dient der Fortpflanzung, und wenn diese Möglichkeit von vorneherein ausgeschlossen ist, gibt es keine Grundlage für eine Ehe.«

John musterte den Bischof, und er konnte sich ein schelmisches Lächeln nicht verkneifen. »Und was ist mit romantischer Liebe, Hochwürden?«

Der Bischof schnaubte. »Nichts als falsche Leidenschaft, ein Zeitvertreib für törichte Müßiggänger und Lüstlinge. Die wahre Ehe ist die Vereinigung zweier Familien, und ich hege keinen Zweifel daran, dass Ihr auf Annes Landbesitz spekuliert.«

»Ich verzichte auf ihr Eigentum«, erwiderte John, und sein Gesicht verdunkelte sich, ungeachtet seiner festen Absicht, diesem Mann seine Berufung zu gewähren, immerhin war er Annes einzige Familie.

Anne sah ihren Onkel an. »Hältst du mich für ein so erbärmliches, einfältiges Geschöpf, dass ich das Wesen des Mannes nicht kenne, dem mein Herz gehört?« Und bevor ihr Onkel etwas entgegnen konnte, fuhr sie fort: »Ich werde dir jetzt etwas sagen, auch wenn es dir nicht gefällt, Onkel.« Ihre Finger gruben sich in den Ärmel des Straßenräubers. »John und ich sind bereits verheiratet, mit allen Worten, die die Kirche für die Vermählung von Mann und Frau gebraucht. Ich liebe und achte diesen Mann über alle anderen, und ich werde ihm treu sein bis an mein Lebensende.«

Sie musterte ihren Onkel, der sie mit offenem Mund anstarrte, und wusste, dass ihn ihre nächsten Worte nicht glücklicher machen würden. »In der Tat war es nichts anderes als Bigamie, die ich mit Edward, Lord Waverby, vor dem Altar beging, denn ich hatte mein Herz, meine Seele und meinen Körper bereits John Gilbert hingegeben.«

»Nichte, fürchte für deine unsterbliche Seele in der Hölle!«

Sie richtete sich zu ihrer vollen Größe auf, die in etwa der ihres Onkels entsprach. »Lieber die Hölle nach dem Tod als die Hölle auf Erden!« Dann wurde ihr Ton wieder sanft. »Ich bitte dich um deinen Segen, Onkel, weil du der Bruder meines geliebten Vaters bist.«

Seine Worte schienen ihn beinahe zu ersticken, als er sagte: »Segen! Du verlangst von mir, dass ich einem liederlichen Flittchen meinen Segen gebe, und das kann ich nicht.«

»Dann hab du *meinen* Segen, Onkel, und die Erlaubnis dich zurückzuziehen.«

»Überleg es dir gut, Nichte«, sprach er mit durchdringender Stimme, wie er sie auch für seine Kanzelreden gebrauchte. »In ein paar Jahren wirst du deine Meinung ändern, doch für eine Frau gibt es keine zweite Chance, wenn sie ihren guten Ruf einmal verloren hat.«

Anne sah zu John hoch und lächelte ihn an. »Ich habe bereits meine zweite Chance, Onkel, und ich gedenke nicht, sie zu verpassen, auch nicht um meiner Seele willen. Ich könnte meinen Gott nicht lieben, wenn er mir derart süße Gefühle nur gewährte, um sie anschließend zu verdammen.«

John schloss sie so fest in die Arme, dass er sie beinahe zerdrückt hätte, und bedeckte ihr Gesicht mit Küssen. »Meine liebste Anne«, hauchte er gegen ihren Nacken, und dann hielt er sie auf Armlänge entfernt, denn er spürte, wie sein Gemächt unter seinem Doktormantel deutlich anschwoll. Es war ihm unmöglich, sie so nah zu spüren und etwas zu kontrollieren, was keine Kontrolle wünschte.

Anne konnte ihre Hände nicht von ihm lassen, sie musste seine muskulösen Arme spüren und das pochende Leben, das in ihnen war. »Mein Liebster«, sagte sie mit brechender Stimme, und ihre grünen Augen schwammen in Tränen der Freude und der Liebe. Tränen, die sie Waverby und dem König versagt hatte und die John jetzt begann fortzuküssen.

Der Bischof von Ely verließ wortlos den Raum. Kein Geistlicher vermochte eine Seele zu retten, die so offensichtlich einer verabscheuungswürdigen Sünde frönte.

Dr. Wyndham räusperte sich, als die Küsse nicht aufhören wollten und John ihn mit einem flehenden Blick offenbar dazu aufforderte einzuschreiten. »Ich denke es wäre nicht schlecht, Lady Castlemaines Vorschlag zu folgen und den Palast so schnell wie möglich zu verlassen. Stuart-Könige sind seit jeher für ihre Wankelmütigkeit bekannt.«

Sie beeilten sich, ihre Kleider anzulegen, und Kate fand in einer Truhe auch noch ein angemessenes Gewand für John. Als Anne die Kammer gerade verlassen wollte, erinnerte sie sich an die Perlenkette. Sie platzierte sie sorgfältig auf ihrem Kissen, wo sie der König und die dralle Gitarristin sicherlich an diesem Abend finden würden.

John nahm sie hoch. »Sehr schön«, meinte er und hielt die Perlen gegen das Licht. »Wunderbar glänzend und in Marys Gaunerladen in der Fleet Street einhundert Pfund wert. Die Bagage würde was dafür geben, um dieses Stück zu fechten.«

Anne nahm ihm die Kette ab und legte sie mit Nachdruck zurück auf das Kissen. »Ich an deiner Stelle würde nichts mehr wegnehmen, außer dem Gewand, das meine Nacktheit verdeckt.«

John lächelte verschmitzt. »Alte Gewohnheiten lassen sich schwer ablegen, meine liebe Anne.«

»Aber du musst sie ablegen, John«, beharrte sie mit fester Stimme.

Er lächelte. Das war eine neue Anne, selbstbewusst und entschlossen; vielleicht blieb einer Frau nichts anderes übrig, wenn sie einen Mann für weniger als einen Mann hielt. Wieder lächelte er. »Anne, du musst mir helfen, mich an dieses neue Denken zu gewöhnen«, sagte er, und seine Augen blitzten knabenhaft schelmisch.

Als Antwort gab sie ihm einen flüchtigen Kuss. Und er hatte den Verdacht, dass sein zukünftiger Bedarf an ihrer Hilfe ungewöhnlich hoch sein würde.

Wachen erwarteten sie im Saal und eskortierten die vier rasch über den Paradeplatz und hinaus aus dem Whitehall

Palast. Ein kurzer Sänftenritt und sie erreichten das Gasthaus in Bankside, wo John Sir Pegasus einige Tage zuvor untergebracht hatte.

Das Pferd schnaubte und tänzelte, als die vier bei ihm im Stall auftauchten. Anne schlang die Arme um seinen Hals, so weit es ihr bei der enormen Höhe des Tiers möglich war, und küsste es aufs Maul.

»Wir können nicht den ganzen Weg nach Whittlewood zu dritt auf einem Pferd reiten«, sagte John, während er ein Paar Pistolen aus der Satteltasche nahm und in seine Kniehosen steckte. »Ich werde den Gastwirt fragen, ob er uns ein kurzbeiniges kräftiges Pferd für Kate verkaufen kann.« Mit einem kurzen Schulterzucken machte er sich daran, den Ring seines Vaters von seinem kleinen Finger zu drehen, um ihn als Zahlungsmittel zu benutzen, doch Anne hielt ihn zurück und nahm Edwards Ehering ab. Daran hatte sie in dem ganzen Drama der letzten vierundzwanzig Stunden gar nicht gedacht. Das Lächeln, das er hierauf ihr schenkte, fand seine Belohnung in einem vernarrten Aufblitzen von schimmerndem Grün hinter einem zarten Fächer rotbrauner Wimpern.

»Ich denke, nun heißt es Abschied nehmen, Wyndham«, wandte sich John an den Doktor. »Wir schulden Euch viel mehr, als wir jemals zurückzahlen könnten.« Er hielt dem Doktor seine Hand hin, eine Geste, die durch Cromwells Gedanken, alle Puritaner seien vor Gott gleich, recht populär geworden war und in diesem Augenblick zum Symbol für die Gleichheit aller Menschen wurde.

»Ich nehme Eure Hand, John Gilbert, und mit Freude«, sagte Dr. Wyndham, »doch nicht im Abschied. So wie Ihr meines Geschickes bedürft, so bedarf ich solch aufrichtiger Freunde, wie Ihr es seid. Ferner benötigt die Lady meine Salbe für ihren Kopf, auch wenn allein die frische Landluft Wunder wirken wird.«

»Dann kommt mit uns, Ihr seid willkommen«, erwiderte John herzlich, als er Annes Freude bemerkte. »Es wird noch jede Menge gebrochene Schädel geben, bis wir alles hinter uns haben.«

»Einverstanden!« Der Doktor schlug in Johns Hand ein. »Ich werde Euer Schicksal teilen, und die schöne junge Kate kann mit mir bis zu Eurem Straßenräuberlager reiten.«

Kate errötete und blickte zu Anne, die lächelnd ihr Einverständnis gab.

»Aber Euer Kahn, Doktor«, meinte Anne.

»Ich werde Philibert eine Nachricht nach Cheapside schicken lassen. Das ist alles, was er von seinem untröstlichen Vater erben wird.«

Glockenläuten ertönte in der klaren Morgenluft.

Josiah Wyndham hob den Kopf. »Seltsam. Ich dachte der König hätte die Totenglocken für die Pestopfer abgeschafft?«

John nickte grimmig. »Das sind keine Pestglocken, Doktor. Das ist die Glocke von St. Sepulchre. Sie läutet für die Verurteilten auf ihrem Weg vom Newgate Gefängnis nach Tyburn. Vor nicht allzu langer Zeit hat sie auch für mich geläutet.«

Anne ergriff seine Hand mit zittrigen Fingern. »Lass uns einen anderen Weg zur Oxford Road nehmen, John.«

»Das ist der kürzeste Weg nach Westen, Anne, und wir müssen ihn nehmen, wenn wir Whittlewood in zwei Tagen erreichen wollen. Ich habe meine Männer zu lange allein gelassen und mache mir Sorgen.«

Sie saßen auf, die Satteltaschen voll mit Proviant – Wein, Brot und Käse – und ritten los in Richtung High Holborn und von dort über St. Giles zur Oxford Road. Gestank und Staub wurden nahezu unerträglich, als die Sonne höher stieg.

Pest hin oder her, die Straßen waren voll mit Männern, Frauen, Kindern, Bettlern, Betrügern, Taschendieben und Lehrjungen, die ihre Waren auf den Jahrmarkt nahe der Hinrichtungsstätte trugen. Am Straßenrand verkauften

Buchdrucker Geständnis und Testament des Straßenräubers Jack Clinch.

»Qualitätsdruck, Sir?«, fragte ein Mann, der an Johns Kniehosen zog. »Jack Clinch nennt einhundert Männer, die er zum Narren gehalten hat.«

John schaute in das Gesicht des Buchdruckers. »Dann, guter Mann, hat er Euch um wenigstens hundert weitere Namen betrogen.«

Sie ritten jetzt eine leichte Steigung hinauf, und Anne konnte den berühmten dreiarmigen Galgen von Tyburn sehen, an dem die Leichname baumelten. Unter einem Gehenkten, der gelegentlich zuckend austrat, zogen zwei Männer mit aller Kraft an seinen Beinen.

Anne schrie entsetzt auf. »John, was tun sie diesem armen Teufel an?«

»Einen Gefallen«, sagte John grimmig. »Mit ihrem zusätzlichen Gewicht stirbt er schneller.«

Unpassenderweise tanzte in diesem Augenblick am Straßenrand eine dressierte Bärin in einem Frauenkostüm zu fröhlicher Lautenmusik, und Anne wandte ihren Blick ab. »Gibt es keine andere Möglichkeit für Verbrecher zu sterben, John?«

Seine Blicke lagen immer noch auf der grausamen Szene. »Vermutlich nicht«, antwortete er. »Solange das gemeine Volk ohne Würde lebt, wird es auch ohne sterben müssen.«

Um die Hoffnungslosigkeit seines Tons wiedergutzumachen, küsste er sie auf den Scheitel, doch er blickte zu den Gehenkten hinüber, bis er sie nicht mehr sehen konnte. Morgen würden bis zu vierundzwanzig Männer ihren Platz einnehmen, und am Tag darauf wieder vierundzwanzig. Da jeder Diebstahl über einen Wert von fünf Pfund in Charles Stuarts England ein Kapitalverbrechen war, riss die Belieferung Tyburns niemals ab. Es gab einen endlosen Vorrat an verurteilten Männern, Frauen und oftmals auch Kindern.

Tod durch den Strang oder Schlimmeres war während dieser sieben Jahre, die er auf der Straße verbracht hatte, sein einziges und unvermeidliches Schicksal gewesen, und Anne hatte ihn mit ihrer Liebe gerettet. Er schuldete ihr sein Leben gleich doppelt, und obwohl der alte John Gilbert über diesen Gedanken gelacht hätte, wollte er dafür sorgen, dass ihre Liebe sie mit Stolz erfüllte.

Das Versprechen, das er dem König gegeben hatte, war kein faules Unterpfand für eine Begnadigung gewesen. Doch gleichzeitig war er sich sicher, dass er nicht auf ewig in Whittlewood Forest bleiben konnte. Jeder Raubüberfall auf der Oxford Road würde ihm zugeschrieben werden, und früher oder später würde ihn ein Konstabler zwingen, sich zu verteidigen.

Jenseits von Tyburn ließen die Menschenmassen nach, bis die Pferde schließlich wieder gut vorankamen und die große Oxford Road West vor ihnen lag.

Anne saß so aufrecht, wie sie nur konnte, ihr Bein um den Sattelknopf geschlungen. Am liebsten hätte sie ihren schmerzenden Kopf gegen seine Brust gelegt, wie sie es in jener Nacht auf dem Heimweg von Burwell Hall vor fast einem Monat getan hatte. Sie wagte es nicht, denn sie fürchtete seine scheußliche Wunde könnte vielleicht noch nicht richtig verheilt sein, obwohl er natürlich viel zu tapfer war, seinen Schmerz vor ihr zu zeigen.

Sie wechselte ein wenig ihre Sitzhaltung. Es gab Dinge, über die sie mit John gerne gesprochen hätte, heikle Dinge, und sie wollte es jetzt tun, zu Beginn ihres neuen gemeinsamen Lebens, damit sie nicht so sehr an Gewicht gewannen, bis es irgendwann unmöglich sein würde, über sie zu sprechen. Sie warf einen Blick zurück und sah den Doktor und Kate in einer angeregten Unterhaltung. Sie nahm ihren Mut zusammen und beschloss etwas anzusprechen, was sie beide vor allen anderen Dingen beschäftigen musste. »John?«

»Ja«, antwortete er und beugte sich zu ihr vor, damit sie ihm die Worte ins Ohr sagen konnte.

Sie erschauderte leicht, als sie seinen heißen Atem spürte.

»Ich will nicht, dass du die Worte, die ich jetzt sagen werde, missverstehst.« Sie wandte sich um und sah ihm ins Gesicht, und irgendetwas verriet ihr, dass er bereits wusste, über was sie beide jetzt sprechen würden.

»Meine Liebste, ich werde versuchen dich zu verstehen, so gut ich es kann«, sagte er, und sein Antlitz war ernst.

John wusste, was jetzt kommen würde, und er dachte kurz daran, ihren Worten mit der Wahrheit zuvorzukommen. Auch wenn Castlemaine ihn und den Doktor zum Schweigen verurteilt hatte, so gab es jetzt keinen Grund mehr dazu. Bisher hatte sich keine passende Gelegenheit geboten, um über das zu sprechen, was der König seine ›Gesundheit‹ nannte. Es schickte sich einfach nicht, als Mann in Gegenwart anderer Leute seiner Liebsten zu verkünden, dass sein Glied völlig intakt und in der Tat recht lebendig war, wann immer er sie nur ansah. Dieses Thema ging nur sie beide etwas an. Er würde die Zeit und den Ort wählen, um alle Unklarheiten zwischen ihnen zu beseitigen, und das so bald wie möglich, nur nicht hier auf der Straße, wo sie in Ohnmacht fallen oder hysterisch werden könnte.

Er musste lächeln. Wie dem auch sei, wenn er ehrlich war, hatte er sich bereits mehrmals gefragt, was Anne wohl sagen würde, wenn sie das Thema zwangsläufig irgendwann anschnitt. Es war eine Gelegenheit, die sich nur wenigen Männern auf der Welt bot: zu erfahren, was eine kluge, schöne und leidenschaftliche Frau wirklich über diese intimste und offensichtlichste Ausstattung eines Mannes dachte.

Anne räusperte sich ein ums andere Mal, obgleich es ein heißer, feuchter Tag war, der einen Sturm ankündigte, einen von vielen, die England in diesem pestgeplagten Sommer gepeinigt hatten. »Ich bin nicht ganz« – sie hustete wieder – »John, bist du sicher, dass du mich nicht missverstehen wirst?«

»Ganz sicher«, antwortete er und liebkoste mit der Nase ihren Nacken. »Bitte, fahr fort, mein Liebling.«

»Du musst mir sehr gut zuhören, damit du verstehst, was ich sagen will«, sagte sie, und der Ton ihrer Stimme erinnerte ihn ein bisschen an seinen Theologieprofessor in Oxford.

»Nun sprich, meine Anne, bevor du vergisst, was gesagt werden muss.«

»Das würde ich niemals vergessen«, erwiderte sie, und sie verstand zwar, dass er sie neckte, aber es brachte sie auch etwas aus der Fassung. Was sie sagen wollte, war nicht zum Lachen, sondern etwas, über das sie ernsthaft sprechen mussten.

»Dann nur immer heraus mit den Worten«, meinte er in seiner Baritonstimme, um möglichst streng zu klingen.

Sie straffte ihre Schultern, und ihre Zunge versuchte sich noch einmal an den Worten, nur dass keines von ihnen, einmal ausgesprochen, so hochgesinnt und versichernd klang, wie sie beabsichtigt hatte. »In gewisser Hinsicht bin ich gar nicht traurig über …« Sie hielt inne, suchte nach den richtigen Worten.

»Meine, äh, Gesundheit«, half er ihr auf die Sprünge.

»Ja. Aber, oh, John, ich will doch nur, dass du immer weißt, dass ich dich liebe, weil du so ein großartiger Mann bist und nicht … nicht aus irgendwelchen Motiven der Lust oder animalischen Freuden, nicht dass diese Freuden, wie ich sie … in Erinnerung habe … immer haben werde … schlecht …« Sie hielt inne und war sich nicht sicher, ob sie weiterreden sollte.

John schwieg und wartete darauf, dass sie ihre recht unterhaltsame, ja, entzückende Rede wieder aufnehmen würde. Doch sie war verstummt, und nach einer Weile schloss er seine Arme fester um sie. »Schön gesagt, liebste Anne. Ich bin in der Tat ein glücklicher Mann, bis auf, nun ja, meinen Zustand. Sollen wir es um der Delikatesse willen so nennen?«

»Wenn du es so wünschst.« Sie seufzte. »John?«

»Ja, mein Engel.«

»Ich mache mir solche Gedanken, dass ich in gewisser Weise, indem ich meinen Keuschheitsschwur gebrochen habe, vielleicht das Schicksal herausgefordert haben könnte … dass ich möglicherweise viel mehr dafür verantwortlich bin, was deinem … dir passiert ist, als ich dachte.«

Da er sie nah bei sich hielt, konnte sie spüren, wie sein Körper vor Ergriffenheit bebte, und aus Respekt gegenüber seinen Gefühlen wandte sie sich nicht zu ihm um.

Tatsächlich fiel es ihr reichlich schwer, sich einzureden, dass ihr der Verlust seiner Männlichkeit die Rückkehr zur Keuschheit leichter machte. Der Körper, der sie einst erregt hatte, erregte sie noch.

»John?«

»Ja, meine Liebe?«

»Erinnerst du dich noch, als wir in Nells …«

»Ich habe noch eine gewisse, dunkle Erinnerung daran.«

Neckte er sie schon wieder? Konnte er nicht ernst über ein so ernstes Thema sprechen? »Wir saßen vor dem Feuer, und du füttertest mich mit Erdbeeren.«

»Sie waren rot und reif und drall«, sagte er und schmatzte mit den Lippen, als wollte er bewusst vom Thema ablenken.

»John!«

»Ja, mein Herz?«

»Bei Gottes Eingeweiden! Ich spreche nicht von Erdbeeren, sondern von Worten, die du gesagt hast … über … über mehr Liebeskunst als … als nur den männlichen … nun, als die unteren Teile.« Sie war ganz außer Atem von der Anstrengung, so viele schwierige Worte auszusprechen, und ihr Bauch tat weh.

»Ah, ich erinnere mich an eine Unterhaltung dieser Art, liebe Anne.«

Indem sie versuchte ihre Verärgerung zu unterdrücken ärgerte sie sich nur noch mehr. »Nun, dann, sag mir, was du damit meintest.«

»Lass mich nachdenken«, sagte er, und fast bereute er seine Neckerei, mit der er vielleicht etwas zu weit gegangen war.

»Weißt du es nicht mehr?«

»Doch, aber das braucht Zeit, und einen ruhigen Ort, nicht hier, auf der holprigen Oxford Road, mit Staub in unseren Gesichtern.«

»Du wirst es mir sagen, wenn wir alleine sind«, meinte sie hoffnungsvoll.

Er beugte sich vor und steckte seine Zunge in ihr Ohr und fuhr langsam die zarten Wölbungen ihrer Ohrmuschel nach, bis er ihr ins Ohrläppchen biss. »Ich werde es dir zeigen, Liebste.«

Sie erschauderte, aber nicht vor Kälte, denn ihr Geschlecht sandte eine Hitze aus, die jede Faser ihres Körpers erreichte. Oh, Gott, würde sie stark genug sein, Johns Elend zu ertragen, das jetzt auch ihr Elend war?

Seine Arme und sein überaus muskulöser Körper waren bislang noch irritierend hart. Sie hatte gehört, dass Männer, die im Krieg entmannt worden oder zu Eunuchen in irgendeinem Serail verdammt waren, schlaff und fett wurden. Bei diesem Gedanken zog sie die Luft durch die Nase scharf ein. Oh, und seine sanfte Baritonstimme würde ohne Zweifel bald klingen wie die *Castrati* aus Italien – nahezu Sopran. Sie schloss die Augen. Bei Gottes Eingeweiden! Sie würde niemals mehr in diesem Leben einen törichten Keuschheitsschwur leisten, und auch sonst keinen!

Die vier Reisenden machten jenseits von Bagshot Hill und seiner grausamen Galgenreihe, die zur Abschreckung der Straßenräuber gedacht war, halt und genehmigten sich ein Stück Brot und Käse sowie einen kräftigen Schluck Wein.

Aus einem kleinen Waldstück tauchte plötzlich ein Reiter auf, wie ein Gentleman gekleidet und mit gezogenen Pistolen. »Alles stehen bleiben, aufgepasst!«, rief der Mann, als er näher kam.

»Sorgt dafür, dass sie ruhig bleibt«, trug John Dr. Wyndham auf, als Kate vor Angst anfing zu wimmern. »Ich werde mit ihm sprechen, Anne. Der Mann ist mir nicht geheuer.«

John saß ab, hielt Sir Pegs Kopf und wartete, bis der Straßenräuber nur noch wenige Meter von ihnen entfernt war. »Tom Barrow, hab ich recht?«

Der Mann lachte. »Potztausend, wenn das nicht Gentleman Johnny Gilbert ist. Ich bin dir schon einmal begegnet, damals warst du mit Black Ben …«

»Du kannst mit mir verhandeln, Tom«, sagte John und unterbrach auf diese Weise eine Erinnerung, die er Anne lieber nicht hören lassen wollte.

»Hund frisst Hund, was, Johnny? Ich könnte dir deine Wertsachen abnehmen, oder du könntest dich mir anschließen.« Tom Barrow musterte die Gruppe mit einem prüfenden Blick. »Ich habe gehört, dass du Stil hast, John, aber eine Dirne, einen Doktor und ein Mädchen-für-alles, das gebührt einem reisenden Herzog. Was sagst du zu einer Partnerschaft?«

John verneigte sich. »Das ehrt mich sehr, Tom, aber ich trage eine Begnadigung des Königs, und ich habe Lady Anne hoch und heilig versprochen, dass ich mit dem Straßengeschäft aufhöre.«

Tom Barrow saß hoch auf seinem Pferd, die Pistolen auf Johns Brust gerichtet, und verarbeitete das Gesagte. Er verbeugte sich vor Anne. »Mylady, ich bitte Euch um Verzeihung. Ich hätte Euren guten Stand erkennen müssen.«

»Hättet ihr«, sagte Anne hochmütig. »Mit einem so erbärmlichen Urteilsvermögen werdet Ihr keinen Erfolg in Eurem Beruf haben.«

Die Augen des Mannes verengten sich. »Ihr habt gar keine Angst vor mir?«

Sie zuckte mit den Schultern. »Warum sollte ich, Straßenräuber? Ich habe die Verheiratung mit einem Mann, denn ich hasse, die Pest, den Zorn des Königs und den Anblick eines Gehenkten am Galgen überstanden, und das alles in weniger als vierzehn Tagen.« Die Entmannung ließ sie aus, denn sie wollte John nicht beschämen.

Tom Barrow stieß die Pistolen in seinen Gurt. »Dann habe ich keine Hoffnung, Euch zu ängstigen«, meinte er lachend und schien mächtig amüsiert.

Sein Pferd bäumte sich unter dem Eindruck der ungewohnten Heiterkeit auf, doch er fasste die Zügel kurz und wurde im Nu Herr über das Tier. »John, ich glaube wir *drei* wären in der Lage, uns jede Kutsche der Oxford Road zu nehmen.«

John nickte und warf Anne einen mahnenden Blick zu. »Da könntest du recht haben, Tom. Eine Schande, dass ich einen Schwur geleistet habe, und diese Lady nimmt Schwüre sehr ernst.«

»Ja, diese Unterrocktyrannei, unter der wir Männer unser Dasein fristen«, sann Tom Barrow nach.

»Wie wahr«, stimmte John ihm zu, obwohl er Annes spitzen Schuh in seinem Nacken spürte.

Tom hob seinen Hut. »Ich lass dich dann mal, John Gilbert, in vollem Besitz deiner sämtlichen Güter mit Amors harten Forderungen ringen. Ich denke, du hast von uns beiden den härteren Beruf.« Und lächelnd ritt er davon.

John rief ihm nach: »Was von meinen Männern gehört, Tom?«

Tom wandte sich im Sattel halb um. »Black Ben regiert jetzt dein Nest, John.«

»Welche Unterrocktyrannei?«, fragte Anne, als John sich hinter ihr wieder in den Sattel schwang.

Er umschloss ihre Lippen mit einem Kuss, und sie schien zufrieden mit dieser Antwort.

John nahm die Zügel auf. »Doktor, wir müssen uns beeilen. Wir werden die Tiere in einem Gasthaus füttern und tränken, aber wir sollten noch diese Nacht weiter.«

Sie trieben die Pferde in einen flotten Trab. »Dein armer Kopf, Anne. Kannst du das ertragen?«

»Das und mehr«, sagte sie.

Er küsste ihren Nacken. »Ich glaube, Tom Barrow hatte recht. Du wärst der beste Straßenräuber von uns allen.«

Sie erreichten Whittlewood Forest am nächsten Morgen nach Tagesanbruch. Am ersten Wachtposten blieben seine Hallorufe unbeantwortet. Am zweiten auch. Und am dritten ebenso.

An der Stelle, wo sie in das Flussbett einbogen, nahm er Anne hinter sich und befahl Dr. Wyndham das Gleiche mit Kate zu tun. »Wir wissen nicht, was uns erwartet, Anne«, sagte er. »Tu ausnahmsweise, was ich dir sage, und halte dich gut an mir fest.«

Damit konnte sie sich gut abfinden.

Als sie das Dornengestrüpp erreichten, saß John ab, ergriff den schwarzen Eisenring und öffnete den Eingang zur Höhle. Die Laternen waren erloschen, und als sich das Tor hinter ihnen schloss, umgab sie pechschwarze Finsternis.

John saß wieder auf. »Bleibt dicht hinter mir, Wyndham.«

»Hab keine Angst, Kate«, sagte Anne. »Und Ihr auch nicht, guter Doktor.«

Wyndhams tiefe Stimme polterte hinter ihr, und Anne war sich sicher, dass er sie für ein Flüstern hielt. »Wie Ihr so gut wisst, Mylady, habe ich meine Abenteuer entlang des Flusses gehabt, aber dieses hier übertrifft sie alle, da ich jetzt in angenehmer Gesellschaft einer so entzückenden jungen Maid bin.«

Anne vernahm Kates Kichern. Das einfache Quäkermädchen würde also vielleicht die Liebe finden, nach der sie sich so lange gesehnt hatte. Und bei aller Sorge über das, was sie am anderen Ende des Tunnels erwartete, freute sie sich für Kate.

Sie ritten zunächst in den Halbschatten, wo John die Munition seiner Pistolen überprüfte, dann kamen sie ins grelle Sonnenlicht.

Anne kniff die Augen zusammen, um die Schmiede, das Rasenstück und die Scheune auszumachen, und die kleine, reetgedeckte Hütte jenseits des Angers, in dem sie zuerst Black Ben und dann leider auch John Gilbert zurückgewiesen hatte. In gewisser Weise hatte sie sich darauf gefreut, all das wieder zu sehen, so als käme sie nach Hause. Seit ihrem Abschied waren die meisten Erinnerungen, die sie an das Räuberdorf hatte, zärtliche gewesen.

Schweigend ritten sie zur Schmiede und saßen ab.

»Wo ist Euer Dorf, John Gilbert?«, fragte Dr. Wyndham.

John betrachtete die ausgebrannten Hütten und Scheunen, aus deren Asche noch vereinzelt Rauchfetzen aufstiegen. »Asche, alles Asche. Das ist das Werk dieses Schweinehunds Black Ben.«

Anne blickte sich schweigend um, denn um nichts in der Welt hätte sie jetzt zugelassen, dass John sie besorgt sah. »Beth und Joseph?« Ihre Stimme war voller Zärtlichkeit, als sie die Namen aussprach.

»Wenn er ihnen oder den anderen meiner Bande etwas angetan hat, werde ich ihm sein abscheuliches Herz herausschneiden!«

»Was sollen wir jetzt tun, John?«, fragte Anne.

»Zuerst werden wir mit dem Rest unseres Proviants frühstücken«, sagte er, »dort unter diesem Baum. Wenn wir uns gestärkt haben, werden wir uns an die Arbeit machen und sehen, was wir aus den Trümmern retten können.«

John teilte die Mahlzeit aus. »Das ist eine traurige Heimkehr, Anne.«

Sie hob die Hand an ihren Hals und schüttelte den Kopf. »Vielleicht ist Whittlewood nicht als unsere Heimat gedacht«, sagte sie. »Denk doch, John, als Edwards Witwe gehört mir Virginia Land.«

»Ich könnte niemals unter deiner Herrschaft dort leben, Anne.«

Und noch ehe sie ihn fragen konnte, warum, obgleich sie die Antwort bereits wusste, sprang Josiah neben ihr auf die Füße.

»Was ist das?«, fragte Dr. Wyndham, die Augen starr auf den Wald gerichtet.

In diesem Augenblick verließen fünf zerlumpte Gestalten den Wald und kamen über den grünen Hügel zu ihnen herüber, Joseph und Beth an der Spitze.

Einundzwanzigstes Kapitel

Sie würde, wenn sie nur könnte

Sie schwiegen, als Joseph und Beth vor drei weiteren Männern über die Lichtung auf Anne und John zugerannt kamen, ein Schweigen, dass erst durch Josephs krächzenden Ausruf: »Johnny, wir glaubten dich ganz sicher tot!«

John klopfte dem Schmied auf seine breite Schulter. »Ich habe mich selbst schon mehr als einmal tot geglaubt, Joseph, aber die Lady Anne hier vermag es, Engel aus dem Himmel zu locken oder sogar den Teufel zu überlisten.«

Joseph starrte Anne an und ein Lächeln erschien auf seinen Lippen. »Ich hätte nie geglaubt, Euch jemals wiederzusehen, aber ich bin froh, dass ich mich geirrt habe.«

»Ich bin auch froh, guter Joseph«, sagte Anne, und der freudige Ausdruck auf ihrem Gesicht unterstrich ihre Worte.

»Joseph«, unterbrach John sie ungeduldig, den Arm um die Schulter des Schmiedes gelegt. »Ich bringe die Begnadigung des Königs für alle meine Männer und Frauen, die bereit sind, die Straße aufzugeben. Bist du bereit?«

Joseph starrte John mit offenem Mund an, und die anderen taten es ihm gleich. »Sprichst du wahr, Johnny?«, fragte er ungläubig.

John holte das Pergament aus seinem Wams und zeigte ihnen das königliche Siegel aus rotem Wachs sowie die Unterschrift des Königs.

Einer der anderen Männer trat vor. »Wir wollten nicht mit Black Ben reiten, Johnny, aber wenn wir gar nicht mehr reiten, wie werden wir dann unser Brot verdienen?«

John faltete das Pergament zusammen und verstaute es wieder sorgfältig in seinem Wams. »Das werden wir mit dem Rat besprechen und dann gemeinsam darüber abstimmen.«

»Welchen Rat?«, fragte Joseph. »Die Männer sind alle fort.«

»Aber nicht lange, wie ich Ben kenne«, antwortete John grimmig. Er entkorkte den letzten Krug Ale und ließ ihn die Runde machen.

»Mylady«, sagte Beth und sank vor Anne in einen tiefen Knicks, »jede Nacht habe ich für Euch gebetet, dass Ihr in Sicherheit seid.«

Anne hob das Milchmädchen hoch und umarmte sie. »Sag Anne zu mir, Beth, einfach nur Anne. Und das ist Kate.« Sie nahm Kate am Arm und zog die schüchterne, junge Quäkerfrau von Dr. Wyndhams Seite zu sich heran und schloss sie in ihre Umarmung ein. »In John Gilberts Bande sind wir alle gleich.«

Anne hatte nicht gewusst, dass sie diese Worte sagen würde, bis sie es plötzlich tat, aber als sie sie über ihre Lippen kommen hörte, wusste sie, dass sie diesen Gedanken schon eine Zeit lang bei sich trug, und in ihren Ohren hörten sie sich richtig an. Hier gab es keine Diener, die ihr jeden Wunsch von den Lippen ablesen würden, keine feinen französischen und spanischen Weine, keine Höflinge, die stundenlang unendlich geistreich über nichts redeten, keine Gamben, die in glänzenden Marmorsälen einschläfernde Ouvertüren spielten. Die Umstände waren so hart, wie sie es sich überhaupt nur vorstellen konnte, doch hier wurde sie geliebt und gebraucht. Hier hatte sie Freunde. Hier konnte sie wirklich glücklich sein. Sie lächelte verschmitzt zu John hoch. »Ich darf jetzt wählen, richtig?«

»Gewiss«, antwortete John, und der Stolz in seinem Blick galt ganz ihr. »Aber ich rechne damit es zu bedauern.«

Sie sahen sich an und hielten ihren Blicken stand, und in diesem Augenblick wusste Joseph, dass diese Anne nicht dieselbe arrogante Lady Anne Gascoigne war, die ihnen auf der Oxford Road so geschickt entkommen war, noch war

John Gilbert derselbe Mann, der ihr gefolgt war, auch wenn er nach außen hin so wirkte. Joseph hätte die Beute eines ganzen Monats dafür gegeben zu erfahren, was zwischen den beiden geschehen war.

Hastig stellte John Dr. Wyndham vor, der sich mit seinem schwarzen Kästchen sogleich als Vertreter seiner Zunft hervortat. Dann befragte er den Schmied. »Was ist hier vorgefallen, Joseph?«

»Black Ben ist über uns hergefallen, wie du dir wohl vorstellen kannst, Joseph. Er hat einigen Burschen eingeredet, dass du mit deinem kleinen Biest – verzeih, mit Anne – das Weite gesucht hast. Dann hat er die meisten von ihnen so eingeschüchtert, dass sie seine Grundsätze unterschrieben haben, und sie mitgenommen, unter vielen Drohungen, versteht sich. Wir fünf haben uns in den Wald geflüchtet und mit angesehen, wie er das Dorf in Brand steckte, rasend vor Zorn, weil du ihm entkommen bist.« Joseph wies auf den Wald. »Wir haben einen Unterstand und ein unterirdisches Versteck mit Vorräten, Schießpulver und Schrot.« Er grinste. »Und wir hüten den letzten kühlen Krug mit der feinen, süßen Butter, die deine Gnädigste hier hergestellt hat.«

Anne musste unwillkürlich lächeln. »Wäre auch nur ein Klümpchen verloren gegangen, es hätte mir bitter leid getan.«

Dr. Wyndham trat vor und nahm den Arm eines Mannes in Augenschein. »Mein Junge, diese Schwertwunde muss genäht werden, wenn sie recht verheilen soll. Kate, du scheinst mir den Anblick von Blut verkraften zu können. Würdest du mir zur Seite stehen?«

Kate blickte Anne fragend an.

Anne nickte. »Wie du wünschst, Kate. Du kannst nach eigenem Ermessen handeln. Wir alle sollten helfen, wo wir nur können.«

John hatte sich bereits auf den Weg zur zerstörten Schmiede gemacht, wo er gemeinsam mit den anderen den verbleibenden Tag damit zubrachte, das unter Schutt und

Asche begrabene Waffenversteck freizulegen. Unterdessen führte Beth Anne zu dem Lager im Wald.

Schüchtern deutete sie auf einen notdürftig gezimmerten Unterstand zwischen zwei mächtigen Baumstämmen. »Ihr wollt sicher einen anderen Ort für …« Verlegen hielt sie inne.

»Ja, John Gilbert und ich möchten beisammen sein.« Dessen war sich Anne gewiss, obwohl sie keine rechte Vorstellung davon hatte, wie dieses Beisammensein aussehen würde. Sie hatte den vagen Entschluss gefasst, dass es wohl für beide besser wäre, eine innige Freundschaft zu leben, in der vertrauliche Gespräche die körperliche Nähe ersetzen würden. Der Gedanke, Nacht für Nacht neben John Gilbert zu liegen und von einer Leidenschaft verzehrt zu werden, die auf grausamste Weise unerfüllt bliebe – dieser Gedanke war ihr schlicht unerträglich, umso mehr als sie sich auf immer und ewig entsetzlich schuldig fühlen würde. Doch hatte er auf der Oxford Road nicht angedeutet, dass man der Liebe in vielerlei Formen frönen könne? Mit einem Kopfschütteln suchte sie die aufkeimende Neugier zu vertreiben; zu bitter wäre die Enttäuschung, würden sich seine Andeutungen nur als gut gemeinter Trost erweisen.

Beth starrte sie an. »Was bedrückt Euch, Mylady?« Mit einiger Überwindung verbesserte sie sich: »Was bedrückt dich, Anne?«

»Nichts, meine gute Beth«, erwiderte Anne, doch plötzlich konnte sie sich kaum noch auf den Beinen halten. »Ich bin …«

»Erschöpft bist du, mein Armes, und obendrein am Kopf verletzt, wenn mich meine Augen nicht täuschen«, sagte Beth. Sie begann, zwischen zwei Büschen ein Lager aus Farnwedeln und Laub zu bereiten, über das sie eine Decke breitete; aus einer Truhe mit Stoffen holte sie ein großes grünes Leintuch hervor, das sie schützend über die Bettstatt spannte. Daraufhin fasste sie Anne am Ellbogen und führte sie sanft, aber bestimmt zu ihrem Lager. »Hier kannst du ruhen. Und damit wir Frauen unsere Bedürfnisse verrichten können, hat mein Joseph ein Loch in jenem Dickicht dort gegraben«, erklärte sie und wies den Hügel hinunter. Ein heimlicher Stolz lag in ihrer Stimme.

»Du und Joseph?«, fragte Anne. War denn die ganze Welt liebestoll geworden?

»Ja«, bestätigte Beth, und diesmal ließ sie den Kopf nicht demütig sinken. »Er ist ein starker und gütiger Mann.«

Doch noch ehe sie weitersprechen konnte, war Anne bereits eingeschlafen, und das einstige Milchmädchen kehrte zu dem Eintopf aus Kaninchenfleisch und Lauch zurück, den sie in einem Kessel über dem Feuer köcheln ließ.

Als Anne nach einiger Zeit kurz erwachte, führte ihr Beth einige Löffel heißer Brühe an den Mund, und wiederum eine Weile später fiel ihr schlaftrunkener Blick auf John und die anderen, die um das Feuer herum saßen und sich lautstark über etwas ereiferten, das sie einen Grundsatz nannten. Anne konnte dem Streit nicht folgen und sank schon bald wieder in einen tiefen und – ausnahmsweise einmal – traumlosen Schlaf.

Als sie aufwachte, schreckte sie zusammen, so totenstill war es um sie. Nur gelegentlich stoben knisternd ein paar Funken aus den Scheiten, die auf der schwach glimmenden Feuerstelle lagen. Sie stützte sich auf und ließ ihren Blick über das kleine Lager schweifen. Im schimmernden Mondlicht sah sie die Umrisse der Schlafenden, und sie verspürte einen Stich, als sie begriff, dass John wohl auch dort lag. Sicherlich hatte er wie sie darüber nachgedacht, welche Form die Vertraulichkeit zwischen ihnen annehmen würde, doch offenbar zog er es vor, sich dieser Frage vorerst zu entziehen.

Anne konnte sich sein Verhalten nicht erklären. Sie würden sich seiner Misslichkeit stellen müssen, so schmerzhaft es für sie beide auch sein mochte. Sie sah keinen anderen Weg. Wie konnte er das so leichthin übergehen?

Sie stand auf und glättete wütend ihr zerknittertes Kleid.

Bei allen guten Geistern! Sie hatte die Kühnheit besessen, auf der Straße, die sie aus London wegführte, offen zu sprechen; nun musste auch er seine Gefühle offenbaren, so viel stand fest. Sie fragte sich, welcher der Schlafenden John sein mochte. Es war undenkbar, sie alle wachzurütteln – was würde sie vorbringen können, wenn sie den Falschen weckte? Sie fand keinen Grund, der sie nicht in Erklärungsnot gebracht hätte.

Unentschlossen und rastlos stand sie vor ihrem kleinen Zelt und fuhr sich mit den Fingern durch die Locken. Sie sehnte sich danach, sich nach der beschwerlichen Reise den Staub aus den Haaren und vom Körper zu waschen.

Joseph und Beth gaben ihr den Anstoß dazu, denn vom anderen Ende der kleinen Lichtung drangen die unmissverständlichen Laute leidenschaftlicher Paarung an Annes Ohren, und ehe sie sich's versah, eilte sie den kleinen Pfad hinunter zum Weiher. Der Mond beschien ihren Weg durch das dichte Gestrüpp, doch die zahllosen Tagträume, die sie mit diesem Ort verband, verlangsamten ihren Schritt. Würde sie die Erinnerung an die so lebhaft erträumte Leidenschaft verkraften können, wenn ihr doch die Erfüllung auf immer verwehrt blieb?

Ja, es war an der Zeit, sagte sie sich, nicht länger wie ein junges Mädchen davon zu träumen, was ihr dort am Weiher geschehen könnte, wenn sich die Gelegenheit böte; sie musste sich der Wirklichkeit stellen und die Kraft gewinnen, John zur Seite zu stehen. Er schien sich, nun ja, über die ganze Tragweite seiner Unpässlichkeit nicht so recht im Klaren zu sein. Allerdings musste sie zugeben, dass ihn womöglich die gewöhnliche Starrköpfigkeit der Männer dazu trieb, unangenehmen Themen auszuweichen, die sie als Frau genau zu ergründen suchte.

Anne erreichte den großen, ins Wasser ragenden Felsen, auf dem sie und Beth und die anderen Mägde die Krüge und Milchkannen ausgewaschen hatten. In unzähligen Träumen hatte sie sich John hier hingegeben. Zu ihren Füßen floss das kühle Wasser ganz so, wie es in vielen Nächten vor ihrem inneren Auge erschienen war.

In den sanften Wogen spiegelte sich der Mond und schuf einen glitzernden Strom. Hie und da traf ein Mondstrahl auf schwaches Kristall, das halb unter den flachen Steinen am Ufer verborgen war, und schickte rötliche Funken in die dunkle Nacht. Über allem lag der schwere Duft von Moschus und Wasserlilien, und ein modriger Geruch erfüllte die Luft.

Anne erklomm den Felsen, streifte Kleid und Leibwäsche ab und hängte sie über einen Ast.

Dann ließ sie sich langsam ins Wasser gleiten, das ihr bis zur Taille reichte. Als der kühle Strom ihren warmen Körper umschloss und an ihr Gesäß glitt, erschauderte sie kurz, doch der kalte, klare Duft des Wassers fing sie wohlig ein.

In der nächtlichen Brise verwoben sich die Äste der umstehenden Bäume, und die raschelnden Blätter flüsterten ihre Geheimnisse in die Nacht. Sie blieb eine Weile so stehen und zeichnete mit den Fingern Muster auf die Wasseroberfläche, während sie die zärtlichen Momente bei Nell heraufbeschwor, die ihr ihre wahren Gefühle für John Gilbert offenbart hatten.

Doch die Erinnerung war ihr so lebhaft gegenwärtig, dass sie sich wieder aus den Träumen riss. Es schmerzte zu sehr, und sie musste sich mit den Tatsachen abfinden, so bitter sie auch sein mochten.

Sie beugte den Kopf bis ins Wasser und rieb sich kräftig durch die Haare, als vertriebe sie damit auch alle Gedanken an das, was einst gewesen war und noch sein könnte, wenn Edward nicht sein schändliches Werk verrichtet hätte.

Mit beiden Händen wrang sie die nassen Strähnen aus und warf ihr Haar über die Schultern. Wassertropfen liefen ihr in die Augen, und sie rieb sich die Augen, um wieder klar sehen zu können.

John Gilbert stand am Ufer, nein, seine Füße waren bereits im Wasser. Und er war nackt.

»Johnny«, rief sie aus, oder zumindest schien es ihr so, und heiser kam sein Name über ihre Lippen. Sie war so entzückt über seine Erscheinung in ihrem Traum, dass sie ihn noch einmal rief. Warum sollte sie nicht? Es *war* ein Traum. In Wirklichkeit waren sie beide zurück im Lager und schliefen tief und fest, denn hier vor ihr war John Gilbert ein ganzer Mann; ja, seine Manneskraft hätte sogar zweien zur Ehre gereicht.

War sie im Fieber oder im Wahn? Nein, gewiss nicht. Sie hatte ihn schon nackt gesehen, bei Nell und auf der Trage des Arztes, und diese Erinnerung wurde in ihrem Traum lebendig. Keine Frau könnte John Gilbert sehen, wie Gott ihn erschaffen hatte, ohne sich den Anblick in all seinen Einzelheiten für immer einzuprägen. Obwohl er an der London Bridge mit dem Tod gerungen hatte, war ihr John Gilbert eindrucksvoll und in gewisser Hinsicht rätselhaft erschienen, wie alle Männer, die ihrer Bekleidung entledigt sind.

Sie lächelte und schloss die Augen, um sich dem Traumbild gänzlich hinzugeben, bevor die Wirklichkeit sie wieder einholte.

Diesmal schwor sie, sich diesen Traum nicht zum Vorwurf zu machen. Es war nur zu begreiflich, dass sich in ihren müden Gliedern ein Verlangen regte, das ihrem wirklichen Körper verwehrt bleiben würde. Es mochte sogar ein himmlischer Ausgleich dafür sein, dass sie ein Leben an der Seite eines Mannes erwartete, der Jahr für Jahr an Männlichkeit verlöre und zu einem – wie viel Verachtung und Mitleid lag in diesem Wort! – Eunuchen würde.

»Ich danke dir, Gott, für diesen letzten Traum, doch ich bitte dich, verschone mich mit weiteren Geschichten«, flüsterte sie und spürte zugleich, wie John sich auf sie zubewegte; das Wasser um sie herum geriet in Bewegung. So spürbar echt war noch keine ihrer nächtlichen Fantasien gewesen. Sie schlug die Augen wieder auf und beschloss, diesen letzten Wachtraum so lange auszukosten wie nur möglich. Sie tat zwei Schritte auf ihn zu.

John löste seinen Blick von den Rundungen ihrer Brüste mit den rosigen Spitzen, den von Wasser umspielten Hüften und dem verlockenden dunklen Dreieck, das sich unter der leichten Wölbung ihres Bauches abzeichnete. Er wartete darauf, sie vor Glück jauchzen zu hören, doch kein Laut kam über ihre Lippen, obgleich sie den Blick fest auf seine aufragende Männlichkeit gerichtet hielt. Stattdessen lächelte sie verzückt und streckte die Arme nach ihm aus.

Was für ein listiges kleines Mädchen! Sie hatte ihn von Anfang an durchschaut und bei dem vertraulichen Gespräch auf der Oxford Road zum Narren gehalten. Und er war wie ein Grünschnabel darauf hereingefallen und selbst Opfer seines Verwirrspiels geworden.

Er warf den Kopf zurück und brach in schallendes Gelächter aus, das in die Nacht hinaufstieg und in Annes Ohren dröhnte.

Sie riss die Augen noch weiter auf. »Du hast in meinen Träumen noch nie gelacht.«

Ihr Blick war verschleiert und schien aus weiter Ferne zu kommen, und John begriff plötzlich, dass er einen Fehler begangen hatte.

Sie streckte die Hand aus und berührte ihn am Arm. Dann kniff sie kräftig zu.

»Verdammt, Anne!« Erschrocken zuckte er zurück. »Du hast Finger wie ein teuflischer kleiner Kobold.«

»Du«, sagte sie mit bebender Stimme. »Du!«, wiederholte sie in zutiefst vorwurfsvollem Ton.

Reue ergriff ihn, als er erkannte, wie sehr seine intakte Männlichkeit sie überraschte. Er hatte sich wohl in ihr geirrt und schuldete ihr eine Erklärung. »Anne, versuche zu begreifen, warum ich es dir verschweigen musste. Es fehlte die Zeit …«

»Zeit!« Mit einer empörten Kopfbewegung warf sie ihr nasses Haar zurück; ihre Augen verdunkelten sich vor Zorn. »Es war also nur genug Zeit, um mich an der Nase herumzuführen und mein ernst gemeintes Geständnis zu verlachen. Wie musst du dich daran ergötzt haben!«

»Niemals!«, protestierte er. »Hör mir zu.« Er griff sie mit beiden Händen an den Armen, doch sie entschlüpfte ihm flink wie ein Aal und strebte mit entschlossenen Schritten dem Ufer zu.

Bevor sie an Land flüchten konnte, hechtete John ihr nach und packte sie an den Knöcheln, um sie wieder ins Wasser zu ziehen. Nur mit großer Mühe konnte er sie festhalten, während sie vor Wut zappelte und um sich schlug wie ein Fisch an der Angel.

Er kroch ans Ufer und versuchte ihren Tritten und Schlägen auszuweichen, mit denen sie sich gegen seine Umklammerung wehrte.

»Beruhige dich, Anne. Hör mir doch zu«, keuchte er ihr ins Ohr. Sie ließ von ihm ab und lag ruhig da, den Blick düster auf ihn gerichtet. Um einen weiteren Ausbruch zu verhindern, hielt er ihre Handgelenke mit einer Hand fest, während er mit der anderen einen Farnwedel entfernte, den sie von ihrem Mund wegzupusten versuchte.

»Danke«, sagte sie, doch ihre Stimme blieb kalt.

»Man möchte doch meinen«, erwiderte er und spürte seine erhitzten Lippen über den ihren und seinen nackten Körper an ihren warmen, zitternden Gliedern, »dass deine edlen Worte auf der Oxford Road von Herzen kamen und du mich als den ehrenwerten Mann lieben wolltest, der ich bin, ohne Lust und animalische Freuden.«

»Sie kamen von Herzen«, stieß sie zwischen zusammengebissenen Zähnen hervor und reckte stolz ihr Kinn.

Da küsste er sie, so lange und zärtlich, dass es ihr den Atem raubte. Empört versuchte sie ihn zu beißen, und er zwickte sie verspielt strafend in die Unterlippe. »Gib es ruhig zu«, neckte er sie, »du *wolltest* nur, dass sie von Herzen kommen.«

Sie presste die Lippen aufeinander, und ihre Augen blitzten ihn im Mondlicht wütend an. »Jemand, der sich einen derart groben Spaß erlaubt, kann unmöglich begreifen, welche Gefühle eine ... äh, eine ...« Sie rang nach Worten.

»Märtyrerin hegt«, beendete er den Satz für sie, bevor er ihr die Lippen mit einem Kuss verschloss, und diesmal schien ihre Abwehr schwächer, ja fast verschwunden zu sein. »Ich werde mich nicht dafür entschuldigen, dass ich männlicher bin, als du dachtest«, sagte er und hob den Kopf, um ihr ins Gesicht zu sehen. Er konnte nur mit Mühe den nötigen Ernst bewahren, denn ihm war wohl bewusst, wie lachhaft es im Grunde war, sich bei einer Dame für eine Erstarkung zu entschuldigen, die ihr ebenso wie ihm die größte Lust versprach. »Ich bedaure es, dich enttäuscht zu haben, liebste Anne«, sagte er und gab sich niedergeschlagen.

Sie schüttelte gereizt den Kopf. »Natürlich bin ich nicht enttäuscht! Wie kannst du so etwas sagen? Ich litt unglaublich, als ich dachte ...« Bei dem Gedanken an das Ausmaß ihres Leidens, entspannte sich ihr Gesicht, und sie kam sich ziemlich töricht vor.

»Lass mich jetzt los«, bat sie.

Er gehorchte, und neben ihr kniend hob er sie aus dem Wasser und zog sie die Uferböschung hinauf, dort, wo er seine Kleidung abgelegt hatte. Er breitete sein Hemd auf den zarten jungen Farnpflanzen aus und setzte sie darauf. Sie fröstelte leicht, wenngleich die Nacht warm war und nur ein leichtes laues Lüftchen wehte. Schüchtern schloss sie die Beine und kreuzte die Arme vor ihren Brüsten.

»Wie?«, fragte sie, und das bebende Wort enthielt ihre ganze Verwunderung.

»Ein Smaragdring als Unterpfand, meine liebe Anne, und das Glied eines armen toten Teufels als Beweis.«

Sie erschauderte. »Edward war sich so sicher.«

John nickte grimmig. »Dieser verstorbenen Lordschaft ist es nie in den Sinn gekommen, Anne, dass einfache Bürger und Diener sich jemals seinem Willen widersetzen könnten.«

Sie vergaß ihre Nacktheit und nahm seine Hand in ihre. »Fürwahr, John, wie konntest du nur glauben, ich sei enttäuscht, dass du einer so schrecklichen Demütigung entkommen bist? Es ist nur ... dass ich ... dass ich mich entschlossen hatte, tapfer zu sein, und jetzt muss ich mich erst daran gewöhnen, dass du ...«

»Dass ich mehr bin?« Er grinste sie an, und das Weiß seiner Zähne stand in anmutigem Kontrast zu seiner sonnengebräunten Haut. »Ich werde dafür sorgen, dass du dich nicht zu sehr daran gewöhnst, Anne.«

Anne sah ihn an, und ihr Gesicht verriet, dass sie seine Entschuldigung zwar angenommen, ihm aber noch nicht ganz verziehen hatte. Sie ließ seine Hand los. Der Schelm bedurfte einer Dosis seiner eigenen Medizin. »Mit der Zeit«, sagte sie und veränderte die Lage ihres Arms, um etwas mehr von ihrem Körper zu verdecken, »in ein paar Monaten, vielleicht auch bloß Wochen, könnte ich mir gegebenenfalls vorstellen, dir meine Irreführung zu verzeihen.«

Doch sie konnte ihre Vortäuschung nicht lange durchhalten, weil sie sich mehr und mehr schmerzlich darüber bewusst wurde, dass sie beide splitternackt waren. Kleider stellten eine Barrikade zwischen Mann und Frau dar, doch ohne diesen Schutz konnte sie das Verlangen ihres Körpers nach diesem Mann nicht verbergen. Zwei rote Flecken flammten auf ihren Wangen auf, und Hitze jagte durch ihren Körper. Sie betrachtete fasziniert die unruhigen Finger, die um seine Knie tanzten, wo er kniete, und seine hungrigen Blicke streiften über ihren Körper, von oben nach unten, von einer Seite zur anderen.

Durch die Baumspitzen sah sie den Mond und die Sterne hoch oben am dunklen Nachthimmel. Wenn sie ihn nicht berührte, oder er sie, dann glaubte sie würde die Welt mit einem Mal kalt und leer werden, und für immer so bleiben. Doch wie sollte sie nach dieser Vortäuschung klein beigeben, ohne dass es nach einer völligen Niederlage aussah?

Anne schenkte ihm ein vorsichtiges Lächeln, gerade das

richtige Maß an Ermunterung, wie sie hoffte. »Erinnerst du dich noch, auf dem Kahn, nach deiner Krankheit?«

Er schüttelte weder den Kopf, noch bejahte er ihre Frage, er sah sie nur an. Dann streckte er seine Hand aus und fuhr langsam mit dem Finger über die Innenseite ihres Armes. Die Berührung schien nicht absichtlich zu sein, nur eine gedankenlose Geste, aber er hielt nicht ein.

»Ich sagte«, fuhr sie sanft fort und beließ ihren Arm dort, wo er war, »ich hätte beschlossen meinem Stand abzuschwören, so wie ich auch meinem Keuschheitsgelübde abgeschworen hatte.«

»Ich erinnere mich«, sagte er, »und ich dachte ich hätte dir nicht mehr zu bieten als das Herz eines Verbrechers.« Sein Finger malte eine Acht in die Mulde zwischen Schulter und Halsansatz.

Sie überlegte, ob sie ihn bitten sollte aufzuhören, doch allein mit seiner Fingerspitze rief er die erstaunlichsten Empfindungen in ihr hervor. Vielleicht durfte sie nicht zu hart mit ihm ins Gericht gehen, nachdem, was er alles durchgemacht hatte, auch wenn er ihr den schrecklichsten Streich gespielt hatte, einen, den kein echter Gentleman jemals ...

Nun glitt seine Hand über ihren Nacken und unter ihr feuchtes Haar. Er machte zwar keine Anstalten, ihr Gesicht an das seine zu ziehen, doch Anne glaubte, dass er es jeden Moment tun würde, und um ihm einen Strich durch die Rechnung zu machen wandte sie sich ihm zu.

»Du musst wissen, was du tust«, sagte sie, und obwohl sie versucht hatte, ihre Stimme scharf klingen zu lassen, war sie es nicht. Sie war vielmehr matt, als käme sie von weit her, insbesondere, als er seine andere Hand sanft um ihre Brust legte.

Die Hand an ihrer Brust bewegte sich nicht fordernd oder auf wollüstige Art; es war eher eine harmlose, beinahe freundschaftliche Geste. Ein Finger spielte mit ihrer Brustwarze, bis er seinen Mund auf sie herabsenkte, um sie zu küssen. Sie erschauderte heftig.

»Ist dir kalt?«, fragte er und bettete sie neben sich auf sein Hemd, legte sie an seinen Körper, der nicht kalt war.

Anne spürte, dass sein Atem schwer ging, heftig, wie das Tosen der Wellen gegen den Strand. Oder war es ihr eigener? »Mir war nie wärmer«, gestand sie, und ihre eigene Stimme klang ihr fremd in den Ohren, so schwach und weit entfernt.

Schweigend lagen sie dort, ihre bebenden Körper aneinandergepresst, bis John sich mit einem Stöhnen erhob und auf beiden Händen aufgestützt über sie legte. »Kann ich noch irgendetwas zu Eurem Wohl tun, Mylady? Wenn ja, müsst Ihr mich freundlich darum bitten.«

Sie starrte ihn an, traute ihrer Stimme nicht mehr. Nichts, was sie sagte, kam so über ihre Lippen, wie sie es meinte, und unterhalb ihres Bauches loderte ein Feuer, das sich über ihren gesamten Körper ausbreitete und jede Art von Gespräch absurd erscheinen ließ. War sie wieder in ihrem Traum, dem sie nicht Einhalt gebieten konnte und auch nicht wollte? Sie bog ihren Körper dem seinen entgegen.

Er küsste sie sanft doch fordernd, und sie verlangte nach mehr, aber eine Lady konnte nicht bitten. Konnte sie? Bei Gottes Eingeweiden, sein Gesicht sah im Mondlicht zu verlockend schön aus.

»Bist du froh«, fragte er, »oder bedauerst du es, dass ich ein ganzer Mann bin?« Er schmiegte seinen Körper noch fester an den ihren, wenn das überhaupt möglich war.

»Froh bin ich, mein Johnny«, antwortete sie und neckte ihn mit Worten, die er selbst gesagt haben könnte, »wenngleich es mich zuweilen ganz krankmacht.« Sie hörte, wie er leise in sich hineinlachte, und hatte keine Lust weiter zu diskutieren. »Vielleicht wird es auch keine Wochen dauern, bis ich dir verziehen habe«, sagte sie, und ihre Arme fuhren seinen muskulösen Rücken hinauf.

»Wie lange denn?«, fragte er und hielt sie noch fester. Sein Mund liebkoste ihre empfindlichsten Stellen, und sie tat so als hätte sie den stichelnden Unterton in seiner Stimme nicht gehört.

»So lange bis ich mir sicher bin, dass ich geliebt werde.«

»Weißt du das denn noch nicht, liebste Anne?«

Ihr Mund verbot ihm jede weitere Rede, als sie sich an seine Lippen presste, und sie spürte den Widerstand seiner Männlichkeit an ihrem Bauch, spürte, wie das Blut durch ihre Adern schoss und hatte seine Frage prompt vergessen.

John Gilbert stand in Flammen, als sich ihr Körper mit dem seinen verband. Er berührte und küsste sie überall zugleich, obgleich er den Abstand zwischen ihren Körpern kaum mehr ertragen konnte.

Als ihr Stöhnen anwuchs, sog er die Luft tief in seine Lungen, aus Angst er könnte bald keine mehr bekommen. Das Blut pochte in seinen Adern, und sein Puls schien sich dem ihren anzupassen. Seine Finger gruben sich in das Fleisch ihrer Lippen, und sie bäumte sich zu ihm auf. Flüchtig dachte er noch, dass sie für eine hochgeborene Lady entzückend hilfsbereit war, und dann verlor er sich endgültig in ihr.

Viele lange Augenblicke wölbte sich Anne gegen John, als ihre Körper sich im Mondschein am Flussufer vereinten. John drang tief in sie ein, und seine schwellende Lanze füllte sie ganz aus. Ihre Finger gruben sich in seinen Rücken, und ihre Stimme rief seinen Namen, bat ihn, nicht aufzuhören, niemals mehr aufzuhören.

Was sie einst mädchenhaft als schonungslose Eroberung gefürchtet hatte, war in Wirklichkeit so anders, so wunderbar, so herrlich. In einem glühenden, süßen Augenblick gab sie ihm ihren kostbarsten Schatz, den sie nie mehr einem anderen schenken würde, ob sie John Gilbert nun heiratete oder nicht. Und wieder war sie ganz erfüllt und spürte ein so großes Verlangen wie nie zuvor, als sich sein siedender Liebesschwall in sie ergoss.

Ein Schrei der Ekstase hing einen Moment über dem mondsilbernen Weiher. Es war Annes Schrei, oder Johns Schrei; vielleicht war es auch ihrer beider zusammen. Eine Zeit lang klammerten sie sich noch aneinander, so wie neugeborene Zwillinge es aus Angst vor ihrer Trennung tun.

»Tut es dir immer noch weh, mein süßer Engel?«, fragte John und betonte jedes einzelne Wort.

Anne atmete tief und entspannte sich ein wenig, als sie wieder normal atmen konnte. Doch ihn konnte sie noch nicht freigeben. »Es war ein ganz wunderbarer Schmerz, John, eine ganz warme Empfindung.«

Er zupfte ihr eine rotbraune Locke aus dem Gesicht. »Eine Empfindung, die du gerne noch einmal hättest?«

»Oh, Johnny, ja«, sagte sie, und in ihrem Gesicht spiegelte sich der Mond. »Habe ich es nicht immer gesagt? Du bist ein großartiger Mann, der großartigste.«

»Dann nehme ich also an«, neckte er, »dass du den Verlust deiner Keuschheit immer noch nicht bereust.«

»Sie scheint mir doch ein recht armseliger Schatz zu sein, an den ich mich kaum erinnern kann«, erwiderte sie, und ihre Finger wanderten über sein Gesicht und streiften durch sein dunkles Haar, sodass er noch einmal in ihr hart wurde. »Aber glaube nicht, Johnny, mein Herz, dass ich die Keuschheit für immer aufgegeben habe.«

»Eine Frau ist entweder keusch, oder sie ist es nicht. Beides auf einmal scheint sogar bei einer entschlossenen Frau wie dir absolut unmöglich«, sagte er vergnügt, voller Staunen über ihren Zauber und das zarte Gesicht unter ihm, das in seine Armbeuge gebettet war.

»Fürwahr, ganz und gar nicht unmöglich«, entgegnete sie und blickte ihn an, als wollte sie ihn mit ihren lüsternen grünen Augen verschlingen. »Nimm mich zu dir, sperr du mich ein, denn ich …«

John fuhr mit dem nächsten Vers aus John Donnes Sonett fort: »Es sei denn du entfesselst mich, werd niemals frei sein …«

»Noch jemals keusch«, flüsterte sie, »es sei denn du entzücktest mich.«

Und so entzückte er sie wieder, aber diesmal langsam, unter ihrer Führung, erlaubte ihr, seine Hände und seine Männlichkeit dorthin zu lenken, wo sie sie haben wollte. Und wie sie es tat, entlockte ihm ein Lächeln.

Der Mond stand tief, und im Osten erhellten die ersten Sonnenstrahlen die Baumspitzen, ehe John und Anne daran dachten, zum Lager zurückzukehren. Stundenlang hatten sie beieinander gelegen, geplaudert und sich mit ihren Augen, Lippen und Händen unermüdlich ihre Liebe beteuert; er hatte verkündet, dass keine Frau so wunderschön und mutig sei wie sie, und sie hatte erklärt, dass kein Mann so stattlich und tapfer sei wie er.

Und wie Frauen es oft tun, wenn es gilt eine Liebesnacht zu beenden, klammerte sie sich fest an ihn, und Tränen der Freude liefen ihr über die Wangen.

Er küsste sie alle fort, um sie zu trösten. »Nichts ist vorbei, süße Anne. Alles hat gerade erst begonnen.« Er räusperte sich. »Wenn du dir sicher bist, dass du deinen Titel aufgeben und schlicht und einfach Mistress Gilbert sein willst, werde ich dich bald heiraten ... Um deines Gehorsams willen.«

»Kannst du nicht ein Mal ernst sein?«, fragte sie freudestrahlend.

»Ich habe noch keine Antwort bekommen, kleines Luder. Flüstre sie in mein Ohr.«

Er neigte sein Ohr an ihren Mund. »Ja, oh, ja, und ganz bald«, vernahm er.

Und die Lust überkam sie beide aufs Neue.

Es hätte noch Stunden dauern können, ehe sie dann freiwillig zur Lichtung zurückgekehrt wären, hätten sie durch die klare Morgenluft nicht plötzlich einige Schüsse vernommen.

»Zieh dich an«, befahl er und begann hastig Kleider und Schwert anzulegen. Als sie fertig war, reichte er ihr seine

Pistole. »Bleib hier und warte, bis ich wiederkomme, um dich zu holen.«

Doch als er sich in Richtung Lager aufmachte, war sie dicht hinter ihm, die Pistole schussbereit. Er wusste, dass es sinnlos war, sie zum Umkehren zu bewegen.

Zweiundzwanzigstes Kapitel

Ein Kampf um Liebe und Leben

Kurzerhand trat John aus dem Schutz des dichten Waldes auf die Lichtung. Anne musste rennen, um an ihm dranzubleiben, doch sie hielt sich dicht hinter ihm, die Pistole fest in der Hand. Dem allgemeinen Aufruhr nach zu schließen, hatte Black Ben Joseph und die anderen im Morgengrauen überrumpelt und überwältigt.

John und Anne verließen den Wald unbemerkt. Alle sahen Black Ben dabei zu, wie er gierig Josiah Wyndhams Koffer durchwühlte, und der Doktor sagte: »… und Absolvent der Universität von Padua, im Fachgebiet geheime und heilige alchemistische Kunst der Umwandlung von unedlen Metallen in Gold.«

Anne konnte sich ein Lächeln ob der vertrauten Prahlerei nicht verkneifen, doch Black Ben war sichtlich nicht amüsiert. Er hielt einen langen Dolch an des Doktors Gesicht. »Ihr seid ein Heuchler«, höhnte er. »Könnt ihr einen Geldsack aufschneiden, einen Koffer klauen, eine Kehle aufschlitzen? Das sind die Künste, die ich schätze.«

Der Doktor richtete sich zu seiner vollen Größe auf. »Dann besitze ich nichts, was Euch interessieren könnte. Ich nehme nichts, ohne nicht gleichzeitig etwas zu geben, denn das wäre bloße Schurkerei. Wenn ich nicht heilen kann, dann schenke ich Zuversicht, eine Kunst, die die meisten einfachen Menschen bedauerlicherweise nicht beherrschen.«

Kate versuchte sich aus den Armen zu befreien, die sie festhielten. »Ihr müsst wissen, Freund Ben, dass Ihr den berühmtesten Physiker Josiah Wyndham vor Euch habt, ehemals wohnhaft in London, vom König persönlich zum Whitehall Palast gerufen.«

Ein Lächeln erschien auf Bens entsetzlich vernarbtem Gesicht. »Eine Quäker-Hure, ich schwör's. Wenn Ihr es geschafft habt, so eine zu Euch ins Bett zu holen, Doktor, dann habt Ihr wirklich diese besonderen Fähigkeiten, von denen Ihr sprecht.« Er ließ den Dolch knapp vor Wyndhams Nase schnellen, ehe dieser etwas zu Kates Verteidigung vorbringen konnte.

Langsam und bedächtig steckte Ben die Dolchspitze in ein Nasenloch des Doktors. »Wenn Ihr und das Mädchen dann noch am Leben seid, Herr Chirurg, und dieser Räuberbande beitretet, werden wir Euer Geschick gleich einmal auf die Probe stellen. Ich werde Euch die Nase abschneiden, und zu unserer Unterhaltung werdet Ihr sie Euch selbst wieder annähen. Das muss ein größerer Spaß sein als ein Hahnenkampf. Was meint ihr, Jungs?«

Ben wirbelte zu seinen Männern herum, die im Halbkreis hinter ihm standen, und erspähte John Gilbert und Anne, die vom Wald zu ihnen herüberkamen.

»Lass den Doktor frei, Ben«, rief John im Befehlston, ohne seinen Schritt zu verlangsamen.

»Du hast hier nichts mehr zu befehlen, Gentleman Johnny«, erwiderte Ben, und in seinem Gesicht spiegelte sich eine Mischung aus Triumph und Wut. »Schnappt ihn euch, Jungs, und bringt mir seine Schlampe. So wie sie aussieht, braucht sie dringend einen, der ihr noch einmal die Beine spreizt!«

»Nimm dich in Acht, John!«, rief Joseph, der von drei Männern am Boden gehalten wurde.

John sah einige seiner früheren Kameraden, die jetzt unter Bens Kommando standen und offenbar zögerten, sich ihm weiter zu nähern.

»Einen guten Tag dir, junger Francis«, rief John, »und euch, Alexander und Dick. Ist das eure Art, einem geschworenen Bruder und gewählten Anführer zu danken? Ich dachte, ich hätte euch ein besseres Benehmen beigebracht.«

Er lächelte ihnen zu, und nach anfänglichem Zögern lächelten sie zurück.

Ein wenig beschämt sagte Francis: »Ben sagte du kämst nicht mehr zurück, Johnny; er sagte du hättest über diese Frau deinen Schneid verloren.«

John zuckte mit den Schultern und lächelte freundlich. »Wie ihr mit eigenen Augen sehen könnt, Jungs, bin ich zurück. Und wenn Ben sich in diesem Punkt geirrt hat, vielleicht irrt er sich dann auch, was meinen Schneid betrifft.«

Anne war froh, ein zustimmendes Raunen zu vernehmen, das aus den Reihen von Johns alter Bande kam, die etwas abseits von Black Bens Männern standen.

Ben zog seine Pistole und richtete sie auf John. »Ich werd diesen gackernden Hahn umlegen – hol mich der Teufel, wenn ich's nicht tu.«

Rasch trat Anne vor und richtete ihre Pistole auf Black Ben.

»Nicht, Anne«, sagte John, ohne seinen Blick von Ben zu nehmen. »Halt dich da raus.«

»Wenn du stirbst, Johnny«, sagte Anne ruhig und ließ ihre Waffe sinken, »werde ich Black Ben zur Hölle schicken und den Henker um seinen Spaß betrügen.«

»Seht euch das an, Jungs«, grölte Ben triumphierend, »wie John Gilbert von diesem Flittchen beherrscht wird, unfähig, tapfere Helden der Straße zu führen.«

John lachte, etwas zu heftig, dachte Anne. »Du hast noch nie eine Ahnung von den Damen gehabt, Ben. Jeder richtige Mann kann Männer führen, aber kein Mann auf der Welt kann eine richtige Frau führen, wenn sie es nicht wünscht.« John grinste seine Männer an und zwinkerte ihnen zu. »Aber wir wissen, wie wir ihr dazu verhelfen können, es zu wünschen, nicht wahr, Jungs?«

»Ach ja, tatsächlich?«, sagte Anne nicht allzu leise aus dem Mundwinkel zu John.

»Das werde ich dir später zeigen müssen, wenn ich nicht

ganz so beschäftigt bin«, antwortete John, sein Rapier in beständiger, tanzender Bewegung.

Die Männer, die ihnen gegenüberstanden, lachten und nickten angesichts ihrer Neckerei, und hatten die Hände locker auf ihren Waffen liegen.

Mit Gebrüll steckte Ben seine Pistole zurück in den Gurt, machte ein paar Sätze auf John zu und zog sein Schwert. Ein paar seiner eigenen Männer rückten auf und stellten sich hinter ihn. Ben schielte nach Johns alter Bande, kochend vor Wut. »Ihr seid ein feiger Haufen, ihr alle; ihr werdet noch dafür büßen, sobald ich meinen Namen in den Arsch dieses Bastards geritzt habe, Sohn eines Edelmanns und dummer Milchmagd.«

Obwohl die warme Morgensonne den frühen Dunstschleier über dem Wald rasch verbrannte, war es in John eiskalt, als er das abscheuliche Wort ›Bastard‹ vernahm. Einen Moment lang war er wie gelähmt, während ein paar Männer aus Bens Bande sich hinter ihn schlichen und ihn umzingelten. In Gedanken schüttelte er sich, um sich seiner unmäßigen Wut zu entledigen, denn er würde all seinen Verstand brauchen, wenn er die Straßen von Black Ben befreien und, was noch wichtiger war, sein und Annes Leben retten wollte. Jetzt, da Anne ja gesagt hatte und ihn heiraten wollte, gestern Nacht am monderhellten Weiher, hatte das Leben für ihn eine weitaus größere Bedeutung bekommen.

John entging nicht die kleinste Regung auf dem Gesicht des gottlosen Straßenräubers. »Black Ben, ich verwehre dir das Recht, meine Männer zu führen«. Johns scharfe Stimme hatte wieder ihren Befehlston angenommen. »Du hast sie mit Lügen und Goldversprechen dazu verleitet, sich dir anzuschließen, und nach Grundsatz sieben habe ich das Vorrecht, dich zur Abstimmung herauszufordern.«

Black Ben brüllte, und seine Zunge stolperte über das Wort. »Was ist dieses Vorrecht?«

Unter dem Gewicht des Mannes, der auf seiner Brust saß, gelang es dem Schmied Jospeh zu keuchen: »Fürwahr,

John Gilbert hat das Recht auf ein Duell. Wenn seine Führerschaft *in absentia* aufgehoben wurde, darf er den neuen Mann zum Kampf herausfordern und die Waffen wählen.«

»Stopft ihm das Maul«, tobte Ben. »Er ist kein Londoner Jurist, und wir brauchen hier auch keinen.«

Der junge Francis trat jetzt einen Schritt vor, die Hand am Heft seines Schwertes. »Ich kann lesen, Männer«, verkündete er in die Runde, »und genau so und nicht anders lautet der Grundsatz.«

Einer von Bens eigenen Männern fasste all seinen Mut zusammen und sagte: »Es könnte Schande über die ganze Bruderschaft bringen, wenn du nicht gegen ihn kämpfst, Ben.«

Bens Gesicht war rot und geschwollen, als er die Pistole aus seinem Gurt zog und seinen eigenen Mann dort, wo er stand, niederschoss, den entsetzlichen Schreien nach zu schließen jedoch nicht tödlich. Zwei Freunde zerrten ihn beiseite, und Dr. Wyndham und Kate eilten ihm zu Hilfe.

John lächelte, doch seine Augen und seine Stimme waren kalt. Er wusste, dass Ben seine Leute durch derartige Gewaltausbrüche einschüchtern wollte. »Ben, du scheinst eine ganze Menge der Grundsätze vergessen zu haben, die die Bruderschaft unterschreibt, die du beanspruchst zu führen. Ein weiterer ist das Recht der Mehrheit, deine Bestrafung zu fordern.«

Wieder ging ein zustimmendes Raunen durch die Menge und einige Männer schauten Black Ben mit ernsten Gesichtern an, wenn auch offensichtlich zurückhaltend.

Anne hatte ihre Waffe immer noch auf Ben gerichtet, doch sie zitterte jetzt, vor Angst wie auch vor Stolz. Ben war eine wilde Bestie, die aus reiner Mordlust Menschen verstümmelte und tötete, aber er war auch clever. Er musste wissen, dass ihr mutiger John ihn in eine Situation drängte, in der er kämpfen musste, oder er würde das Ansehen unter seinen Männern verlieren. Merkwürdig. Diese Banditen schienen ihren Gesetzen mehr Bedeutung beizumessen als jeder andere; dabei verstießen sie doch selbst Tag für Tag gegen die königlichen Verordnungen.

Stolz marschierte Ben an der Menschenreihe entlang und ignorierte die jämmerlichen Schreie des Mannes, den er gerade angeschossen hatte. »Wenn ihr wollt, dass ich gegen diesen feinen Gentleman Johnny kämpfe, dann Männer, kämpft ihr gegen dieses schwache Vöglein im Nuttenkäfig.« Er drehte sich noch einmal, kehrte John den Rücken zu.

Dann, ohne Vorwarnung, wirbelte er blitzschnell herum, zog das Schwert und sprang auf John zu. Der aber hatte mit einem Trick gerechnet, einen Schritt zur Seite gemacht und gleichzeitig Anne zu Beth weitergeschoben. »Halt sie fest, Beth!«

John sprang leichtfüßig über die Feuerstelle, gewann damit die wenigen Sekunden, die er benötigte, um sein Hemd zu zerreißen und es schützend um seinen Schwertarm zu binden. Ein Mann konnte überall eine Wunde haben und damit kämpfen, nur nicht an seinem Schwertarm.

Anne versuchte, sich aus Beths Griff zu lösen.

»Hör auf, Anne«, sagte sie. »Verstehst du nicht, dass wir unsere Männer manchmal alleine kämpfen lassen müssen?«

»Nein«, keuchte Anne. »Das verstehe ich *nicht*. Ich will es nicht verstehen.«

Ein Kloß formte sich in ihrem Hals, und sie konnte kaum noch schlucken oder atmen. Ben war korpulent, einige Kilo schwerer als John, obwohl sie beide ungefähr gleich groß waren und eine ähnliche Reichweite hatten. Doch Ben hatte einen weiteren Vorteil. Sein Schwert war schwer, während John das leichtere, schnellere französische Rapier vorzog.

»Dann los!« Der energische männliche Schrei hing über der Lichtung, als Ben und John ihre Klingen kreuzten.

Zunächst schien es, als würde John verlieren. Er wehrte unablässig ab, wich von den überwältigenden, zweihändigen Hieben und Stößen des kräftigeren Mannes zurück. Es dauerte eine Zeit, bis Anne begriff, dass John nicht nur mit seinem guten rechten Arm, sondern auch mit dem Verstand kämpfte.

»Stell dich und kämpfe, Johnny, wenn du ein Mann bist«, schnaufte Ben. Er röchelte wie einer, der sein Ale und seine Pfeife zu sehr liebte. »Du springst hier herum wie ein kleines Luder mit dem neuesten Tratsch.«

Ein paar von Bens Männern zollten seinem Hohn Beifall, aber John änderte seine Taktik nicht, er lächelte, wich weiter aus und forderte Ben frech auf, ihn doch zu fangen, wenn er könne.

Rasend vor Wut, griff Ben immer wieder an und rutschte schließlich auf dem Blut des Mannes aus, den er angeschossen hatte. Er schlug hart auf der Erde auf und lag ausgestreckt da, für kurze Zeit atemlos.

John verzichtete darauf, ihm den tödlichen Stoß zu verpassen. Stattdessen schnappte er sich Anne und wirbelte sie zum Tanz herum, setze sie wieder bei Beth ab und küsste beide ausgiebig. Für eben diese Art von Wagemut liebten ihn seine Männer.

»Bist du wahnsinnig, Johnny?«, fragte Anne zur Erheiterung aller, die es hörten. Bis auf Ben, der sich schließlich wieder aufrappelte, nahezu blind vor Enttäuschung und Erschöpfung.

Mit dem Ärmel wischte er sich die Augen. »Bleib stehen, du aufgeblasener Hund!«, brüllte er herausfordernd.

John verneigte sich so elegant wie ein Schauspieler der King's Company, wich mit einem Satz aus und kreiste so um Ben, dass er ihn gerade nicht erreichen konnte. John durfte sich von dem großen Mann nicht in die Enge treiben lassen, denn Schnelligkeit war die beste Waffe eines Schwertkämpfers. Wertvolle Minuten parierte und tanzte er dicht vor dem Schwert seines Feindes.

»Hussa, Johnny! Hussa!" Der Jubel dröhnte John jedes Mal in den Ohren, wenn Metall auf Metall schlug. Zumindest gewann er die Loyalität seiner eigenen Männer zurück.

Doch Bens Männer stellten sich geschlossen hinter ihren Anführer. »Mach ihn fertig, Ben!«, schrie sein Leutnant. »Zeig ihm, wer der Stärkere ist!«

John lachte und hänselte Ben von einem Felsen herab. »Er ist nur ein Mann großer Worte, Männer. Nicht einmal der Teufel selbst kann so ein Leben voller Fehler und Mängel zu dieser späten Stunde noch retten.«

Doch obwohl er röchelte, als bekämen seine Lungen nicht mehr genug Luft, gab sich Ben nicht geschlagen. Er bückte sich und hob eine Handvoll vertrockneter und bröseliger Blätter vom Waldboden auf, die er John seinerseits mit lautem Hohn ins Gesicht schleuderte. »Ich werde mir deine Hure heute noch hernehmen, Johnny! Denk daran!«

Schmutz und Blätter verdeckten ihm die Sicht, und John hörte noch Annes warnenden Schrei, als er kurz darauf Bens scharfe Klinge in seiner Flanke spürte und den dumpfen Aufprall des Stahls auf seinen Rippen.

Verdammt! John blinzelte heftig, schluckte einen Schmerzensschrei hinunter und wischte sich den Dreck aus den Augen, gerade noch rechtzeitig, um Bens Stoß zu parieren, der auf seinen Bauch zielte. Offenbar hatte sich Ben einen langsamen Tod für John Gilbert ausgedacht.

Er fasste sich an die Seite, versuchte, die Wunde mit seinen Fingern zu schließen. Wenn er langsamer wurde oder zu viel Blut verlor, würde Ben den Sieg davontragen. Es gab etliche Möglichkeiten, wie Ben die Oberhand gewinnen konnte.

Entschlossen, die Sache zu Ende zu bringen, solange er noch genügend Kraft hatte, wirbelte John herum und verpasste Ben einen Streifhieb an der Schulter seines Schwertarms. Ben drehte nach rechts ab, doch John kehrte um und erwischte ihn von links, stieß zu und spürte, wie Bens Brust aufklaffte, dann hieb er die Klinge mit aller Kraft durch den gewaltigen Körper. Bens schmerzverzerrtes Gesicht war nur wenige Zentimeter von Johns entfernt, und er konnte Bens sauren Speichel auf seinen Lippen schmecken.

Für einen Augenblick schien es, als hielte der Wald den Atem an. Die Äste bewegten sich nicht in der morgendlichen Brise, keine Vögel waren in der Luft, und die Männer und Frauen auf der Lichtung verharrten reglos.

Black Ben stand aufrecht, vollkommen ruhig, die Augen weit aufgerissen, und erst als John sein Rapier herauszog, lehnte sich Bens Körper nach vorne, als wünschte er die Waffe zu behalten, um das runde, blutende Loch zu verschließen, dass ihr Rückzug preisgab.

Ein dünnes, rotes Rinnsal sickerte aus dem Spalt zwischen seinen Lippen, als er dort stand und John höhnisch angrinste. »Bastard, du wirst sie niemals haben können. Waverby lebt, er arbeitet für die Holländer …«, flüsterte er, dann sank er zu Boden und war tot, noch ehe er auf der Erde aufkam.

Einen Augenblick lang war John ebenso benommen wie die Männer auf der Lichtung, und die Hoffnung wich rascher von ihm als das Blut aus seiner Wunde.

Anne, die der Stille nicht traute, rief: »Hussa!«, und einige aus Johns alter Bande schlossen sich ihr an. Sogar John war auf den Beinen und brüllte, denn seine Wächter waren zum Leichnam ihres getöteten Anführers gelaufen, um ihn beiseite unter einen Baum zu zerren. Doch nicht alle stimmten in den Jubel ein, und Anne fürchtete, dass John und seine treuen Männer zahlenmäßig weit unterlegen waren, sollte Bens Bande sich zum Kampf entschließen.

»Beth«, sagte Anne, »wo ist die Truhe mit den Waffen?«

Beth deutete auf einen geöffneten Koffer, der sich keine zehn Meter entfernt unter einem großen Unterstand befand.

Anne rannte los. »Folge mir, Beth«, rief sie, blickte jedoch nicht zurück, um zu sehen, ob sie es auch tat.

Anne wusste, dass ihr höchstens eine Minute blieb, nicht genug, um die Pistolen zu laden. Sie ergriff ein Schwert.

Als sie die treue Beth hinter sich hörte rief sie: »Gute Beth, bewaffnet euch, Joseph und du. John wird uns alle brauchen.«

Anne rannte kopfüber in den bedrohlichen Kreis, den Bens Männer um John bildeten. Sie dachte nicht nach, sondern zog ihr Schwert und nahm die Positur ein, die John ihr gezeigt hatte, und dann lächelte sie ihn hilflos an. Irgendjemand rief ihren Namen, aber sie konnte nicht erkennen, wer es war. Der warme grüne Duft von Whittlewood Forest in ihrer Nase verband sie noch mehr mit John, und sie hörte und sah keinen anderen.

John stöhnte und hielt sich die Wunde. »Bei Gottes süßer Gnade, Anne! Kannst du dich da nicht raushalten?«

Sie wandte sich mit dem Rücken zu ihm. »Tadeln kannst du mich später, mein Liebster. Lass sie nicht glauben, dass wir uns streiten.« Sie schwang ihr Schwert vor Bens Männern, deren Münder jetzt vor Erstaunen offen standen.

John lächelte mit zusammengebissenen Zähnen. »Würde ich es jemals wagen mit dir zu streiten?«

»Durchaus«, sagte sie und drehte sich mit ihm mit, als er Bens Mannschaft vorsichtig musterte. »Vielleicht denkst du, dass ich nur seufzen und klagen, lieben und stolz sein kann. Ist es das, was du denkst?«

»Nur in meinen kühnsten Fantasien, Mylady«, sagte er.

»So eine Frau bin ich nicht.«

Er nahm seine blutige Hand von der Wunde und streckte sie nach der ihren aus, und sie ergriff sie. »Nein, so eine Frau bist du nicht, und so eine will ich auch nicht.« Das Wort brach entzwei, und sie hörte es, und sie hörte auch die Traurigkeit in seiner Stimme, als er weitersprach: »Fürwahr, Anne, auch wenn alles umsonst war, hatte ich jemals eine zweite Chance?«

»Nein«, flüsterte sie mit warmer, liebevoller Stimme. »Und ich auch nicht, aber was meinst du damit, dass alles umsonst war?«

Der junge Francis, Alexander, Dick und ein paar andere

Männer aus der alten Bande traten in den Kreis. »Wir halten zu dir, Johnny. Wenn deine feine Lady mit dir kämpfen will, dann können wir nicht weniger tun. Nicht wahr, Jungs?«

Bewaffnet traten Joseph und Beth in die Mitte der kleinen Gruppe. Und Josiah Wyndham, mit Kate an der Hand, trat mutig in den sich schließenden Kreis, ohne Waffe.

Anne ließ kurz ihren Blick in die Runde schweifen und erkannte sofort, dass sie zahlenmäßig immer noch hoffnungslos unterlegen waren, das Verhältnis war in etwa zwei zu eins.

John wandte sich Bens erstem Leutnant zu. »Ich liege nicht im Streit mit dir, Izaak. Sag mir, warum sollten wir kämpfen und uns gegenseitig töten?«

»Des Schatzes wegen«, knurrte der Mann. »Ben sagte, du hättest genug Goldbarren und Juwelen begraben, um die Huren des Königs zu bezahlen.«

John schüttelte den Kopf. »Dann hat Ben gelogen, sei es aus reiner Boshaftigkeit oder aus Geisteskrankheit, Gott segne seine verdorbene Seele.«

Aus Izaaks Gesicht sprach Ungläubigkeit.

John trat kühn einen Schritt auf den Mann zu und hielt Anne hinter sich. »Antworte mir, Izaak. Wie viele Schätze hast du und deine Männer begraben?«

»Keinen, wie du sehr wohl weißt«, höhnte Izaak, seinem toten Anführer in Grausamkeit und Spott durchaus ebenbürtig, und blickte in die Runde, um sich des Rückhalts seiner Männer zu vergewissern.

»Wie also kommst du darauf, Izaak, dass ich reich bin? Die Straße bietet ein gutes Einkommen, doch die Ausgaben sind hoch und die Vergnügungen teuer. Zwischen Gasthäusern und Mädchen und Bestechungsgeldern, welcher Straßenräuber hat da mehr als eine Guinee auf einmal in der Tasche?«

Manche von Bens Männern nickten zustimmend, manche lächelten sogar, und John richtete seine Argumente an sie. »Bevor man uns an den Galgen bringt, Jungs, kommen wir an den Bettelstab. Und darum werde ich die Straße verlassen.«

Izaak runzelte die Stirn und machte sein Recht geltend, für Bens Männer zu sprechen. »Es ist also wahr, Johnny? Du hast eine Begnadigung des Königs?«

»Jawohl, Izaak, die habe ich, für mich und alle Männer, die mir in ein ehrenwerteres Leben folgen wollen.«

»Damit ich mir auf irgendeiner Farm für dreihundert Pfund jährlich den Rücken breche?«

»Jawohl, oder das Genick auf deinem letzten langen Weg nach Tyburn. Das sind die beiden Möglichkeiten, die ein Mann hat.« John hob die Stimme, so dass alle ihn hören konnten. »Wie auch immer, Jungs, was gewinnen wir damit, dass wir uns hier gegenseitig bekämpfen? Alle, die sich mir anschließen wollen, sind willkommen, und die anderen können die Oxford Road in Zukunft für sich haben. Ihr kennt mich gut genug, und ihr wisst, dass ich kein Betrüger bin. Gibt es ein gerechteres Angebot, frage ich euch.«

Aus ihren Gesichtern konnte Anne schließen, dass Johns kühne Argumente bei den meisten aus Bens Bande Anklang fanden. Wäre Ben noch am Leben gewesen, hätte er bis zum letzten Mann gekämpft, doch Izaak hatte offenbar einen gesünderen Verstand oder ein schwächeres Gemüt. Ein Dutzend seiner Männer trat mit ihm beiseite, um sich zu beraten. Sie standen in einiger Entfernung und flüsterten angeregt, aber mit ernster Miene.

Anne beschloss, ihren Sorgen um John Luft zu machen. »Deine Wunde«, sagte sie und versuchte, das Zittern in ihrer Stimme zu unterdrücken.

Er starrte auf seine Wunde. »Sie blutet kaum noch.«

»Willst du einen Krug Bier?«

»Nein, ich werde später etwas trinken, wenn der Doktor mich wieder zusammennäht.«

Innerlich erbebte Anne vor Angst, und sie verachtete ihre Schwäche. Sie hätte sich so gerne der Erleichterung hingegeben, weinend zusammenzubrechen, oder noch schlimmer, davonzulaufen und sich vor der Welt zu verstecken. Es war nicht schwer, dem Tod ins Gesicht zu sehen, das hatte sie bereits gelernt. Aber was danach kam, war unerträglich. Wahrscheinlich war es das unermessliche Gefühl, zu erkennen, dass sie beinahe alles verloren hätte, was sie sich doch erst vor Kurzem erkämpft hatte: Liebe, Verlangen, und der Wunsch nach einem langen Leben an der Seite eines Mannes. Wäre es besser gewesen, all diese Gefühle niemals kennenzulernen?

»Also, was sagt Ihr dazu, Izaak?«, fragte John scheinbar beiläufig, aber Anne konnte sehen, dass jeder Muskel seines Körpers angespannt war.

»John Gilbert, Ihr versichert uns also, dass wir alle Rechte der Brüderschaft haben werden, um an der Oxford Road unserem Geschäft nachzugehen?«

»Ich gebe Euch mein Ehrenwort.«

Izaak nickte. »Gebt Ihr uns auch Pulver und Kugeln?«

»Sicher, nehmt die Hälfte unserer Vorräte.«

Izaak lächelte und gab seinen Männern ein Zeichen, die begannen, weitaus mehr als die Hälfte der Vorräte an sich zu nehmen. »Wir danken Euch, John Gilbert. Jetzt fehlen nur noch die Weiber, und wir machen uns auf den Weg.«

John lächelte freundlich, seine Stimme aber war eiskalt. »Die Damen bleiben hier, außer, sie wünschen, mit Euch zu gehen.«

»Die haben nichts zu sagen«, stieß Izaak mit drohender Gebärde hervor. Schon versuchte man, seine Autorität zu untergraben.

»Unsere Regeln besagen, dass sie für sich selbst sprechen dürfen. Das wusste sogar Ben«, gab John zurück. Sein sanfter Tonfall vermochte niemanden zu täuschen, und am wenigsten Izaak.

»Es ist mein Wunsch, bei John Gilbert zu bleiben«, kam es hastig von Anne.

»Auch ich bleibe«, sagte Beth, und selbst der zu Tode erschrockenen Kate gelang es, die Worte mit fester Stimme hervorzubringen.

Wütend betrachtete Izaak die Frauen, und Anne sah, wie seine Hand zur Pistole wanderte. Einen Moment lang fürchtete sie, er würde John angreifen, dann aber stürmte der Straßenräuber von der Lichtung. »Es wird genug Frauen für alle geben«, brüllte er mit erzwungener Fröhlichkeit. »Und Ihr wisst ja, es bringt Unglück, die Weiber mit auf die Walz zu nehmen.« Bens Männer folgten ihm. Bens Leichnam und der Mann, den er verletzt hatte, lagen unbeachtet unter einem Baum.

»Jetzt lasst mich Eure Wunde versorgen«, sagte Dr. Wyndham zu John. »Ihr müsst mehrere Tage ruhen, vielleicht sogar eine ganze Woche, und Ihr dürft auf keinen Fall aufs Pferd steigen.«

»So lange kann ich nicht warten«, erwiderte John, und sein Ton duldete keinen Widerspruch.

Anne sah ihn verwundert an, aber es war nicht der Augenblick, um Widerworte zu geben.

Die folgenden Stunden vergingen voller Ungewissheit. Der Nachmittag und Abend auf der Lichtung waren für Anne beinahe unerträglich gewesen. Glücklicherweise war John schon zu betrunken gewesen, um mitzubekommen, wie der Arzt seine Wunde ausbrannte, nähte und verband. Seine Männer hoben ihn hoch und legten ihn neben den Mann, auf den Ben geschossen hatte. Während John tief und fest schlief, wachte Anne stundenlang an seiner Seite und hielt nach Anzeichen für Fieber Ausschau. In der Zwischenzeit wurde Ben begraben, und Joseph sprach ein Gebet, weitaus wohlwollendere Worte, als der niederträchtige Straßenräuber verdient hätte.

Als schließlich die Dunkelheit hereinbrach, kühlte Anne ein letztes Mal Johns Stirn, küsste den Schlafenden auf den Mund und begab sich dann zu den anderen, um etwas zu essen.

John erwachte etwas später und sah, dass der angeschossene Mann neben ihm lag und ihn anschaute. John spürte die Wunde pochen und wagte nicht, sich allzu schnell zu bewegen. »Wie ist Euer Name?«, fragte er und richtete sich langsam auf dem Ellbogen auf.

»Mathew, Sir, und ich habe diesen räudigen Hund, Black Ben, gehasst. Ich möchte nicht mehr als Straßenräuber leben.«

»Dann bleibt bei uns, Mathew. Damit hat die Begnadigung des Königs für Euch Gültigkeit.«

»Ich will mich Euch gerne anschließen, Gentleman Johnny, wenn Eure Männer einverstanden sind«, sagte Mathew voller Eifer.

»Ich werde für Euch Fürsprache halten.« Sie schüttelten sich die Hand und besiegelten so die Abmachung. »Jetzt könntet Ihr uns helfen. Ben sagt, Lord Waverby sei am Leben und ein Spion im Dienste der Holländer, ein Verräter seines Königs und Vaterlandes.«

»Aye. Ben und seine Lordschaft waren unzertrennlich. Ben erzählte, dass Waverby auf der *Folly* nicht umgekommen ist, sondern von niemand anderem als Admiral de Ruyte persönlich gefangen genommen wurde. Er ist dann zu den Holländern übergelaufen.«

»Warum sollte er die Entsendung ins Exil oder eine Verurteilung zum Tode riskieren?«

»Ich kenne nicht alle Einzelheiten, nur das, was ich mit angehört habe, als Ben und Izaak dachten, dass ich schlafe. Wenn Waverby am Königshof Geheimnisse auskundschaftet, bekommt er dafür von den Holländern ein Schiff und das Recht, in Guinea Sklavenhandel zu treiben. Der König wird ihn für einen Helden halten, weil er den Holländern entkommen ist, und niemand wird vermuten, dass er ein doppeltes Spiel spielt. Als Gegenleistung für das Risiko hat Waverby Ben versprochen, seine Begnadigung zu erwirken und ihm ein Einkommen von tausend Pfund im Jahr zukommen zu lassen. Denn wenn man ihn nach Jamaika schickt, lacht ihm der Sensenmann schon ins Gesicht.«

John lächelte grimmig. »Wir wollen doch mal sehen, wer hier zuletzt lacht, Mathew.«

John erhob sich schwer und ging langsam davon. Joseph trat auf ihn zu und händigte ihm ein schmales Paket aus. »Das habe ich Ben abgenommen, ehe man ihn beerdigt hat, aber du weißt ja, dass ich nicht lesen kann.« John nickte Joseph zu und gesellte sich dann zu den anderen. Er trat aber nicht in den Schein des Feuers, sondern blieb außerhalb des Lichtkegels stehen und hörte zu.

»Was werden wir jetzt tun?«, fragte Joseph in die Runde. Man sah ihm die Besorgnis an. »Johnny hat recht, man wird uns das meiste von dem anhängen, was Isaak und seine Männer tun. Trotz der königlichen Begnadigung werden wir bald für Verbrechen am Galgen baumeln, die andere begangen haben. Wenn der Vogt von Oxfordshire von uns nicht mit klingender Münze bestochen wird, ist er unbarmherzig.«

Dr. Wyndham saß neben Kate. »Zu dumm, dass mit den Holländern Krieg herrscht, sonst könnten wir bei ihnen Unterschlupf finden.«

»Und ich hasse die Franzosen und ihr Getue«, sagte Francis.

»In Frankreich und Spanien werden Quäker umgebracht«, sagte Kate leise.

»Aber nicht in den Kolonien«, warf Anne ein.

»Doch«, widersprach Kate, »in der Kolonie von Boston haben sie meine Glaubensbrüder gelyncht.«

»Aber doch sicher nicht in der Kolonie von Virginia«, entgegnete Anne hoffnungsvoll, während sie die Funken betrachtete, die vom Feuer aufstiegen und am schwarzen Nachthimmel verschwanden.

Kate sah sie an. »Von diesem Ort habe ich noch nie etwas gehört.«

»Erzähl uns von Virginia«, bat Beth.

»Es ist ein wundervoller Ort, der König hat es mir selbst gesagt«, erklärte Anne. »Ich besitze Ländereien in Virginia.

Wir wären dort alle sicher und könnten ein neues Leben anfangen.«

Joseph schlug die Fäuste gegeneinander. »Ich will kein neues Land oder neues Leben«, rief er und sah Beth an, die zustimmend nickte. »Meine Heimat ist hier. Hier in Whittlewood Forest. Hier will ich bleiben, und wiederaufbauen, was Ben zerstört hat.«

»Es tut mir leid, Anne«, sagte auch der Doktor, und legte seinen Arm um Kate, »aber ich bin ein Mann der Wissenschaft. Hier gibt es neue medizinische Erkenntnisse, ganz wundervolle und erstaunliche Entdeckungen, und ich will an diesen Neuerungen teilhaben. Mitten in der Wildnis könnte ich niemals sein, wer ich bin ...«, seine Stimme wurde zu einem Flüstern, »oder Absatz für meine Wundersalbe finden.«

Ein leichter, kühlender Wind kam auf, als Anne sie resigniert betrachtete. Niemals hatte sie solche Entschlossenheit gekannt wie die auf den Gesichtern, die sie nun vor sich sah. Im Schein des Feuers glühte der seltsame Traum einer neuen, glücklichen Zukunft in ihren Augen. »Es war nur ein dummer Gedanke«, beeilte sie sich zu sagen.

Sie hatte nicht bemerkt, dass John zu der Runde hinzugetreten war und ihr zugehört hatte. Als sie ihn schließlich sah, ließ etwas in seinem Gesicht ihr Herz in einem plötzlichen Schmerz zusammenzucken. Doch sie redete fröhlich weiter, als könnte sie durch bloße Worte den Zweifel auslöschen. »John, sollen wir ihnen von unseren Plänen erzählen?«

Anstelle einer Antwort machte er auf dem Absatz kehrt und lief in den dunklen Wald.

Dreiundzwanzigstes Kapitel

Wir lieben, aber können nicht träumen

Anne wusste, wohin John gegangen war und folgte dem Pfad zum Weiher, der vom selben hellen Mond beschienen wurde wie noch vergangene Nacht ihre Liebe.

Wie erhofft, traf sie ihn dort an, im Schatten des Farns sitzend, dessen Wedel von ihren Körpern noch immer zerdrückt waren. War es wirklich erst wenige Stunden her, dass sie beisammen gelegen hatten, als müssten sie nie wieder auseinandergehen? Und jetzt waren sie doch getrennt, und sie wusste nicht, warum.

Obgleich John sich nicht umwandte oder ein Zeichen des Grußes gab, bemerkte sie unter den dunklen Locken, die auf seine Schultern fielen, eine Anspannung der Muskeln seines gebräunten Rückens. Bis auf die weiße Stoffbandage um seine Rippen, durch die seitlich ein dunkelroter Fleck deutlich zu erkennen war, war sein Oberkörper nackt.

Sie setzte sich ganz nah neben ihn, berührte ihn aber nicht. »Johnny, so sag mir doch, wodurch ich dich so zornig gemacht habe«, bat sie. Halb scheute sie die Antwort, halb war sie erbost, diese Frage stellen zu müssen.

Eindringlich betrachtete er seine auf den Knien liegenden Hände, dann blickte er zu einigen im Farn verstreut liegenden Dokumenten. Als er sprach, hatte er die Stimme eines Fremden. »Ich liebe dich, Anne, aber wir können uns nicht vermählen.«

»Aber warum denn nicht?«, drängte sie. Mit einem Scherz suchte sie seine Antwort hinauszuzögern. »Du magst vielleicht nicht den besten aller Gemahle abgeben, aber ich würde dich trotzdem nehmen.«

»Waverby lebt.«

Noch lächelte sie, doch das Lächeln erstarb bei seinen Worten. »Was für eine Posse ist das, Johnny? Edward ging mit seinem Schiff unter. Der König selbst erklärte mich zur Witwe.«

John nickte, eine furchtbare Anspannung lag in seiner Stimme. »Der König hat sich geirrt.«

Anne wollte all das nicht hören. »Ich weiß einzig, dass ich dich liebe.« Als ein Ausdruck schlimmster Verzweiflung seine Miene verdunkelte, beeilte sich Anne, weiterzusprechen. »Wahrlich, ich komme nicht mit der bedeutenden Mitgift zu dir, die mein Vater mit Edward vereinbarte. Mir will scheinen, dass es englischen Witwen vor dem Gesetz nicht wohl ergeht. Mein Onkel, der Bischof, erklärte es mir, als ich verletzt im Palast das Bett hütete. Mir steht mein Nadelgeld aus der ehelichen Vereinbarung zu sowie das Recht auf Heim und Herd bei Edwards Familie. Doch das Anwesen meines Vaters wird auf sie übertragen und auch Edwards gesamtes Eigentum außerhalb Londons. Ich könnte vor Gericht ziehen und einen Anspruch auf Waverby House in London erheben, doch sein jüngerer Bruder würde Einspruch erheben, und es könnte Jahre und ein Vermögen für Anwälte kosten, um eine Einigung zu erzielen.« Sie erschauerte unwillkürlich bei dem Gedanken. »Nur die Ländereien in Virginia lauten auf meinen Namen, doch sie gehörten auch dir, wenn du es nur wolltest, John.«

Sie nahm seine Hand und ohne Zögern verschränkten sich seine Finger mit den ihren wie schon zuvor. Doch als er sie anblickte, fühlte sie sich wie ein Kind, das durch väterliche Vernunft beschwichtigt werden muss.

»Anne«, begann er. Seine Stimme liebkoste ihren Namen, als habe er ihn nie zuvor richtig ausgesprochen. »Nicht deine Witwenmitgift ist es, die mich abhalten würde. Du musst mir zuhören, auch wenn du dich innerlich sträubst. Waverby lebt! Du bist keine Witwe.«

Anne bekam keine Luft mehr. »Ich glaube nicht …«

»Psst, mein Liebstes, und hör gut zu. Ben verspottete

mich mit dieser Nachricht, noch bevor er starb, und sein verwundeter Kumpan Matthew sowie ein Brief, den Ben bei sich trug, bestätigen es. Waverby wurde gefangen genommen und zum Verräter. Er steht bei dem holländischen Admiral de Ruyter in Lohn und Brot und wird an den Hof des Königs zurückkehren, um für de Ruyter zu spionieren. Der listige Holländer erkaufte sich Waverbys unverbrüchliche Loyalität mit einem Schiff und einem Anteil am guineischen Sklavenhandel, um sein Vermögen wieder zu mehren.«

Anne zitterte. »Ich hielt es schier für unmöglich, ihn noch mehr zu verabscheuen, doch ...«

»Anne, der König wird deine Rückkehr an den Hof fordern, wenn Waverby dort auftaucht.«

»Aber du könntest dem König doch Black Bens Briefe zeigen.«

»Waverby könnte sie leicht zu Fälschungen erklären und das Wort eines Lords wiegt schwerer als das eines Straßenräubers, selbst eines so geläuterten wie mir.« Sein Mund verzog sich zu einem Lächeln, das mehr einer Grimasse glich. »Ich muss sorgfältig bedenken, was nun zu unternehmen ist.« Nachdenklich blickte er über den im Sonnenlicht glitzernden Fluss hinweg.

»Ein Grund mehr, nach Virginia aufzubrechen.«

»Es gibt keinen Fleck auf dieser Erde, an dem wir Waverbys Hass entrinnen könnten. Er würde uns aufspüren, denn niemals wird er zulassen, dass ich ihm eine Niederlage beibringe. Und niemals wird er dir gestatten, glücklich zu sein.« Seine Stimme wurde bitter. »Also muss ich den verräterischen Schurken unschädlich machen. Bastard, der ich bin, namenlos und landlos, werde ich ihn töten oder bei dem Versuch sterben ... Für meine Ehre.«

Sie klammerte sich an seine Hand, das Herz wollte ihr brechen. Denn die Leidenschaft, die noch vor wenigen Stunden so unaufhaltsam zwischen ihnen strömte, schien wie weggeblasen, als hätte es sie niemals gegeben, zu Asche verbrannt vom Feuer seiner Entschlossenheit.

»Johnny, du bist es, der nicht hören will. Edward gilt nichts. Deine Herkunft gilt nichts. Deine Ehre gilt nichts.« Sie war zu weit gegangen und erkannte es sofort; hastig wollte sie fortfahren.

Zorn ließ John erbeben, doch er legte einen Finger auf ihre Lippen in einer kaum spürbaren Berührung. »Doch deine Sicherheit gilt mir sehr viel, und ich schwor einen Eid, dich mit meinem Leben zu beschützen.«

»Nie bat ich dich um einen solchen Eid.«

»Ich schwor ihn deinem Vater in jener ersten Nacht im Gasthaus. Mein Eid starb nicht mit ihm. Er kann nur mit mir sterben.«

Anne hatte nichts mehr zu entgegnen, doch sie wollte sich nicht einfach in ihr Schicksal fügen. »Was hast du vor?«

Er nahm zwei Briefe mit erbrochenem Siegel in die Hand. Anne erkannte im Wachs den Abdruck von Edwards Ring. »Ben hatte den Auftrag, nach Burwell Hall zu gehen und dies Waverbys Haushofmeister zu übergeben.« John begann sachte, doch beim Sprechen gewann seine Stimme an Nachdruck und die Worte an Bedeutung. »Der Brief an den Haushofmeister weist ihn an, mit fünf von Waverbys Männern nach Southampton zu reisen und sich nach Le Havre an der Mündung der Seine einzuschiffen. Dort wird sich Waverby an Bord einer holländischen Galiot mit Namen *Ere* befinden und seine eigene Gefangenschaft vortäuschen. Ich werde an Bord gehen und …«

Anne stockte der Atem bei der Vorstellung, John müsse allein gegen so viele kämpfen. »Nimm mich mit.«

»Das ist viel zu gefährlich für dich. Ich würde auch meine Männer niemals bitten, mir zu folgen, wenn für sie kein Gewinn daraus zu erwarten ist.« Sein Kiefer spannte sich an. »Das ist meine Angelegenheit.«

»Nach vergangener Nacht glaubte ich, wir seien in allem vereint.« Sie kämpfte gegen die Tränen der Wut, die ihre Worte zu ersticken drohten, die Tränen, die zu betteln schienen. Doch betteln würde sie niemals.

Angestrengt runzelte er die Stirn. »Siehst du denn nicht, Anne? Für uns kann es kein Glück geben, solange Waverby unter den Lebenden ist.«

Leise stieß sie die Worte aus, doch ihre Augen verengten sich. »Ich versuche zu verstehen, John. Falls du stirbst, wirst du meine Welt zerstört haben, um sie für mich sicher zu machen. Ist es das, was du mir zu sagen versuchst?«

Er gab keine Antwort, doch er ließ seine Schultern sinken.

Hoffnung, von Verzweiflung beflügelt, erfasste sie. »Nimm mich mit. Du hast gesehen, wie ich vor Black Ben nicht zurückwich. Ich werde an deiner Seite bleiben.«

»Das ist ein wahnsinniger Plan! Die Antwort lautet Nein.«

Endlich wurde sie von ihrer Wut über seinen Starrsinn und das düstere Bild, das er von ihrer beider Zukunft malte, übermannt und verlor die Beherrschung. »Was soll all dies artige Gerede, dass jeder Mann und jede Frau eine Stimme haben sollen? Und doch erdreistest du dich ganz wie Black Ben, ohne jegliche gemeinsame Beratung für alle zu sprechen! Wenn es dein feiger Wunsch ist, John Gilbert, deinen Eid gegenüber deiner Gefährtin zu schänden, dann solltest du es mir lieber jetzt auf der Stelle entdecken, bevor ich meine Zuneigung noch weiter vertiefe!« Selbst in ihren eigenen Ohren klangen die Worte lächerlich; doch ihre Gefühle für ihn waren längst mehr als bloße Zuneigung.

Er wandte sich zu ihr, so dass er ihr gerade ins Gesicht sehen konnte, und sie bemerkte, dass die Bewegung ihm Schmerzen bereitete. »Du verdrehst mir die Worte im Munde wie ein hinterhältiges Weib«, brummte er missmutig.

Im Herzen verspürte sie noch immer Mitleid mit seiner Wunde, doch im Kopf zürnte sie wegen der Wunde, die er ihr, ja, ihnen beiden zufügen wollte. »Wahrlich, Sir, ich zeige Euch nur Eure männliche Unrichtigkeit auf, wie jede vernunftbegabte Frau es könnte.«

John holte tief Luft, so tief, dass seine Wunde ihn schmerzhaft daran gemahnte, ruhiger zu atmen. Was Annes Anwesenheit ihm zunehmend erschwerte. Der Mond schien seine Strahlen auf ihr Haar zu ergießen und es in tanzende, flammende Locken zu verwandeln. Doch das war nichts gegen das heiße Feuer auf ihrem stolzen Gesicht. Begehren wallte in ihm auf, wie von einem Sturm auf den Wellen des Meeres entfacht, und er konnte seine Blicke nicht von dem pochenden Puls an ihrem Hals lassen. Er sehnte sich danach, ihn mit den Lippen zu berühren, das Schlagen zu spüren, wie er es in der vergangenen Nacht so häufig getan hatte. Doch er konnte es nicht. Anne Gascoigne war noch nicht seine, sondern die Frau eines lebenden Mannes.

Trotz ihres unverkennbaren Zorns musste auch sie an die letzte Nacht denken. Er wusste es, ebenso wie er wusste, was er zu tun hatte. Mochte es auch schwer für sie beide sein – und im Augenblick glaubte er, nie etwas Schmerzlicheres im Leben getan zu haben –, es würde sich als das Beste erweisen. Wenngleich er nicht so altmodisch war zu glauben, dass Frauen kein Sagen in ihren eigenen Angelegenheiten haben durften, so war er als Mann der Anführer, so wie er der Anführer seiner Bande war, und es war an ihm, dieser Frau den besten Schutz zu gewähren. Das war ein überzeugender Rechtfertigungsgrund, oft hatte er ihn in Diskussionen in Oxford gehört, und er hätte ihn beinahe laut ausgesprochen. Doch in Anbetracht ihrer trotzigen Miene zog er es vor, ihn für sich zu behalten.

Anne beobachtete ihn, ihr entging nichts. Einen Moment lang fürchtete sie, ihr eigener Körper, der sich bei der Berührung seiner Hand trotz Zorn und Ärger erhitzte, könne ihr in den Rücken fallen. Sie hatte Angst, ihm in die Arme zu sinken und jeden Grundsatz zu verraten, den sie wahr und richtig wusste, nur um seinen zarten Kuss zu spüren.

Doch letztlich brachte Johns Starrköpfigkeit sie zur Raserei. Er war durch keines ihrer Worte von seiner Meinung abzubringen. Nun gut, er hatte noch nicht alles gehört.

»Wie du willst, John.« Züchtig zupfte sie ihr zerknittertes Gewand um die Knöchel zurecht. »Du nimmst mir meine Keuschheit und weigerst dich dann, meine Ehre zu retten« – zufrieden nahm sie seine finstere Miene zur Kenntnis –, »also lässt du mir keine Wahl, ich muss sie selbst retten. Ich werde Edward eigenhändig mit meinem Dolch in Whitehall entgegentreten, und wenn ich dabei mein Leben lassen muss.«

Ein schmerzerfüllter Ausdruck, der nicht von der Wunde in seiner Seite herrührte, trat auf sein Gesicht. »Black Ben konnte mich nicht demütigen, aber du kannst es.« Seine Stimme klang gebrochen, rau. »Du unterbreitest mir nichts als bittere Vorschläge, Anne.«

»Bitter?« Herausfordernd blickte sie ihn an, eine Wut überkam sie, die dem Schmerz entsprang. »Letzte Nacht schworst du, mich zu heiraten und für immer zu lieben.« Sie gab ihrer Stimme einen Anflug von Verachtung. »Oder war das nur die Geilheit des Gockels, der die Jungfrau gefügig machen will?«

Mühsam rappelte er sich hoch, sein Gesicht wurde aschfahl vor Anstrengung. »Wie du wünschst, dann war es Lust und nichts weiter.«

Das war der Beweis für eine Niedertracht ohne gleichen, der Klang dieser Worte drohte sie zu zerstören. Doch als sie ihm in die dunklen, gequälten Augen sah, entdeckte sie dort einen ganz anderen Beweis. »Ich glaube dir nicht, John Gilbert.«

»Glaub, was du willst, wie du es immer tust, Anne. Ich für meinen Teil werde niemals von mir sagen lassen, dass ich der Waffe einer Frau verpflichtet war!«

Sie stellte sich vor ihn und straffte entschlossen den Rücken. »Willst du mir Rache an einem falschen Herrn verweigern, einem Herrn, der mit meinen Empfindungen spielte, sie an den König verkaufte, meinen Vater tötete. Einem … einem Mann, der versuchte dich zu entmannen?«

»Die Rache einer Frau ist etwas anderes.« Seine Stimme

ließ durchblicken, dass diese Worte das Thema für ihn beendeten.

Doch sie ließ es nicht dabei bewenden. »Und wie das, John Gilbert? Anders, weil du es so sagst. Anders, weil dein falscher Stolz sie dazu macht.«

»Genug!« Er packte sie an den Oberarmen, seine Finger drückten in das feste Fleisch, an das er sich noch allzu gut erinnern konnte, doch er schüttelte sie gleichwohl. Sosehr ihn auch die Wunde schmerzte, er schüttelte sie in seinem Zorn; damit sie doch verstünde, damit sie doch mit ihrem verwirrenden Gerede aufhörte, damit er sie doch schützen könnte. Ein Mann konnte das Recht einer Sache nicht immer erklären, aber er *wusste* immer, was recht war. Er hatte ihr bereits Kummer bereitet, da er ihr die Keuschheit nahm, sie für eine standesgemäße Heirat untauglich machte. Er würde ihr nicht noch mehr nehmen, indem er zuließ, dass sie ihr Leben für ihn riskierte. Das, eben das, war der einzig edelmütige Weg. Konnte sie das nicht begreifen? »Lass es ruhen, Anne. Ich werde Waverby allein jagen, und das ist mein letztes Wort.«

Erst wehrte sie sich gegen seinen Griff, doch dann wurde sie still und erwiderte seinen strengen Blick mit ihrem. Sie brachte den einzigen Beweggrund vor, der vielleicht seinen Stolz mit Vernunft durchdringen konnte. »Ist das die Demokratie, derentwegen ich dich pries?«, fragte sie ihn. »Es gibt Wahlen, wenn du dir deiner Sache sicher bist, aber sobald du Zweifel hast –«

Er lockerte seinen Griff, doch sie spürte ihn noch immer so deutlich, als hielte er sie weiterhin. »Ich werde abstimmen lassen«, erklärte er, hob die Briefe auf und ging langsam, die Hand in die Seite gestützt, über den Pfad zur Lichtung.

Sie folgte ihm nicht sofort; zwar hatte sie den letzten Punkt für sich entschieden, doch sie verspürte keinen Sieg.

Als sie nach eingehender Überlegung und keiner klaren Entscheidung, ob sie vielleicht doch im Unrecht war, zur

Lichtung zurückkehrte, fand Anne John am Feuer. Ein Dutzend Gesichter waren ihm zugewandt, als er sprach. »Ich werde mich nach Frankreich einschiffen und den Verräter Lord Waverby der Gerechtigkeit des Königs zuführen ... oder ihn töten, wenn ich muss, oder bei dem Versuch sterben.« Er übergab Beth die beiden Briefe, die sie stockend vorlas. »Das ist meine Angelegenheit und nicht eure, also entbinde ich euch von eurem Eid gegenüber der Bruderschaft.«

Still setzte sich Anne zwischen Beth und Kate und lauschte John die Kunst der Überzeugung ausüben. Selbst verwundet und offensichtlich von Schmerz geplagt war er ohne Zweifel ihr Anführer, und es würde schwer für seine Männer werden, sich gegen ihn zu wenden.

Endlich stand sie auf, sie konnte nicht mehr länger schweigen. Ihre Augen schimmerten im Schein des Feuers. »Ich werde gehen.« Ruhig sagte sie das, doch ihr Echo hallte durch die kleine Lichtung.

Langsam, einer nach dem anderen, beginnend mit Joseph, standen sie auf. »Deine Angelegenheit ist unsere Angelegenheit«, sagte Joseph, und jeder Einzelne tat es ihm nach und sprach dieselben Worte, selbst Francis, Alexander und Dick, die durch Bens Versprechungen fortgelockt worden waren. Wenn auch der Doktor heftig schluckte, bevor er einstimmte, war seine Entscheidung doch eindeutig. Am Morgen würden sie alle nach Southampton aufbrechen und von dort aus zur französischen Küste.

Anne verließ die Versammlung, lief mit raschen Schritten zu dem kleinen Unterstand und legte sich auf die Pritsche aus Farnen und Laub. Minuten später hörte sie John hereinkriechen.

»Anne«, flüsterte er.

Da sie eine Frau war und sie sich gestritten hatten, nahm sie sich vor, ihm nicht zu antworten, um ihn etwas zu quälen. Doch es lag nicht in ihrem Wesen, lange zu schweigen. »Versuch doch, mich zu verstehen, John. Jene, die dich lieben, wollen deine Gefahr mit dir teilen. Nur eine feige Liebe würde das nicht wollen.«

Er streckte die Hand nach ihr aus, und ihr wurde warm ums Herz bei der Berührung. »Schwörst du mir, dass du mir in allen Dingen Gehorsam leisten willst?« Man hörte seiner Stimme an, dass er ihre eifrige Beteuerung jetzt schon anzweifelte.

Erneut schwand der Graben zwischen ihnen, die Schranke seines Stolzes und ihrer Entschlossenheit, durch die innige Erinnerung an den Teich im Mondlicht vor so wenigen Stunden. Wieder spürte sich Anne von Leben durchströmt. Warum war die Liebe je im Zweifel? Stille Tränen der Erleichterung liefen ihr über die Wangen.

John beugte sich sanft über sie und küsste eine Träne weg. Dann lag sie die ganze Nacht eng in seinen Arm gekuschelt; häufig wachte sie auf und sah nach seiner Wunde und ob wahrhaftig John Gilbert dort neben ihr lag und nicht nur ein schöner Traum.

Einen Versuch unternahm John noch, um seine Bande von dem gefährlichen Unterfangen abzubringen, doch als jeder erneut schwor, ihm zu folgen, dankte er ihnen und fügte sich.

Nachdem Dr. Wyndham Johns Verband erneuert und verkündet hatte, dass keinerlei Anzeichen von Wundbrand zu erkennen waren, wurden hastig die letzten Vorkehrungen getroffen und am späten Morgen verließen sie den Wald, nicht ohne Matthew ausreichend Proviant zurückzulassen, bis er fischen und jagen gehen könnte. Anne, Beth und Kate trugen Stiefel, Hosen und Schwerter unter ihren Reiseumhängen, das Haar unter langen roten Wollhauben verborgen, die Kleider und Hemden in Bündel geknotet; wenngleich Kate sich auch sorgte, ob ihre Verkleidung nicht gegen die Heilige Schrift verstieß. Da sie sich jedoch weder des entsprechenden Kapitels noch des Verses erinnerte, streifte sie zögerlich die Gewänder über und ließ sich von

Anne und Beth mit den ungewohnten Spangen und Bändern helfen.

Sommerliche Platzregen weichten die Straßen Richtung Süden auf und ermüdeten die Pferde, von denen ohnehin die meisten schon zwei Reiter trugen. Oft waren die Reisenden gezwungen, am Wegrand zu rasten oder in Gasthäusern zu übernachten. Nach drei Tagen befanden sich die sechs Männer und drei Frauen noch immer zwei Tagesreisen vom Hafen in Southampton entfernt.

»Mylady?«, begann Dr. Wyndham eines Morgens, als sie die Hügel von Berkshire hinter sich ließen und auf dem Weg nach Winchester waren. Southampton war nun nicht mehr weit. Er und Kate ritten neben Anne und John her, die auf Sir Pegasus saßen. Wie immer saß Anne vor John, ein Bein über den Sattelknopf gelegt. Der brave Doktor machte eine gute Figur auf seinem Ross, wenn auch die Steigbügel sehr hoch geschnallt waren, um seinen kurzen Beinen gerecht zu werden. »Gestatte mir einen Wunsch, Anne. Ich bitte um Verzeihung, John.«

John nickte.

»Aber selbstverständlich«, entgegnete Anne. Vorsichtig drehte sie sich etwas zur Seite, um John nicht wehzutun. Zwar verheilte die Wunde gut und war fest verbunden, aber sie schmerzte dennoch.

»Mit deiner Erlaubnis möchten Kate und ich gerne den Bund der Ehe eingehen, bevor wir in Southampton das Schiff besteigen. Sollte uns in Frankreich etwas zustoßen, so würden wir als Mann und Frau sterben.« Eingehend betrachtete er seine Hände auf den Zügeln. »Ich bin nun schon lange Witwer, und das nicht, weil mir nicht der Sinn nach einer Ehe stand, sondern weil ich keine passende Frau fand.« Er hielt inne, doch Anne sagte nichts, also fuhr er fort. »Manche mögen annehmen, ich sei zu alt für Kate, doch ich habe die vierzig gerade erst überschritten und gebe sicherlich einen besseren Gatten ab als so mancher junge Hitzkopf, möchte ich doch meinen.«

Anne lächelte; dadurch ermutigt sprach er mit seiner tiefen, sonoren Stimme weiter.

»Was unsere unterschiedliche Konfession betrifft, so ist Kates Glaube ein sanfter, und mir fehlt es beinahe vollständig an Dogma. In dieser Hinsicht also passen wir sicherlich gut zusammen.«

»Ich bin ehrlich entzückt«, sagte Anne. Aus dem Augenwinkel bemerkte sie, wie Kates Gesicht bei der Vorstellung aufleuchtete, die Liebe gewinnen zu dürfen, die sie sich an jenem ersten Tag in Waverby House so innig ersehnt hatte.

»Das sind ganz wundervolle Neuigkeiten«, wandte sich Anne an sie. »Aber du benötigst meine Erlaubnis nicht, Kate. Du bist nicht länger meine Dienerin.«

Kate reichte Josiah die Hand und er ergriff sie. »Dennoch wäre mir viel wohler, ich hätte deinen Segen, Freundin Anne.«

»Dann sollst du ihn haben, und von ganzem Herzen.«

»Und den meinen«, fiel John ein. Was würde er in diesem Moment wohl auf Annes Gesicht lesen, könnte er sie jetzt sehen?

Kate lächelte und umklammerte Josiah Wyndhams Hand noch fester. »Er ist solch ein kluger Mann und so großzügig«, sagte sie. »Er hat mir eine Wundersalbe für meine Haut gegeben.« Strahlend drehte sie sich zu Anne um, und in der Tat schienen die Pockennarben auf Kates Gesicht viel weniger sichtbar als vorher. »Die Liebe, meine liebste Kate, wirkt wahre Wunder – mehr als jede Mixtur Josiahs es je vermöchte.«

Josiah grinste. »Wenn das wahr ist, füge ich sie meiner Geheimrezeptur hinzu.«

Eine Weile ritten sie schweigend nebeneinander her, bis Kate das Wort ergriff. »Freundin Anne, Freund John, es steht mir nicht zu, das zu sagen, doch mich schmerzt, euch beide in solcher Verzweiflung zu sehen. Könnte Josiah euch nicht ein Elixier verabreichen?«

Bevor der Arzt noch die magischen Eigenschaften seiner

Essenzen aufzählen konnte, lächelte John das ernsthafte Quäkermädchen an. »Gute Kate, nicht einmal Josiah Wyndham vermag ein holländisches Schiff in einem französischen Hafen mit bloßen Händen einzunehmen. Doch eben das steht uns bevor, sollte es uns nicht gelingen, Waverby an Land zu locken.«

Als Kate und der Doktor sich zurückfallen ließen, blieb Anne so schweigsam wie John.

Trotz ihrer sorgenvollen Gedanken war es ein herrlicher Morgen. So nah bei John zu sein, seine Arme um sich zu spüren, seine starken, gebräunten Hände auf den Zügeln zu sehen weckte all die Gefühle, die ein Verzagen schwer machten. Wenn sie die Augen schloss, sah sie den Weiher in Whittlewood Forest vor sich, hörte das sanfte Plätschern des Baches. Sie wusste, dieselbe Sonne, die nun auf sie herabschien, glitzerte auch auf diesem Wasser. Und in künftigen Jahren würde noch so manche sanfte Brise über das Andenken hungriger und dürstender Körper streichen, die an jenem Ufer zusammengelegen hatten.

Anne riss sich aus diesen Gedanken und versuchte, sich von Herzen für Josiah und Kate zu freuen. Doch der Ausdruck von Seligkeit auf ihren Gesichtern schien mehr eine Welle von Eifersucht in ihr auszulösen und ihre ehrlichen Absichten zu verspotten.

In jener Nacht kam John im Gasthaus in ihr Zimmer. Sie bürstete gerade ihr Haar, glücklich, es aus der engen Haube befreien zu können. »Wir wurden gebeten, Zeugen einer Trauung zu sein.«

Anne seufzte. »Natürlich. Ich wünsche Josiah und Kate nur das Beste.«

Ein kurzes Schweigen entstand. »Ich spreche von Joseph und Beth.«

Kurz war sie überrascht, dann lachte Anne bitter. »Mir scheint, die Ehe ist gerade groß in Mode in John Gilberts Bande.«

»Bei jenen, die frei dafür sind«, erwiderte John knapp. Er verstand sie sehr wohl. Einer inneren Regung folgend, legte er ihr die Hände auf die Schultern, da sie vor dem trüben Spiegel saß. Er nahm die Bürste und fing an, damit über ihr Haar zu streichen und es ins Licht zu halten, um den Kerzenschein darauf tanzen zu sehen. »Groll steht dir gut zu Gesicht, süße Anne.«

Die scharfen Worte verließen ihren Mund, noch ehe sie darüber nachdenken konnte. »Ach wirklich, Sir? Ja, ich denke ich sollte wirklich öfter Groll tragen, er steht mir ausgezeichnet.« Die Hässlichkeit des Gesagten war in ihrem Spiegelbild zu sehen, wie gern hätte sie es sofort zurückgenommen.

»Zur Hölle!«, fluchte John, ließ die Bürste fallen und stapfte aus dem Raum. Seine Miene war dunkel vor Wut und unwillkürlich kam ihm ein Vers in den Sinn: *Wenn freierdings sie nicht lieben will, gelingt's auch nicht mir, zum Teufel mit ihr!* Doch er zwang sich, die Worte nicht auszusprechen. Das hatte sie nicht verdient. Denn Anne liebte ja doch, aber dieses Eingeständnis steigerte nur noch seinen hilflosen Zorn auf diese Frau.

Hocherhobenen Hauptes marschierte sie auf der Treppe an ihm vorbei. Wie konnte er es wagen, im Angesicht all dieser Eheschließungen herzliche Nachsicht von ihr zu erwarten? Waren die Männer denn alle irr? Glaubten sie tatsächlich, nur weil ein Streit zu ihrer Zufriedenheit beigelegt war, wäre er für eine Frau bedeutungslos geworden? Sie zwang sich zu einem Lächeln, als sie ihre Freundinnen Kate und Beth in ihren schlichten grauen Kleidern vor einem puritanischen Geistlichen versammelt sah. Später fand sie ein einsames Plätzchen und weinte sich ihren Kummer von der Seele.

In jener Nacht lagen John und Anne in ihrem Zimmer, zusammen und doch getrennt. »Schläfst du?«, flüsterte er, doch sie gab keine Antwort. Zu sehr fürchtete sie aufzuschluchzen und ihm damit den Schlaf zu rauben. John lag lange wach, er sehnte sich danach, Anne zu trösten. Doch ihm fehlten die richtigen Worte. Verfluchter Waverby!

Zwei Tage später trafen sie müde und erschöpft endlich in Southampton ein und ließen sich einen Augenblick auf einem kleinen Hügel nieder, der einen Ausblick über den geschäftigen Hafen bot. Über ihren Köpfen kreischten die Möwen.

»Es gibt viel zu tun«, sagte John. »Wir müssen so bald als möglich ein Schiff nach Frankreich finden, wir können uns nicht leisten, unsere Guineen durch müßigen Aufenthalt im Hafen zu verschwenden.«

»Dann, Sir«, entgegnete Anne, »werden wir Frauen uns ein braves Gasthaus suchen, das dem Ale und der Geselligkeit nicht so sehr zugeneigt ist.«

Mit einem kurzen Grummeln brachten John, Francis, Alexander und Dick die Pferde auf den Markt, um sie dort zu verkaufen. Nur Sir Pegasus wurde im Gasthaus untergestellt. Mit dem Geld für die Tiere kauften sie Vorräte und zusätzliche Pistolen und buchten auf der schnellen Brigg *Merry Chance* eine Passage nach Harfleur, einem kleinen, alten Hafen nahe Le Havre.

Eine Woche später, es war nun Mitte Juli, stand Anne im Wind an Deck des Schiffes, das mit gerefften Segeln Kurs auf die Hafenausfahrt nahm. Sie klammerte sich an die Reling und sah England langsam achtern aus dem Blickfeld verschwinden. Vielleicht würde sie es niemals wiedersehen. Sie passierten die Landspitze, und als der Bug sich beim Wendemanöver gen Frankreich wie dem Atlantik zum Gruße hob, fasste sie seltsamerweise wieder neuen Mut.

Sie wusste, dass nur wenig Aussicht für sie bestand, ihr Leben an der Seite John Gilberts zu verbringen, oder auch nur ein langes Leben vor sich zu haben. Dieses wahnsinnige Abenteuer auf der Suche nach Edward könnte das Ende der Liebe und des Lachens bedeuten, ja gar der scharfen Worte und Zankereien, die ihr beinahe ebenso lieb geworden waren. Doch etwas trieb sie dazu, dasselbe Risiko auf sich zu nehmen, das John trug. Der alte Shakespeare hatte wohl gesprochen: *Im Elend bleibt kein andres Heilungsmittel als Hoffnung nur.*

Sie sah zu, wie die Matrosen in der Takelage herumkletterten, während die *Merry Chance* mehr Segel setzte und die langen Brecher über den Bug schwappten. Tief atmete sie die salzige Seeluft ein und fühlte sich so lebendig. Um sie herum waren gute Gefährten, und vor ihr lag ein Abenteuer, wie es noch keine Frau je erlebt hatte – nicht einmal Lady Castlemaine, die doch beinahe alle Abenteuer auf der Welt durchlebt hatte. Und Teufel auch!, Anne Gascoigne würde das Beste daraus machen, komme was da wolle.

Der Kapitän, ein schwerer, vom Wetter gegerbter Mann, tauchte neben ihr auf und verbeugte sich. »Wenn Ihr mir folgen würdet, Mylady, ich zeige Euch Eure Kajüte. So könnt ihr Euch während der Überfahrt ein wenig zurückziehen.«

Überrascht zögerte Anne. »Ich dachte, wir hätten nur einen Platz im Frachtraum?«

Der Kapitän grinste. »Das mag für die meisten gelten, Mylady, nicht jedoch für eine wie Euch, denn Euer hoher Stand ist unübersehbar. Ihr könnt meine Kajüte haben, es ist mir ein Vergnügen.«

»Ich danke Euch, Käpten, doch mir würde im Traume nicht einfallen, Euch so zur Last zu fallen.«

»Keineswegs. Dieser Gentleman« – er deutete auf John, der mittschiffs stand – »hat gut dafür bezahlt.«

»Dann müsst Ihr diesem *Gentleman* mitteilen, dass ich mich weigere, vom Rest meiner Gefährten getrennt zu werden.«

Der Kapitän war offensichtlich nicht erfreut, das zusätzlich versprochene Geld zu verlieren. »Der Frachtraum wird Euch nicht besonders zusagen. Es gibt dort Ratten und nur einen Nachttopf als Abort. Überlegt es Euch gut, Mylady. Die See im Kanal kann sich recht rau zeigen. Überlegt gut.«

Eben das versuchte Anne zu vermeiden.

Sie warf John einen Blick zu und sah, dass er sie anblickte. Flüchtig glaubte sie ein Lächeln auf seinen Lippen zu erkennen, obgleich es auch eine Lichtspiegelung vom Wasser her sein konnte.

Anne richtete sich so gerade auf, wie das schwankende Schiff es zuließ. »Nein, Käpten, ich brauche nicht länger zu überlegen. Ich bin sicher, dass die kurze Überfahrt im Frachtraum mit meinen Gefährten aufregend und lehrreich für mich sein wird.«

»So, so, Lady Anne«, raunte John ihr ins Ohr, als sie an ihm vorüberging. »Wir werden sehen, wie du mit nur einem Nachttopf Demokratie übst.«

Annes Worte an den Käpten und ihre hochmütige Gewissheit sollten sie während der kommenden Tage und Nächte noch häufig heimsuchen.

Früh am zweiten Morgen stand Anne an der Reling des Hinterdecks und bemühte sich, ihre Lungen in der frischen Meeresluft zu reinigen. Der dunkle Frachtraum war unerträglich widerlich geworden und sie verbrachte so wenig Zeit dort wie irgend möglich. Der Wind donnerte in den Segeln über ihrem Kopf, als plötzlich die bedauernswerte Beth an ihr vorbeistürmte und sich über die Reling erbrach.

Dann wischte sich Beth den Mund an der Schürze ab. »O je«, krächzte sie, ihr ganzer Körper erbebte vor Anstrengung. »Ich werde sicherlich das Kleine verlieren.«

»Nichts dergleichen wird geschehen«, tröstete Anne. »Geh und ruh dich aus. Josiah wird später nach dir sehen und ich versuche, dir etwas Brühe zur Stärkung zu kochen.«

Bei dem Gedanken an Essen verzog Beth das Gesicht, doch sie lächelte schwach und ging zurück zur Luke. Vorsichtig kletterte sie die Leiter hinunter.

Kaum war sie außer Sichtweite, als Anne es selbst nicht länger aushielt, sich über die Reling beugte und es Beth gleichtat.

Vierundzwanzigstes Kapitel

Meine Piratin

Schwankend entfernte sich Anne mit John und den anderen vom Dock. Sie versuchte ihren aufgebrachten Magen zu beruhigen, in dem der alte Schiffszwieback und das wässrige Ale, mit dem sie ihr Fasten gebrochen hatte, unablässig herumwirbelten. »Warum nur Harfleur, John?«, fragte Anne, um ihr Unbehagen zu bemänteln. Teufel auch! Sie musste ihren Verdacht vor John Gilbert verbergen.

»Am besten lenken wir Waverbys Aufmerksamkeit auf ein englisches Schiff, das nach Le Havre segelt.« Er lächelte; sie sah einfach bezaubernd aus, wie sie in den engen Hosen die Straße hinuntertorkelte wie ein betrunkener Seemann.

Dank eines des Weges kommenden Heuwagens und Annes Französisch, das am Hofe Charles' ihre zweite Sprache gewesen war, gelangten sie bei Einbruch der Nacht zum Hafen von Le Havre. Sie teilten sich in Zweier- und Dreiergrüppchen auf und wanderten im schwachen Licht der Laternen durch die Docks. Zur Tarnung gaben sie sich als betrunkene Bürger und Huren aus. Die *Ere* lag abseits der anderen Schiffe am Ende des Hafens, den Bug zum Meer gewandt.

Rasch zog John Anne tief in den Schatten und die anderen drückten sich mit dem Rücken an ein Lagerhaus. Eine Wache befand sich vorne auf der Galiot, doch auf dem Masten war niemand zu erkennen und auch auf Deck nicht.

»Zähl die Ruder, Anne«, flüsterte John.

»Ich komme auf acht«, gab sie zitternd vor Aufregung zurück.

»Das macht also sechzehn Ruderer, dann wird sie eine Besatzung von vielleicht fünfundzwanzig Mann zu ihrer

Verteidigung haben, die Offiziere eingerechnet ... und Waverby.«

Joseph und Dr. Wyndham hatten sich herangeschlichen und standen nun neben John und Anne im Schatten. »Wir sind nur sechs Männer gegen so viele«, ließ sich Joseph ohne seine übliche Zuversicht vernehmen.

»Du vergisst die Frauen, mein guter Joseph«, schalt ihn Anne, nur halb scherzhaft.

»O nein, Mylady, die vergesse ich nicht. Meine Bewunderung für Euch und Beth ist grenzenlos, wenn ich auch vermute, die Quäkerin Kate wird sich im Kampf nicht bewähren. Ginge es nach mir, ich würde euch alle drei mitnehmen. Aber wir brauchen starke Arme am Schwert, um es mit so vielen aufzunehmen.«

»Kämpfen widerstrebt der Religion meiner Frau«, verteidigte Wyndham seine Kate, was ihn Anne noch mehr ans Herz wachsen ließ.

In diesem Augenblick kamen drei Männer in der roten Kokarde der Hafengendarmerie um die Ecke gebogen und blieben unter einer Laterne nur wenige Meter entfernt stehen. Einer zündete sich eine lange Tonpfeife an, ein anderer trug eine Flinte über der Schulter. John legte den Arm um Annes Schultern und zog sie an seine Brust. Sie atmete seinen vertrauten Geruch ein, jetzt gemischt mit der frischen Nachtbrise des Atlantischen Ozeans.

An Bord der *Ere* wurde – leise zunächst, doch dann anschwellend – ein wohlbekanntes Lied angestimmt: »Oh, the roast beef of olde England, the roast beef of olde England, oh!« Doch statt der übermütigen Weise, die John seit seiner Jugend aus den Tavernen Oxfords kannte, klang dies in seinen Ohren mehr wie ein hoffnungsloser Trauergesang.

»*Anglais*«, sagte einer der Gendarmen und zeigte mit dem Daumen auf die Galiot.

»*Les chiens*«, hörte man einen anderen, und sie lachten und gingen am Kai zurück.

Anne bebte vor Zorn. »Diese Hunde? Wie können sie es wagen …«

»Wir werden schon noch sehen, wer die Hunde sind«, raunte ihr John ebenso aufgebracht ins Ohr.

»Wie kommen Engländer an Bord dieses Schiffes?«, flüsterte Anne.

»Vielleicht wurden sie in der Schlacht von Lowestoft im Juni gefangen genommen und sind nun an die Ruder von Waverbys Schiff gekettet«, entgegnete John mit zusammengebissenen Zähnen. »Es gibt wahrlich nichts, was dieser Mann nicht für Gold tun würde.«

Anne erschauerte trotz der Wärme von Johns Körper so nah an ihrem. Sie rief sich Edwards böses Gesicht ins Gedächtnis, das Gesicht, das zwischen ihr und einem Leben an Johns Seite stand.

Joseph legte die Hand auf Johns Arm. »Sieh mal, Johnny, sie lassen ein kleines Boot zu Wasser.«

Anne strengte ihre Augen an. Eine Laterne baumelte von einem Mast und beleuchtete ein weißes Gesicht, das ihr nur allzu bekannt war. »Edward«, murmelte sie und wieder erschauerte sie in der warmen Nachtluft. Beruhigend zog John sie noch näher an sich.

»Mach dir keine Sorgen, mein Liebes.« Er ließ seine Stimme absichtlich fest klingen. »Ich wollte Waverby von seinem Schiff locken. Doch wenn wir gute englische Matrosen befreien können, stehen unsere Chancen noch besser, als ich erhofft hatte.«

Annes pochendes Herz wurde dadurch nicht besänftigt.

Das Beiboot legte am Pier an, und Waverby stieg als Erster von Bord. Er und ein Offizier blieben im Licht einer Laterne stehen und blickten zurück zur *Ere*. »Käpten, ich erwarte jeden Moment meine Männer und ein Schiff, dann könnt Ihr zurück an die guineische Küste segeln. Wenn Ihr eine schnelle Überfahrt macht, werde ich Euch und Eure Männer reich entlohnen.«

»Mylord«, erwiderte der Mann auf Englisch mit einem

starken holländischen Akzent. »Meine Männer werden chut chenug bezahlt. Noch mehr macht sie su schlechten Seeleuten … aber mich su einem besseren Käpten.«

Waverby lächelte, ein triumphales Lächeln, das Anne immer aufs Neue einen kalten Schauer über den Rücken sandte. »Käpten, wir mögen aus unterschiedlichen Ländern und oft im Krieg miteinander liegen, doch wir könnten ebenso gut Brüder sein.«

Der Kapitän verbeugte sich. »Ihr sacht es, Mylord. Ich verstehe nun, warum Ihr Euer Schiff *Ere* getauft habt.«

»Ach ja, Käpten? Ich will verdammt sein, aber Euer holländisches Wort für ›Ehre‹ passt ausgezeichnet zu unseren Plänen.«

Die beiden Männer gingen lachend von dannen. Sobald sie außer Sicht waren, banden die beiden zurückgebliebenen Matrosen das Beiboot an einen Ring am Pier, an dem bereits andere Boote befestigt lagen, kletterten an Land und verschwanden rasch in der nächsten Taverne.

John drückte Anne fest an sich. Sie zitterte. »Du kannst hier an Land in Sicherheit bleiben, und ich lasse nach dir schicken, wenn alles gut geht«, sagte er.

»Ich gehe, wenn du gehst.« Mit ihrem letzten Rest an Wagemut straffte sie entschlossen die Schultern. Ein Mann wie Edward musste zum Wohle aller in die Hölle geschickt werden.

»Wie du willst, Anne«, erwiderte John. Es gab wahrlich nur wenige Männer, die er so bewunderte wie sie. Dann trat er in das trübe Licht und winkte alle zu sich. »Man schimpfte uns Landpiraten; nun werden wir zu echten Piraten!« Er strahlte eine Zuversicht aus, die er nicht im Entferntesten empfand. »So manche Kutsche nahmen wir auf der Oxford Road ein. Was soll jetzt schon anders sein? Und das Schiff da hat noch nicht einmal Räder!« Alle lachten. »Still, Kameraden. Wir nehmen uns eines der Boote vom Pier und rudern ohne Licht zur *Ere*. Sollten sie uns anrufen, werde ich antworten. Anne, Beth und Kate, an Bord öffnet ihr die

Luke, geht unter Deck und befreit die Gefangenen, gleich was auf Deck passiert. Könnt ihr das tun?«

»Aye, Sir«, gab Anne zurück und tippte sich mit den Fingern an die Stirn, wie sie es bei der Besatzung der *Merry Chance* beobachtet hatte.

John gab Anne eine der geladenen Pistolen. »Wenn dort eine Wache steht, schieß nur im Notfall, um nicht die ganze Stadt aufzuwecken. Sollte es allerdings nötig sein, ihn zu töten ...«

Anne nickte; sie hatte verstanden. Sie war nun zu aufgeregt zum Sprechen, die ungewohnte Waffe wog schwer in ihrer Hand. Nur flüchtig überlegte sie, wie wohl aus einer königlichen Hofdame eine Piratin, gekleidet in Hosen und bewaffnet mit Pistole und Schwert, hatte werden können. Selbst die Countess Castlemaine würde solches nicht wagen.

Während sie zu den kleinen Booten am Pier rannten, stieß John weiter Befehle aus. »Joseph, du kümmerst dich um den Wachtposten, dann schiebst du an Deck Wache, falls Waverby zurückkehren sollte. Dick ... Francis ... Alexander ... Doktor ... ihr stürmt mit mir ins Quartier der Besatzung. Rasch nun, in das Beiboot dort hinten. Waverby kann jeden Augenblick zurückkommen.«

Sie überwanden mit ächzenden Rudern den schmalen Streifen Wasser bis zum Ankerplatz der *Ere*. »Ahoi auf der *Ere*!«

Der Gruß wurde auf Holländisch entgegnet.

Anne war erstaunt, Johns perfekte Imitation von Waverbys Stimme und Ausdruck zu vernehmen. »Käpten, befehlt Euren Männern gefälligst, einem Edelmann standesgemäß zu antworten. Sonst soll er die Rute zu spüren bekommen, so wahr ich hier stehe.«

»Ich hätte dich gern auf der Bühne gesehen«, flüsterte sie und hob bewundernd ihr Gesicht zu ihm empor.

»Das hast du soeben«, gab er zurück und küsste ihre etwas schmutzige Wange. Dann überprüfte er noch einmal seine Pistole. »Doktor, Ihr steigt als Letzter aus und schiebt das Boot zurück ins offene Wasser, damit Waverby nichts von seinen unerwarteten Gästen ahnt.«

Als Erster stieg John die Leiter hoch, ihm folgte Joseph. Als der Wachtposten seinen Kopf über die Regentonne hob, packte Joseph ihn mit seinen massigen Armen, drückte zu, bis er bewusstlos wurde, und ließ ihn dann auf die Planken sinken.

Schweigend half John Anne über die Reling und deutete auf die Luke der Galiot, die halb offen stand. Dann winkte er Francis, Dick und Alexander zu sich und ging weiter. Er überlegte, wie viele Besatzungsmitglieder wohl noch an Bord und wie nüchtern sie waren.

Anne half Beth und Kate hoch. Kate musste sie heftig schütteln, um sie aus ihrem Zustand starren Entsetzens zu befreien. Sie wollte gar nicht wissen, was in ihrem eigenen Gesicht zu lesen war, doch sie betete, dass sie die Ruhe bewahren konnte. Niemals hätte sie es ertragen, sich vor John Gilbert feige zu zeigen. Aufsässig zu sein, so wie anfänglich im versteckten Räuberdorf, war eine Sache; nun aber hatte sie viel, viel mehr zu verlieren. Die Liebe eben jenes Räubers und möglicherweise sein Kind, das in ihrem Leib heranwuchs. Während sie zu der Luke schlich, überlegte sie mit klopfendem Herzen, ob sie vielleicht nur eine kleine Menge an Mut besaß und diese bereits aufgebraucht war. Bald würde sie es besser wissen als die meisten anderen Frauen.

Leise zog sie die Luke weiter auf und trat auf die Leiter. Sie bedeutete Beth, ihr zu folgen, und Kate, Wache zu halten. In so beengtem Raum wollte sie die stämmige Beth in ihrem Rücken wissen, die schon ihr Schwert zog wie ein echter Pirat und aussah, als erinnerte sie sich sehr gut an ihren Unterricht in Whittlewood Green.

Der Wachtposten schlief, schwer auf seine Arme gebettet, die Pistole neben sich, ein Krug Ale und eine Laterne mit einer flackernden Kerze darin vor sich. Anne schlich die Stufen hinunter und hielt inne, als eine unter ihrem Fuß knarzte. Sie wartete ab, kaum wagte sie zu atmen, dann setzte sie ihren Weg fort. Da hob ein Engländer, der am ersten Ruder döste, den Kopf. Sie legte einen Finger an die Lippen, doch dessen hätte es nicht bedurft. Der Matrose war sprachlos beim Anblick Annes mit erhobener Pistole.

Beth hinter sich wissend, hielt Anne dem Wachtposten den Pistolenlauf in den Nacken. Er schreckte aus dem Schlaf auf und brabbelte etwas auf Holländisch; doch die ruhig auf ihn gerichtete Waffe sprach ihre eigene Sprache, und diese war seinem Gesichtsausdruck nach zu urteilen auch gut zu verstehen.

Als sie aber nach dem Schlüssel an seinem Gürtel greifen wollte, schlug er ihr fluchend die Pistole aus der Hand. Sie bückte sich nach der Waffe, die auf den Planken bis vor das Schott gerutscht war, doch er stieß sie grob zu Boden.

»Beth«, schrie Anne mit letzter Kraft; der Holländer richtete nun seine eigene Pistole auf sie.

Doch Beth sprang bereits von der Leiter auf den Rücken des Mannes herunter, und während er herumwirbelte, um sie abzuschütteln, trat Anne ihn mit den Füßen. Ihre schweren Stiefel trafen ihn schmerzhaft an den Knöcheln. Beth und der Wachtposten gingen zu Boden, und dabei fiel ihm die Pistole aus der Hand. Anne hatte inzwischen die ihre wiedergefunden und hielt sie fest umklammert.

Sie warf die Schlüssel unter die Bank des vordersten Ruderers, und in Windeseile wurden sie von einem zum anderen weitergereicht. Der Seemann, der ihrer zuerst ansichtig geworden war, salutierte. »Robert Howe bin ich, und niemals wieder werde ich glauben, dass Frauen an Bord Unglück bringen, Gott sei mein Zeuge. Wer immer Ihr seid, Lady, der Herr segne Euch.«

Den auf den Planken liegenden Holländer nicht aus den Augen lassend, lächelte sie. Langsam kam sie wieder zu Atem. »Ich bin eine Landsmännin, die nicht gern englische

Seeleute in Ketten sieht. Ganz besonders nicht in denen eines Schurken namens Waverby.«

»Er ist die schlimmste Sorte Verräter, Lady … er tut es für Geld«, gab der Seemann zurück, während er den Wachtposten fesselte und knebelte. Der gab seinen Widerstand auf, nachdem Anne ihn unsanft Bekanntschaft mit dem Pistolenknauf machen ließ. »Sind die beiden Ladys die gesamte Rettungsmannschaft?«, fragte er weiter, immer noch verwundert den Kopf schüttelnd.

Anne legte ihm die Pistole in die Hand. »Geht sofort zu den Quartieren der Besatzung und steht John Gilbert zur Seite.«

»Gentleman Johnny, dem Räuber?«, fragte Robert, den Mund nun noch weiter aufgerissen.

»Er ist euer wahrer Retter. Wir haben vor, Lord Waverby nach England zu bringen und dort dem König zu übergeben. Seid ihr dabei?«

Alle Matrosen reckten die Arme, um zu jubeln, doch Anne hieß sie leise sein. »Still, Männer, bis wir das Schiff in unserer Gewalt haben.« Sie fand, sie klang beinahe schon wie eine echte Piratenanführerin.

Eine Wache wurde bei dem Holländer abgestellt, dann schlichen sie einer nach dem anderen die Leiter hoch auf Deck. Zwei der befreiten Seeleute waren nun mit Pistolen bewaffnet.

Kate wirkte erleichtert, als Anne wieder auf Deck erschien. »Freundin Anne«, sagte sie. »Es gab einen Kampf dort, wo John und mein Josiah hingingen.«

Ohne zu überlegen, rannte Anne los, das Schwert hoch erhoben, als auch schon John rückwärts aufs Vorderdeck trat, dicht gefolgt von seinen Männern. Das Klirren von Schwert auf Schwert war zu vernehmen, als auch die Mannschaft der *Ere* ins Freie taumelte, sieben Männer, die im hellen Schein der Laterne blinzelten.

»Ich bin hinter dir, John«, rief Anne. Ihre rotbraunen Locken fielen ihr üppig auf die Schultern, da sie im Kampf mit dem Wachtposten ihre Haube verloren hatte. Sie verspürte ein Hochgefühl, das sie nie zuvor gekannt hatte und das ihr beinahe den Atem nahm, sie innerlich erzittern ließ und ihr doch gleichzeitig eine ruhige Hand verlieh. Jahre hatte sie damit verbracht, höfische Sitten und weiblichen Anstand zu lernen, feine Stickerei und Haushaltspflichten; doch all das war im Augenblick wertlos. John Gilbert hatte ihr den einzigen Unterricht erteilt, der zählte.

Da kam Dr. Wyndham aus dem Mannschaftsquartier herauf. Ein Auge war zugeschwollen, doch er blieb neben der Luke zum Unterdeck stehen und stellte sich schützend vor Kate. »Kate, ich muss irgendwie helfen.«

»Du bist Arzt, Josiah, und außerdem unbewaffnet!«

»O nein, ich kenne ein Heilmittel, das mich noch nie enttäuscht hat.« Er zog ein irdenes Gefäß mit seinem Wunderbalsam aus der Tasche und schüttete den Inhalt auf die Planken unter den Füßen der Holländer.

Gerade parierte Anne einen unbeholfenen Schwerthieb, da glitt ihr barfüßiger Gegner auf der Salbe aus. John versetzte dem Mann einen Schlag auf den Schwertarm und machte ihn kampfunfähig. »Du bist ein geborener Pirat, meine Liebste«, sagte er. Mitten im Getümmel legte er seine Lippen auf ihre, erhitzt vom Kampf und der viel zu langen Trennung. Dann wandten sie sich beide um wie ein Mann und salutierten dem Doktor mit ihren Schwertern. Kate blickte sehr stolz drein, und der Arzt nicht minder.

Da stürzten sich die englischen Seeleute mit Knüppeln und bloßen Händen auf die Besatzung. Die beiden Pistolen waren den holländischen Entermessern himmelweit überlegen.

»Kettet sie unten an die Ruder und sorgt dafür, dass sie still sind«, befahl John. Er drückte Anne an sich. »Rasch nun, ihr müsstet euch alle verstecken, bevor Waverby zurückkehrt.«

Die blasse Mondsichel hing tief am Himmel, als John Ruder ins Wasser klatschen hörte. Dann vernahm man ein kleines Boot an den Schiffsrumpf stoßen und Waverbys Stimme, tief und zornig. »Denen ziehe ich das Fell über die Ohren, Käpten, wenn unsere Ruderer ohne uns zum Schiff zurückgerudert sind. Und sonst können sie in irgendeinem fernen Hafen bleiben und dort verrotten!«

»Mylord, wenn der Wachtposten schläft, chibt es noch ein Fell abzuziehen.«

John kniete hinter der Regentonne, Anne hinter sich, beide bewaffnet mit Pistolen, die sie in der Kapitänskajüte erbeutet hatten. Er sah die Schatten seiner Männer und der englischen Matrosen, die nicht unten die Holländer bewachten. Alle hatten sich auf Deck verteilt.

Erst kletterte Waverby über die Reling, dann der Kapitän. Sie blickten sich um. Voller Abscheu betrachtete Anne Waverby, der sich misstrauisch umsah und langsam seinen Dolch zog. »Kapitän, hier stimmt etwas nicht.«

Da trat John hinter der Tonne hervor ins Licht, die Pistole in der Hand, gefolgt von Anne, die ebenfalls ihre Pistole auf Waverby gerichtet hatte. John machte eine leichte Verbeugung. »Dieses eine Mal muss ich Euch recht geben, Lord Waverby. Ihr und der Käpten seid unsere Gefangenen. Lasst die Waffen fallen!«

Der Kapitän gehorchte sofort.

Einige Herzschläge wartete Anne ab, während Waverby fieberhaft nach einem Fluchtweg suchte. Jeder seiner Gedanken war auf seinem einst schönen Gesicht abzulesen, auf dem nun die Verderbtheit seiner Seele langsam Spuren zu hinterlassen begann. Ein starker Duft nach Sandelholz drang in ihre Nase, dann folgte seine träge Stimme. »Ach, der Eunuch lebt noch.« Er runzelte die Stirn. »Und die Dame möchte mich nicht zur Begrüßung küssen, meine Lady Waverby?«

»Nein, noch werde ich das jemals tun.« Ihre Stimme floss schier über beim Anblick der großen, schlanken Gestalt, die ihr angetrauter Ehemann war. Dann fügte sie noch mit einigem Vergnügen hinzu: »John Gilbert ist kein Eunuch, Mylord, wie ich mit größter Gewissheit versichern kann.«

Edward trat vor, mit dem Schwert Kreise ziehend, als prüfe er das Metall. Seine Blicke flogen zu John, dann zu Anne, und so große Boshaftigkeit, solche Niedertracht erschienen auf seinem Gesicht, dass Anne sich fühlte, als presse eine eiserne Hand ihr Herz zusammen.

»Bei unserer letzten Begegnung, meine Liebe, befandest du dich in der zärtlichen Obhut des Königs und dein Straßenräuber sich auf dem Weg zum nächsten Galgen. Was du nicht alles erlebt haben musst. Doch sieh dich vor, meine hochwohlgeborene Countess: Ehebruch ist noch immer ein schweres Vergehen für eine Frau in England.« Er lächelte, offenbar nicht im Mindesten beunruhigt. »Aber ich bin ein großzügiger Mann und würde dir sogar vergeben, wenn du mir Hörner aufsetztest. Solange du nur an meine Seite und in mein Bett zurückkehrst. Du musst einzig *deine Pistole auf jenen Schurken richten,* wenn du dich nicht selbst außerhalb des Gesetzes stellen willst.«

Edward wirkte sehr befriedigt über seine Rede. So geübt er auch darin sein mochte, jegliche kleinste Gefühlsregung zu verbergen; doch seine Selbstzufriedenheit konnte er nicht verstecken, da er es für sein Recht hielt, über den Pöbel zu triumphieren.

»Der König selbst hat John Gilbert begnadigt«, erwiderte Anne mit sanfter Stimme. Sie kostete jedes Wort aus.

»Ach, so ist das. Also ist dies kein fröhlicher Willkommensgruß für einen heimgekehrten Gatten. Du bist klüger, als ich dachte, Anne. Doch ein englischer Earl gibt sich nicht so leicht geschlagen – erst recht niemals einem Räuber und nicht der Mätresse des Königs.« Seine Stimme klang merkwürdig gewiss, als könnte er niemals hinnehmen, dass jemand sich ihm widersetzte oder seine Pläne durchkreuzte.

Langsam traten Johns Männer und die englischen Seeleute aus ihren Verstecken hervor und brachten raunend ihr Siegesgefühl zum Ausdruck. »Schlitzen wir ihm die Verräterkehle auf«, sagte einer. Der ausbrechende Jubel hätte jedem Mann, der seine Lage richtig einschätzte, das Blut in den Adern gefrieren lassen.

Der holländische Kapitän trat von Waverby weg.

John schüttelte den Kopf. »Nein, Männer, sein Hals gehört dem König.«

»Aber du gehörst mir«, presste Waverby durch die Zähne, »ebenso wie diese Hure an deiner Seite. Ihr beide werdet wegen Seeräuberei in Deptford am Galgen baumeln. Glaubst du etwa, der König wird dir mehr glauben als mir... einem landlosen Bastard und Straßenräuber?«

Der Holländer streckte John seine Hand hin. »Ich werde Eurem König sachen, dass sein Untertan ein Verräter ist, der englische Depeschen für Admiral de Ruyter entschlüsselt hat ... wenn Ihr mich dafür verschont.«

Wie der Blitz wirbelte Waverby herum und bohrte ihm sein Schwert genau zwischen die Augen. Ein dünnes Rinnsal Blut tropfte auf die Planken. »Bei den Wunden unseres Heilands!«, rief Edward mürrisch aus und wischte sein Schwert mit seinem nach Sandelholz duftenden Taschentuch ab. »Du hast mich einen guten Handelskapitän für mein Schiff gekostet.«

John machte einen Satz nach vorn und zog sein Schwert.

Erschrocken stieß Anne einen Warnruf aus. »Johnny, er ist ein Meister des Schwertes!«

»Bleib zurück, Anne!«, befahl John.

Waverbys Schwert neckte John, es zog kleine Kreise, forderte ihn heraus, sich in seine Reichweite zu wagen.

Leichtfüßig tänzelte John zurück und übersprang die Leiche des Kapitäns. »Ist dies ein Exempel Eurer aristokratischen Ehre, Mylord?«

Mit einem Zischen durchschnitt Waverbys Schwert die Luft. »Bastarde können sich nicht auf die Gepflogenheiten von Gentlemen berufen, also erwarte keine Gnade.«

John wich einem Hieb aus. »Wenn Ihr Euch selbst als Edelmann bezeichnet, bin ich stolz darauf, ein Bastard zu sein, Mylord.« Und das war er auch, zum allerersten Mal. Zwar war er nicht von vornehmer Geburt; doch er gedachte so zu leben – und zu sterben, wenn es nötig war –, dass die Vornehmheit so eng mit seinem Namen verknüpft blieb, wie sie nicht in dieser Welt und nicht in der nächsten je mit Waverby verknüpft würde. Gleich wie rein seine Ahnenreihe auch sein mochte.

Als seine Lordschaft in *En-garde*-Position auf ihn zuschritt, trat John gewandt zur Seite. Er wusste, dass Waverbys längere Arme ihm eine größere Reichweite verliehen. Er würde nicht Waverbys Kampf kämpfen, nicht seinen kunstvollen Paraden aus dem Fechtunterricht begegnen. Er würde einen ehrlichen englischen Straßenkampf austragen, indem er sein Schwert als Schild einsetzte, sich entwand, wieder und wieder, und dann Waverby von der anderen Seite angriff.

John konnte den Verdruss und den Zorn seines Gegners sehen, als er sich zu ihm umdrehte; und als dessen Blick auf Johns Füße sank, wusste John, was er zu erwarten hatte. Er sprang hoch in die Luft, als Waverby einen Satz nach vorn machte, und sein messerscharfes Schwert sauste unter Johns Füßen hindurch.

Als John sanft wieder auf den Planken landete und mit dem Schwert in die Schulter von Waverbys Schwertarm hieb, verlor jener das Gleichgewicht. Das Schwert fiel zu Boden, als habe ein gerechter Gott es ihm entrissen, und sein Arm hing nun nutzlos herab. Langsam färbte sich sein edles silbernes Wams rot.

Begeisterte Hurra-Rufe erschollen an Deck, als Anne zu John lief. Er hielt sein Schwert immer noch an Waverbys Kehle. Anne funkelte den Mann, der ihre Liebe zu seinem eigenen Vorteil verkauft hatte, trotzig an. »Bringt ihn nach unten, Männer« – aus ihrer Stimme klang Triumph – »und kettet ihn an ein Ruder, wie er euch ankettete. Doktor, kümmert Euch um seine Wunde.«

Als man ihn abführte, blieb Waverby noch einmal stehen

und sah Anne durchdringend an. »Das war ein Trick der Straße. Ich wurde nicht besiegt.«

Anne warf den Kopf zurück und stützte die Hände in die Hüften. »Dann tätest du gut daran, diese Technik zu studieren. In meinen Augen ist sie der deinen überlegen.«

Von hinten drängte eine Pistole und Waverby wurde zu der Luke gezwungen. »Du gehörst mir, Gott verdamme dich, Anne«, sagte er noch und blickte sie über die Schulter an, während er nach unten verschwand. Sie erschauerte ob der Gewissheit in diesen Worten.

John nahm Annes Hand und zusammen stiegen sie aufs Vorderdeck. Er beugte sich über die Reling und wandte den Blick mittschiffs. »Männer«, begann er und versammelte sie damit alle vor sich. »Wir bringen dieses Schiff nach England und übergeben es dem König, zusammen mit dem Kopf seiner Lordschaft. Seid ihr dabei?«

»Hurra! Hurra! Hurra!« Alle warfen ihre Hüte und Mützen hoch in die Luft.

»Da der Kapitän tot ist, brauchen wir einen Navigator«, fuhr er dann fort.

Da trat Robert Howe nach vorn. »Ich war dritter Maat auf Seiner Majestät Kriegsschiff *Royal Charles*, Sir, und kann einen genauen Kurs halten.«

»Dann haltet Kurs, Käpten Howe, und bringt uns durch den Kanal zur Themse. Setzt alle Segel, auf nach England!«

Drei Matrosen sprangen zu den Webeleinen und kletterten den Masten hoch zu den an den Spieren eingerollten Segeln. Andere holten den Anker ein. Alle sangen »Oh, the roast beef of olde England, the roast beef of olde England, oh!«, und in Johns Ohren klang es wie eine Hymne endloser Freude.

Nur für Annes Ohren bestimmt, flüsterte er: »Hoffen wir, dass Seine Majestät geneigt ist, einer Piratin und ihrem Straßenräuber Gehör zu schenken.«

»Das wird sie.« Sie zog ihn zu sich. »Sie muss.« Doch sie

war nicht sicher, ob sie ihren eigenen Worten glauben durfte.

Anne konnte immer noch morgens nichts essen, wenngleich sie sich auf der Rückreise über den englischen Kanal auf der *Ere* viel schneller an den Seegang gewöhnte. Sie ließ sich nur kurz an die Reling sinken, zu stark empfand sie sie an ihrem Bauch wogen. Dann richtete sie sich wieder auf, schluckte mühsam und starrte auf den Horizont, bis das brennende Gefühl nachließ.

Sie konnte nun vor sich selbst nicht mehr verleugnen, dass sie guter Hoffnung war, denn Beth stellte ein unbehagliches Spiegelbild ihres eigenen Zustands dar.

Fest umklammerte sie das Geländer, sie versuchte, nicht in das aufgewühlte Wasser des Kanals zu blicken. Sie würde John nichts sagen. O nein! Für den Mann, der so darunter litt, ein Bastard zu sein, wäre es unerträglich, selbst einen gezeugt zu haben. Auch würde es ihn vielleicht zu vorsichtig im Umgang mit ihr machen, und sie war fest entschlossen, teilzuhaben an den kommenden Ereignissen.

Anne schloss die Augen, um das scharfe Brennen des Salzwassers darin zu lindern. Die Seeluft hatte ihren Teint beinahe ruiniert; nur die Anwendung des letzten Tiegels Wunderbalsam hatte das Schlimmste verhindert. Doch der Doktor hatte versprochen, Nachschub herzustellen, sobald sie an Land gingen und er den frühen Morgentau unter einer Eiche sammeln konnte.

»Segel in Sicht!«, hörte man aus dem Ausguck am Mast.

»Wo?«, donnerte der frisch gebackene Kapitän.

»Backbord!«, kam die Antwort von oben.

Der Kapitän richtete sein Fernglas auf ein Segel in der Ferne. Unvermittelt vernahm Anne hinter sich Johns vertraute Schritte eilig das hintere Deck erklimmen. Sie sammelte sich, hoffentlich sah man ihr die Übelkeit nicht an.

»Könnt Ihr etwas erkennen, Käpten Howe?«, fragte John.

»Nicht aus dieser Entfernung. Muss aber wohl eine Galeone sein, zwei Kanonendecks wahrscheinlich, was mindestens dreißig Kanonen bedeuten würde. Der Breitseite nach zu urteilen ein holländisches Schiff.«

»Hisst ihre Flagge.«

»Aye, das könnte sie aufhalten, vielleicht aber auch nicht. Seit sie bei Lowestoft verloren haben, müssen sie wie die Kampfhähne sein, besonders wenn sie den Duft englischen Blutes in ihrer Nähe riechen.« Der Kapitän zuckte mit den Schultern und rief hinunter: »Setzt die Farben der Holländer!«

Anne spürte Johns Wärme, als er sich ihr näherte, und fasste wieder Mut. Seine Finger ruhten sanft auf ihrem Hals und bedeuteten ihr, sich nicht zu sorgen.

»Wir haben das schnellere Schiff, Käpten«, wandte John ein. »Und meine Männer werden auch kämpfen, wenn es nötig sein sollte. Und Anne hier ist so viel wert wie jeder Mann in einem Kampf.«

Der Kapitän nickte. »Wir sind schneller, John Gilbert, das ist wahr; aber nur, wenn wir den Wind im Rücken haben. Sie haben mehr Segel zu setzen und – nicht zu vergessen –, sie sind ein Kriegsschiff und wir unbewaffnet. Sie sind uns weit überlegen.«

Wieder legte der Kapitän das Fernrohr ans Auge und suchte den Horizont ab. »Im Südwesten bauen sich schwere Wolken auf.« Doch sein Fernrohr bewegte sich wieder zum holländischen Schiff und verweilte dort. »Rasch«, sagte er nun mit lauterer Stimme, um den stark auffrischenden Wind zu übertönen. »Bringt die Frauen nach unten, denn diese Kanalwinde könnten arg für uns werden.«

John kletterte die Backbordstiege hinunter aufs Hauptdeck und reichte Anne seinen Arm, um sie zu stützen. Sie folgte ihm. Unten angekommen, presste sie sich an ihn. Sie könnten gefangen genommen und Edward befreit werden. Sie könnten beide noch an diesem Tag sterben oder getrennt werden. Keinesfalls würde sie ihrem Schöpfer ge-

genübertreten, ohne noch einmal seine Hände auf sich zu spüren.

»Anne.« Er flüsterte ihren Namen, und die Wärme seines Atems liebkoste ihr Ohr. Trotz der starken Brise auf Deck konnte sie ihn klar und deutlich hören.

Er zog sie noch näher an sich, und erneut spürte sie seinen Körper. Von den wochenlangen Sorgen und Mühen, die allein ihr geschuldet waren, war er abgezehrt. »Ich werde nicht zulassen, dass Waverby dich mir wegnimmt«, erklärte er voller Leidenschaft.

»Wir beide, Johnny … für immer.«

»Für immer«, wiederholte er mit brechender Stimme. Anne blickte zu ihm auf, sie sah seinen Kummer im hellen Licht des Tages vor einem Himmel, der eine kalte Blässe zu zeigen schien. Die Morgensonne tauchte riesengroß und rot über seiner Schulter auf. So einen Morgen hatte sie noch nie zuvor gesehen.

Ein Seemann kam auf sie zugeeilt. »Der Käpten wünscht Euch zu sprechen, Sir.«

Sofort gab John sie frei. Äußerlich ruhig, doch innerlich aufgewühlt machte sich Anne auf in die Kapitänskajüte. Als sie sich noch einmal umsah, erklomm John gerade die Leiter zum Vordeck, und sie fragte sich, ob sie ihn wohl jemals in diesem Leben wiedersehen würde.

Einen kurzen Augenblick erschreckte es sie, wie einfach es wäre, ihm alles zu erzählen. Dem winzigen Herzen, das nun unter ihrem eigenen schlug, einen Namen zu geben. Doch sie konnte sich nicht überwinden, ihm noch diese zusätzliche Last aufzubürden.

Als John die Leiter emporstieg, war ihm kalt in seinem dünnen Hemd. Und zum ersten Mal in seinem Leben empfand er ein Gefühl der Hilflosigkeit. Wäre er an Land gewesen, mit Sir Peg unter sich, hätte er Anne und die anderen in Sicherheit bringen können, auch vor den Holländern.

Auf dem Oberdeck reichte der Kapitän ihm das Fernglas. »Seht selbst.«

John hob das Messingrohr ans Auge und blinzelte.

»Seht Ihr?«, fragte Robert Howe. »Sie holen schnell auf. Um Mittag werden sie uns entern.«

John konnte die vollen Segel des großen Schiffes und winzige Gestalten auf Deck erkennen. Am Großmast flatterte die holländische Flagge. Er gab dem Kapitän das Fernrohr zurück. »Meine Männer werden bereit sein«, sagte er grimmig.

»Es gibt noch einen anderen Weg, wenn wir den Mumm dazu haben«, ließ sich jetzt Howe vernehmen. Der Wind blies stärker, dunkle Wolken türmten sich über ihren Köpfen auf.

John vergrub die Hände in den Hosentaschen. »Können wir es bis zur nächsten Küste schaffen?«

»Nein, sie hätten uns geentert und im Schlepptau, bevor wir einen sicheren Hafen erreichten.«

»Dann was?« John musste nun den Wind überschreien, der von Minute zu Minute heftiger wurde.

Der Finger des Kapitäns stach in südwestliche Richtung. »Ich will eine Landratte sein, wenn sich da nicht ein schwerer Kanalsturm zusammenbraut. Wir könnten direkt in den Sturm steuern, John Gilbert.«

»Und die Holländer würden uns nicht folgen«, dachte John laut.

»Wir werden alle Mann ertrinken, und die Frauen auch.«

»Aber es ist eine Chance«, sagte John.

Robert Howe zuckte mit den Schultern. »Nur, wenn einer der Heiligen der alten Religion an Bord ist, oder wenn wir teuflisches Glück haben.«

Fünfundzwanzigstes Kapitel

Des Königs Gerechtigkeit

Anne lag auf der Kante der Kapitänskoje der Ere. Die schwankenden Laternen warfen ihr wild tanzendes gelbes Licht auf Beth und Kate, die beide blass und seekrank aussahen. Als die Galiot in die schwere See des Kanals abtauchte, klammerten sich die beiden Frauen an den kleinen, auf Deck festgenagelten Tisch. Joseph hatte sie an das Möbel binden wollen, um ihnen gebrochene Knochen zu ersparen, doch sie hatten sich geweigert. Besser ein gebrochener Knochen als zu ertrinken wie eine Ratte, hatten sie erklärt.

Kate hatte die Augen geschlossen und bewegte die Lippen. Anne wusste, dass sie betete. Selbst Beth starrte auf die Beplankung über ihrem Kopf, als könnte sie direkt hindurch bis hoch zu Gott und seinen Engeln sehen. Zu beten schien das Einzige, was die Frauen tun konnten, während die Männer oben an Deck darum kämpften, das Schiff über Wasser zu halten.

Nein, es war nicht das Einzige, was Anne Gascoigne tun konnte. Wenn sie wirklich sterben musste, dann würde sie dem Tod ins Auge sehen. Sie würde an der Seite John Gilberts sterben. *Zusammen, für immer.*

Ohne dem Flehen ihrer Freundinnen Beachtung zu schenken, machte Anne sich auf den Weg ins Freie. Sie brauchte schon all ihre Kraft, um die Kajütentür aufzustoßen. Regen prasselte auf ihre Schultern nieder und stach in ihrem Gesicht wie tausend Nadeln. Irgendwie gelang es ihr, an Deck zu kommen und auf Knien die Luke wieder zu schließen.

Man konnte beinahe nichts erkennen, doch ganz schwach machte sie den Kapitän und einen weiteren englischen Seemann auf dem Vorderdeck aus, beide am Steuerrad festgebunden und mit aller Kraft den Bug der Galiot im Wind haltend. Einen kurzen Augenblick hörte sie die verzweifelten Rufe der unten an die Ruder geketteten Männer, doch sie gingen unter im Geräusch splitternden Holzes, als sich das Beiboot aus seiner Verankerung löste und an ihr vorbei seitlich über Bord ging.

Anne versuchte, das Achterdeck zu erreichen, auf dem John vielleicht wäre, doch sie stürzte und schlitterte zurück zur Kajütenluke. Ihre Hände waren nun aufgeschürft und bluteten.

John war nirgends zu entdecken. Was für eine Närrin war sie gewesen zu glauben, sie könnte helfen; sie konnte nicht viel mehr tun, als sich in den turmhohen Wellen an eine Lukentür zu klammern, und jede erneute Woge drohte sie fortzureißen. Die Schiffsglocke läutete wie wild, als klängen alle Pestglocken Londons zur gleichen Zeit, und dieses Mal wusste sie, denn sie erinnerte sich an das Versprechen des Dichters John Donne: dieses Mal schlug die Stunde ihr. Sie würde allein sterben im Angesicht der Ewigkeit.

»JOHN!« Sie schrie seinen Namen wieder und wieder, doch jedes Mal wurde er vom Wind davongetragen, der ihr ins Gesicht peitschte. Der Sturm verhöhnte sie, heulte seinen Namen durch die Takelage, und sie verfluchte ihn dafür, doch auch ihre Flüche wurden vom Wind verschluckt.

Dann plötzlich war er da, Wasser lief ihm über das Gesicht, und seine starken Armen hoben sie empor und trugen sie halb zum Mast. Dann spürte sie, wie er ein dickes Seil um sie beide band und das andere Ende um den Mast schlang.

Viele Stunden standen sie dort, der Wind heulte und trieb das Schiff mit wilder Geschwindigkeit vor sich her, bald nach Ost, bald nach West. Er riss jeden Fetzen Leinwand von den Spieren, löste Takelseile so dick wie Männerarme, als wären sie Schnüre an einem Kinderdrachen.

Anfangs versuchten sie zu sprechen, doch es war unmöglich. Der Regen peitschte so unerbittlich auf sie nieder, dass sie auch ihre Gesichter nicht heben konnten, um einander anzusehen und mit den Augen zu sprechen.

Endlich sanken sie einander in den Armen liegend zu Boden, Annes Gesicht an Johns breite Brust gebettet, und dort sprachen sie mit ihren ineinander verschränkten Händen. Seine sagten: *Vergib mir, dass ich dich in solche Gefahr brachte*; und ihre sagten: *Ich bin es zufrieden, mit dir zu sterben*.

Einmal, als das Schiff gefährlich krängte und das wilde graue Wasser des Meeres durch die Speigatt eindrang, klammerte sie sich mit aller Kraft an ihn. Wenn sie nun untergingen, würde sie ihn nicht loslassen, solange noch Leben in ihr war. Voller Schreck war ihr Kopf nach hinten gefallen, und er strich ihr das Haar aus dem Gesicht und lachte, seine Zähne blendend weiß selbst in der stürmischen Dunkelheit. In diesem Augenblick liebte sie ihn so sehr wie nie eine Frau einen Mann geliebt hatte.

Bisweilen an jenem Tag schien es Anne, die Galiot müsste untergehen in den wirbelnden, donnernden Wogen, oder entzweibrechen im tosenden Wind. Der Mast ächzte unablässig, und erschöpfte Fugen im Kiefernholz schlugen leck, doch dank eines göttlichen Schicksals oder den Gebeten der frommen Kate legte sich der Sturm endlich, und sie waren noch über Wasser und am Leben und in Sichtweite der Kreidefelsen von Dover. Das holländische Kriegsschiff war nirgends zu entdecken.

Nach und nach kamen aus jeder Luke, aus jeder Kajüte erschöpfte Seeleute und auch Johns Männer auf Deck gekrochen. Erleichtert winkte Anne Beth und Kate zu, die, sich gegenseitig stützend, auf wackligen Beinen aus der Kapitänskajüte traten. Der Doktor taumelte aus der Kombüse, die Perücke nass, aber hoch auf dem Kopfe.

Kate sprach die Gebete für die Seeleute, die gleich in den ersten Minuten des Sturms von Deck gespült worden waren. Doch niemand musste die Überlebenden gemahnen, Gott für das Wunder zu danken.

Anne und John knieten Seite an Seite auf dem Deck, das aussah, als wäre es blitzblank geschrubbt worden. Der Himmel über ihnen war nun von wolkenlosem Blau, die Sonne wärmte ihre Rücken, und die erneut gezähmte See rollte sanft unter dem Schiff hinweg. Still beteten sie beide um das, was ihre Herzen wünschten.

Joseph fand etwas Schiffszwieback und der rege Appetit war wie ein Fest des Lebens.

Alle halfen bei der Herstellung einer Nottakelage, die Frauen spendeten Hemden und Unterkleider aus ihren Bündeln, die sie den weiten Weg von Whittlewood Forest bis hierher gebracht hatten. Daraus nähten die englischen Seeleute eine merkwürdige Leinwand, die sie alle ausgelassen fröhlich stimmte, als sie am Mast hochgezogen wurde.

Die *Ere* segelte in nördlicher Richtung in die Straße von Dover, und am Morgen hatte sie bereits Margate umrundet und fuhr mit der Flut die Themse hinauf – ein holländisches Schiff mit einem Segel aus Unterröcken und unter englischer Flagge.

John blickte hinauf in die Takelage, lächelte und zog Anne so nah an sich, als wollte er sie niemals wieder loslassen. »Ich meine wohl, die Kunde, dass ein seltsamer Anblick sich London nähert, eilt uns voraus.«

»Wir müssen diese Beweise zum König schaffen«, sagte Anne. John saß ihr gegenüber in der Kapitänskajüte und durchwühlte Edwards Truhe, die bereits einige aufschlussreiche Dokumente zum Vorschein gebracht hatte.

»Wir können schlecht Whitehall stürmen«, wandte er ein, ein schelmisches Lächeln auf den Lippen. »Wobei ich verdammt sein möchte, wenn du es nicht doch kannst.« Er beugte sich vor und küsste sie leidenschaftlich, die Hände um ihre Taille gelegt, die sich ohne den nun am Großmast flatternden Unterrock viel besser anfühlte.

Neugierig lächelte Anne ihn an. »Was für ein Wochentag ist heute, John?«

Er dachte kurz nach. »Freitag, da wir am vergangenen Tag des Herrn von Southampton lossegelten. Warum, mein Liebstes?«

Wieder lächelte Anne. »Wir können Whitehall wahrlich stürmen, John.«

»Wenn du etwas ausheckst, bist du besonders bezaubernd.« Einer seiner Mundwinkel bog sich empor auf diese unvergleichliche Weise, die sie in ihren unteren Regionen schwach werden ließ. Was sie nie im Leben preisgeben würde.

»Heute ist Freitag, und nach dem Mittagsmahl wird Seine Majestät die Hand auflegen bei Skrofulose und anderen Hautkrankheiten, wie es seine göttliche Kraft der Heilung gebietet.«

»So verschaffe ich mir Einlass zum Palast«, spann John den Gedankengang weiter.

»Nein, *wir* verschaffen uns Einlass«, entgegnete sie in einem Tonfall, der keinen Widerspruch duldete. Er beugte sich zu ihr und küsste sie mit einigem Nachdruck, wie sie fand, und sie berührte ihn an Stellen, die eine Dame nie berühren würde.

Als sie die Ankerkette an sich vorbeisausen hörten, klopfte der Kapitän an die Tür. »Wir legen in Deptford an und der Hafenkapitän nähert sich in einer Gig.«

John griff schon nach seinem Schwert, doch Anne legte ihm die Hand auf den Arm. »Gestattet der Countess von Waverby, den Hafenkapitän zu begrüßen.«

Rasch ordnete sie ihr Haar und strich das grüne Samtkleid mit der goldenen Spitze glatt, das sie eigens dafür mitgebracht hatte. Dann folgte sie John auf Deck, eben als die Gig des Hafenbeamten am Schiff anlegte. Sie war voller bewaffneter Männer. Innerhalb weniger Augenblicke war der Kapitän die Leiter hoch und mit gezogenen Pistolen an Bord gekommen.

Anne ließ ihn gar nicht zu Wort kommen. »Meinen ergebenen Dank, Sir, für diese Begrüßung.«

Der Hafenkapitän, prächtig angetan in schwarzem Samt mit goldfarbener Litze, erkannte den hohen Stand der Dame, die er vor sich sah und verbeugte sich. »Lady …«

»Anne, Countess von Waverby, königliche Hofdame«, sagte sie in gebieterischem Tonfall. »Und um ein Haar von den Holländern gefangen genommen, wären nicht diese tapferen englischen Seeleute gewesen.«

»Ihr seht mich verblüfft, Mylady«, entgegnete der Beamte. Seine Augenbrauen berührten beinahe seine Perücke. »Aber …«

Anne stampfte mit dem Fuß auf, wie es eine Lady, die üblicherweise ihren Willen bekam, täte – und wie sie selbst es früher zu tun pflegte. »Ich habe wichtige Dokumente für den König und benötige unverzüglich Beförderung nach Whitehall für meine gesamte Mannschaft.«

Der Hafenkapitän zögerte noch.

»Sofort, Sir, oder der König wird von Eurer Ungehörigkeit erfahren und Euch ersetzen, noch bevor die Sonne untergeht.« Sie wagte nicht John anzublicken, um nicht das Lachen in seinen Augen zu sehen.

Der Mann verbeugte sich noch tiefer als vorher. »Wie Ihr wünscht, Mylady.« Er deutete auf einen Leutnant. »Eine Barkasse für ihre Ladyschaft und ihre Begleitung.«

»Ich danke Euch für Eure Hilfe, Sir. Wir haben außerdem holländische Gefangene an Bord, die wir zur sicheren Verwahrung in Eure Hände geben. Lasst sie holen«, befahl sie John, der sich verbeugte. Er musste den Kopf zur Seite legen, um nicht laut loszuprusten.

Eine Stunde später ruderten sie durch die zwischen den Gezeiten spiegelglatte Themse auf Whitehall zu, Lord Waverby gefesselt und geknebelt zu ihren Füßen im Boot. Seine Kleider waren zerrissen und schmutzig, sein Blick wie eine scharfe Waffe, als er zwischen Anne und John hin und her flog. John hielt seine Pistole fest, denn er wusste, würde der König sie nicht empfangen oder ihren Berichten von Waverbys Verrat keinen Glauben schenken, dann wäre der

Galgen von Tyburn sein eigenes Schicksal und das Annes. Niemals würde er zulassen, dass sie litt.

»Die Heilungen werden beinahe vorüber sein, bis wir dort ankommen«, sagte Anne. »Rudert schneller, Männer!«

»Aye, Lady«, erwiderte der neue Kapitän der *Ere* und gab eine schnellere Schlagzahl vor.

Als sie Whitehall erreichten, trug John den englischen Seeleuten auf, Waverby – mit einem Messer in den Rücken gedrückt – in ihre Mitte zu nehmen, so dass er von den am Fluss lustwandelnden Höflingen nicht entdeckt werden konnte. Außer Dr. Wyndham, der dem König bereits begegnet war und das Vertrauen seiner Mätresse, der Countess Castelmaine, errungen hatte, war die gesamte Whittlewood-Bande zu ihrer eigenen Sicherheit auf der Barkasse verblieben. Sie hatten strikte Order, die Stadt zu verlassen, sollte John nicht bis zum Abend zurückkehren.

John, Anne, Josiah und die Seeleute, die Waverby umringten, liefen zum Bankettsaal nahe Whitehall und reihten sich in die Schlange der Skrofulosekranken ein, die um die seit alter Zeit bewährte Handauflegung durch ihren König anstanden.

Charles II. saß auf einer Estrade am entgegengesetzten Ende der hohen Halle mit den vielen Fenstern, die üblicherweise Feierlichkeiten der Ritter des Hosenbandordens beherbergte. Sonnenstrahlen brachen sich im Muster der dicken Glasscheiben, und zwei Männer in Chorröcken standen ihm zur Seite, von denen einer eine Bischofsmitra trug.

»Johnny«, flüsterte Anne mit vor Schreck geweiteten Augen. »Sieh, es ist mein Onkel, auf den Edward schon immer große Macht ausübte.«

Ein Mann am Kopf der Schlange trat vor, kniete sich nieder, und der König berührte ihn im Nacken. Dann legte er ihm ein goldenes Medaillon an einem blauen Band um den Hals. Die Geistlichen murmelten Gebete, die Höflinge applaudierten artig.

Ungeduldig drängten die Seeleute nach vorn, um den König zu sehen, doch genau in diesem Moment stieß Edward, Lord Waverby, ein ersticktes Geräusch aus, machte einen Satz, rannte durch den Saal nach vorn und warf sich dem König zu Füßen.

Wachen eilten zum König, die Speere erhoben.

»Haltet ein!«, befahl Charles und sprang von seinem Sitz auf, als hätte er soeben einen Geist erblickt. »Bindet ihn los!«

Die Wachen entfernten Waverbys Knebel und während sie noch die Fesseln an seinen Handgelenken lösten, fing er rasch an zu sprechen. »Eure Majestät, Ihr müsst die Verräter in Gewahrsam nehmen!«

Der König folgte Edwards Kopfbewegung mit den Augen und fand dort John und Anne in Begleitung Dr. Wyndhams vor dem Trupp von Seeleuten stehen. Mehrere Höflinge zogen ihre Waffen und schritten auf sie zu, doch der König hielt eine Hand hoch. »Haltet ein, sagten wir.« Dann bedeutete er John und Anne nach vorn zu kommen, wo sie sich hinknieten und die Köpfe beugten.

»Wir sind überaus glücklich, dass Ihr am Leben seid, mein Lord Waverby. Doch wir wünschen zu erfahren, was diese Störung Unserer königlichen Pflichten zu bedeuten hat.«

Waverby bebte vor Zorn. »Ich wurde von dem Schurken John Gilbert entführt, Eure Majestät, als … als ich soeben den Holländern entkommen war. Und meine Frau, die Countess von Waverby, machte mit ihm gemeinsame Sache. Sie beide haben sich der Piraterie schuldig gemacht. Ihr müsst sie hängen!«

Der König runzelte die Stirn und seine Miene verdunkelte sich. Mit einer Kopfbewegung hieß er einen Diener eine Schüssel mit Duftwasser bringen und badete seine Finger darin. »Für heute sollen diese Sünder entlassen sein, Mylord«, sagte er, an den Bischof von Ely gewandt.

»Anne …«, begann ihr Onkel und machte einen Schritt auf sie zu.

»Mein Lordbischof!«, mahnte der König. Man hörte ihm an, dass er in dieser Angelegenheit unbedingten Gehorsam forderte. Eilends hob Annes Onkel die Röcke und huschte durch den Saal, um die Wartenden wegzuschicken.

»Was hat dies alles zu bedeuten, Mylady?«, fragte der König, einen gewissen Eifer in der Stimme und wenn auch noch nicht gespannt erwartungsvoll, so doch nicht abgeneigt. »Wir wünschen von Eurer Antwort amüsiert zu werden. Nie zuvor trafen wir eine Seeräuberin.«

John erhob sich und reichte Anne seine Hand. Als auch sie aufstand, betete sie, die richtigen Worte zu finden.

Waverby aber machte einen Schritt nach vorn. »Lauscht nicht ihren Lügen, Eure Majestät. Sie hasst mich und wird alles sagen, nur um diesen Schurken John Gilbert zu retten.«

»Dieses eine Mal spricht er die Wahrheit, Eure Majestät«, begann Anne. »Ich würde mein Leben für John Gilbert geben. Doch ich muss nicht lügen. Denn Edward ist der Verräter, er lief zu den Holländern über.«

Waverby setzte zur Gegenrede an, doch der König brachte ihn mit einem Blick zum Schweigen.

John holte aus seinem Wams mehrere Blätter Papier mit erbrochenen Siegeln hervor. »Hier sind die Handelsermächtigungen, die Admiral de Ruyter ihm im Gegenzug für die Entschlüsselung englischer Depeschen nach seiner Gefangennahme gab, sowie sein Versprechen, an Eurem Hofe zu spionieren.« Während der König noch die Dokumente in Augenschein nahm, brachte John darüber hinaus ein kleines Büchlein aus seinem Wams zum Vorschein. »Und hier, Eure Majestät, ist die holländische Marinechiffre, mithilfe derer er sich mit de Ruyter auszutauschen vorhatte. Denn solange er Nachrichten sandte, sollte es ihm erlaubt bleiben, im Guinea-Sklavenhandel Gewinne zu erwirtschaften. Die werte Lady Anne, diese braven englischen Seeleute« – er deutete auf die Männer hinten im Saal – »und ich selbst brachten sein Schiff in unsere Gewalt und ihn zurück zu Eurer Majestät.«

Überaus wohlwollend blickte der König nun auf Anne, die zauberhaft errötete und noch zauberhafter ihre in Unordnung geratene Toilette zu richten sich mühte. »Ihr seid verwegener als viele Euren Geschlechts, Mylady. Babs könnte Eure Abenteuer nicht übertreffen und wird sicherlich ein höfisches Stück über Eure Erlebnisse verfassen.« Er blätterte in dem Büchlein und hob langsam den Blick zu Waverby. Seine gute Laune verflog augenblicklich. »Mylord, das sind vernichtende Beweise.«

»Beweise gegen *jene,* Euer Majestät«, ließ sich Edward mit seiner wohl studierten gelangweilten Stimme vernehmen. Er hatte sich wieder in der Gewalt und strahlte Zuversicht aus. »Das sind selbstverständlich alles Fälschungen.«

Anne wandte sich an die englischen Matrosen in ihrem Rücken. »Was sagt Ihr dazu, Männer? Ist Lord Waverby ein Verräter?«

»Aye!«, riefen sie da, einer wie der andere, und der neue Kapitän der *Ere* löste sich aus der Gruppe und marschierte nach vorn. »Eure Majestät«, begann er mit zitternder Stimme und versuchte sich an einer unbeholfenen Verbeugung. »Robert Howe, dritter Maat auf der Royal Charles. Seine Lordschaft hier hat uns auf dem Schiff, das ihm die Holländer schenkten, an die Ruder gekettet. Und wir sind Eurer Majestät treue Seeleute, die in der Schlacht von Lowestoft gefangen genommen wurden.«

»Eure Majestät!« Nun klang Waverbys Stimme etwas schrill. »Ihr könnt doch nicht diesem Pöbel glauben, der gegen einen Euch ergebenen Diener aussagt.«

»Wir glauben Unseren eigenen Augen«, entgegnete Charles und wedelte mit den Dokumenten in seiner Hand. »Wachen, bringt Lord Waverby in den Tower, wo er Unseren königlichen Willen erwarten soll.«

»Eure Majestät! Ich bin ein Earl Eures Reiches. Seid gnädig.«

»Das werde ich, Mylord. Wenn auch Euer Titel und Eure Ländereien an die Krone fallen, so werdet Ihr selbst doch nicht durch das Beil sterben, sondern durch ein scharf geschliffenes französisches Schwert.« Der König wandte sein Gesicht ab, in dem Bedauern und Abscheu miteinander stritten.

Als Edward, Lord Waverby, von Speeren angetrieben aus dem Raum schritt, sah er noch einmal zurück zu Anne und John, hilflos nun. Der Hass erstickte ihn wie das Seil, das er ihnen an den Hals gewünscht hatte.

Der König hielt den Kopf gesenkt, bis die englischen Seeleute sich vor die Estrade drängten.

»Ein Hoch auf den guten König Charles! Hurra! Hurra! Hurra!«, riefen sie im Chor, dann warfen sie ihre Mützen hoch in die Luft und stimmten ihren Herrscher damit wieder fröhlich.

»Nun gut«, sagte er. »Wir wünschen, die ganze Geschichte zu erfahren, von Anfang an.«

Und einer nach dem anderen berichteten Anne, John, Josiah und Robert Howe ihre Erlebnisse. Als sie zu dem Teil kamen, an dem die in Ketten liegenden englischen Seeleute von ihrem Zuhause sangen, da stimmten die Matrosen das Lied an und Charles fiel aus voller Kehle mit ein. So klang das Lied so ausgelassen, wie es sein sollte, durch den Bankettsaal: »Oh, the roast beef of olde England, the roast beef of olde England, oh!«

Als alle geendet hatten, erhob sich Charles II. und alle im Raum verneigten sich. Er trat vor John.

»Eure Majestät«, sagte John. Er wusste nicht, was er nun zu erwarten hatte.

»Wie können wir Euch belohnen, John Gilbert?«

»Majestät, mein Vater, der Duke of Lakeland, hinterließ mir Burwell Hall. Doch es fiel Lord Waverby in die Hände.«

Der König blickte nachdenklich drein. »Ihr und Lady Anne und all diese braven Seeleute habt Uns wohl gedient. Wir neigen zum Großmut und gewähren Lady Anne einen ehrenwerten Platz an Unserem Hof. Außerdem erstatten Wir ihr all ihre Witwenländereien samt Recht und Pacht.«

Anne lächelte, sie nahm einen etwas wehmütigen Ausdruck in der Miene des Königs wahr. »Majestät, ich bin Euch für Eure Güte und die Ehre, die Ihr mir gewährt, sehr dankbar. Doch wir wünschen immer noch zu heiraten, trotz … der Hindernisse.«

John nickte. »Wenn Ihre Ladyschaft frei ist, Majestät, ist dies auch mein Herzenswunsch.«

»Wohl denn, John Gilbert. Geht auf die Knie. Es schickt sich, dass dies eine Ehe zwischen Gleichgestellten sei.« Er zog sein kurzes Zeremonienschwert. John kniete nieder, beinahe überwältigt von Empfindungen, die er in der Kürze der Zeit nicht erfassen konnte noch es vielleicht jemals könnte.

Er spürte ein sachtes Tasten erst auf der einen, dann auf der anderen Schulter. »Erhebt Euch, Sir John Gilbert, Baronet, Lord of Burwell Hall und Herr über alle dazu gehörigen Ländereien.«

Sie blieben nicht in London bis zu Edwards Exekution, noch waren sie Zeuge derselben. Doch hörten sie von einem fahrenden Sänger, als sie von London her auf der Oxford Road ritten, dass man den Earl ohnmächtig zum Richtblock hatte tragen müssen.

Der König entlohnte seine treuen Seemänner mit einer Goldguinee pro Nase, und den tüchtigen Robert Howe mit dem Befehl über die *Ere,* die zum Entzücken der Namensvetterin in *Lady Anne* umbenannt wurde.

Nach einem anstrengenden Ritt erreichte die Whittlewood-Bande drei Tage später Burwell Hall. Staunend ritten John und Anne über die lange Allee auf ihr Juwel von einem Herrenhaus zu, mit seinem Maßwerk an den Fenstern und den roten Kaminen. Durch den Bogen ritten sie in den Vorhof, er den Arm um sie gelegt, sie im Sattel zurückgelehnt. Sie hoffte, in Zukunft nie mehr anders zu reiten.

»Willkommen auf Burwell Hall, Mylady.«

»Danke, Sir John«, entgegnete Anne. Sie verspürte dieselbe Freude, die ihn seine Arme noch fester um sie schlingen ließ.

Am nächsten Tag wurden sie in der kleinen steinernen Kirche getraut. Der Juli neigte sich dem Ende zu und ein zahmes Reh blickte neugierig durch ein offenes Fenster, als der Pfarrer die salbungsvollen Worte sprach.

Erneut lauschte Anne der förmlichen Rede vom Ritual der heiligen Ehe, und erneut erhielt sie den Ring mit den eingravierten Worten: »Du und keine andere«. Doch dieses Mal war sie nicht verzweifelt und einsam, wie sie es auf den harten Steinen in Londons alter St.-Paul-Kathedrale gewesen war, als sie neben Edward stand. Dieses Mal lebte ein winziges Wesen in ihr, ein lebendiger Funke ihrer Liebe zu John und seiner zu ihr.

»Johnny«, flüsterte sie, als sie vom Altar zum Ausgang schritten. »Ich bin guter Hoffnung.«

John stolperte nicht, wenn auch die leisen Worte ihn wie ein Hammerschlag trafen. Mühsam konnte er sich davon abhalten, sie beide zum Gespött zu machen, indem er einen Luftsprung vollführte und ein Freudengeheul anstimmte, das jeden in Annes Ländereien in der Neuen Welt beschämt hätte.

»Nun.« Anne wandte sich ihm halb zu, die Stirn sorgenvoll zwischen den großen grünen Augen gerunzelt. »Bist du nicht wenigstens überrascht?«

»Nicht mehr oder weniger als jeder andere Mann, der am selben Tag Ehemann und Vater wird.«

Sie bohrte ihm einen Ellbogen durch das feine neue Wams in die Rippen.

Ihr zu Gefallen zuckte er übertrieben zusammen, doch er lächelte weiter und nickte seinen Leuten aus Whittlewood

Forest zu – Joseph und Beth, Josiah und Kate, dem jungen Francis, Alexander und Dick. Auch die Bauern grüßte er, die an der Kirchentür warteten, um sie zu ihrem Hochzeitsfest zu eskortieren. »Seid auf Euren Ruf bedacht, Mylady.«

»Zum Teufel mit meinem Ruf!«

Betrübt strich er sich über die Wange. »Lass uns nicht mehr vom Teufel sprechen, wenn ich bitten darf, meine Liebste. Ab heute werden wir den öffentlichen Anstand wahren. Schon bald wird der Name Gilbert ein Ansehen in der Grafschaft haben.«

Anne stöhnte. »Du sprichst mir von Anstand? Was ist mit meinem kühnen Straßenräuber geschehen?«

Seine Hand glitt in ihrem Mieder nach oben, heiß wie ein Brandeisen, während er der Menge ein unschuldiges Gesicht zeigte. »Sei versichert, meine Gattin, dein Gentleman Johnny wird sich zeigen, und das mit größter Gewissheit – heute Nacht und morgen Nacht und –«

»Obgleich der Pfarrer die Lust in der Ehe verbot?«

»Nein, eben deswegen«, sagte er, und sie beide lachten selig, während sie mit Glückwünschen und herzhaften Küssen von den Bauern überschüttet wurden, die gekommen waren, um ihrem neuen Herrn und der Herrin die Ehre zu erweisen.

In der großen Halle war eine Tafel mit einem Festschmaus angerichtet worden. Es gab frischen Stör in Dillsauce, einen Hasenpfeffer, eine Schüssel Rettiche, scharfe Kümmelküchlein mit Butter und Honig und eine Hochzeitstorte mit einer reichhaltigen Füllung aus Johannisbeeren. Dazu einen um den anderen Toast mit Wein und Ale auf Braut und Bräutigam, was beide geduldig über sich ergehen ließen, bis sie endlich mit den üblichen deftigen Späßen in die Hochzeitsnacht verabschiedet wurden.

Schließlich schob Josiah alle zur Tür hinaus und steckte – ein wenig trunken vom Wein – den Kopf zwischen den Bettvorhängen hindurch. »Sorgt euch nicht, liebe Freunde«, flüsterte er laut. »Wenn ihr mit einem Kindchen gesegnet werdet, so will ich persönlich dem König schwören, dass es an meinem Wunderbalsam lag.« Seine Perücke, die sich von jenem Sturm im englischen Kanal nie ganz erholt hatte, kippte etwas zur Seite und zog seinen Kopf mit sich. »Wenn es die Alten wieder jung machen und Pockennarben verschwinden lassen kann, wäre eine neue Männlichkeit wohl auch nicht unmöglich. Ich glaube, dass mein Mittelchen mich noch berühmt machen wird.«

John und Anne mussten so lachen, dass sie schier keine Luft mehr bekamen. »Josiah, der König ist oft närrisch, aber kein Narr.«

Josiahs nickte eifrig mit dem Kopfe. »Recht hast du, liebe Anne, aber der König ist auch nur ein Mann. Die Hälfte der Londoner Quacksalber behandelt Gemächte, um sie länger oder dicker zu machen. Und die andere Hälfte behandelt die Damen, um ihre Büsten zu vergrößern oder sie fruchtbar zu machen. Wer glauben will, der glaubt. Und wer kann schon gewiss sein, dass der Glaube keine Wunder bewirkt, wie es uns die Geistlichen immer weismachen wollen?« Der Doktor grinste und machte sich von dannen, die Tür hinter sich schließend. Schallendes Gelächter hallte ihm durch den Korridor nach und allen, die es vernahmen, wurde warm ums Herz.

Sechsundzwanzigstes Kapitel

Die Milchmagd kehrt zurück

Leise öffnete Anne die Vorhänge, die vor das Himmelbett gezogen waren, und ließ die kühle Morgenluft herein. Irgendwo zwischen den Laken lag achtlos und beinahe vergessen ein Paar weißer Handschuhe, die Beth ihr geschenkt hatte als Symbol für die Reinheit der Braut.

Sie setzte sich mit gekreuzten Beinen auf das breite Bett, nackt wie sie war, und sah auf den schlafenden John herab. Der Schurke lächelte.

»Wird es immer so bleiben?«, fragte sie leise sich selbst. Es war eine Frage, die das Schicksal herausforderte, doch eine, die eine Frau in den ersten Stunden ihrer Ehe fragt. Denn neben ihr schlief ihr neues Leben.

John hörte auf, sich schlafend zu stellen und öffnete ein Auge. »*Immer* ist eine lange Zeit«, sagte er, das Lächeln immer noch auf den Lippen. »Mindestens bis du zu alt und steif bist um … lass sehen, ein Bein war hier drüben, nicht wahr? Und das andere dort?« Ein Funkeln lag in seinen Augen und er verschränkte die Hände im Nacken, wie er es damals in Nell Gwyns Kammer getan hatte. Seine dunklen Augen versuchten sie, forderten sie heraus, sich ihm hinzugeben.

Entzückt und stolz musterte sie ihn, sie konnte einfach nicht die Hände von seinem harten, muskulösen Körper lassen. Er war der schönste, wunderbarste Mann, den sie je gekannt hatte. Sie hatte Mitleid mit den englischen Bräuten, die niemals unbeschwert einen leidenschaftlichen Mann beschlafen würden – junge Frauen, manche beinahe noch Mädchen, die gerade erst ihren Monatsfluss bekamen. Zaghaft und eingeschüchtert wurden sie an alte Männer verheiratet, die sie kaum kannten. Warum glaubten die Familien in diesen aufgeklärten Zeiten immer noch, dass Titel und Besitz liebende Ehen schufen?

Anne wand ihre Finger um die festen Löckchen dunklen Haars auf Johns Brust. »Ich dachte nur gerade, wie wundervoll du bist, mein Gemahl.« Das neue Wort kam ihr leicht über die Lippen.

»Das steht einer Ehefrau von John Gilbert gut zu Gesicht«, gab er zurück und setzte sich mit vorgetäuschter Trägheit auf. Blitzschnell zog er sie rittlings auf seinen Schoß, ihre aufgerichteten Brustwarzen berührten seine Brust. Ein leises Seufzen der Befriedigung und Erwartung entrang sich ihr, wie damals in Nells Kammer. »Was soll ich nur von einer Braut halten«, sagte er und küsste die kleine Mulde an ihrem Halsansatz, »die so wenig jungfräuliche Zurückhaltung zeigt?«

»Du darfst dich glücklich schätzen«, gab Anne in gespielter höfischer Hochmütigkeit zurück.

»Darf ich das?«, neckte er. »Du nimmst einen freien Ritter der Straße und machst aus ihm einen Landbesitzer, der an sein Haus und Grund gebunden ist, und nennst ihn einen Glückspilz. Nur Lady Anne Gilbert, Herrin von Burwell Hall, könnte so etwas denken.«

»Aber die Kunde wird im ganzen Land verbreitet, dass du die Wegelagerei aufgabst für die Liebe einer Piratin.«

Er seufzte. »Es ist wahr. Ich muss nun meine Aufregung anderenorts finden, nicht? Aber wo nur?« Er tat, als suche er den Raum ab.

Sie presste sich enger an ihn und ihre Lust war wie ein Durst, der sich nicht stillen ließ. Sie hob den Kopf, um ihm ihren Hals für seine Küsse darzubieten, dann legte sie ihren Mund auf seinen. Er öffnete sich für sie und das Stoßen und Parieren ihrer Liebesattacke begann von neuem. Nur zu bald brachte seine Zunge sie dazu, sich auf sein aufgerichtetes, hartes Geschlecht zu setzen. Josiahs Wunderbalsams bedurfte er gewiss nicht. Mit den Händen fest auf ihrem

Gesäß, zog er sie kraftvoll an sich heran, bis nicht einmal mehr eine leichte Sommerbrise zwischen ihnen hätte hindurchwehen können. Er drang in sie ein, erfüllte sie voll und ganz, und ihre Körper hoben und senkten sich schneller und schneller und die Vorhänge um sie herum tanzten wie Kobolde.

»Bitte … bitte John«, flehte sie ihn an. Sie verzehrte sich nach dem Gefühl heißen Begehrens, das in Wellen durch ihren Körper wogte.

Aufstöhnend leckte er ihre Brüste, die an seinen Lippen auf und ab streiften, bis sie wieder zu harten Spitzen wurden. Schon bald brachte die kleinste seiner Bewegungen sie dazu, an ihrem innersten Punkt zu erbeben, und das verwandelte seine Männlichkeit in ein Feuerwerk der Empfindung.

John konnte nicht länger an sich halten und er ergoss all seine Liebe und männliche Kraft in diese Frau, die schönste der Welt. Seine Frau. Die sein Kind trug. In vielerlei Hinsicht war sie die ärgerlichste Frau, der er je begegnet war; und doch hatte er mit ihr, und nur mit ihr, zum ersten Mal in seinem Leben Frieden gefunden. Er konnte es nicht erklären. Vielleicht war es unerklärlich, so wie Himmel und Hölle.

Endlich lagen sie erschöpft den halben Morgen nebeneinander und standen erst auf, als sie ihre Pflichten als Hausherrin und Hausherr von Burwell Hall nicht länger aufschieben konnten.

Als sie die Halle betraten, fanden sie dort die üblichen frivolen Streiche vor, wie es der Brauch war am Morgen nach der Hochzeit. Er nahm es gut gelaunt hin, sie dem Anschein nach mit einer Sittsamkeit, die sie tief drinnen nicht mehr in besonders hohem Maße empfand. Den restlichen Tag verbrachten sie damit, über ihre Felder und Äcker zu reiten und die Bauern zu begrüßen. Alle vernahmen erleichtert, dass ihre hohe Pacht gesenkt würde, und jeder brachte seine Zufriedenheit darüber zum Ausdruck, dass Lord Waverby nicht mehr länger war und sein Kopf – wie man hörte – bereits auf einem Spieß über London Bridge verweste.

Gegen Mittag an diesem Tag hatte John einen schnellen Reiter geschickt, um Sir Pegasus aus Southampton abzuholen. Zur gleichen Zeit besorgten Joseph und Beth all die Dinge, die nötig waren, um im verborgenen Dorf in Whittlewood Forest zu leben. Denn sie hatten beschlossen, es wieder aufzubauen und Anne konnte sie nicht davon abbringen. Also türmten sie Schießpulver, Blei für Kugeln, Nägel, Äxte, Kessel, einen Pflug, Salz zum Pökeln von Wild und Apfelbaumsämlinge auf einen Karren – alles Notwendige, um ihr neues Leben im abgebrannten Lager zu beginnen.

»Wir setzen eure Hütte wieder instand«, versprach Joseph und versetzte John einen herzhaften Schlag auf die Schulter. »Und du und deine Lady werdet jederzeit willkommen sein.«

John lächelte und schüttelte ihm die Hand. »Wir kommen bald. Und oft.«

Joseph nahm die Zügel des Karrens. »Josiah, du und Kate seid ebenfalls eingeladen, uns zu besuchen.«

»Nein, Joseph. Ich danke dir, aber Kate und ich ziehen nach London. Wenn die Pest noch wütet, dann brauchen die Londoner dringend einen Absolventen der Universität –«

»– von Padua!«, beendeten alle wie aus einem Munde seinen Satz.

Joseph und Kate fuhren davon, noch lange folgte ihnen das fröhliche Gelächter.

Als ein harter Winter im Jahre 1666 einem zeitigen Frühling wich, wurde Sir John und Lady Anne ein Kind geboren. Kaum war der Gebärstuhl entfernt worden, da drang schon der warme Duft des Morgens im späten März in Annes Nase und sie mühte sich, aus dem Fenster ihres Schlafzimmers zu blicken. »Hilf mir, mich aufzusetzen, John«, bat sie.

Er schüttelte den Kopf. »Das Kleine ist erst wenige Stunden alt. Josiah sagte, du musst mindestens vierzehn Tage flach im Bett liegen bleiben. Er ist den ganzen weiten Weg gekommen, nur um dir beizustehen.«

Sie stieß ein Brummen aus. »Josiah ist Arzt und weiß nichts vom Gebären. Er gibt selbst zu, dass das die Aufgabe der Hebammen ist.«

»Beth hat sich wacker geschlagen und ich bin froh, dass sie bei dir war, aber –«

»Sie hat schon Kälber auf diese Welt geholt und hält Menschenkinder für weniger schwierig«, teilte Anne ihm mit. »Und Beth sagt, ich soll mich bewegen, sonst besteht die Gefahr des Milchfiebers.«

»Auf allen vieren?«, neckte er.

Ärgerlich rümpfte Anne die Nase und strampelte wieder unter der Decke. John gab den Widerstand auf und hob sie sanft hoch. Der Säugling lag in ihrer Armbeuge und nuckelte an ihrer Brust. John lehnte Mutter und Kind an die dicken Kissen, so dass Anne zum Fenster hinausblicken konnte.

»Da, Johnny, jetzt kann ich es sehen«, sagte sie und ihr bleiches Gesicht erhellte sich vor Freude. »Unsere Felder grünen. Und was ist das für ein Bauwerk auf jener Weide dort?«

»Das ist eine Überraschung für dich, meine Liebste«, sagte John lachend. Sie spürte seinen Arm an ihrer Schulter und die harten Muskeln versicherten sie, dass er alles zu tun vermochte, wozu es Kraft und eines starken Willens bedurfte.

»Wann darf ich es sehen?«

»Früher als du solltest, fürchte ich. Denn ich werde wohl nicht imstande sein, dich länger im Bett zu halten.«

Ein Schatten huschte über ihr Gesicht; John konnte ihre Gedanken lesen und zog seine Frau und sein Kind fest an sich. »Denk nicht mehr an Waverby, Anne.«

Sofort wurde sie wieder ruhiger. »Ich bete darum, dass er bald schon selbst aus meinen Albträumen verschwunden sein wird.«

John betrachtete das Kind und staunte aufs Neue beim Anblick des kleinen Mädchens, rosig und blass, mit einem Schopf lockigen rötlichen Haars. Unter den fest geschlossenen Augenlidern erwartete er die meergrünen Augen ihrer Mutter.

»Ich habe ihr einen Namen gegeben«, sagte er.

Annes Gesicht wurde noch bleicher. »Aber das bringt Unglück vor dem ersten Geburtstag. Kinder können an so vielem sterben.«

John schüttelte den Kopf. »Nicht Anne Junior. Sie wird lange leben und uns nicht schonen.«

»Aber ich wollte sie Prudence rufen, nach meiner Mutter, wie der Brauch es verlangt.«

John lachte herzlich. »Prudence, die Besonnenheit. Das ist kein Name für eine Tochter von dir.«

Sie fiel in sein Lachen mit ein und zusammen machten sie so viel Lärm, dass die Kleine aufwachte und noch lautstärker nach einer Erfrischung verlangte.

Nur wenige Tage später, im Morgengrauen eines warmen Apriltages, machte Anne sich auf zu der Weide und fand dort einen Stall vor. John hatte alles schon für sie eingerichtet, es gab Kühe, Milchmägde und Butterfässer, alles Nötige, um ihre eigene Butter herzustellen. Ohne zu zögern, stopfte sie sich ihren Rock im Mieder fest und setzte sich ans Butterfass, mit leuchtenden Augen und einem strahlenden Lächeln für die Mägde. Die starrten ihre Herrin ungläubig an. Als sie zurück zum Haus ging, trug sie einen mit einem Tuch bedeckten irdenen Topf vor sich her, in dem sich die süßeste Butter befand, die sie je geschmeckt hatte. Eines Tages würde ihre Butter aus Burwell in der ganzen Grafschaft, ja, vielleicht in ganz England berühmt sein.

John kam ihr über die Wiese entgegen, er ließ sie nicht gern lange aus den Augen. Auf dem Arm trug er ihre Tochter; seit ihrer Geburt war sie nie fern von ihm. Er spürte den Puls ihres winzigen Lebens und darin das Versprechen, dass sein und Annes Blut in die Ewigkeit eingehen würde.

Niemals war er so glücklich gewesen wie in diesem Augenblick, nicht als er zum ersten Mal bei Anne lag, nicht bei ihrer Hochzeit. Nichts kam dem Gefühl gleich, jeden Tag mit Anne zu verbringen, sie anzublicken, wann immer er es wünschte, ihr Haar im Vorübergehen zu berühren, die Botschaft in ihren Blicken zu lesen, die nur für ihn bestimmt war. Ein Leben voller solcher Momente wäre genug für John Gilbert, dachte er, während er die weiche, fruchtbare Erde von Burwell Hall unter den Füßen spürte.

Er rief Annes Namen, und sie hörte ihn und hob das Gesicht, noch gerötet vom Buttern. Rasch lief er zu ihr und beugte sich herab, um ihr die Butter von den Lippen zu küssen. »Viel besser als der süßeste Haferkuchen«, stellte er fest. Dann umfing er sie, das Kind und das Gefäß in einer festen Umarmung.

Ihr Lachen trug bis zum Haus und an Dr. Wyndhams Ohren. »Ah«, murmelte er. »Meine Freunde haben all das entdeckt, was es zu lieben gilt, oder ich bin kein Absolvent der Universität ...« Ohne den Satz zu beenden, ging er lächelnd hinaus in den sonnenwarmen Morgen, um sie zu begrüßen.

Danksagung

Für Georgia Bockoven, die mir als Autorin und Freundin unermüdlich zur Seite stand,

und

Ellen Edwards, meinen Herausgeber, der den Humor und die Romantik erkannt hat,

und

Henry Purcell, Komponist, dessen CDs den musikalischen Hintergrund lieferten, als ich Anne und Johns Abenteuer schrieb,

und nicht zuletzt

meinen Schwiegersohn, Sgt. Bob, der diesen Roman ›cool‹ nannte.